人文社科
高校学术研究论著丛刊

# 中国现当代文学的分期探索

康静　吴文静　著

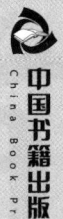
中国书籍出版社
China Book Press

图书在版编目(CIP)数据

中国现当代文学的分期探索 / 康静，吴文静著. --北京：中国书籍出版社，2021.11
ISBN 978-7-5068-8774-8

Ⅰ.①中… Ⅱ.①康… ②吴… Ⅲ.①中国文学－现代文学－文学研究②中国文学－当代文学－文学研究 Ⅳ.①I206.6

中国版本图书馆 CIP 数据核字(2021)第 224165 号

## 中国现当代文学的分期探索

康　静　吴文静　著

| 丛书策划 | 谭　鹏　武　斌 |
|---|---|
| 责任编辑 | 毕　磊 |
| 责任印制 | 孙马飞　马　芝 |
| 封面设计 | 东方美迪 |
| 出版发行 | 中国书籍出版社 |
| 地　　址 | 北京市丰台区三路居路 97 号(邮编：100073) |
| 电　　话 | (010)52257143(总编室)　　(010)52257140(发行部) |
| 电子邮箱 | eo@chinabp.com.cn |
| 经　　销 | 全国新华书店 |
| 印　　厂 | 三河市德贤弘印务有限公司 |
| 开　　本 | 710 毫米×1000 毫米　1/16 |
| 字　　数 | 264 千字 |
| 印　　张 | 14.75 |
| 版　　次 | 2022 年 7 月第 1 版 |
| 印　　次 | 2022 年 7 月第 1 次印刷 |
| 书　　号 | ISBN 978-7-5068-8774-8 |
| 定　　价 | 76.00 元 |

版权所有　翻印必究

# 目 录

绪论 ······················································································ 1

## 第一章 五四时期(1917—1927年)的文学创作 ················· 3
第一节 中国新文学的奠基人鲁迅 ······························ 3
第二节 白话新诗的创立发展 ···································· 11
第三节 现代小说的新探索 ······································· 24
第四节 现代散文的新面貌 ······································· 36
第五节 现代话剧的萌芽 ·········································· 44

## 第二章 "左联"前后(1927—1937年)的文学创作 ············ 49
第一节 现代诗的转型 ············································· 49
第二节 现代小说的多元化发展 ································· 55
第三节 杂文和小品文的发展 ···································· 72
第四节 现代戏剧的发展 ·········································· 80

## 第三章 战争时期(1937—1949年)的文学创作 ················ 87
第一节 爱国主义诗歌的创作 ···································· 87
第二节 政治领域分割下的小说创作 ··························· 94
第三节 报告文学和杂文的创作 ································· 110
第四节 戏剧的袭旧与创新 ······································· 114

## 第四章 中华人民共和国成立十七年时期(1949—1966年)的
文学创作 ················································································ 121
第一节 政治抒情诗和生活抒情诗的创作 ···················· 121
第二节 百花齐放的小说创作 ···································· 130
第三节 抒情散文与报告文学的创作 ··························· 143
第四节 戏剧的多元化发展 ······································· 148

## 第五章　20世纪80年代的文学创作 …… 158
### 第一节　诗歌的多元化呈现 …… 158
### 第二节　小说的开放性发展 …… 171
### 第三节　散文的新发展和徐迟等人的报告文学 …… 184
### 第四节　现代戏剧的复兴 …… 192

## 第六章　20世纪90年代以来的文学创作 …… 197
### 第一节　精英写作与世俗化写作并立 …… 197
### 第二节　派别林立的小说创作 …… 202
### 第三节　散文的市场化和杂文的复兴 …… 216
### 第四节　新现实主义戏剧的兴起 …… 220

## 参考文献 …… 225

# 绪 论

　　文学的历史演进是社会文化思潮与政治意识形态交互的合力。中国新文学自诞生之日起，就与政治有着密切的关系，担负着推动现代化的重任。但是，文学在发展与演变的过程中也有着自身的规律和要求。因此，关于文学史的分期问题必然会陷入一种特别复杂的境地。

　　近年来，关于中国现当代文学分期问题的讨论一直聚讼纷纭。总的来看，有关中国现当代文学分期的观点主要有以下几种。

　　第一，从传统的政治视角出发，将1949年中华人民共和国的成立作为划分中国现代文学与中国当代文学的重要依据和标志，即自五四文学革命开始至1949年中华人民共和国成立期间的文学是中国现代文学，自1949年中华人民共和国成立以后的文学是中国当代文学。这一种中国现当代文学的分期方法主要是站在政治的角度进行的，因而在一定程度上割裂了中国现代文学和当代文学之间的有机联系。

　　第二，从中国现代文学与新中国27年文学具有内在一致性的视角出发，将新中国27年文学划入现代文学的范畴，即自五四文学革命开始至1976年间的文学是中国现代文学，自1976年以后的文学是中国当代文学。这一种中国现当代文学的分期方法有意无意地忽视了社会主义文学的存在，而且忽视了中华人民共和国成立前后文学创作观念的差异。

　　第三，从世界文学格局出发，把中国文学走向世界的过程作为分期的原则，将1919年五四文学第一次向世界的开放作为中国现代文学的开端，将1976年后中国文学第二次向世界的开放作为中国当代文学的开端。不过，这种分期方式缺乏足够的说服力，它仅仅看到了世界文学对中国文学的影响，却忽视了中国文学在发展过程中的自主性和内在动力。

　　第四，从文学自身的现代化或审美视角出发，以"20世纪"的概念连接起"近代""现代""当代"这样机械的文学时期分割，把20世纪中国文学作为一个整体进行研究。不过，"20世纪中国文学"这一提法显示了宏观、大气的学术视野，扩大了文学研究的范围，并力图构建开放性、整体性的学术格局。但是，这一提法也有很大的问题。正像有人指出的，它"透彻于反封建脉络,而在反帝国主义(及反殖民主义)的脉络上,其问题意识却相对薄弱"。

第五,从文学史的观念出发,将中国新文学分为三部分,即自五四文学革命开始至1949年中华人民共和国成立期间的文学为现代文学、自中华人民共和国成立到20世纪70年代的文学为新中国文学、自20世纪80年代开始的文学为新时期文学。可是,20世纪90年代文学与80年代文学相比显示出很大的差异,因而这些分期方法也有待商榷。

通过上面的论述可以知道,以上各种观点都不能令人满意。不过,第一种分期方法已经用了50多年,同时由于当前人们还不敢贸然接过其他几种分期概念,因而本书仍然沿用第一种中国现当代文学的分期方法。

1917年,在陈独秀主编的进步杂志《新青年》上,胡适和陈独秀分别发表了《文学改良刍议》与《文学革命论》,这两篇论文的问世就标志着中国新文学的肇始。在这之后,伴随着两年之后爆发的五四新文化运动,中国文学进入现代时期。因此,1917—1949年间的三十余年的文学被称为"中国现代文学"。其中,1917—1927年为"五四文学"时期;1927—1937年为"左翼文学"时期;1937—1949年的文学被称为抗战及解放战争时期的文学。

1949年10月1日,中华人民共和国成立,这标志着中国文学进入了当代文学阶段。其中,1949—1966年的文学被称为"新中国十七年文学";1966—1976年的文学被称为"动荡时期的文学";1978年改革开放以后20世纪80年代的文学和20世纪90年代以来的文学,在文学观念、创作手法等方面都发生了较大变化,推动了中国当代文学的进一步发展。

# 第一章 五四时期(1917—1927年)的文学创作

中国现代文学的发端是五四文学革命,它以激烈突变的方式,使中国文学与古典形态告别,进入了现代转型时期。总体来看,五四时期的文学是在新旧思潮的激烈交锋中逐渐发展起来的,还吸收了西方先进的文学创作思想,从而呈现出新的样貌。同时,五四时期的文学注重个性解放意识,确立了"人的文学"观念,从而使中国文学的发展进入了以"人的觉醒和解放"为基本创作主题的新时期。此外,五四时期的文学以白话文为载体,在形式上革新了旧有文学传统,解放了文学的表现形式,更在文体形式上全面开放。

## 第一节 中国新文学的奠基人鲁迅

在中国现当代文学史上,鲁迅无疑是一个最伟大的存在。他在中国文学从古典到现代的转型过程中,以世界性的眼光汲取异域营养,继承并改造中国的文学传统,进行创造性的探索,以小说、散文、杂文等方面的实绩,为中国现代文学的发展奠定了深厚的基础。因此,鲁迅既是中国新文学的开拓者、奠基人,也是深刻影响20世纪中国文学历史进程的一代思想文化巨人。

### 一、鲁迅的生平

鲁迅(1881—1936),原名周樟寿,字豫才,后改学名为周树人,"鲁迅"是他发表《狂人日记》时开始用的笔名。他出生于浙江绍兴的一个没落士大夫家庭,因而较早地领略了旧社会的世态炎凉,了解了下层人民的不幸。1898年,鲁迅离家到南京求学,在此期间受到了维新思潮的巨大冲击。1902年,毕业于矿物铁路学堂的鲁迅因成绩优异而获得了去日本留学的资格。在日本,鲁迅先在东京弘文学院学习,其间不仅进行著作翻译,还积极参加了一些革命团体组织的活动。在弘文学院毕业后,鲁迅到仙台医学专科学校学医,希望学得现代医学知识来救治贫弱的国民。后来,他弃医从文,希望用笔来改变国民的精神,唤醒愚昧麻木的中国人。1908年,鲁迅回国,先后在杭州、绍兴任教。辛亥革命发生后,他积极参加宣传活动,并以辛亥革命为背景创作了文言小说《怀旧》。1912年初,鲁迅赴南京临时政府教育部任职,5月便随部迁至北京。在此期间,鲁迅目睹了辛亥革命的悲剧性结局和袁世凯称帝等丑剧,一度感到消极。因此,1912—1917年,他一边工作,一边对中国的社会与历史进行深入研究,这使其日后进行文学创作有了丰厚的文化积累,为其成为新文化运动伟大的旗手积蓄了力量。"五四"新文化运动发生后,鲁迅积极参与其中,并因此焕发了青春。1918年5月,鲁迅发表了中国现代文学史上第一篇白话小说《狂人日记》,奠定了新文学运动的基石,也奠定了其"五四"新文化运动主将的地位。此后,鲁迅以"立人"为思想指导,创作了大量的小说、散文和杂文,代表了"五四"新文学的最高成就,推动了中国现代文学的进一步发展。"五四"退潮后,鲁迅再度陷入孤独寂寞彷徨苦闷中,但仍以文学为武器,为中国现代文学的发展做出了重要贡献。1926年8月,鲁迅赴厦门大学任教,以躲避北洋军阀政府的迫害。1927年1月,鲁迅赴中山大学任教,并在此期间接触了马克思主义,与革命青年和共产党人交往密切。"四一二"反革命政变发生后,鲁迅因不满蒋介石叛变革命、逮捕进步学生,在思想上开始向共产主义世界观转化。1927年10月27日,鲁迅从中山大学辞职,到上海定居。这期间,他进行文学创作,以便积极参加革命团体、参与社会政治活动,1936年,鲁迅在上海寓所逝世,享年55岁。

## 二、鲁迅的新文学探索

鲁迅的文学创作涉及小说、散文、杂文、诗歌等多种文体,而且在每一种文体的创作上都取得了重要成绩,为中国新文学建设做出了广泛贡献。而在五四时期,鲁迅的文学创作成就主要体现在小说和散文方面。

### (一)鲁迅的小说探索

鲁迅的小说在中国现代小说发展史上具有开拓之功,他也因此被认为是"中国现代小说之父"。时至今日,鲁迅的很多小说仍然有着重要的影响。另外,鲁迅的小说以短篇为主,一生共创作了三部短篇小说集,即出版于1923年的《呐喊》、出版于1926年的《彷徨》和出版于1936年的《故事新编》。由于《故事新编》不属于鲁迅在五四时期的文学创作实绩,因而这里主

# 第一章　五四时期(1917—1927年)的文学创作

要介绍《呐喊》和《彷徨》这两部短篇小说集。《呐喊》收录了鲁迅于1918—1922年间创作的《狂人日记》《孔乙己》《药》《明天》《一件小事》《头发的故事》《风波》《故乡》《阿Q正传》《端午节》《白光》《兔和猫》《鸭的喜剧》《社戏》和《不周山》15篇作品,它的题意是鲁迅在新文化运动鼓舞下的呐喊,因而是一部洋溢着战斗豪情的短篇小说集。《彷徨》收录了鲁迅于1924—1925年间创作的《祝福》《在酒楼上》《幸福的家庭》《肥皂》《长明灯》《示众》《高老夫子》《孤独者》《伤逝》《弟兄》和《离婚》11篇作品,是一部透露出五四落潮期鲁迅内心的苦闷、孤独的短篇小说集,但小说中的作品也展现了鲁迅不停探索的精神。

鲁迅是带着明确的民主主义思想启蒙目的而从事文学活动的,《呐喊》和《彷徨》是他长期思考中国反封建思想革命问题的艺术结晶,都充分表现了处于"病态社会"中的人们的不幸和苦难,以图"引起疗救的注意"。因此,这两部小说集既是中国现代小说诞生的标志,也是中国现代小说成熟的标志,并"以'表现的深切和格式的特别'开创了小说内容与形式上的现代化特征"。[①]

在这两部小说集里,鲁迅深刻关注了人的精神困惑和生存前景,同时对腐朽的封建制度以及吃人的封建礼教进行了揭露,对封建卫道者的虚伪进行了讽刺。他的第一篇白话小说《狂人日记》,就直指这一主题。《狂人日记》这篇小说源于鲁迅一个巨大的前无古人的发现:封建道德的本质是"吃人",几千年的封建历史就是一部"吃人"的历史。小说的主人公是一个患有妄想病症的"狂人",鲁迅通过对"狂人"的形象进行塑造、对"狂人"的社会人生经历及其所感受到的外部世界进行描绘,将一个"吃人的世界"形象地呈现在人们面前。"狂人"始终处于高度敏感的精神状态,而且他的思路总是错乱而混杂,还常常产生很多不切实际的联想,甚至联想到妹妹的肉被哥哥做成了羹饭。他的这种疯狂逻辑,事实上体现了当时现实社会中的某种感受。因此,读者在阅读过程中,总是把狂人的妄想与自身在现实社会中的某种感受联系在一起,把对中国历史的认识与"狂人"的"狂言"联系在一起。因此,这个狂人并不是真正的精神病患者,而是鲁迅在对历史进行深刻认知和思考后的艺术表达,即形象地表明了封建制度和礼教以极其残忍的方式和手段在"吃人",整个中国就是一个"吃人"的大筵席。在《呐喊》和《彷徨》这两部小说集中,表现类似主题的作品还有很多,如《孔乙己》《药》《阿Q正传》《明天》《祝福》《肥皂》等。

除了对封建制度和封建伦理"吃人"的本质进行揭露,《呐喊》和《彷徨》

---

[①] 石兴泽,隋清娥.中国现代文学[M].北京:中国社会科学出版社,2012:19-20.

也对处于经济压迫和精神奴役双重压力下的农村生活面貌,以及旧时代农民的悲惨命运及其在精神上存在的弱点进行了反映,以期能够唤起国民的觉醒。对于这一思想内容,《阿Q正传》中的阿Q、《故乡》中的闰土、《祝福》中的祥林嫂等落后的农民形象,便是鲁迅表达这一思想内容的重要载体。比如,《阿Q正传》展现了辛亥革命前后一个畸形的中国社会和一群畸形的中国人的面貌。主人公阿Q的性格内涵极为丰富、个性色彩极为鲜明,是个综合型的多侧面的复杂典型形象,是由各种性格因素构成的有机整体。阿Q是辛亥革命时期一个失去土地的、在耕作和游荡之间维系生计的农民,在讲究等级身份的社会里社会地位十分低下,而在他身上体现出来的种种特性是"国民性弱点的"一面镜子。其中,最突出的就是他的"精神胜利法"。阿Q始终处于底层地位,在与赵太爷、假洋鬼子、王胡的冲突中永远是失败者,受尽欺凌、剥削和压迫,甚至被断绝生机,生活十分悲惨但他对自己的失败与卑下的地位麻木无感,没有真正的不平和反抗,而采取闭起眼睛、视而不见,甚至采取自我辩护和粉饰的态度,根本不承认自己的失败与被奴役。他以妄自尊大、忌讳缺点、自轻自贱、欺凌弱小等方法,自欺自慰,自我陶醉于虚妄的精神胜利之中。阿Q的"精神胜利法",表明他从来没有正视过自己的悲剧命运,最终成为一个浑浑噩噩供人驱使的奴隶。此外,由于阿Q的"精神胜利法"是一定社会环境和历史条件的产物,也体现着苟活状态下中华民族各阶层的一种国民性弱点。它的普遍存在已成为一种阻碍社会改革的历史惰力,必须加以根除。又如《祝福》中的祥林嫂是一个受尽封建礼教压榨的穷苦农家妇女,丈夫死后,狠心的婆婆想要把她卖掉。为了逃脱被卖掉的命运,祥林嫂逃到了鲁镇,成了鲁四老爷家的一名佣工。可是,祥林嫂最终没有摆脱被婆家卖掉的命运。一开始,祥林嫂对自己的不幸命运进行了反抗,后来她发现新丈夫是一个纯朴忠厚的人,便决定与他踏踏实实过日子,并很快有了阿毛。但是,祥林嫂还没过多久的幸福日子,新丈夫便因病去世,儿子也被狼吃掉了。走投无路之下,她再次回到鲁家做佣工,但此时的她在精神状态方面已大不如从前。有人说她改嫁"有罪",违反了"从一而终"的封建伦理道德,若不捐门槛"赎罪",死后还要在"阴间"受苦。对此,祥林嫂深信不疑,并千辛万苦地想办法"赎罪"。但是,当她"赎罪"之后,周围的人仍然躲着她、歧视她。这彻底压垮了祥林嫂,她成为了一个乞丐,并在鲁镇一年一度的"祝福"鞭炮声中,像芥尘一样被扫出世界。在这部小说中,鲁迅就封建意识形态对人的精神虐杀的剥露,可说是到了透骨剔肌的程度,同时对愚昧、麻木、不知觉醒的国民表示了心痛。

描写在激烈的社会矛盾中挣扎着的知识分子的命运,对知识分子自清末到五四时期的命运沉浮、心理变化等进行展现,也是《呐喊》和《彷徨》的重

# 第一章 五四时期(1917—1927年)的文学创作

要主题之一。这一主题在《孔乙己》这篇小说中有着鲜明的体现。小说的主人公孔乙己是一位深受封建思想和封建伦理道德迫害的知识分子,一生穷困潦倒,还被人看不起。但是,孔乙己并没有意识到造成自己不幸命运的原因,反而在最潦倒时也要维护封建思想和封建伦理道德,最鲜明的标志便是始终不肯脱下代表其读书人身份的长袍,也不肯与"短衣帮"的人平起平坐地喝酒。最终,他因"窃书"被打折了腿,此后人们便再也没有见过他。很明显,是封建伦理道德毒害了孔乙己,导致了其最终走向死亡的不幸命运。由此,鲁迅表明了知识分子在夹缝中的苟延残喘,表达了对被侮辱和被迫害的下层知识分子的深切同情。

在《呐喊》和《彷徨》这两部小说集中,鲁迅还通过反思辛亥革命,提出了改造国民性的主题。不过,鲁迅在小说中很少对这一主题进行直接、正面的描写,而是通过描写辛亥革命发生后在社会中引起的反映以及人民对待辛亥革命的态度等,从侧面对这一主题进行揭露。以《药》这篇小说来说,鲁迅通过讲述农民华老栓购买蘸有革命者夏瑜鲜血的"人血馒头"来给儿子华小栓治病的故事,重现了自己在日本读书期间观看幻灯片时发现的"久违的许多中国人",他们体魄健壮,却精神麻木,只配做"赏鉴这示众的盛举"的看客,由此批判了民众的愚昧和无知,提出了改造国民性的深切命题。同时,鲁迅通过这一故事,指明了辛亥革命之所以失败,一个很重要的原因便是革命者与民众之间存在很大的隔阂。再看《阿Q正传》这篇小说,鲁迅创造阿Q形象就有反映中国近代农村的社会矛盾及揭示辛亥革命弱点的重要意义。阿Q是一个深受封建思想毒害的农民,不仅生活极端贫困,而且思想狭隘、落后、保守,还被剥夺了政治权利,从而养成了奴性人格。他原本对革命持厌恶的态度,但后来却参加了革命,目的仅仅是为了个人生活现状的改变以及个人欲望的满足。可是,他的这一目的并未实现,最终还被辛亥革命送上了断头台。这说明了两方面的问题:一方面,阿Q并没有在政治上真正觉醒,因而其无法成为真正拥护辛亥革命的群众;另一方面,辛亥革命脱离了群众,这是导致其最终走向失败的重要原因之一。可以说,小说深刻地反映了辛亥革命的软弱、妥协,揭示了它的惨痛历史教训,在中国现代思想史上不失其重要意义。

总的来说,《呐喊》和《彷徨》这两部小说集有着极其丰富和深刻的思想内涵,且都达到了时代的高度。此外,这两部小说集在艺术方面也取得了极其重要的成就。

第一,在这两部小说集中,鲁迅采取了多种主体渗入小说的形式。比如,《药》的结尾有一段写景:"微风早经停息了;枯草支支直立,有如铜丝。一丝发抖的声音,在空气中愈颤愈细,细到没有,周围便都是死一般静。"这样的景致,伴随着两位母亲悲痛而又隔膜的凭吊,构成了一幅象征性的抒情画面,渗透着作者的悲凉与沉思。又如在《孤独者》中,叙述者"我"与魏连殳关于"孩子的天性""孤独的命运"以及"活着"的意义的讨论,是创作主体自我灵魂两个侧面的论争。而环绕在祖母魏连殳与"我"之间的注定的孤独,更是鲁迅自身的生命体验。

第二,在这两部小说集中,鲁迅采用了多样化的创作方法。鲁迅的小说一方面充分继承并发展了中国传统小说的艺术精华,以现实主义为主要创作方法,另一方面借鉴了外国小说的表现方法和艺术技巧,吸收、融合了浪漫主义、现代主义等创作方法的精华,为"五四"以来的新文学创作运用多样化的创作手法开启了方向。比如,在《狂人日记》这部小说中,鲁迅明显受到了果戈理同名小说的影响,而且有着明显的象征主义和意识流的色彩。《狂人日记》是鲁迅"乃悟中国人尚是食人民族"而创作的,他要表现的是中国几千年的历史都是吃人的历史,整个社会是吃人的筵席。这一巨大的历史性主题需要一个超越现实的象征性形象,一个非常态能激发读者广泛联想的艺术形象,所以,鲁迅在采用现实主义手法的同时又引进了象征主义的表现技巧。通过狂人的心理流动,使狂人成为既是写实又是象征的双重人物,使小说包含着仅仅写实小说不能容纳的丰富内容。

第三,在这两部小说集中,鲁迅几乎都运用了新颖的小说形式,如《狂人日记》运用的是日记体式、《阿Q正传》运用的是传记体、《伤逝》运用的是手记体、《示众》《风波》运用的是独幕剧式、《社戏》《故乡》运用的是散文式、《药》运用的是双线结构等。另外,鲁迅在创作中自觉地打通了戏剧、散文、诗、政论、哲理与小说的界限,创造出了诗化小说《伤逝》、散文体小说《兔和猫》《鸭的喜剧》以及戏剧体小说《起死》等。

第四,在这两部小说集中,鲁迅进行了明显的主观抒情。比如在《明天》中,当单四嫂子埋葬了宝儿以后,小说有了这样的描写:"他定一定神,四面一看,更觉得坐立不得,屋子不但太静,而且也太大了,东西也太空了。太大的屋子四面包围着他,太空的东西四面压着他,叫他喘气不得。"接着叙事人又以第一人称评论道:"我早已经说过:他是粗笨女人。他能想出什么呢?他单觉得这屋子太静,太大,太空了罢。"这样,叙事人与人物在内心感受上趋于同一,进而由此凸显出故事的悲剧性。而单四嫂子感受到的太静、太大、太空的感受,也分明渗透着鲁迅自身的孤独与寂寞。

第五,在这两部小说集中,鲁迅改变了我国传统小说以情节为主的特性,而将表现人、塑造人的性格置于小说的首位。鲁迅对小说人物进行了深入揣摩与生动刻画,从而塑造了很多鲜活的人物形象,且不乏众多新的人物形象。总体来看,《呐喊》和《彷徨》中的人物主要有六类:一是以鲁四老爷、丁举人等为代表的权势者形象,他们不仅思想陈腐,而且十分虚伪、冷酷;二是以四铭、高尔础为代表的卫道士形象,他们是极其虚伪的一类人;三是看客形象,他们不仅愚昧,而且麻木、自私;四是以狂人、夏瑜、涓生和子君等为代表的觉醒者形象,他们虽已觉醒,但在当时的社会中却无路可走;五是以孔乙己、阿Q、闰土、祥林嫂等为代表的被侮辱与被损害者形象,他们善良、淳朴,但经济贫困、政治地位低下,最终成为封建社会和封建伦理道德的牺牲品;六是以六一公公、阿发等为代表的农村形象,他们单纯、朴素,而且心地纯洁。另外,鲁迅在对这些人物形象进行塑造时,注意凸显人物的个性,而且注重透过人物的语言、行动、心理变化等展现其个性。

第六,在这两部小说集中,鲁迅对语言的运用是十分成功的。鲁迅在作品中往往能够抓住描写对象极具表现力的特征,以唤起丰富联想的语言,简洁、有力地把对象描画出来。比如,在《祝福》里祥林嫂的肖像描写令人惊心动魄:"五年前的花白的头发,即今已经全白,全不像四十上下的人;脸上瘦削不堪,黄中带黑,而且消尽了先前悲哀的神色,仿佛是木刻似的:只有那眼珠间或一轮,还可以表示她是一个活物。"

总的来说,作为中国现代小说之父的鲁迅,以其直面惨淡人生的现实主义精神与艺术上的中西融合和大胆创新,开创了中国现代小说的现实主义传统,为中国现代小说的进一步发展奠定了重要基础,并为中国文学划出一个崭新的时代。

## (二)鲁迅的散文探索

鲁迅在自己的文学生涯中,创作了大量的散文。其中,他在五四时期创作的散文主要是抒情散文和叙事散文,代表作是《野草》和《朝花夕拾》。

《野草》出版于1926年,收录了鲁迅在1924年到1926年间创作的24篇散文(包括一首打油诗和一出诗剧)。它是鲁迅著作中最为别致的一部散文集,也是中国现代文学史上第一部散文诗集。《野草》使用了"独语体"创作,"独语体"的命名源自何其芳的《独语》,鲁迅将其称为"自言自语",即不需要听者,是作者的自言自语。只有排除了听者,才能真正进入自己的灵魂深处,捕捉自我微妙的、难以言传的感觉、情绪、心理以及意识,进行更深层次的思考。基于此,有学者认为《野草》是鲁迅先生为自己而写、写自己而书,是理解他的钥匙,是他的思想发展全过程中的一个重要枢纽,也是我们接近鲁迅个人生命的最好途径、窥见鲁迅灵魂的最好窗口。

《野草》中的散文有着奇特而新颖的构思,很多散文都写到了幻觉与梦境,但又将其与现实的社会相联系,从而实现了情、理、景的有机统一,达到了有境外之意、弦外之音的艺术效果。比如,《影的告别》《好的故事》等散文中描写到了梦境,而且这些梦境的色调是阴森凄厉的,从而形象地对黑暗势力的压力进行了展示,并将作家在黑暗势力的重压下彷徨求索的思绪与感受生动地表现了出来。此外,《野草》中有许多心灵自白性的作品,它们解剖内心的虚无思想情绪,抒写希望与绝望的矛盾,展示与孤独心境搏斗的告白,构成了《野草》中鲁迅作为一个孤军奋战的启蒙思想家的丰富深邃的精神世界。

《野草》中的散文在语言上表现出鲜明的思维辩证性,具体表现为反义词语的相生相克。在此基础上,又派生出了句式以及节奏的回环往复,从而使散文的抒情性和诗的意韵都得到了更好发挥。另外,《野草》也是一部运用象征主义方法创造的杰作。它运用了象征主义的手法,并塑造了大量朦胧、神秘、诡谲、冷艳、独特的意象,从而将抽象的东西变得形象,以更好地打动和感染读者;将原本明白的东西变得朦胧,从而吸引着读者进入更深层次的思考。从整体上来看,这部散文集的象征主义方法主要通过以下几种形式体现:一是通过象征性的自然景物的意象和氛围,构成象征的世界,暗示作者的思想和情绪,如《秋夜》《雪》《腊叶》等;二是通过编造幻想中的真实与想象纠缠的故事,构成象征的世界,传达自己的思想或哲学,如《求乞者》《复仇》《复仇(其二)》《好的故事》《过客》等;三是用非常荒诞的、在现实中不可能发生或存在的故事,传达或暗示自己的旨意,如《影的告别》《死火》《狗的驳诘》《失掉的好地狱》《墓碣文》《死后》等。《野草》中多为最后一类作品,有的文章表现得过分怪异和晦涩,因此非常难读懂。

总的来说,《野草》外在的优雅和精巧的结构,蕴藏着鲁迅无限而隽永的人生体验和哲理思考,会随着时间的流逝而历久弥新。鲁迅自觉而不留痕迹地借鉴西方散文诗的艺术方法,吸收中国寓言或象征短小散文传统的营养,不仅使他的《野草》成为中国现代散文诗的开山之作,也使它成为迄今为止现代象征主义散文诗领域的一座无法超越的高峰。

《朝花夕拾》是一部回忆性散文集,描述了鲁迅从童年到壮年时期的生活片段,带有明显的自传色彩,是了解少年鲁迅和鲁迅思想、生平的珍贵资料。《朝花夕拾》创作于1926年2月至11月间,共10篇。鲁迅说,《朝花夕拾》"是从记忆中抄出来"的,因而《朝花夕拾》在最初发表时,总题为"旧事重提"。这部散文集融记人、叙事、抒情和议论于一体,还融知识性、史料性、思想性和战斗性于一体,因而是"五四"新文学运动以来别具风格的散文创作。

从内容上来看,《朝花夕拾》中既描写了鲁迅对童年生活的回忆和对师友诚挚的怀念,也真实地描写了戊戌变法和辛亥革命前后他所经历的种种生活。从农村到城镇,从家庭到社会,从中国到日本,每一篇都生动地反映了那个时代社会生活的一角。此外,《朝花夕拾》中大部分的篇章都写出了儿童特有的天真之气,有一种充满人情味的美好动人的力量,也展现出鲁迅不为人知的温情、平和的一面。同时,《朝花夕拾》也描写了旧制度、旧礼教对人性的摧残与戕害,从而形成了一种批判的风格。

从艺术上来看,《朝花夕拾》在艺术上最突出的贡献就是开创了现代散文创作潮流的"闲话风"散文风格。散文的风格自然、亲切、和谐、宽松,有一种"谈闲天"式的氛围。"闲话"一方面是"任心而谈",带着一点幽默和雍容,"在纷扰中寻出一点闲静来"显出从容、余裕的风姿;另一方面也可称为"漫笔",有题材上的漫无边际、行文结构上的兴之所至的随意。"闲话"还表现了一种追求"原生味"的言趣味,更好地发挥了文学"沟通心灵"的功能。

## 第二节 白话新诗的创立发展

对于一个民族来说,诗歌是其思想的花朵,也是其艺术气质的精神绽放。中国历来被称为"诗歌大国",诗歌创作曾有过光荣的"盛唐气象"。但诗歌发展到近代,由于缺少变革而逐渐走向了衰落。为了改变中国诗歌发展的颓势,晚清诗坛的黄遵宪、梁启超等人提出了"诗界革命"的口号,但他们推崇的只是"以旧风格含新意境",没有突破古诗格律的束缚去开创诗歌的新形式,因而不可能实现诗歌的根本性变革。而真正具有现代意义的新诗,是从胡适、郭沫若、刘半农、闻一多、徐志摩等人的白话新诗创作开始的。白话新诗是伴随着五四新文化运动产生并逐步发展的,其有着新的时代内涵,实现了诗歌内容和形式的大解放,显示了中国现代诗歌在五四时期的创作实绩。

### 一、胡适的诗歌创作

胡适(1891—1962),原名胡嗣穈,字适之,出生于江苏省松江府川沙县上庄村的一个官僚兼商人家庭。他因家境良好得以接受好的教育,积累了丰富的文学知识。1904年,他到上海读书,后留学美国,师从约翰·杜威。学成归国后,他任教于北京大学,其间积极参加新文化运动和文学改良运动。抗日战争爆发后,他曾应蒋介石的要求前往美国争取他们的支持。中华人民共和国成立后,胡适一度在美国生活。直到1958年,他才回到台湾并定居。1962年,胡适因病逝世,享年71岁。

胡适是第一位提倡白话文、新诗的学者,也是最早在《新青年》上发表白话诗的人。1917年2月,他在《新青年》上发表了《白话诗八首》,之后又发表了四首白话词。1920年,他再次发表了中国现代文学史上的第一部白话诗集《尝试集》,在文坛引起不小的震动。

胡适的白话新诗大多是即事感兴、即景生情之作,而且诗中很少有汹涌奔腾的诗情和飞云翻卷般的想象,但大都言之有物,因而不乏情趣,如《蝴蝶》:

> 两个黄蝴蝶,双双飞上天。
> 不知为什么,一个忽飞还。
> 剩下那一个,孤单怪可怜。
> 也无心上天,天上太孤单。

在这首诗中,诗人借一对蝴蝶分飞表达了自己的一种孤单寂寞的情愫。全诗行文自由,意象清新,诗意浅露,饶有情趣。另外,诗中讲究平仄和对偶,表明了对中国传统诗歌的继承与发展。

胡适的白话新诗在表现手法上,取得了一定的成绩。他或是用托物寄兴手法,或是用浅显的象征,来表达自己对社会人生的感悟与思索,如《鸽子》:

> 好一片晚秋天气!
> 有一群鸽子,
> 在空中游戏。
>
> 看他们三三两两,
> 回环来往,
> 夷犹如意。
>
> 忽地里,
> 翻身映日,
> 白羽衬青天,
> 十分鲜丽!

诗中,诗人将自己以及新文化运动中自己的几位朋友比作自由翱翔的飞鸽,从而表达自己投身于新文化运动的自豪感。

当然,胡适的白话新诗也存在不少的局限性,如诗中的思想未能将时代的情绪充分而完美地表达出来;诗歌形式上以五言和七言居多,缺乏创新;诗歌的总体境界较为狭窄等。但是,这都不能否定胡适的白话新诗在中国现代诗歌史中的重要地位。

## 二、郭沫若的诗歌创作

郭沫若(1892—1978),原名郭开贞,笔名"沫若",出生于四川乐山一个地主兼商人家庭。他自小就受到了良好的教育,不仅广泛阅读了中国古典文学,而且大量接触了外国文学作品,既为今后的文学创作打下了重要基础,又逐渐培养起自己的爱国民主思想和反抗意识。1911年夏,郭沫若参加了四川保路运动,表现出积极参与世事的热情。1913年,郭沫若留学日本,其间阅读了大量的西方文学作品。1919年五四运动爆发后,他是积极响应者之一,并积极尝试五四新文学的创作。1923年,郭沫若回国,并开始从事专门的文学创作活动。大革命期间,郭沫若开始积极倡导革命文学,并曾投笔从戎参加北伐。在大革命失败后,他曾经被迫流亡日本十年,在此期间深入研究了甲骨文、考古学和历史学等学术,并取得了重要的成就。抗日战争爆发后,他毅然回国,积极参加抗日救亡运动,其间不断有新的文学作品问世。1978年6月12日,郭沫若因病逝世,终年86岁。

在中国现代诗歌史上,郭沫若及其诗歌创作占据着十分重要的地位,他的诗集《女神》不仅是我国新诗史上第一部产生巨大影响的新诗集,而且以独特的内容和艺术风格开创了自由体新诗的一代诗风。

《女神》是郭沫若的第一部诗集,收录了他在1916—1921年间创作的57篇诗歌作品。整部诗集除"序诗"外,共分为三辑,其中第一辑包括《女神之再生》《湘累》《棠棣之花》三个诗剧,即以诗歌形式写作的剧本;第二辑分量最重,包括《凤凰涅槃》《天狗》《炉中煤》《晨安》《我是个偶像崇拜者》《立在地球边上放号》等30多首诗作;第三辑多是小诗,较有代表性的诗作是《Venus》《霁月》《死的诱惑》等。对《女神》中的诗作进行分析会发现,其有着丰富的思想内涵,其中最为突出的思想内容有以下三个方面。

一是热情地歌颂了叛逆、反抗和创造精神。素具叛逆个性的郭沫若,在《女神》中把握时代的脉搏,热情率直地歌颂叛逆、反抗精神,同时也表现出一种敢于否定、敢于创造的极端兴奋和狂热。在抒情长诗《凤凰涅槃》中,诗人借助古代有关凤凰"满五百岁后,集香木自焚,复从死灰中更生"的神话故事展开了想象,并用代表了一种彻底破坏、彻底否定、彻底创建的伟力的凤凰的"自焚"象征旧中国和诗人旧我的毁灭,用其"涅槃"象征新中国和诗人新我的诞生,这也是诗人反叛与创造精神的体现。整首诗歌共分为序曲、凤歌、凰歌、凤凰同歌、群鸟歌、凤凰更生歌六章,其中凤在自焚前的哀歌和凰的哀歌对旧中国的黑暗进行了诅咒和控诉。而凤和凰对旧中国的这些诅咒和控诉,既是个人的也是社会的,而且充满了难以遏止的郁愤,因而可以说是给旧社会和旧我送葬的挽歌。而随着凤凰在浴火中重生,新中国和新我得以诞生。因此,这凤凰的涅槃重生之"火"实质上是由"毁坏"转入"创造"的桥梁。在《立在地球边上放号》中,诗人对于能将地球推倒的太平洋之力的崇尚和礼赞,则是对创造之美的由衷向往和欢欣。在《匪徒颂》中,诗人公开对历来遭受封建统治者污蔑的敢于反抗陈规陋习的各色"匪徒们"予以热情的赞颂,疾呼万岁,更是表达出决心摧毁一切腐朽势力的志不可夺的意愿和力量。

二是强烈地呼唤个性解放。以个性解放为核心的现代独立人格意识的觉醒,是五四新思潮的重要特色。此时的郭沫若虽然身处异国,但深受五四新思潮的影响,于是以敏锐的思想和独特的审美意识对个性解放思想和民主自由思想进行了张扬。在《天狗》中,诗人塑造了一个要将身上的一切光与能都释放出来的"天狗"形象。它不仅能气吞日月、无所不能,而且始终在飞奔、狂叫和燃烧:

  我是一条天狗呀!
  我把月来吞了,
  我把日来吞了,
  我把一切的星球来吞了,
  我把全宇宙来吞了。
  我便是我了!
  ……
  我飞奔,
  我狂叫,
  我燃烧。
  我如烈火一样地燃烧!
  我如大海一样地狂叫!
  我如电气一样地飞跑!
  ……
  我在我神经上飞跑,
  我在我脊髓上飞跑,
  我在我脑筋上飞跑。
  我便是我呀!
  我的我要爆了!

诗中的"天狗"形象,是一个敢于冲破一切旧罗网,敢于追求自我解放的艺术形象,是一个与广大人民呼吸相通、命运与共的"大我",一个被反抗烈火烧得通体透亮的叛逆者,是"五四巨人"的化身。它充分体现了诗人"天马行空"的自由心灵及其对个性解放的热烈追求,还充分肯定了人的价值、尊严和创造力、热情讴歌了民主、自由以及改造自我的革命精神。因此,这首诗可以说是"五四"的战叫。

除了《天狗》《地球,我的母亲》中对"田地里的农人"和"炭坑里的工人"的赞颂,和对人们"自由地、自主地、随分地、健康地、享受着他们的赋生"的向往,表现的也是诗人通过对劳动人民用劳动创造感受生命快乐的情景的体悟,使其个性解放思想呈现出与人民利益一致的一面。

三是强烈、深厚而炽热的爱国主义思想。爱国主义是《女神》的中心主题,诗集中没有一首诗不浸透着、洋溢着诗人对祖国的无限热爱之情。其主要表现为憎恨与反抗旧中国、热爱理想中的新中国、愿意为新中国献身等内容。郭沫若创作的《炉中煤》是一首感人肺腑的爱国之歌,副题即是"眷念祖国的情绪",可见其主要表达的是对祖国的眷恋之情。诗中,诗人运用独特的想象和别出心裁的构思,以"炉中煤"自喻、以"年轻的女郎"喻祖国,并通过"炉中煤"愿为"年轻的女郎"燃烧、献身,唱出了异邦游子对祖国的眷恋和渴望报效祖国的赤诚、热切期盼祖国繁荣富强的愿望。

《女神》不仅以高度的思想性震动了"五四"以后的中国,而且以杰出的艺术成就开辟了中国新诗发展的道路。其艺术独创性,主要表现在以下四个方面。

一是《女神》以浪漫主义手法展开新颖奇特的艺术构思,创造了一个又一个诗的意境,绚丽多彩,美不胜收。《女神》可以说开了我国现代浪漫主义诗歌的先河,具体体现在四个方面。首先,《女神》中很多诗作都取材于神话、传说和历史故事,还将神话、传说和历史故事中的英雄人物作为主要的描写和歌颂对象,并在他们的身上寄托美好的理想以及对光明的憧憬,进而对时代精神进行表达、为现实的斗争生活服务。《凤凰涅槃》《女神之再生》取材于古代富有幻想色彩的神话故事,《湘累》《棠棣之花》取材于古代的历史传说,但诗人在对这些神话故事或历史传说进行表现时,为其抹上了浓重的浪漫主义理想色彩,进而将现实与历史、抒情与理想紧密结合在了一起,还引起了人们无穷的遐想。其次,《女神》中充满了丰富、神奇、富丽的想象和诡异、奇特的夸张,而且通过想象和夸张的巧妙结合,使得诗歌的艺术品位得到极大提升。郭沫若认为,"纯粹的感情是不能成为诗的",而且要想将实情提升为诗情,必须依靠想象和夸张。在《女神》中,诗人依靠自己的想象力创造了"太阳""地球""太平洋""喜玛拉雅山"等充满"热和力"的巨大意象,既象征着生命的强大,也象征着宇宙的能量,还是郭沫若浩荡诗情理想的寄托形式;诗人借助大胆的夸张手法,驱遣着诗歌的意象浪漫飞翔,最典型的诗作就是《天狗》,诗的开头以幻觉让"实我"进入"幻我",并将"我"想象为"天狗",这已让人感到十分出奇,但接着诗人又将"天狗"的能量进行了极致性的夸张,使人更觉惊奇。正是在这类奇异的想象和奇特的夸张中,诗歌的浪漫主义色彩得以凸显。再次,《女神》中流泻着火山爆发般的激情,产生了一种气吞山河的宏大气势。在《晨安》中,他热情呼唤着地球上一切雄伟的山河、全世界爱国的革命志士,并一口气雷霆般吼出了27个"晨安"。在这27个"晨安"中,诗人的情感如"黄河之水天上来"的气势那般奔放而出,强烈地震撼了人们的心灵。最后,郭沫若认为,浪漫主义诗歌最为核心的内容便是情绪,而传达情绪的最主要形式是节奏。因此,《女神》中的诗歌大都借助于节奏,将原本缺乏诗意的语词组合成了激情勃勃、生动传神、放射出新诗特有光彩的诗句。在《凤凰涅槃》一诗中,诗人完全是凭借着自己的内心情感自由地对诗句进行组织,并借助排比、叠句、复唱等手法,以"情绪的自然消涨"结构全诗,从而形成了一曲节奏动人的乐章。同时,整首诗歌的六章内容,从总体上形成了"弱—强—弱—特强"的节奏起伏,进而将对旧世界的诅咒、对新生的渴望和新生后的欢快情绪层次分明地渲染了出来,还向人们深刻地展示了生命、自由以及不可阻挡的时代力量。在《立在地球边上放号》一诗中,诗人以海涛般的句式,淋漓尽致地传达出对"动"与"力"的颂扬和呼唤。

二是《女神》中激荡着"五四"时期狂飙突进的时代精神,并张扬了一股雄浑阳刚之气。例如,在抒情诗歌《凤凰涅槃》《天狗》《立在地球边上放号》《我是个偶像崇拜者》等,抒情主人公都以一种阳刚之气对旧的伦理纲常进行挑战,并渴望能够将旧秩序打破,进而建立一个充满自由、民主和尊严的社会。同时,这也深刻地表现出一种前所未有的"人的解放"广度、深度和强度。周扬曾在评价《女神》时说:"那辗转在封建重压之下要求解放的个性,不过是被堰拦住,只是徒然地在堰前乱流的'小河'的水,到他,这水便一下子泛成提起全身力量来要把地球推倒的无限的太平洋的滚滚怒涛。"[1]由此可知,《女神》诗中洋溢着一种崭新的时代理想。

三是《女神》的艺术风格,秀丽与雄奇兼而有之,而以雄奇风格为主导方面。许多作品如《天狗》《站在地球边上放号》《匪徒颂》等,都显示着气吞山河、震撼宇宙的力量,明显地受惠特曼影响而有所发展,可说是"雄而不丽";也有不少诗如《夜步十里松原》《新月与白云》《春之胎动》等细腻幽婉、诗绪缠绵,不但受了泰戈尔的影响,也受了我国古代诗人陶渊明、王维等的影响,可说是"丽而不雄";而许多诗作如《凤凰涅槃》《太阳礼赞》《地球,我的母亲》

---

[1] 周扬. 郭沫若和他的《女神》[N]. 解放日报,1941-11-16.

等,则是秀丽与雄奇兼而有之,既有激昂、高亢,又有哀怨、愁绪,两种风格水乳交融、浑然一体了。

四是《女神》中有着多种多样的诗歌形式,如自由体、半格律体、诗剧体等,其中以自由体诗歌取得的成就最高。《女神》中的自由体诗歌,没有固定的诗节和字数,但有着自然的音节,且一切都服从感情的倾泻,从而真正做到了郭沫若在诗歌创作方面所提倡的"绝端的自由,绝端的自主"。《女神》中多样化诗歌形式的创造,也生动表现了"五四"时期狂飙突进的时代精神。

总之,《女神》显示了中国现代诗歌创作最早的实绩,也确立了自由诗体在我国诗歌史上的地位,在中国新诗界掀起一阵狂涛巨浪。同时,《女神》充分体现了"五四"的时代精神,还以充满了浪漫主义色彩的精神和创作方法深刻影响了我国新诗的创作。

## 三、刘半农的诗歌创作

刘半农(1891—1934),原名刘寿彭,后改名刘复,江苏江阴人。辛亥革命爆发后,他曾积极参与其中。后来,他又参与了"五四"新文化运动,并开始进行文学创作。自1920—1925年,他先后在英国和法国学习实验语言学和文学。回国后,他任职于北京大学。1934年7月14日,刘半农因病去世,终年43岁。

刘半农的白话新诗就其反映的社会面之广阔而言,在同期新诗人中是首屈一指的。他重视对现实黑暗社会的揭露,以及对下层劳动人民疾苦的同情,因而极具真实性。他的代表作《相隔一层纸》就运用日常口语和强烈的对比手法,对这一主题进行了生动表现:

屋子里拢着炉火,
老爷吩咐开窗买水果,
说:"天气不冷火太热,
别任它烤坏了我。"

屋子外躺着一个叫花子,
咬紧了牙齿对着北风喊"要死"!
可怜屋里与屋外,
相隔只有一层薄纸

这首诗与杜甫的诗歌名句"朱门酒肉臭,路有冻死骨"在意境上是相通的,通过对屋里富人与屋外穷人的对比性描写,反映了当时社会中存在的阶级差别和贫富悬殊情况,并进一步揭露了社会的黑暗,表达了对贫苦人民的同情。

刘半农的白话新诗不仅在主题思想方面值得称道,在诗歌形式方面也有一些可取之处,还注重对诗歌的音节进行改革。这里以《教我如何不想她》一诗为例进行说明:

  天上飘著些微云,
  地上吹著些微风。
  啊!
  微风吹动了我头发,
  教我如何不想她?

  月光恋爱著海洋,
  海洋恋爱著月光。
  啊!
  这般蜜也似的银夜,
  教我如何不想她?

  水面落花慢慢流。
  水底鱼儿慢慢游。
  啊!
  燕子你说些什麼话?
  教我如何不想她?

  枯树在冷风裏摇,
  野火在暮色中烧。
  啊!
  西天还有些儿残霞,
  教我如何不想她?

这首诗借助比兴的手法,表达了游子对祖国的深切怀念。诗中的格律并不是严格的五七言格律,而且融入了口语,读来感觉韵律和谐、节奏明快、十分自然。后来,该诗被赵元任谱曲,成为我国音乐史上的著名歌曲。

## 四、闻一多的诗歌创作

闻一多(1899—1946),原名闻家骅,出生于湖北浠水县的一个书香望族之家。他从小就喜欢中国古典诗词和美术,这为其日后的诗歌创作奠定了重要基础。1919年"五四"运动期间,他积极参与其中,并开始了新诗创作。抗日战争爆发后,他一边从事民主运动和民主斗争,一边坚持文学研究与创作。1946年7月15日,闻一多遭国民党特务杀害,终年47岁。

闻一多是五四时期自觉肩负起诗歌创新的诗人之一,他积极探索如何使新诗从语言和形式的自由化走向艺术的规范化,以便在旧诗留下的废墟之上新建起一个属于自己的家园。

闻一多的白话新诗创作开始于1920年,对民族、对祖国深沉的爱恋是其新诗创作最主要的情感内容。与"五四"时期成长起来的许多知识分子一样,闻一多既接受过系统的中国传统文化教育,又有留学美国、接受西学的经历,两种异质文化的矛盾冲突以及留美期间所感受到的民族歧视,使他的灵魂感到不胜重负,作为一种精神反抗,他创作了许多爱国诗篇。闻一多的代表性诗集《红烛》和《死水》中的很多诗作,就"以沉郁凝练而又炽热逼人的艺术风格,表现了诗人在帝国主义压迫面前强烈的民族自尊心与自豪感,以及面对黑暗腐败的社会现实时产生的痛苦、失望与焦灼、忧虑,其间跳动的是诗人一颗滚烫的爱国之心"。① 这里着重分析一下《死水》这首诗:

> 这是一沟绝望的死水,
> 清风吹不起半点漪沦。
> 不如多扔些破铜烂铁,
> 爽性泼你的剩菜残羹。
>
> 也许铜的要绿成翡翠,
> 铁罐上锈出几瓣桃花;
> 再让油腻织一层罗绮,
> 霉菌给他蒸出些云霞。
>
> 让死水酵成一沟绿酒,
> 漂满了珍珠似的白沫;

---

① 石兴泽,隋清娥.中国现代文学[M].北京:中国社会科学出版社,2012:248.

小珠笑一声变成大珠,
又被偷酒的花蚊咬破。

那么一沟绝望的死水,
也就夸得上几分鲜明。
如果青蛙耐不住寂寞,
又算死水叫出了歌声。

这是一沟绝望的死水,
这里断不是美的所在,
不如让给丑恶来开垦,
看它造出个什么世界。

  闻一多创作这首诗是在 1925 年 4 月,正处于其从美国归国前夕,当时"三·一八"惨案的发生让诗人感到了极大的震惊和愤怒。于是,他在诗中运用象征手法,借鉴西方现代诗的反讽方法和"以丑为美"的艺术原则,大声诅咒了"死水"般的黑暗社会,并以否定的语气声讨着腐朽与黑暗的社会,进而表达了对丑恶势力的憎恨和对祖国深沉的挚爱。此外,闻一多的诗歌创作手法大大丰富和发展了中国新诗的意象系统。

  在《红烛》和《死水》中,表达对祖国无限热爱的诗作还有很多。比如,《太阳吟》中,诗人把太阳作为对话的伙伴和歌吟的对象,尽情地倾诉自己压抑的情感,企望"六龙骖驾的太阳"急速飞翔,一日走完几年的历程,好让"憔悴如同深秋一样"的我,早一些回到日夜思念的家乡;《忆菊》中,诗人选择了菊花这一具有深厚民族文化底蕴的意象,表达了自己对祖国无限眷念与渴慕之情;《口供》中,诗人展现了"五四"退潮后自己所经历的彷徨苦闷的矛盾心理,并从中透露出自己的爱国主义激情。

  除了表达对祖国的无限热爱,闻一多的白话新诗也对下层人民的疾苦进行了深刻关注,并表达了自己对他们的同情,如《大鼓师》中描画了一个"吞下了悲哀"的、敲着大鼓四处漂泊的"大鼓师";《荒村》中描绘了一个荒凉破败的村落,真实再现了社会动乱中底层民众离乱与贫困的生活现状;《夜歌》中描画了一个在月光底下黄土堆里嚎啕捶胸的"妇人";《洗衣歌》中描绘了美国华工在"半夜三更一盏洗衣的灯"的陪伴下的屈辱、悲惨的生活;《飞毛腿》中描绘了最终投河自杀、尸体飘在天河里的"飞毛腿"在黑暗残酷的社会中的苦难生活和不幸命运……诗人在描画这些人物及其他们的悲惨命运时,虽然运用的是客观的叙述口吻,但字里行间却渗透出强烈的人道主义情

# 第一章　五四时期(1917—1927年)的文学创作

怀,而且渗透出强烈的批判精神和浓烈的忧患意识。

闻一多的白话新诗中,还有一些着意于描写自然景色和抒发个人情怀,如《美与爱》《幻中之邂逅》《花儿开过了》《红豆》《忘掉她》《雪》等。这些诗作不仅韵趣生动、诗情悠扬,而且表现了诗人丰富而细腻的情感特征。这里着重分析一下《忘掉她》这首诗:

> 忘掉她,象一朵忘掉的花,——
> 那朝霞在花瓣上,
> 那花心的一缕香——
> 忘掉她,象一朵忘掉的花!
>
> 忘掉她,象一朵忘掉的花!
> 象春风里一出梦,
> 象梦里的一声钟,
> 忘掉她,象一朵忘掉的花!
>
> 忘掉她,象一朵忘掉的花!
> 听蟋蟀唱得多好,
> 看墓草长得多高;
> 忘掉她,象一朵忘掉的花!
> ……
> 忘掉她,象一朵忘掉的花!
> 象春风里一出梦,
> 象梦里的一声钟,
> 忘掉她,象一朵忘掉的花!

这首诗是闻一多为了纪念早夭的女儿而写的,优美的诗境里潜藏着缕缕难以排遣的忧伤。诗人匠心独具地捕捉了一些美丽而又空幻易逝的意象,力图用生命本身的脆弱来冲淡爱女夭折给自己所带来的巨大痛苦。"忘掉她,像一朵忘掉的花!"在每一节的开始和结尾处以低婉缠绵的语调复沓回旋,展示了诗人意欲走出伤痛而又无从解脱的复杂心理。

闻一多的白话新诗创作,对之后中国诗歌的发展产生了重要影响,主要表现在两个方面。一方面,闻一多反对"作诗如作文",他的诗歌作品都对这一观点进行了实践,从而使中国新诗的发展有着新的样本与经验;另一方面,闻一多强调诗歌的形式美和音乐美,因而他的诗歌作品中都有着"节的匀称和句的均齐",还形成了一定的节奏,这也影响了中国新诗的进一步发展。

## 五、徐志摩的诗歌创作

徐志摩(1896—1931),原名徐章塘,笔名诗哲,出生于浙江省海石县硖石镇的一个富商家庭。他从小生活优渥,也接受了良好的教育。他曾在北京大学读书,毕业后到美国和英国留学。在留学期间,他接触了西方民主主义思想和生活方式,阅读了大量的西方文学作品,从而在人生观、艺术观等方面都有所改变,并萌生了诗歌创作的激情。回国后,徐志摩先后在北京大学、清华大学任教,并坚持进行诗歌创作。1931年11月19日,徐志摩因飞机失事不幸身亡,终年35岁。

徐志摩是一个彻头彻尾的理想主义者,他用生命的热情去追求"爱与美与自由",而他的诗就是他生命追求的艺术再现。因此,他创作白话新诗有着新颖活跃的意象和自然清新的意境,并以"合其自身性灵的轻柔率真、纯挚缠绵的抒情风格"享誉中国诗坛。另外,徐志摩在创作白话新诗时,深受英美自由主义思想以及英国浪漫主义诗人拜伦、雪莱、华兹华斯的影响,同时他执着地书写着"从性灵深处来的诗句",[①]对自己内心的真实情感进行着表现。

徐志摩的白话新诗从思想内容上来看,注重抒写自己追求自由与光明理想的信心和决心,从而表明了那一代自由主义知识分子思想倾向。这里以《雪花中的快乐》一诗为例进行详细说明:

> 假如我是一朵雪花,
> 翩翩的在半空里潇洒,
> 我一定认清我的方向
> ——飞扬,飞扬,飞扬,
> 这地面上有我的方向。
> ……
> 那时我凭藉我的身轻,
> 盈盈的,沾住了她的衣襟,
> 贴近她柔波似的心胸
> ——消溶,消溶,消溶
> ——溶入了她柔波似的心胸。

诗中,诗人让雪花与自己钟情的朱砂梅相融合,实质上是让雪花与自己

---

① 陈从周. 徐志摩年谱[M]. 上海:上海书店,1981:71.

的内心情感相融合,以表达自己对于理想情感归宿的追求。但同时,诗人又将对理想情感归宿的追求与改变现实社会的理想联系在一起。因此,这首诗又体现了反封建伦理道德的主题,同时表达了诗人对个体解放的要求。

除了上述内容,徐志摩的白话新诗也注重书写自己对爱情和美的追求。徐志摩的爱情诗,或是通过描绘具体的形象表达自己的情感,或是通过营造具体的意境来表明自己对爱情的向往,或是通过描写爱情来表明自己的价值思考,如《偶然》中,诗人通过"我"与"你","云"与"波"相对,以及"踪影""光亮"等意象,对爱情及人生的真谛进行了昭示,即真正的爱并不只是长相厮守,即使瞬间也是永恒,交会时互放的光亮可以烛照漫长的一生。

当然,徐志摩的白话新诗中也有一些表达自己当时对黑暗社会不满的诗作。如《大帅》《人变兽》《太平景象》对当时的军阀混战进行了揭露和批判;《盖上几张油纸》对普通妇女的悲惨生活和不幸命运进行了形象描绘;《叫化活该》《先生,先生》对乞丐的悲惨生活和不幸命运进行了生动刻画。

徐志摩的白话新诗不仅在思想内容方面表现出丰富性,在艺术方面也有很多可取之处。

首先,诗中有着独具特色的意象,从而构成了别致的意境,更好地表达出自己的情思。而徐志摩在构建自己诗歌中的意象时,往往会运用三种方法:一是将感情特色赋予到客观事物之中,从而使其由平淡变得奇特,如诗歌《再别康桥》中的意象"河畔的金柳""波光里的艳影""软泥上的青苔"等原本是非常平常的事物,但诗人将自己离别时的情感融入了这些平常事物之中,因而使他们成为了有着特殊意义的意象。二是通过比喻手法的运用,创造新颖的意象,如诗歌《沙扬娜拉》虽然只有短短五行,却把日本女郎的依依送别之情渲染得淋漓尽致。诗中,诗人将沙扬娜拉比作是"不胜凉风的娇羞水莲花"意象,从而巧妙地将日本女性的娇羞神态和娇美形象表现了出来,展现了日本女郎温柔娴雅的性格特征。此外,这首诗作在现代的诗形中体现出中国古典诗词的意境美,尤其是"一低头的温柔"这一意象,具有很大的艺术包容性。三是抓住刹那间的印象或感受等,使其定格为独特的意象,如《灰色的人生》中的诗句"我一把揪住了西北风,问他要落叶的颜色""我一把揪住了东南风,问他要嫩芽的光泽",是诗人以诗笔把握的瞬间,进而使其成为了独特的意象。

其次,徐志摩的诗歌有着很强的音乐性。他曾说:"明白了诗的生命是在它内在的音节的道理,我们才能领会到诗的徐志摩对诗歌语言有着敏锐的感觉和超凡的把握能力,他时常运用看似平淡的文字,把内在情绪巧妙地融入富有音乐质感的诗形之中,以求达到情感内容与外在形式的自然和谐。真的趣味,不论思想怎样高尚,情绪怎样热烈,你拿来彻底的音乐,才取得诗的认识。"《雪花的快乐》一诗就有着很强的音乐性,全诗共四节,每节有五行,每行有三个音节,分别由二字尺、三字尺或四字尺交错组成,另外每节中都有两组紧跟的韵脚,从而形成了极强的韵律感,契合了诗中自信而乐观的情绪。《再别康桥》一诗也有着很强的音乐性,全诗共有7段,每段2节,每节2行,第二行后退一格,每行的字数和音节数又不尽相等,从而使整首诗看起来显得工整而又摇曳多姿;全诗没有采取一韵到底的方法,而是每段转韵,两句一韵,轻盈自然,获得了音乐的美感。

最后,徐志摩的诗歌有着规范而又相对灵活的诗歌形式,如《再别康桥》一诗有着极为规整的诗行,每一节的第一行和第三行的排列相同,第二行和第四行的排列也相同,而且单数行和双数行错开了一个字;而《海韵》一诗,诗行极不规整,有的行只有4个字,有的行却长达22个字,而且诗行的排列呈现出犬牙交错的状态。

总的来说,徐志摩的白话新诗为中国现代诗歌留下了一份宝贵的财富。他"以一颗单纯到透明的童心,把对自然的执着爱恋,对自由、美和爱的热烈追求,对生命的真挚崇拜,对人世悲欢的感慨,对性灵的赞美歌唱,用丰润优美的诗的语言、严谨多样的诗的形式、幽远含蓄的诗的意境、奇丽不羁的诗的想象,亲切洒脱地表达出来,唤起了几代读者的美的情感",[1]因而在中国现代新诗史上有着不可替代的地位。

## 第三节 现代小说的新探索

在五四时期,文学创作在小说方面取得的成绩是有目共睹的。除了鲁迅,叶圣陶、冰心、许地山、郁达夫、王鲁彦等很多作者也在小说创作方面进行了积极尝试,对小说的形式、叙事、语言等各个方面进行了创新,并促使五四小说的发展呈现出流派纷呈的状况。总体来看,这一时期的小说创作以客观写实和主观抒情为两大流派,影响较大的是社会问题小说、乡土小说与浪漫抒情小说。

### 一、社会问题小说的创作

社会问题小说是"五四"启蒙精神和作者的人生思考相结合的产物,其多以知识青年的生活为题材,从不同的角度真实地反映了当时人们所关心

---

[1] 李平. 中国现代文学[M]. 北京:中央广播电视大学出版社,2006:87.

的各种社会人生问题,如军阀战争带来的社会灾难、教育、青年恋爱、青年出路、社会习俗与礼教、婚姻家庭、妇女贞节等问题,表现出强烈的社会使命感和文化批判意识,也表现出鲜明的人道主义、民主主义精神,体现了"为人生"的文学观。此外,社会问题小说体现了客观写实倾向和忠于现实、直面现实并有意识地干预现实、改造现实的现实主义精神,同时理性主义色彩也较为浓厚。不过,社会问题小说中所提出或者说所暗示的问题解决方法都是十分幼稚的,不可能对这些问题进行有效解决,只能成为一个美好的幻想罢了。

社会问题小说真正形成一种创作风气,与叶圣陶、冰心、许地山、王统照等的创作分不开。不过,由于作者是以小说的形式(一些简明的故事或单薄的形象)来阐释自己对社会问题的思考,故存在着明显的概念化倾向,人物往往成为作者主观精神的传声筒,因而显得比较空疏。这也导致社会问题小说在1921年"五四"落潮后逐渐衰落了,到1923年前后则被乡土小说流所取代。

## (一)叶圣陶的社会问题小说创作

叶圣陶(1894—1988),原名叶绍钧,江苏苏州人。1911年,他于中学毕业后辗转苏州、上海、杭州等地任初等小学教员,并开始尝试文学创作。1914年,他在鸳鸯蝴蝶派的刊物《礼拜六》《小说丛报》《小说海》上发表了《穷愁》《赌徒之儿》《贫女泪》等十多篇文言小说,题旨比较浅露,内容多为揭露黑暗现实及同情下层百姓。"五四"时期,他开始用白话写小说。1921年,他参与发起成立了文学研究会,并继续坚持小说创作。至中华人民共和国成立前,共发表了《隔膜》《火灾》《线下》《城中》《未厌集》《四三集》等多部短篇小说集,以及长篇小说《倪焕之》。此外,叶圣陶在新诗、散文、戏剧和学术、批评等领域也有所涉足,对我国现代文学的开拓与创新进行了积极探索。1988年2月16日,叶圣陶在北京逝世,享年94岁。

叶圣陶的社会问题小说是以人道主义为出发点的,因此人道主义思想是其观察人生、表现人生、批评人生及进行思想启蒙的主要武器。此外,叶圣陶的社会问题小说注意揭示现实生活多侧面的矛盾冲突,强化对旧制度旧思想的批判力量,加重对灰色人生的针砭和抨击,并在揭露社会现实矛盾和针贬灰色人生的过程中,把"爱"与"美"理想的实现寄托在下层人民身上。《这也是一个人?》《潘先生在难中》和《倪焕之》是叶圣陶最有代表性的社会问题小说。

《这也是一个人?》(后改名《一生》)所表现的是一个缺乏"美"与"爱"的冰冷世界。女主人公"伊"15岁就由父母做主嫁人了,被夫家抵半条牛使用。不到一年"伊"便生了孩子,但孩子很快夭折。"伊"忍受着丧子之痛的折磨,还备受婆婆和丈夫的虐待。丈夫死后,"伊"又被公婆卖了。"把伊的身价充伊丈夫的殓费,便是伊最后的义务。""伊"的一生是封建礼教重压下农家妇女悲惨命运的缩影。叶绍钧通过对这位劳动妇女牛马不如的悲惨命运描写,提出了妇女如何从封建桎梏下解放出来的问题,也涉及"五四"时期广泛关注的"人权"问题。

《潘先生在难中》通过展示旧中国小资产阶级知识分子"灰色的卑琐人生",对教育界的各种黑暗腐败现象进行了揭示。主人公潘先生集知识分子与小市民的特点于一身,是一个颇具喜剧色彩的典型的灰色人物。他虽然从事教育工作,但没有理想,而且庸俗、自私、卑琐、安于现状。因此,在军阀混战之际,他为了自保,不管学校的工作,与家人逃到上海"租借地"的旅馆中,并将这里看作他们一家人的"乐园"。但他在到了上海的第二天早晨,从报上获悉教育局长要照常开学的消息,于是因担心自己随便离校被上司追究而丢掉学校中的职位,不顾妻子的反对只身回到了学校,并积极地筹办起开学之事,以求能获得教育局长的赏识。可令他没想到的是,开学通知书还未发出,就再次爆发了军阀战争。为了自保,他申请了国外红十字会的庇护。当战事发展到相邻的碧庄时,潘先生赶紧仓皇地卷了一包细软来到洋人的红房子要求庇护,并在这里碰见了貌似尊严的局长。当军阀混战结束后,他写了颂词来欢迎战胜的军阀杜统帅。但是,他写颂词时想到的并不是杜统帅的丰功伟绩,而是"拉夫,开炮,烧房屋,淫妇女,菜色的男女,腐烂的死尸"等场景。就在这种辛辣的讽刺中,小说结束了。其实,作为小学校长的潘先生也知晓军阀战争的罪恶,并且本身就饱尝了战乱的艰辛。但是,在战乱中他却为一己之私利而忙碌,因此潘先生在本质上是一种卑怯自私、随遇而安的灰色知识分子典型,是他们在动荡社会环境的夹缝中求生存而又朝不保夕命运的合乎逻辑的形象展现。小说就在批判以潘先生为代表的小知识分子的同时,对军阀混战予以否定。

《倪焕之》是中国现代文学史上最早的优秀长篇小说之一,通过讲述小学教员倪焕之的人生经历,对从辛亥革命到第一次国内革命战争时期的重大历史事件进行了生动再现,并反映了在这一段历史时期内小资产阶级知识分子的心理变化。倪焕之原本是一个有理想的热血青年,向往革命和社会改良。在辛亥革命失败后,他将挽救社会和民族的希望放在教育上。于是,他全身心地扑在教育事业上,积极进行教育改革。但是,他的教育改革行为受到了顽固派的疯狂阻挠,再加上他并没有认清深受经济基础制约的教育是无法担当起进行变革社会任务的,因此他的教育改革最终以失败告终。倪焕之在进行教育改革、追求理想教育的同时,也积极追求着理想的爱情和家庭。他娶了一个曾追求过自由解放、与自己有共同理想的新女性金佩璋,他们在婚后度过了一段理想的家庭生活。但是,金佩璋从实质上来说是一个戴着"传统枷锁"跳舞的新女性,她在怀孕后便完全沉溺于家庭的琐事之中,抛弃了对新生活、理想教育的追求。对于金佩璋的改变,倪焕之感到了痛心,认为自己失去了一个志同道合之人。倪焕之所经历的人生道路选择,表现了作者在大革命的暴风雨中经过长期痛苦的思索和斗争,对社会革命有了更深刻的认识。在教育理想和家庭理想都最终失败后,倪焕之对生活感到了绝望。但是,"五四"运动的浪潮重新唤起了他的热情,他从乡下到了上海,积极参加了工人斗争,并立志成为"革命的教育者"。可是,接下来发生的"五卅"运动和"四·一二"政变使他的革命也失败了,于是在极度的悲观失望中因酗酒过度而客死他乡。但是,他的死却唤起了"沉睡"的妻子金佩璋,她决定走出贤妻良母式的角色,去完成丈夫未竟的事业。总体来说,《倪焕之》生动展现了近代中国追求进步的知识分子从五四运动到大革命失败这一历史时期内的思想与心灵变迁,并对知识分子的出路进行了探索。

叶圣陶的社会问题小说创作在艺术方面取得了一定的成就,小说的故事中没有曲折的情节,注重对平常的人和事进行生动如实的反映,因而体现出很强的真实性与现实性;小说中塑造了众多生动鲜明的小市民和小资产阶级知识分子形象,而且在对其进行塑造时,既注意对他们进行客观的描写,又注意运用富有特征的动作和典型细节来挖掘他们的内心世界,从而使人物更加立体化;小说的风格是自然、踏实而冷峻的,而且语言纯净、准确、严谨,富有感染力和表现力。

## (二)冰心的社会问题小说创作

冰心(1900—1999),原名谢婉莹,福建长乐人。她出生于一个相对富裕的家庭,受到了良好的教育,也形成了一些进步的思想,因而曾积极参与五四爱国运动。抗日战争爆发后,冰心由北平辗转到云南,后移居重庆。中华人民共和国成立后,她定居北京,并坚持文学创作。1999年2月28日,冰心逝世,终年99岁。

冰心是以"社会问题小说"进入文坛的,她的社会问题小说往往提出一些重大的社会问题,令人深思。《斯人独憔悴》是她最早的一部社会问题小说,通过讲述思想陈旧的父亲与思想进步的子女之间的矛盾冲突,以及思想进步的子女最终做了封建家庭俘虏的故事,对五四时期先进青年的精神困境进行了生动展示。

在《斯人独憔悴》后,冰心又陆续发表了多部社会问题小说,包括《两个家庭》《去国》《姑姑》《超人》《最后的安息》《秋风秋雨愁煞人》《一个不重要的军人》等。其中,《两个家庭》通过"我"的视角,用对照的写法,展现了两个家庭的生活图景。这两个家庭的男主人曾经是很好的朋友,一同上学、一同毕业、一同出国留学,然而婚后,这两个家庭却呈现出截然不同的光景:一个家庭杂乱无章,儿女啼哭,生活矛盾十分尖锐;另一个家庭生活温馨,孩子活泼且有教养。这一差异的出现,主要在于两个家庭主妇在文化教养方面有很大的不同。据此,作者提出了改造旧家庭建立新生活的社会问题,以及女性受教育的问题。《去国》通过讲述满腹才华的青年在归国后因无处施展才华而不得不再次离开的故事,对官场的黑暗进行了揭露,并提出了在黑暗的旧中国知识分子的出路问题。《一个不重要的军人》通过描写下层士兵的悲惨生活,对引发混乱的封建军阀进行了强烈抨击。

从总体上来看,冰心的社会问题小说仅仅是揭露了当时青年所面临的社会人生问题,但并没有进一步探索这些问题的更深内涵以及产生的原因,并试图用"爱"来解决这些问题。因此,在冰心的社会问题小说中,经常会出现"爱"这一主题。比如,《超人》中主人公何彬原本是一个冷心肠的人,后在母爱的感染下,学会了爱人,对人生的态度也由冷漠变为热情。另外,冰心的社会问题小说结构单纯,笔调细腻柔和并带有些许的忧愁色彩,语言明丽清新,因而很能引起读者内心的震动;往往流露出女性的温情主义,因而故事中的人物往往缺乏反抗的精神和斗争的勇气。

### (三)许地山的社会问题小说创作

许地山(1893—1941),原名许方堃,字地山,笔名落花生。他出生于台湾一个爱国者的家庭,甲午中日战争后回到了大陆。1922年,他赴美留学,在哥伦比亚大学学习文学,并获得了文学硕士学位。之后,他赴英国牛津大学进修。1926年,他回到了国内,先后于燕京大学和香港大学任教。在国外留学和国内任教期间,许地山坚持进行文学创作,并发表了小说集《缀网劳蛛》《空山灵雨》等。1941年8月4日,许地山因心脏病去世,终年48岁。

许地山的人生观是二重的,"一方面是积极的昂扬意识的表征,另一方面又是消极的退隐的意识"。[①] 这使得他的社会问题小说呈现出两个鲜明的特色:一是大都取材于现实生活中的人物和情节,有着强烈的人道主义倾向和时代感;二是渗透了佛教思想,具有一定的哲理性。《命命鸟》《缀网劳蛛》和《春桃》是许地山社会问题小说的代表作。

《命命鸟》以缅甸仰光为背景,通过描写一对青年男女加陵和敏明为追

---

① 王嘉良,颜敏.中国现当代文学史(上册)[M].上海:上海教育出版社,2009:69.

## 第一章　五四时期(1917—1927年)的文学创作

求自由的爱情和理想的人生而双双携手投湖自尽的悲剧故事,提出了追求婚姻自由与封建专制矛盾的问题。加陵和敏明相识于佛教青年会的法轮学校,两人由同窗而逐渐发展到恋人,却因所谓的"生肖相克"遭到了双方父母的反对,敏明的父亲还请了蛊师来离间他们。但是,两个人还是违抗父母之命真诚地相爱着并最终选择用死来捍卫他们的爱情,这既表现了"五四"一代青年对恋爱自由的热烈追求,也揭露和批判了封建的婚姻制度,有着明显的进步意义。但同时,这篇小说也流露出了人生是苦、涅槃最乐的宗教精神。敏明和加陵都是佛教徒,又因父母对自己爱情的反对而认清了人世的污浊,还意识到那些自称的"命命鸟"其实是落入情尘的青年男女的丑恶原形,于是决心携手到人生的彼岸去寻找一方净土。因此,当他们投湖自尽时,是那样的平静、从容不迫和义无反顾。许地山通过描写这个有着鲜明的宗教色彩的忠贞不渝的爱情故事,既揭露了封建家庭扼杀青年爱情的罪恶,表达了对社会以及人生的一种自觉性抗争,也表明了对于美丽、纯洁的"极乐世界"的向往与追求。

《缀网劳蛛》以浓郁的南国风光和异域色彩为躯壳,讲述了一位有着浓郁宗教感情的、默默承受不幸命运的妇女的故事。小说的主人公尚洁原本是一个童养媳,后因不堪忍受婆婆的虐待而在长孙可望的帮助下到了马来。但到了马来后,她因救助一个受伤的盗贼而被长孙可望怀疑不贞。愤怒之下的长孙可望持刀伤了她,并遗弃了她。但是,尚洁对于自己的被误解和被遗弃,并没有一丝怨恨,而是以极其宁静的态度对待自己的不幸。尚洁对待不幸命运的这种态度,典型地体现出了东方人的乐天知命和坚忍不拔,这实际上也是深受佛教思想影响的许地山的心声。

《春桃》是许地山的社会问题小说中最著名的一篇小说。在这篇小说中,作者运用现实主义的手法,塑造了一个"在命运的拨弄面前稳健地驾驶着人生之舟的强者"形象。① 小说的女主人公春桃在新婚之日便遭遇了兵匪祸乱,与丈夫李茂的美好生活被毁,后流落北平,靠捡烂纸谋生。但是,生活的贫困和清苦并没有使春桃变得气馁,而是始终乐观坦诚地面对着生活。后来,她与同是逃难到北平的刘向高同居,并早出晚归捡烂纸。一天,她在街上遇到了失散多年且已折了两条腿的、满身污垢的丈夫李茂,并做出了一个大胆的决定:将他接到自己的家里,与自己和刘向高开起了"三人公司",开始了顽强而坚毅的共同生活。总的来说,春桃是一个极其善良、朴实、坚毅的劳动妇女,总是以自己的意志支配着自己的命运,并以积极乐观、豁达的人生态度对待生活中的苦难。应该说,许地山对春桃这一人物形象的塑

---

① 刘勇. 中国现当代文学[M]. 北京:中国人民大学出版社,2006:80.

造带有些微的理想色彩,但其在将这些理想色彩灌注到春桃形象中时并不是牵强的,而是借助现实矛盾的自然进展加以展示的,因而十分令人可信。

### (四)王统照的社会问题小说创作

王统照(1897—1957),字剑三,笔名息庐,山东诸城人。1918年,王统照在中国大学读书期间,由于受到五四新文化运动的影响,他开始尝试进行文学创作。1957年11月29日,王统照病逝,享年60岁。

王统照的社会问题小说也试图对社会人生问题进行解决,而解决的方式与冰心一样,即"爱"与"美"。比如,《沉思》的主人公琼逸是一个集"爱"与"美"于一体的理想人物,她思想开通,立志为艺术献身。但是,她当模特的举动遭到各方面的议论和压制,甚至画院老师都不理解,这就不得不令人沉思:新思潮真能抵挡住传统的阻力吗?在这里,作者用象征手法表达了对"爱"与"美"的赞颂,以及对"自私""平庸"的蔑视。

不过,王统照在写社会问题小说时,并没有一直沉醉在"爱的哲学"中。他后期将笔触转向现实社会,所写的作品是较为真实感人的。比如,《湖畔儿语》的主人公是小男孩小顺,他的母亲生了7个孩子,但6个孩子因贫病死了,只剩下他自己。后来,小顺的生母去世了,父亲又娶了一个后妈。但是,他们一家人的生活始终过得十分拮据。为了生计,父亲要去烟馆侍候人,而后妈要在家接客赚钱,所以小顺是无法回家的。无可奈何之下,他只能独自到湖畔徘徊,并因此感到屈辱。在这篇小说中,王统照展现了一个家庭的不幸,由此提出了"改造社会"这一问题。

## 二、乡土小说的创作

"乡土小说"这个概念源于鲁迅在《〈中国新文学大系·小说二集〉序》中提出的"乡土文学",指的是在20世纪20年代中期成形的,靠回忆重组对故乡农村(包括乡镇)的生活进行描写,有着浓重的乡土气息和地方色彩,渗透着浓郁的乡恋情怀,并借揭露宗法制乡镇生活的落后和愚昧对自己的乡愁进行抒发的小说。

乡土小说的创作深受鲁迅的影响,而且乡土小说的创作十分注重人物与环境的关系,所塑造的人物有着生动而鲜明的性格,而且注重描绘地方的风物和习俗。鲁彦、许钦文和许杰等都是这一时期优秀的乡土小说家。

### (一)鲁彦的乡土小说创作

鲁彦(1902—1944),原名王衡,浙江镇海人。他出生于农村,对乡村生活十分熟悉,这是其日后进行乡土小说创作的基础。1944年8月22日,鲁彦去世,终年42岁。

鲁彦在进行乡土小说创作时,通过展示自己家乡的生活与习俗,揭露了封建思想的腐朽,并对国民的劣根性进行了尖锐批判。《菊英的出嫁》和《黄金》是鲁彦乡土小说的代表作。

《菊英的出嫁》通过对浙东民间旧俗"冥婚"的描写,将批判的锋芒直指封建礼教及国民的劣根性。小说的主人公菊英已去世多年,但她的母亲还忙着为她张罗冥婚,即将早已死去的两人迁葬到一起。小说以略含嘲笑的笔调叙述了菊英母亲为女儿准备冥婚这一事件,显示了古老中国农业社会落后于时代的蹒跚步伐,并对愚昧的陋习以及国民劣根性进行了深刻的批判。

《黄金》是标志着鲁彦乡土小说风格成熟的一部作品,通过讲述如史伯伯因钱而被村民欺负和疏远的故事,对乡村小资产阶级因金钱而发生的精神扭曲和心理变态进行了生动展示,极具讽刺意味。如史伯伯原本是农村的一位善良的小有产者,有几间新屋和十几亩地,过着充实而安定的日子。同时,他也因为自己的这些资产而受到了村民的尊敬。但在有一年年末时,他的儿子没有寄钱回家,这使得村民对他的态度发生了重大转变:邻居怕他跟自己借钱而有意疏远他、木行老板家婚宴时奚落了他、女儿在学校遭到了欺负、家里的狗被人无缘无故地砍死……这些嘲弄和欺凌都使得史伯伯深切地体悟到了世态炎凉,并最终陷入了惶惶不可终日的窘境之中。

## (二)许钦文的乡土小说创作

许钦文(1897—1984),原名许绳尧,浙江绍兴山阴县人。1917年,他于杭州省立第五师范学校毕业,之后留任母校附小任教。1920年,他赴北京工读,其间认识了鲁迅,并开始了文学创作。1984年11月11日,许钦文去世,终年87岁。

许钦文的乡土小说对浙江家乡的人情世故进行了生动的展现,代表作品是《疯妇》和《鼻涕阿二》。

《疯妇》的主人公双喜妻子温柔而善良,但她违背婆婆的意思不学习织布,而是去褙锡箔,这使得婆婆对她非常不满,不仅经常向乡邻议论和挑剔媳妇,而且经常宣传她的不好。婆媳间的隔阂越来越深,最后双喜妻子因精神郁闷而发疯死去了。小说以沉郁的笔触描写了一个因婆媳隔阂造成的家庭悲剧,进而对传统的生活方式与商品经济刺激下年轻人的新价值观之间的冲突进行了生动反映,就封建文化对人性的戕害进行了抨击。

《鼻涕阿二》主人公是被人称为"鼻涕阿二"的女孩菊花,她逆来顺受,不思反抗,安于命运。她曾入夜校读书,但思想并未进步,深受男女授受不亲的封建伦理道德和婚姻观念毒害。当她被传与木匠阿龙恋爱时,不仅受到了周围人的嘲弄,还不得不接受父母的安排,嫁给了寿头呆子阿三。但是,阿三不久便因意外溺水死去了。之后,婆婆将她卖给了钱师爷。钱师爷有钱有势,还对菊花十分宠爱,这使她感觉自己成了"主人"。此时的她有恃无恐,威权滥施,将自己曾遭受的虐待与侮辱都施加给别人。但没过多久,她便因钱师爷的死而变得贫困,并最终在贫病中悲惨地死去了。小说通过描写"鼻涕阿二"的命运浮沉,对旧中国妇女的生活遭遇进行了真实而生动的反映,进而抨击了封建社会制度对人性的戕害。

### (三)许杰的乡土小说创作

许杰(1901—1993),原名许世杰,浙江天台县人。1922年,他开始进行小说创作,后加入"文研会",并曾于上海建国中学、中山大学、安徽大学、暨南大学、华东师范大学等学校任教。中华人民共和国成立后,他一直从事文学创作活动,直至1993年逝世。

许杰是最有成就的乡土写实文学作者之一,他的乡土小说往往用双重视角来描写乡村的故事,一方面将"童年记忆"中的乡村景色描写得美丽动人,另一方面又在美丽的乡村景色描写中涂抹了凝重而灰暗的色彩,以表明乡村的黑暗、落后和愚昧。另外,许杰的乡土小说以表现浙东的乡村悲剧见长,代表性的作品是《惨雾》和《赌徒吉顺》。

《惨雾》被认为是中国现代文学史上乡土小说的一部力作,描写的是玉湖庄和环溪村发生的一场残酷械斗。玉湖庄和环溪村只一水相隔,原本关系不错,因而畅游嫁娶之事往来,小说的主人公香桂就是玉湖庄的姑娘,后来嫁到了环溪村。但之后,两个村子因为争着开垦一片河滩地而产生了严重的冲突,继而演变成一场械斗。在这场械斗中,香桂失去了丈夫,也失去了亲弟弟,并因这双重的痛苦而昏厥坠楼,不省人事。而造成这场械斗的最根本原因,是封建宗族制度观念以及农民经济上的贫困和文化上的落后,因而这篇小说可以说有力地批判了封建的宗法观念。

《赌徒吉顺》对浙东一代的野蛮习俗——典妻制进行了最早的记录和生动的反映。吉顺跟着岳父学了一手泥瓦匠的好手艺,因而生活还算过得去。但后来,他在城里交了几个游手好闲、不务正业的朋友,逐渐染上了赌博的习惯,并一心想通过赌博发大财。却不想,他越赌越输,越输越赌,最后欠下了一身的债务,还将妻子典给了人家。小说通过赌徒吉顺的心理变化过程,生动地展现了社会的黑暗、农村经济的衰退以及在层层压迫之下的农民被生活所抛弃时的畸变性格。同时,小说通过描写吉顺的妻子被典的遭遇,表明了当时妇女地位的低下,并对落后的习俗进行了批判。

## 三、浪漫抒情小说的创作

在乡土小说发展的过程中,由郁达夫、郭沫若、冯沅君、陶晶孙、庐隐等创作的浪漫抒情小说也异军突起。浪漫抒情小说不注重对客观现实的真实再现,而是以作者自我经历或身边琐事为题材,本着自己的内心要求进行创作,将"表现自我"的主观性推至极端,因而带有强烈的主观抒情性和自叙传性质,表现出浓郁的浪漫主义色彩。下面具体分析一下郁达夫、冯沅君和庐隐的浪漫抒情小说创作。

### (一)郁达夫的浪漫抒情小说创作

郁达夫(1896—1945),原名郁文,浙江富阳人。他3岁丧父,全靠母亲勤俭持家度日,童年生活十分艰辛。1913年,郁达夫到日本留学,其间阅读了大量的外国文学作品,这为他以后的文学创作打下了坚实的基础。1921年,他与郭沫若、田汉等发起并成立了创造社,并开始进行文学创作。抗日战争爆发后,他全身心地投入到抗战的洪流中。1945年9月17日,郁达夫在苏门答腊失踪(有人说他被日本宪兵队杀害)。

郁达夫在进行小说创作时,强调"表现自我",注重表现创作主体的主观心理情绪。另外,郁达夫的小说有一个鲜明的抒情主人公形象,而且这个抒情主人公往往是孤独的、敏感的、自卑的、愤世嫉俗的、富有正义感的,在恶浊的社会中无法正常地生存与发展,于是以反常的病态来惩罚社会。

郁达夫在1921年发表了小说集《沉沦》,使得浪漫抒情小说成为一股创作潮流。《沉沦》展现的是五四落潮后青年的人生遭际,淋漓尽致地抒发了一个弱国子民和现代青年忧国伤己的悲哀,以及在重重压抑、隔绝之中对爱的渴求、对美的向往。小说的主人公"他"是一个孤独敏感、自卑自傲的青年留学生,渴望友情和爱情,也渴望被人们理解。但是,"他"来自一个贫弱的国家,因而在异国他乡备受歧视,友情与爱情也成了奢望。这使"他"越来越敏感和多疑,并以一种变态的方式来发泄自己的欲望,最终走向沉沦。小说结尾处,"他"因自责、内疚、受辱的强刺激而选择自杀,并在自杀前发出了希望祖国早日强大起来的呼喊。由此,小说指出"他"痛苦、忧郁的根源是祖国的贫穷和落后,并进一步表达了希望祖国强大起来的愿望。这也使得这篇小说具有深邃的意蕴和积极的思想意义。

在《沉沦》之后,郁达夫又创作了多篇浪漫抒情小说,较为著名的是《春风沉醉的晚上》。小说通过描写贫困潦倒、一文不名的底层知识分子"我"的不幸遭遇,表现了对社会以及人生的多重悲哀。同时,通过描写"我"与年轻女工陈二妹之间的真挚友谊,揭示了旧社会下层工人的苦难生活以及"同是天涯沦落人"的相互关心、相互同情的真挚情感。"我"在外国的学校中读了几年书,但在社会上却找不到工作,只能租住在贫民窟的一个无比黑暗的小阁楼上。在这里,"我"结识了工厂女工陈二妹。她只有17岁,脸色灰白、身体清瘦,在N烟公司工作,不仅要承受沉重的劳动压迫,还经常遭到管理者的欺凌与戏弄。但是,她有着一颗高尚的心灵,对"我"这个潦倒文人给予了真诚的帮助与关心。这使"我"非常感动,并因此不再感到孤独与无助。整体来看,小说中弥漫着一股淡淡的爱意,但也在含蓄中传达出温暖如春的人间友谊,给你以心醉的感觉。

## (二)冯沅君的浪漫抒情小说创作

冯沅君(1900—1974),原名淑兰,出生于河南省唐河县祁仪镇的一个书香家庭。她自幼便喜读古文,尤爱读唐诗,还在十一二岁时就开始吟诗填词,因而有着良好的文学基础。1917年,她考入国立北京女子高等师范学校,毕业后又先后在北京大学、巴黎大学深造。从1935年开始,她一边在学校任教,一边从事文学创作。1974年6月17日,冯沅君因结肠癌在济南逝世,终年74岁。

冯沅君在中国现代文学史上,其小说因真挚的表现而成为了浪漫抒情小说的重要代表作品,如《旅行》《隔绝》《隔绝之后》《慈母》等。这几部小说都是以第一人称进行叙述的,每篇的女主人公名字虽然有所不同,但故事却能够相互衔接,因而实际上讲述的是同一个人的一段人生和心灵历程。《旅行》中描写的是女主人公与男同学自由恋爱的故事。热恋中的两人一同外出旅行时,在火车上以行李作"界碑"放在两个座位中间。到了目的地,他们之间"爱情肉体方面的表现,也只是限于相依相偎时的微笑。丝丝的细语,甜蜜热烈的接吻",即使同处一室也从未逾越最后的界限。据此,不难看出冯沅君在小说中对性爱的表现既有大胆的一面,也有犹豫、进退两难的一面,这既反映了当时五四时期恋爱中青年男女的矛盾心理,也表现了相爱的青年对于爱情的神圣态度以及他们敢于冲破社会舆论和家庭的阻挠进行公开恋爱的勇气。《隔绝》《隔绝之后》和《慈母》中,主人公则陷入了一种残酷的人生选择中。女主人公的母亲为了让她服从包办婚姻,将她禁闭了起来,并以死来威胁她与男友断绝关系。但是,女主人公并没有因此屈服,因为在她看来"生命可以牺牲,意志自由不可以牺牲,不得自由我宁死。人们不知道争恋爱的自由,则所有的一切都不必提了"。于是,她暗中与男友取得联系,并约定好一起出逃。可就在出逃前夕,她的母亲积忧成病。而她一方面不忍对母亲进行伤害,另一方面又难以容忍包办婚姻,最终选择服毒自杀。

她的男友闻讯赶来后,也选择殉情自杀。

总的来说,《旅行》《隔绝》《隔绝之后》《慈母》等小说体现出鲜明的浪漫抒情叙事方式,且不乏主观情绪的直接宣泄,对人物内心的剖析也较为深刻。

### (三)庐隐的浪漫抒情小说创作

庐隐(1899—1934),原名黄英,出生于福建闽侯县的一个官宦家庭。她出生时正好外祖母去世,她因此被认为是不祥之人,因而从小未得到父母的爱。6岁时,父亲病逝,她随母亲投奔娘家,并开始了漫长的痛苦读书之旅。一开始,她跟着姨母读书,而她的姨母对她极其严格,若读不好书便会挨打。9岁时,她因舅母的提议到慕贞学院(一所教会学校)去读小学,而这所学校有着严厉的校长和严格的规定,将庐隐牢牢地禁锢在悲苦之中,使得她长期生病。后来,她进入北京女子师范附小读书,毕业后做教员补贴家用。1919年,她考入了北京国立女子高等师范学校国文部,毕业后先后到安徽宣城中学、北平师范大学附属中学、上海大夏大学、北京市立女子第一中学、上海工部局女子中学任教。1925年,她出版了第一本小说集《海滨故人》,并在文坛上引起了一定的注意。1934年5月13日,庐隐因难产在上海大华医院去世,终年35岁。

庐隐与冰心一样,最初在《小说月报》发表一些反映社会现实的短篇,以探索人生问题走进文坛,但这些小说缺乏真切的生活体验,艺术质感较差。后来,她以自己和同伴的生活经历为基础,创作了《或人的悲哀》《海滨故人》等小说。这些小说都属于浪漫抒情小说,用哀伤的笔调叙写了"五四"一代青年复杂的感情世界,尤其表现了青年女性追求民主解放和幸福爱情最后只能尝到苦果的悲剧。

《或人的悲哀》由主人公亚侠写给女友K的十封信组成,倾诉他以多病多愁之躯在爱情、人生中沉浮的烦闷心情。而最后一封信是由亚侠的表妹从杭州寄给K的,信中说亚侠昨夜已"跳在湖心死了"。总体来说,小说中作者借助亚侠的内心独白,一方面进行着自怜、自责的自我求证,另一方面肯定了女性作为一种反抗封建传统的社会力量的自身价值。

《海滨故人》是庐隐最重要的一部小说作品,以女作者细腻的笔致和感伤的情调,通过描写北京几个女大学生在海滨避暑中结成友谊,但后来都"不幸接二连三卷入愁海了"的故事,表现那个时代青年们强烈的精神饥渴和果敢的举止。小说的第一主人公露莎小时候未得到父母的疼爱,在教会学堂遭受歧视长大,因而从小就感到"世界的孤寂和冷刻"。成年后,她接受了个性解放的时代气息的熏染,渴望自由的恋爱,但又对爱情感到恐惧,最终在犹豫、踟蹰、叹息中和爱情擦肩而过。这部小说有着鲜明的自传色彩，"实际上就是庐隐前半生的自传,露沙就是庐隐自己"。① 总的来说,小说真切地反映了五四时期寻找出路的知识分子的思想状况,带有很强的五四知识女性生活的文献性质。

## 第四节 现代散文的新面貌

我国散文历史悠久,在漫漫的散文长河中名家辈出,叙事抒情各尽其妙。而五四文学革命开启了中国现代散文的序幕,现代白话散文则起始于《新青年》的《随感录》。这一时期的散文创作不仅文体品种丰富多彩,风格流派各领风骚,而且题材范围之广、作品数量之巨、名家之多都是前所未有。其中,陈独秀、鲁迅、钱玄同、周作人、冰心、朱自清、郁达夫、许地山、郭沫若等诸多名家的作品都不同程度地参与到了散文的创作中,使得这一时期的散文呈现出一派"百花齐放,百家争鸣"的新气象。在本节中,将着重分析一下周作人、冰心和朱自清的散文创作。

### 一、周作人的散文创作

周作人(1885—1967),原名周櫆寿,是鲁迅之弟。1901年,他进入南京江南水师学堂学习,接触并接受了西方的民主思想和科学思想,并对文学产生了浓厚兴趣。1906年,他赴日本留学。1911年,他回到了国内,先是在家乡从事教育事业,后在北京大学任教,并兼任北京师范大学、女子师范大学、燕京大学等多所院校的文科教授,还积极参与了新文化运动。在新文化运动中,他是《新青年》的重要作者,并曾任"新潮社"主任编辑。抗日战争爆发后,他出任了伪"北京大学"图书馆馆长和文学院院长、伪"华北政务委员会"常务委员兼教育总署督办等职。抗战胜利后,他因汉奸罪被逮捕,一直到1949年。

周作人自五四新文化运动开始,积极进行散文创作。1921年6月,他在《晨报》上发表了《美文》,使文学性散文的独立地位得以确立,从而在文坛引起了高度关注。1923年,他发表了散文集《自己的园地》。1924年《语丝》周刊创办后,他积极参与编撰工作,发表了大量富有战斗性的、言辞辛辣的杂文。1925年"五卅"惨案发生后,周作人当即发表了《日本浪人与〈顺天时

---

① 刘大杰.黄庐隐[J].人间世,1939(5).

# 第一章　五四时期(1917—1927年)的文学创作

报》《日本人的好意》《排日平议》《裸体游行考订》等多篇对日本的险恶用心进行揭露的文章,后多收录在《谈虎集》中。1926—1927年间,他又发表了散文集《雨天的书》《谈龙集》《泽泻集》等。

周作人的思想是复杂的,他在《两个鬼》中曾坦陈自己身上存在"两个鬼":绅士鬼和流氓鬼,并宣称"我爱绅士的态度与流氓的精神"。后来,他又在《泽泻集》的序里写道:"戈尔特堡批评霭里斯说,在他里面存在一个叛徒与一个隐士……我希望在我的趣味之文里也还有叛徒活着。我踌躇地将这册小集同样地荐于中国现代的叛徒与隐士之前。"这里所说的流氓或叛徒,其实就是参与民主革命与文学革命的积极进取精神,而所谓的绅士或隐士,则是周作人逃避现实的消极隐逸思想的反映,这种积极进取精神和消极退隐思想的复杂交织,折射在周作人的散文创作上,便呈现出两种截然不同的思想倾向与艺术风格。一类是批判旧文明和讽喻现实的议论性散文,少温柔敦厚之风,多犀利辛辣之气,体现出浮躁凌厉的风格。比如,散文《关于三月十八日的死者》对反动军阀政府屠杀进步学生和无辜群众的暴行进行了强烈谴责;《新中国的女子》对积极反抗黑暗社会的人们及其所体现出来的英勇不屈精神进行了赞颂;《吃烈士》强烈地讽刺了民族败类;等等。很明显,周作人这一类杂文风格的散文创作深受鲁迅的影响,但批判的锋芒不如鲁迅尖锐。另一类是抒发自己生活情趣、风格平和冲淡的"悠然南山"式小品,如《吃茶》《谈酒》《乌篷船》《故乡的野菜》《北京的茶食》《苦雨》等。周作人的这一类散文所叙的是平常的生活琐事,所记的是普通的地方风物,因而给人"冲淡平和"之感。另外,这一类散文"既继承了古代公安派、名士派性灵小品'独抒性灵,不拘格套'的观点,又吸取外国散文'漂亮'和'缜密'的写法",[1]从而形成了自己独特的风格。

周作人的现代散文从总体上来看,在取材方面是十分广泛的,既涉及小的生活琐事,如饮酒、品茶、赏玩古董、动物等;也涉及大的社会现象,如社会时政、文化传统等。另外,周作人在写散文时并没有较为严谨的写法,而是想到哪就写到哪,但又借助于内在的情致使这些内容形成一个整体;往往综合运用各种知识,从而形成一篇巧妙且完整的文章。比如,《故乡的野菜》一文在结构上并没有突出之处,但里面涉及丰富的知识,有植物方面的、民俗方面的、旧籍方面的,从而成为了一篇具有鲜明特色的学者式散文。

除此之外,对于周作人来说,"趣味"是其散文创作的一个核心概念。而周作人在表现散文的"趣味"时,运用了幽默诙谐、含蓄婉曲的写法。因此,即使是一些"硬性"文章,也很少剑拔弩张的专事讨伐,而写得轻松愉快,妙

---

[1] 刘勇.中国现当代文学[M].北京:中国人民大学出版社,2006:96.

趣横生。即使是情绪愤激到极点,他也往往用幽默的方式作含蓄婉曲的表达。比如,《吃烈士》写于"五卅"惨案后,在为烈士为国捐躯的英雄壮举感动时,揭露了为帝国主义作帮凶的民族败类的卑劣行径,剥下了他们借烈士之魂而升官发财的丑恶面目,"吃烈士"中的"大嚼"者能"加官进禄","小吃"者也能获得"蝇头之名利"。文章最后写道:"西人常称中国人为精于吃食的国民,至有道理。我自愧无能,不得染指,但闻'吃烈士'一语觉得很有趣味,故作此小文以申论之。"这里的"趣味"亦谐亦庄,蕴涵着作者的民族义愤,具有强烈的讽刺意味。

周作人的现代散文在语言方面也有着鲜明的特点,即语言往往不加任何雕饰,质朴而自然,情感自然流露,如《济南道中》一文中他描写舟子所用的篙的一段文字:

> 他所用的家伙只是一支天然木的篙,不知是什么树,剥去了皮,很光滑,树身却是弯来扭去的并不笔直;他拿了这件东西,能够使一只大船进退回旋无不如意,并不曾遇见一点小冲撞。

这段文字完全运用了白描的手法,连形容词也很少用到,因而十分质朴,读来也十分亲切。周作人散文语言的这一特点,使得散文作品具有了含蓄深沉的艺术效果。

## 二、冰心的散文创作

冰心在五四时期的散文创作成果主要的是回忆性散文《往事》和书信体散文《寄小读者》。冰心认为,唯有爱才能使人们脱离痛苦,也唯有爱才是永恒的,因此她的散文一如她的小说与诗歌,都表现了自然、母爱和童真的主题,贯穿着对"爱的哲学"的诠释,而且文字清丽,风格哀婉。

冰心的散文对自然进行了热情歌颂,而她在歌颂自然时,又以对大海的歌颂最多。冰心的童年是伴随着大海度过的,对她来说大海就是故乡,如《往事·一》一文中,她说自己的生命树就是在海边萌芽生长的:

> 海的西边,山的东边,我的生命树在那里萌芽生长,吸收着山风海涛。每一根小草,每一粒沙砾,都是我最初的恋慕,最初拥护我的安琪儿。

在冰心的笔下,不论是大海还是大自然都是美的,因而它们既是美的象征,又是爱的象征。

# 第一章 五四时期(1917—1927年)的文学创作

对母爱的歌颂是冰心的散文中着墨最多的一类,母亲在她的笔下,不仅仅是种人伦亲情,更是"博爱"精神的化身。在《往事·一》一文中,她是这样描写母爱的:

母亲啊!你是荷叶,我是红莲。心中的雨点来了,除了你,谁是我在无遮拦天空下的荫蔽?

在《寄小读者·通讯十》一文中,她又是这样对母爱进行歌颂的:

她的爱是不附带任何条件的,唯一的理由,就是我是她的女儿。总之,她的爱,是屏除一切,拂拭一切,层层的麾开我前后左右所蒙罩的,使我成为"今我"的原素,而直接的来爱我的自身!
……
她爱我的肉体,她爱我的灵魂,她爱我前后左右,过去,将来,现在的一切!

在冰心的笔下,不论怎样对母爱进行描写和赞颂,都是真诚而热烈的,而且她不仅是在赞颂自己的母亲,更是在讴歌时间的母爱。

对于童心,冰心也在散文中进行了歌颂。她往往通过描写自己的童年往事或是记录自己与小朋友的谈心,来对善良纯真的孩子和天真无邪的童心进行赞美。在《可爱的》一文中,她说"除了宇宙,最可爱的只有孩子";在《梦》一文中,她通过对自己童年生活的回忆,表达了自己对童真、童趣的赞美;在《寄小读者·通讯六》一文中,她完全将自己当成是孩子中的一员与他们进行对话,从而生动展现了孩子的童真:

小朋友,这是我们积蓄的秘密,容我们低声匿笑的说罢!大人的思想,竟是极高深奥妙的,不是我们所以能测度的。不知道为什么,他们的是非,往往和我们的颠倒。往往我们所以为刺心刻骨的,他们却雍容谈笑的不理;我们所以为是渺小无关的,他们却以为是惊天动地的事功。……总而言之,他们的事,我们不敢管,也不会管;我们的事,他们竟是不屑管。所以我们大可畅胆的谈谈笑笑,不必怕他们笑话。——我的话完了,请小朋友拍手赞成。

冰心散文的风格是独具特色的,郁达夫曾作过这样的评价:"冰心女士散文的清丽,文字的典雅,思想的纯洁,在中国好算是独一无二的作者了。"①冰心的散文有着清丽的风格,她很少进行描写或进行抒情,也很少运用修辞进行过分修饰,往往是自然流露,因而清新自然。同时,她的散文的笔调是柔婉细腻的,在句式上既有着文言文的精炼,又进行了适当的"欧化",既渗透了古典文学的意韵,又体现了白话文的灵动,从而使句子呈现出自然、灵活而又富有韵律感的特色。这里以《往事·二》中的一段文字为例进行具体说明:

> 船身微微的左右欹斜,这两点星光,也徐徐的在两旁隐约起伏。光线穿过雾层,莹然,灿然,直射到我的心上来,如招呼,如接引,我无言,久——久,悲哀的心弦,开始策策而动!

在这段文字中,作者的描述自然而流畅,从而传递了一种清新婉约之美。

除此之外,冰心的散文有着典雅的气质。冰心有着十分深厚的古文功底,这使得她的散文在清丽之中又多了一份典雅。例如,她在《往事·一》中是这样描写大海的:

> 她架着风车,狂飙疾转的在怒涛上驱走;她的长袖拂没了许多帆舟。下雨的时候,便是她忧愁了,落泪了,大海上一切都低头静默着。黄昏的时候,霞光灿然,便是她回波电笑,云发飘扬,丰神轻柔而潇洒……

这段文字中的句子及想象,很容易让人联想到屈原的《九歌》,从而使这段文字不再显得"低俗",而是多了一些典雅之气。

## 三、朱自清的散文创作

朱自清(1898—1948),原名朱自华,出生于江苏东海。幼年时,他接受了中国传统的文化教育,研读了大量的古文、诗词等,为今后从事文学创作奠定了重要基础。1916 年,他考入了北京大学预科班,后进入哲学系学习。毕业后,他曾在江浙一带的中学教书 5 年。1921 年,他加入了"文研会"。1925 年,他到清华大学中文系任教,并开始进行散文创作。1928 年,他发表了散文集《背影》,在文坛引起了很大反响。1931 年,他留学英国,在伦敦大学学习语言学,并游历了欧洲其他国家,后回国,继续在清华大学中文系任

---

① 郁达夫.中国新文学大系·散文二集导言[M].上海:上海文艺出版社,1981:16.

## 第一章　五四时期(1917—1927年)的文学创作

教。1934—1936年,他又发表了《欧洲杂记》《你我》等散文集。抗日战争爆发后,他跟随清华大学迁昆明,任西南联大教授。抗战胜利后,随着清华大学迁回北平,他也回到了北京,仍在中文系任教,并以高亢的激情参加了反对国民党的各种运动。1948年8月12日,因病在北京逝世,终年50岁。

在中国现代散文史上,朱自清无疑占有显著而重要的地位。他的散文秉承着我国古典散文的优秀传统,又借鉴了西方随笔的艺术经验,巧妙地融合各种艺术表现技巧,创造出了具有民族品格和民族气派的散文体制。他以开拓者的胆识与笔力,以独具风貌的作品,为白话散文赢得了声誉,成为现代散文的奠基人之一。

朱自清擅长写漂亮精致、具有诗情画意的抒情散文,代表性的作品有《背影》《儿女》《给亡妇》《择偶记》等。在这类散文中,他总是截取自己周围的生活片段,并通过娓娓地叙说身边的琐事,将真挚的感情与叙事完美地融合在一起。真切而感人。另外,朱自清在这类作品中,善于抓住人物主要特征,刻画丰满动人的人物形象,他的笔端蕴涵感情,细腻地传达出切身体验和绵绵思绪,达到了至真至诚的境界。这里以《背影》这一回忆性的散文为例进行具体的说明。在这篇散文中,作者主要以白描的手法,描写了父亲爬上月台给自己买橘子这一小事:

> 走到那边月台,须穿过铁道,须跳下去又爬上去。父亲是一个胖子,走过去自然要费事些。我本来要去的,他不肯,只好让他去。我看见他戴着黑布小帽,穿着黑布大马褂,深青布棉袍,蹒跚地走到铁道边,慢慢探身下去,尚不大难。可是他穿过铁道,要爬上那边月台,就不容易了。他用两手攀着上面,两脚再向上缩;他肥胖的身子向左微倾,显出努力的样子。这时我看见他的背影,我的泪很快地流下来了。我赶紧拭干了泪,怕他看见,也怕别人看见。我再向外看时,他已抱了朱红的橘子望回走了。过铁道时,他先将橘子散放在地上,自己慢慢爬下,再抱起橘子走。到这边时,我赶紧去搀他。他和我走到车上,将橘子一股脑儿放在我的皮大衣上。于是扑扑衣上的泥土,心里很轻松似的,过一会说,"我走了;到那边来信!"我望着他走出去。他走了几步,回过头看见我,说,"进去吧,里边没人。"等他的背影混入来来往往的人里,再找不着了,我便进来坐下,我的眼泪又来了。

这篇文章共千余字,写的是再普通不过的生活场景。虽然作者只用简单朴实的文笔描写了在车站离别前父亲为自己买橘子这一小事,但却细腻地抒发出自己的爱父之心以及自己与父亲的浓浓父子情,读来令人为之感动。值得注意的是,"背影"不仅仅是父亲老态形象的实写,它还是人物命运的侧面投射,作者有意拓开去写祖母的丧事,父亲少时出外谋生,及"家中光景一年不如一年",从"背影"看出父亲的"老境却如此颓唐",从一个侧面折射出当时凄冷的世态,流露出作者的感伤心境,包含着作者对颓败社会的喟叹。他的这些亲情散文重在叙事,情真意切,有一种醇厚自然的美感。

除了抒情散文,政论性散文、写景记游散文和学术性杂文也是朱自清散文的重要组成部分。

朱自清的政论性散文将笔触伸向了社会,对国民党的反动统治进行了深刻揭露,并表明了自己反抗国民党黑暗统治的决心。作为一个正直的有社会责任感的知识分子,朱自清一直以诚实的人生态度正视现实,关心社会,同情弱者和被压迫者,憎恨帝国主义、封建军阀及虚伪的封建伦理道德,表现了知识分子的道义与良知。《生命的价格——七毛钱》《航船中的文明》《白种人——上帝的骄子!》《执政府大屠杀记》等是朱自清政论性散文的代表作。其中,《生命的价格——七毛钱》和《执政府大屠杀记》是朱自清最具思想震撼性的作品,前者通过一个年仅五岁的孤女仅以七毛钱的价格被其兄贱卖的血淋淋现实,发出悲愤的诘难:"这是谁之罪,谁之责呢?"以极大的义愤控诉了"钱世界"的罪恶和不合理的社会制度。后者写于"三一八"惨案后,作者亲历了整个事件,目睹着爱国学生被军阀屠杀的血腥事实,揭露了段祺瑞执政府"无仁无道,丧尽天良"的野蛮行径和凶残本质,作者愤怒地指出:这种"无脸"的政府,"正是世界的耻辱!"文章具有极高的思想价值和文献价值。

朱自清的写景记游散文,代表性的作品有《荷塘月色》《桨声灯影里的秦淮河》《绿》等一些篇章。在这类散文中,自然景观的描绘、物体状貌的勾画,明净而素雅。这里以《荷塘月色》一文为例进行具体的说明。在这篇散文中,作者描写了幽美而迷离的"荷塘月色":

> 曲曲折折的荷塘上面,弥望的是田田的叶子。叶子出水很高,像亭亭的舞女的裙。层层的叶子中间,零星地点缀着些白花,有袅娜地开着的,有羞涩地打着朵儿的;正如一粒粒的明珠,又如碧天里的星星,又如刚出浴的美人。微风过处,送来缕缕清香,仿佛远处高楼上渺茫的歌声似的。这时候叶子与花也有一丝的颤动,像闪电般,霎时传过荷塘的那边去了。叶子本是肩并肩密密地挨着,这便宛然有了一道凝碧的波痕。叶子底下是脉脉的流水,遮住了,不能见一些颜色;而叶子却更见风致了。
>
> 月光如流水一般,静静地泻在这一片叶子和花上。薄薄的青

# 第一章　五四时期(1917—1927年)的文学创作

雾浮起在荷塘里。叶子和花仿佛在牛乳中洗过一样;又像笼着轻纱的梦。虽然是满月,天上却有一层淡淡的云,所以不能朗照;但我以为这恰是到了好处——酣眠固不可少,小睡也别有风味的。月光是隔了树照过来的,高处丛生的灌木,落下参差的斑驳的黑影,峭楞楞如鬼一般;弯弯的杨柳的稀疏的倩影,却又像是画在荷叶上。塘中的月色并不均匀;但光与影有着和谐的旋律,如梵婀玲上奏着的名曲。

作者从视觉、听觉、嗅觉、触觉等多个角度描写了"荷塘月色"之美,给人以逼真亲切的审美感受。但是,作者在文中并非单纯地描写美景,而是将之作为自己情感的载体,抒发了自己在当时社会中的惆怅与苦闷,因而文章开篇的第一句话便是"这几天心里颇不宁静"。

朱自清的散文在艺术方面,也有着自己的独特特色。首先,"真"是朱自清散文的本色。朱自清的散文不管是写景状物还是抒情,都体现出"真"的特点。他在描写景物时,不仅能真实地再现景物,还能将景物写活,如他在《春》一文中,是这样对春风和春雨进行描写的:

风里带来些新翻的泥土的气息,混着青草味儿,还有各种花的香,都在微微润湿的空气里酝酿。……

雨是最寻常的,一下就是三两天。可别恼。看,像牛毛,像花针,像细丝,密密地斜织着,人家屋顶上全笼着一层薄烟。

作者对春风和春雨的描写,是那样的逼真,而且"不但像是真的,并且活像是真的"(朱自清《论逼真与如画》)。

其次,朱自清的散文有着十分缜密的结构,往往能做到首尾呼应。例如,《绿》一文中,作者以"我第二次到仙岩的时候,我惊诧于梅雨潭的绿了"开篇,又以"我第二次到仙岩的时候,我不禁惊诧于梅雨潭的绿了"为结尾,是非常典型的首尾呼应的例子。此外,朱自清十分讲究文法,善于精心构撰,他的构思为文,常常另辟蹊径,独树一帜。具体而言,一是结构严谨精美,富有变化。他能根据表达的需要提炼素材,探究布局谋篇,散文结构往往因内容的不同而呈现出多样的变化。比如,《荷塘月色》以作者夜晚出门写起,到游归结束,随着作者"背着手踱着",或行或止,或远或近,形成明显的时空顺序,时间的推移和空间景物的变化中,婉曲地表达自己的思绪。又如,《冬天》写了有关冬天的三个生活片断:儿时父子围坐吃白煮豆腐的情景,与友人冬夜泛舟西湖,在台州与妻儿一起的家室天伦之乐。三个片断的内容并无关联,但作者在文章结尾处写道:"无论怎么冷,大风大雪,想到这些,我心头总是很温暖的。"如此一来,作者便巧妙地将三个看似不相关的片断连接起来,生动地表现了父子之爱、朋友之谊、夫妻之情。写的是冬天之事,抒的是永驻于心的温暖之情,温情成了这篇文章的主要结构线索。

最后,朱自清十分讲究散文语言的锤炼,他认为文学语言一要自然,二要创新,提倡用"活的口语"写作。因此,他的散文语言自然而朴素、亲切而新奇。此外,朱自清常常借鉴北京口语来表情达意,从而使文章具有了浓郁的北京味。比如,在《给亡妇》一文中,他着意用北京口语写作了一些句子,生动地细诉妻子生前对孩子的关心以及妻子日益衰弱的身体,也表明了自己未阻止妻子操劳而致使其去世的悔恨。除此之外,朱自清经常调动各种艺术手段,锻造出新颖独特、音韵和谐的文学语言。比如,《荷塘月色》中双声叠韵词的运用,"曲曲折折"的荷塘、"蓊蓊郁郁"的树林、"田田"的叶子、"缕缕"的清香、"脉脉"的流水等,既逼真地描摹出客观事物的情态,又加强了语言节奏的圆顺与和谐,具有音乐美。

总的来说,朱自清以其敏锐的艺术触角和独特的艺术创造,树立了白话美文的典范,提升了现代散文的审美品位,对中国现代散文的发展做出了重大贡献。

## 第五节　现代话剧的萌芽

中国新文学第一个十年(1917—1927年),是新兴的现代话剧逐步形成的十年,可以看作中国现代话剧的诞生期。不过,以日常生活对话和动作为主要表现手段的话剧不是中国固有的戏剧样式,它是从西方"输入"的。而西方话剧在进入中国后,在众多剧作者的努力与探索之下,中国现代话剧逐渐呈现出了自己的独特面貌。在本节中,将对中国现代话剧探索初期,成就和影响都比较大的剧作家丁西林和田汉的话剧创作进行详细阐述。

### 一、丁西林的话剧创作

在中国现代话剧的诞生期,独幕喜剧曾风行一时,不但在喜剧创作中占绝对优势,而且在整个"五四"剧坛也是独树一帜的。独幕喜剧之所以能盛行,是因为在"五四"喜剧作家看来喜剧更是今日社会之所需,它不仅是"社会缩影的批评",还对"今日一盘散沙,麻木不仁的中国社会",具有增强其互助合作精神的重要作用。五四时期尝试探索独幕喜剧的人不少,最为著名的是丁西林。

# 第一章　五四时期(1917—1927年)的文学创作

丁西林(1893—1974),原名丁燮林,江苏泰州人。他曾在英国留学,回国后进入北京大学任教。1923年,他发表了处女作《一只马蜂》,从此走上了话剧创作的道路。之后,他一边开展教学工作,一边进行戏剧创作。1974年4月4日,丁西林逝世,终年81岁。

丁西林在五四时期,创作了《一只马蜂》《亲爱的丈夫》《酒后》《瞎了一只眼》《压迫》等独幕剧,使之一举成为著名喜剧作家,并赢得了"独幕剧圣手""中国的莫里哀"之称。丁西林的这些独幕喜剧,以反映知识分子生活中的矛盾为主要内容。另外,这些独幕喜剧都紧密联系社会现实,注重从现实生活中对喜剧因素进行挖掘,从而成了具有生活趣味的作品。

从整体上来看,丁西林的话剧形成了一种较为固定的模式,即剧中主要有三个人物,其中两个人物构成二元对峙格局,第三者的作用则是引发矛盾,或是为矛盾的解决提供某种契机。其独幕喜剧代表作《一只马蜂》《压迫》等所采用的都是这种模式。

《一只马蜂》是一部格调优雅、结构精致、诙谐幽默的轻喜剧,以轻松活泼的喜剧冲突表现了反封建的主题。该剧作主要写的是吉先生、余小姐为追求自由恋爱而与吉老太太发生的家庭矛盾,但在表现矛盾时,剧作家没有直接表现吉先生、余小姐与吉老太太之间的矛盾,而是通过一系列颇具情趣的喜剧场面来一步步揭示的。吉先生与余小姐早已心有灵犀,但吉老太太并不知情,正当吉先生拥抱余小姐时,吉老太太偏偏闯入,余小姐急中生智,用"一只马蜂"掩盖了真情,蒙蔽了吉老太太,圆满地打开僵局。这部剧作可以说从头至尾以一个"谎"字引发和推动着喜剧性冲突,"谎"中有戏,笑从"谎"出。男女主人公用种种言在此而意在彼的"谎话""反语"蒙住了自以为在指挥一切的吉老太太,也用心口不一的方式互相倾诉着热烈的爱情。剧作家在幽默的笑声中达到了"一箭三雕"的目的:赞美了要求个性解放、婚姻自主的年轻人,也善意地嘲讽了他们的某些虽要自主自立又不够坚强勇敢的软弱性;温和地讽刺了在思想上抱残守缺、自以为是的吉老太太;点出了三人之间喜剧性冲突的社会根源——中国社会"真是一个不自然的东西"!

《压迫》是丁西林早期剧作的"压轴戏",在现代戏剧史上影响颇大。剧作描写的是顽固守旧的房东与房客在租房问题上的喜剧冲突。房东的女儿愿意把房子租给单身男客,但是房东却并不愿意,她要求退掉男客。为了解决这个矛盾纠分,房东叫佣人去叫巡警。而当巡警到来时,戏剧的情势已发生了突转。原来,正当男客不知所措时,一位要租房的女客也到了这个地方。这位女客性格倔强,富有新思想和同情心,当她知道了男客的处境时,主动提出假扮夫妻。这聪明大胆的一招,使得巡警狼狈告退,房东没办法只得将房租给他们。整部剧诙谐、幽默,体现出了"无房阶级"只有联合斗争才能战胜"有房阶级"的道理。另外,从艺术上看,该剧结构精巧、缜密,语言机智、幽默、俏皮,喜剧性格的刻画真实生动。

丁西林的话剧大多"无事",也就是说构成戏剧冲突的双方并不存在"正反好坏""高下优劣"的价值等级,即对立的双方都是可爱与可笑之处并存,他的这种创作倾向体现出了与其他剧作者不同的创作追求。比如,《酒后》一剧中的夫妻都是接受过高层次教育的知识分子,而且两人平时的感情很好。一次,"他"因喝醉而睡在他们家里。妻子认为"他"与自己理想中男子的形象十分相似,于是向丈夫提出"吻他一吻"的要求,但丈夫认为这样做并不妥当,于是两人产生了矛盾。后来,丈夫接受了妻子的要求。而当妻子准备去吻"他"时,"他"却醒了,夫妻俩的感情动荡也随之恢复了平静。对这部话剧的情节进行分析会发现,其可以说是一出"几乎无事的喜剧",但正是这种对"无事"的挖掘,让这部剧作有了耐人寻味之处。

丁西林在话剧中的语言运用是十分值得称道的,剧中的很多句子都给人机智、幽默之感,极富喜剧效果。比如,《北京的空气》中的句子"旁人家是主人教听差的应该怎样的小器,他是听差教主人应该怎样的大方"等,就具有喜剧效果。另外,丁西林在剧作中运用语言时,注意人物的语言与其身份相符合,让巡警、仆人、老妈子等非知识阶层的配角说出含义单调的"实话",从而增强喜剧效果。

总之,丁西林的话剧创作有自己的独特之处,即以独特的审美视角和敏锐的喜剧眼光,从不为人们所注意的生活事件中发掘其趣味盎然的喜剧性,从而为机智与幽默的喜剧发展做出了重要贡献。此外,丁西林确立了独幕喜剧在中国现代喜剧发展史上的地位,并深刻地影响着一大批后来的喜剧作家,在中国现代戏剧史上占有重要的一席之地。

## 二、田汉的话剧创作

田汉(1898—1968),字寿昌,湖南长沙人。他6岁入私塾,9岁开始接触古典文学名著,并对家乡流行的各种民间戏曲艺术发生了浓厚的兴趣。1916年,田汉去日本留学,其间接触了许多新的社会思潮和新的文艺思潮。回国后,他创办南国艺术学院,在培养戏剧干部的同时,坚持进行戏剧创作。1968年12月10日,田汉去世,终年70岁。

在中国新文学第一个十年,田汉的戏剧生涯内容丰富、个性突出,在戏剧运动、戏剧理论、戏剧创作方面均有大的发展,从而奠定了他在中国现代戏剧史上的地位。另外,这一时期的田汉身上洋溢着人道主义、民主主义和爱国主义的活力,因而他在这一时期的话剧创作从不同的角度、不同的侧面

## 第一章 五四时期(1917—1927年)的文学创作

反映了当时中国的社会矛盾和阶级斗争,写出自己眼中的人生,在感伤悲凉的外衣下表现出思考、探求、挣扎和反抗的精神。比如,《梵峨嶙与蔷薇》借鼓书艺人柳翠和她的琴师秦信芳之间传奇性的浪漫史,表现了青年田汉对"真艺术"和"真爱情"的追求;《午饭之前》描写了三位女工及其病母的困苦生活,侧面写出了工人的反抗斗争,并贯穿着对宗教欺骗性的揭露,具有鲜明的政治倾向;《苏州夜话》通过描写老画家刘叔康在战乱中妻女失散的悲惨遭遇,写出了战争和贫穷给人民带来的巨大灾难;等等。

由于田汉本质上是一个浪漫主义的抒情诗人,因此在他早期的话剧中,常会出现剧中主人公在灵与肉的冲突中的苦苦挣扎,这种挣扎成为了他话剧中的内在张力。比如,在《咖啡店之一夜》中,他展现了主人公白秋英的内心矛盾。白秋英父母双亡、贫苦无依,便应情人李乾卿之约来省城求学,一面做咖啡店的侍女积攒学费,一面痴情地等待情人前来相会。但没想到,她等来的却是李乾卿要与她断绝恋爱关系的话。白秋英十分悲愤,对李乾卿的行为表示了极度的轻蔑和凛然的决绝。不过,爱情的破裂也使他感到人生的悲哀和孤寂,开始借酒消愁。后来在林泽奇的劝慰下,她走出了心灵的困境,明白了"眼泪是不能解决任何问题的",也终于领悟了"穷人的手和阔人的手始终是握不牢的"这一深刻道理,于是鼓起勇气,和那些"浅薄的生活"告别,以新的活力"到人生的渊底去"。在这部剧作中,田汉除了展现主人公在灵与肉的冲突中的挣扎,还客观地揭露了以金钱和地位为中心的半封建半殖民地社会的罪恶,表现了妇女独立自主的精神。

田汉在进行话剧创作时,还有一个鲜明的特点,即会运用直觉、按时、象征等手法来对舞台进行表现,如《湖上的悲剧》《古潭的声音》《颤栗》《南归》等都表现出了象征主义的深刻影响。在人物塑造上,田汉所塑造的两种类型人物十分值得关注,一种类型是艺术家形象。这类形象多是孤独的,受社会压迫的,对艺术具有巨大的热情,但是却遭遇了不幸或磨难。比如,在《名优之死》中,田汉通过一代名优刘振声之死,表达了一种坚定不移的艺术精神。刘振声是一个正直之人,深爱自己的艺术,且德艺双馨。为了能够将自己热爱的艺术传承下去,他倾注心血培养女弟子刘凤仙。但是,刘凤仙在流氓绅士杨大爷的金钱诱惑下,忘记了师父的教诲,走向了堕落。这沉重地打击了刘振声,再加上反动势力的压迫,导致他气死在自己喜爱的舞台上。该剧通过讲述刘振声以身殉志的悲壮结局,不仅对旧社会制度的腐败和反动进行了控诉,而且展现了旧社会戏曲艺人的苦难。刘振声的悲剧在于:他所代表的"美"——艺术创造的精神,与丑恶现实是根本对立的,他对"美"的追求越是执着,他的悲剧之根也就种得越深,他的悲剧也就是"美"的悲剧、艺术的悲剧。据此,作者歌颂了刘振声坚持理想、至死不屈的崇高精神,同时控诉了旧社会的罪恶,暴露了半殖民地半封建中国社会的黑暗,激发人们为推翻这个社会而斗争。另一种类型是孤独的漂泊者的形象。这类型的人物形象往往具有感伤的气质,如《苏州夜话》中的画家刘叔康、《南归》中的流浪者等。"漂泊既是感伤的载体,也为感伤增加力度,因此,感伤的漂泊者具有特定的历史内容和浪漫主义美学价值。"[1]

田汉的话剧在语言方面,常常运用比喻、比拟、对比、排比等多种艺术修辞手法创造了独具特色的戏剧台词;还会以流转的韵律,谐调的音节,跌宕的节奏,参差的句式既创设生动的形象意蕴,创设隐藏于形象表层之后的丰富、深刻的思想意蕴。

总之,田汉是中国现代戏曲改革的先驱者,开创了中国话剧"诗化"传统的先河,为中国现代话剧的发展与繁荣做出了重大贡献。

---

[1] 朱栋霖,朱晓进,龙泉明.中国现代文学史1917—2000(上)[M].北京:北京大学出版社,2007:109.

# 第二章 "左联"前后(1927—1937年)的文学创作

1927年前后,无产阶级革命文学运动兴起。这既标志着五四文学阶段的结束,又标志着革命文学历程的开始。革命文学时期又称"左联时期",这一时期由于受到中华民族内忧外患的现实以及全民救亡运动开展的影响,文学创作以现实主义为主流,但某些作家的创作也尝试运用了现代主义的方法和技巧,从不同的角度以不同的艺术手段来表达自己对现实社会的感受,从而使"左联时期"的文学创作呈现出多样性与丰富性的面貌。此外,这一时期的文学创作题材进一步扩大了,不仅对轰轰烈烈的无产阶级革命斗争进行了正面描写和反映,而且对帝国主义在中国的罪恶进行了揭示、对中国半殖民地半封建的都市社会腐朽生活进行了批判;主题进一步深化了,既表现了农民的不幸和苦难,又表现了农民的思想觉醒和英勇反抗,既对残酷的封建压迫和对立的阶级矛盾进行了揭露,又对帝国主义对农村的侵略以及进一步加剧的民族矛盾进行了展示,从而标志着现代文学的创作已达到了一个新的思想深度。

## 第一节 现代诗的转型

在革命文学时期,既有以时代重大题材为事件、歌唱"反帝反日"的现实主义诗歌,也有重视诗的思维和情绪、讲究诗的内在韵律的现代诗,从而使中国现代诗歌的发展呈现出新的面貌。总的来说,这一时期的诗歌反复吟咏悲哀、烦忧、沉郁、厌倦、彷徨、寂寞的情绪,常常表现贫乏、飘忽、微茫、萎靡、迷失方向的情调,可谓带着"青春的病态"。同时,这一时期的诗歌不再认同诗歌格律化的主张,也很少讲究整齐的诗歌形式以及韵脚,而是借助于自由的形式和口语化的语言来表现情绪的节奏,因而这一时期的诗歌多为自由诗体,还体现出一定的散文美,为中国现代诗的发展提供了有益的艺术借鉴。戴望舒、卞之琳和何其芳,是这一时期影响较大的诗人。

## 一、戴望舒的诗歌创作

戴望舒(1905—1950),原名戴朝寀,浙江杭州人。他在上海大学和震旦大学读书期间,阅读了大量的欧洲文学作品。从 1926 年起,他和施蛰存等人积极从事革命文艺活动。抗日战争爆发后,戴望舒从上海辗转到香港。战争胜利后,他又到了上海,一边在学校任教,一边投入解放战争的洪流。中华人民共和国成立后,戴望舒任职于新闻总署国际新闻局。1950 年 2 月 28 日,戴望舒因病去世,终年 45 岁。

戴望舒是中国现代诗歌史上影响很大的一位现代派诗人,他的诗歌对西方多样化的现代主义手法(如象征主义、颓废主义、超现实主义等)进行了广泛的借鉴与吸收,从而使中国现代主义诗歌创作进入了一个新的阶段。此外,戴望舒在进行诗歌创作时,十分注重意象的营造。不过,他诗歌中的意象虽然具有朦胧美,并不像西方象征派诗歌中的意象那样晦涩、难懂,而是自然朴实的,从而使诗歌呈现出鲜明的特色。

戴望舒的一生创作了多部诗集,其中发表于革命文学时期的有《我的记忆》和《望舒草》。

诗集《我的记忆》收录的诗作共有 26 首,而且很多诗作所表达的情绪是比较消极的、颓废的。另外,以创作时间为依据,这部诗集中的诗作大致可以分为《旧锦囊》《雨巷》和《我的记忆》三辑。对这三辑中的诗作进行梳理与分析,不仅可以看到戴望舒诗歌中对西方现代主义进行借鉴与变异的历程,而且能够把握戴望舒在诗歌创作思想方面的变化。其中,《旧锦囊》一辑包括 12 首诗作,这些诗作不仅表现了伤感的情绪,而且对西方象征派表现自我和潜意识的艺术手法进行了广泛借鉴与运用,从而将自己的灵魂和潜意识都大胆地呈现在读者面前。《雨巷》一辑包括 6 首诗作,这些诗作对法国象征派诗歌艺术进行了借鉴与吸收,从而呈现出朦胧美。另外,这些诗作也受到了英国颓废派诗歌的影响,因而所表达的情绪是感伤、忧郁的。写于1927 年"四一二"反革命政变后的《雨巷》可以说是该辑的代表作:

> 撑着油纸伞,独自
> 彷徨在悠长、悠长
> 又寂寥的雨巷
> 我希望逢着
> 一个丁香一样地
> 结着愁怨的姑娘

## 第二章 "左联"前后(1927—1937年)的文学创作

她是有
丁香一样的颜色
丁香一样的芬芳
丁香一样的忧愁
在雨中哀怨
哀怨又彷徨

她彷徨在这寂寥的雨巷
撑着油纸伞
像我一样
像我一样地
默默彳亍着
寒漠、凄清,又惆怅
……
撑着油纸伞,独自
彷徨在悠长、悠长
又寂寥的雨巷
我希望飘过
一个丁香一样地
结着愁怨的姑娘

　　这首诗为戴望舒赢得了很高的声誉,他因此被称为"雨巷诗人"。这是一首典型的象征诗作,意在抒发大革命失败后诗人自己那种浓重的失望、愁怨和彷徨情绪。诗中的主人公对黑暗的社会现实极为不满,但又不知道出路在哪里,深刻地反映出青年一代在大革命失败后所经历的痛苦、抑郁的精神状态。不过,诗中的主人公并没有放弃希冀和期盼,而是仍然追求着自己的理想和希望。那个"丁香一样地/结着愁怨的姑娘"便是其追求的象征。纯洁美好的丁香姑娘为什么如此抑郁忧伤? 这是由于"我"的哀怨情绪把想象中的物象同化了。丁香姑娘就是"我"用想象虚构的一个自我形象的幻影。诗人正是借此来表现"我"忧愁的深重和难以排遣。然而,"我"并没有因此而感到绝望,而是极力抓住能排解哀怨的因素——哪怕是丁香姑娘那过眼烟云似的短暂安慰也不放过,所以诗的最后一节写"我"一边彷徨着,一边仍在继续希望着,"希望飘过一个丁香一样的结着愁怨的姑娘"。另外,这首诗在节奏韵律方面也很有特色,它将诗感与诗形完美和谐地统一在一起,因而全诗节奏舒缓、音调和谐。

《我的记忆》一辑包括 8 首诗作,这些诗作重在表现诗人的内在感受和情绪,并积极追求自由朴实的诗风和口语化的语言。《我底记忆》一诗可以说是该辑的代表作。戴望舒在写作这首诗时,经历了大革命失败的痛苦,因而痛恨黑暗的社会现实,但又找不到出路,于是心情苦闷、颓废,想要逃避残酷狰狞的现实。诗中,诗人便逃离社会现实,沉湎于往事的记忆,以此来获得心灵的慰藉。可是,诗人又知道,自己的心灵是无法在往事中获得慰藉的,而且自己要逃离社会现实是根本不可能的。因此,诗人笔下的记忆是脆弱而无助的,整首诗也给人伤感的意味。从艺术上来看,这首诗运用了很多日常生活中的物象。这些物象不仅具有丰富的象征意义,而且有助于读者更自然地进入诗人的回忆之中,感受诗人的灵魂所经受的创伤。

《望舒草》收录了 41 首诗,充分展现了戴望舒的诗歌风格。诗集中的很多诗作运用暗示、对比、烘托、联想等多样化的艺术手法,表现了诗人的内心世界。另外,诗集中表现爱情的诗作写得十分出色。爱情是每一个诗人都会表现的一个主体,但不同的诗人对爱情的写作也不一样。戴望舒在写爱情时,往往会运用暗示的手法。诗集中的《野宴》一诗,便是典型的用暗示手法写成的爱情诗:

    对岸青叶荫下的野餐
    只有百里香和野菊作伴
    ……
    但是这里有更可口的芦笋
    和更新鲜的乳酪

## 二、卞之琳的诗歌创作

卞之琳(1910—2000),江苏海门区汤家镇人。他 1929 年进入北京大学读书,其间接触了西方的象征主义、浪漫主义等文学思潮,并开始尝试诗歌创作。毕业后,他一边教书,一边进行诗歌创作。抗日战争爆发后,他曾深入抗日根据地访问,还曾任教于延安鲁迅艺术学院。战争胜利后,他曾在天津南开大学任教。中华人民共和国成立后,他进入北京大学任教。2000 年 12 月 2 日,卞之琳因病逝世,终年 90 岁。

卞之琳的诗作重在表现现代科学哲学和古老的宗教哲学,而且其在传达哲理时并不以说明或议论方式出之,而是强调情与理、智与象的融合。此外,卞之琳在进行诗歌创作时,既从中国古典诗词中汲取了营养,又对西方诗歌的现代主义手法进行了借鉴,从而呈现出鲜明的个性;注重将丰富的想

象力融入诗歌之中,并使意象之间有大幅度的跳跃;注意体现智性和戏剧化的特点。《归》便是卞之琳的一首智性的诗:

> 像观察繁星的天文家离开了望远镜。
> 热闹中出来听见了自己的足音。
> 莫非在自己圈子外的圈子外?
> 伸向黄昏的道路像一段灰心。

诗中,诗人通过对比性意象的运用,对自己内心世界的酸楚进行了暗示。在面对希望与失落时,诗人仍想要坚韧地去寻找自己的人生道路。但是,诗人寻找到的道路却"伸向黄昏",迷惘和无奈之感也随之显现。

卞之琳在诗歌创作中,还常常在日常生活中开掘诗意和哲理,以引发人们的深思。《断章》一诗将他诗歌创作的这一特点体现得淋漓尽致:

> 你站在桥上看风景,
> 看风景人在楼上看你。
>
> 明月装饰了你的窗子,
> 你装饰了别人的梦。

这是一首蕴藏了深刻丰富哲理的诗作,诗人借助于人、明月、窗子、梦等几个简单的意象,表达了世间万物相互关联、相互依存的关系。在这首诗中,卞之琳还将西方的现代主义手法与中国的古典诗词相融合,从而使古老的意象显出了新意。

卞之琳在进行诗歌创作时,还常常借助于自由联想的手法对自己的思想和心态进行生动的表达。比如,《距离的组织》一诗通过奇特的联想,描写了主人公在寒冬里午睡时似睡非睡、亦真亦幻的梦境,由此表现了"一种心情或意境",并提醒青年知识分子不能沉湎于白日梦中。不过,这首诗从实境跳到梦境显得过于突兀,意象间阻断甚至扰乱了诗境的连贯性与完整性。

## 三、何其芳的诗歌创作

何其芳(1912—1977),原名何永芳,四川万县人。他从小就喜爱中国古代文学,并阅读了大量的诗歌和小说,这为他日后进行诗歌创作奠定了重要基础。1929年,他在中国公学预科学习期间,接触了大量新诗,也开始尝试诗歌创作。抗日战争初期,他回到家乡的学校任教,后被分配到鲁迅艺术学院任教。中华人民共和国成立后,他一边在学校任教,一边进行诗歌创作。1977年7月24日,何其芳逝世,终年65岁。

何其芳在革命文学时期的诗歌创作,既吸收了中国古典诗歌的手法,又借鉴了西方现代主义诗歌的创作手法,从而形成了含蓄、优美、精致的诗风。另外,何其芳在革命文学时期所创作的诗歌,鲜明地表现出一个小资产阶级知识青年的思想感情和个性,讲究诗歌的形式、韵律,注重意象的营造。这里以何其芳的代表诗作《预言》为例进行详细说明:

> 这一个心跳的日子终于来临!
> 你夜的叹息似的渐近的足音,
> 我听得清不是林叶和夜风的私语,
> 麋鹿驰过苔径的细碎的蹄声!
> 告诉我,用你银铃的歌声告诉我,
> 你是不是预言中的年轻的神?
> ……
> 我激动的歌声你竟不听,
> 你的脚竟不为我的颤抖暂停!
> 像静穆的微风飘过这黄昏里,
> 消失了,消失了你骄傲之足音!
> 呵,你终于如预言所说的无语而来,
> 无语而去了吗,年轻的神?

诗人在创作这首诗时,继承了中国古典诗词的意境,不论是对可望而不可即的惆怅的表现,还是对"年轻的神"的描写,都能够让人感受到中国古典诗词之美。此外,诗人在诗中也借鉴了西方的象征手法,"年轻的神"就被赋予了多个象征意蕴,可以是爱神,也可以是理想和美。而中国古典诗词意境和西方象征手法的融合,不仅形象地表达了诗人既甜美又哀怨的复杂心境,而且大大拓展了读者的想象空间。

何其芳在革命文学时期的诗歌创作,还常常描绘青春的梦,即使是对青春少女的死亡进行描写,也充满了诗意和青春的凄美。比如,《花环》一诗是诗人为了悼念少女"小玲玲"而创作的,但诗中所流露出的情绪并不是悲伤的、惋惜的,而是借助于优美的意象和明快的语言,赞美了"小玲玲"的外貌美和心灵美。另外,诗人在诗中表达了"死亡是美丽的"观念。乍一看,会让人惊讶。事实上,诗人这样写并不是为了耸人听闻,也并非想要获得新奇的效果,而是有着一定的深意:一是东西即使再美丽,也会最终走向死亡,无法保持永恒,若在最美丽的时刻死去了,美丽便永远保持,因而诗人认为"死亡

第二章 "左联"前后(1927—1937年)的文学创作

是美丽的";二是美丽、纯洁的少女"小玲玲"生活的社会是污浊的、腐败的,她的死亡能够保证她不会被腐败、污浊的社会所浸染,继而能够始终保持纯洁,故而诗人赞美了她的死。

总的来说,何其芳在革命文学时期的诗歌创作表现出明显的现代主义色彩。不过,随着抗日战争的爆发,何其芳的诗歌创作风格开始转向批判现实主义,创作了很多具有时代意义的现实主义诗歌。

## 第二节 现代小说的多元化发展

在革命文学时期,小说所取得的成就是最大的。在这一时期,出现了多部优秀的长篇小说,对当时社会的变化进行了生动反映。此外,由于受到多样化社会思潮的影响,这一时期的小说创作还呈现出多元化的发展趋势,左翼小说、京派小说、新感觉派小说的创作等都取得了重要成绩。

### 一、长篇小说的创作

在五四文学革命时期,几乎没有出现优秀的长篇小说。而到了20世纪30年代,优秀的长篇小说不断出现。这些长篇小说不仅有着广泛的题材,力求全方位反映时代巨变;而且积极探索新的小说形式,如"三部曲"形式等,从而推动了中国现代小说的进一步发展。老舍、巴金和茅盾在这一时期的长篇小说创作中,取得了十分重要的成就。

(一)老舍的小说创作

老舍(1899—1966),原名舒庆春,北京人。他出生于一个贫困家庭,9岁才进入小学读书,后考入免费的北京师范学校就读。毕业后,老舍进入学校教书,并积极创办小学。1924年,他赴英国伦敦大学教书,其间开始了长篇小说的创作。1930年,老舍回国并先后任教于济南齐鲁大学和山东大学,其间也坚持进行小说创作。1936年,老舍不再教学,专心进行写作,发表了在当时文坛引起巨大反响的长篇小说《骆驼祥子》。抗战爆发后,他积极参与抗战文艺工作,并坚持小说创作。中华人民共和国成立后,老舍的文学创作重点从小说转为话剧,发表了多部优秀的剧本。1966年8月24日,老舍去世,终年67岁。

老舍是中国现代文学史上最重要的小说家之一,也是"第一个把中国半殖民地化过程中,在东、西方文化互相撞击和影响下,中国市民阶层的生活、命运、思想与心理引进现代文学领域并获得巨大成功"①的小说家。不过，老舍虽然接触了时代主流，但始终与其保持一定的距离，在进行小说创作中很少苟同时尚。因此，他通过对北京市民日常生活全景式的风俗描写，表现出对"老中国儿女"国民性的强烈关注。这首先表现在他对北京市民世界的书写。在中国现代文学史上，很少有作家像老舍这样执着地体味北京城的文化以及在里头生生死死的中下层人群。他用他的大部分小说构筑了如此广阔的"市民世界"，并用"文化"对市民世界进行了分割，展现了市民在特定文化背景下的人情世态和命运变迁。大致来说，老舍的"市民世界"主要包括四类市民，即老派市民、新派市民、正派市民和底层市民。

老派市民是老舍小说创造的市民形象中给人印象最深、写得最成功的。老派市民形象一般都是城里人，但身上有着浓重的乡土气息，还深受封建思想的影响，因而其人生态度和生活方式都很保守、很闭塞、很"旧派"。同时，老舍通常对老派市民形象进行戏剧性的夸张，以达到揭示这些人物的精神病态、对中国传统文化中的消极落后内容进行批判的目的，如《二马》中的老马、《牛天赐传》中的牛老四、《离婚》中的张大哥等。其中，《离婚》中的张大哥是老舍的老派市民形象中较为突出的一个。张大哥是一个墨守成规、知足认命的小市民，过着小康的生活，并希望保住这种生活。因此，他反对一切的变化，对离婚这种会打破既有秩序的行为也是无法忍受。因此，他帮助夫妻之间调和矛盾，让他们能够凑活着过日子。但最终，他墨守成规、知足认命观念被推翻了，并陷入了欲顺应天命而不可得的悲剧之中。

新派市民也是老舍市民世界的一个组成部分，而老舍在对这一类市民进行塑造时，运用了刻薄的手法对其进行漫画式的描写，并批判了其一味逐"新"、求"洋"而丧失人格、走向堕落的行为。老舍之所以会这样塑造新派市民，与其对传统文明和外来思潮的态度有着密切关系。他虽然对传统文明进行批判，但也对外来思潮持谨慎甚至是排斥的态度。《离婚》中的张天真，便是一个典型的新派市民。

正派市民可以说是老舍塑造的一类理想的市民形象，表明了老舍虽然生活在政治变迁、文化分裂的社会中，但始终没有放弃对理想的追求。丁二爷（《离婚》）、李子荣（《二马》）等可以说是老舍塑造较好的正派市民形象，他们不仅具有实干精神，还具有侠客精神，会帮助百姓惩奸除恶，因而他们的结局都是"大团圆"式的。不过，这样的结局也从侧面反映了老舍思想的局限。

底层市民是老舍塑造最多的一类市民形象，这一类市民不仅生活贫困，

---

① 石兴泽，隋清娥.中国现代文学[M].北京：中国社会科学出版社，2012:14.

而且精神贫乏,还各有各的不幸与悲剧命运。老舍在《骆驼祥子》中对底层市民形象的刻画,是十分成功的。小说的主人公祥子就是一个典型的底层市民形象,他原本在农村生活,后因父母去世、家里的几亩薄田也失去了,不得已到城里谋生。他认为,在城里有车就像在农村有地一样,可以让人自食其力,继而过上安稳的生活。因此,他进城后不久便幻想能有一辆属于自己的车。为此,他起早贪黑地在人和车厂工作,并在三年后买了一辆属于自己的车。拥有了车的祥子十分激动,不仅努力拉活,还幻想着自己两年后能够再买一辆属于自己的车。这样一来,他的车就能越来越多,就可以开一个车厂了。但令他没想到的是,车子不到半年便被匪兵抢走了,而他也费了好大功夫才从匪兵手中逃脱,并顺手牵走了匪兵的3匹骆驼,卖了35块大洋。车子被抢后,祥子想要自食其力的理想第一次破灭了。不过,他并未因此放弃理想,而是回到了人和车厂继续拉车,希望积攒钱买第二辆车。可当他攒够了钱准备买第二辆车时,钱却被孙侦探抢走了。而自食其力理想的第二次破灭,也深深地打击了祥子,使他预感到自己前途的可悲。不过,他仍然对生活抱有希望,于是重新打起了精神,开始努力工作买第三辆车。就在这时,人和车厂老板的女儿虎妞看上了祥子。虎妞又老又丑,通过耍心机让祥子娶了她。婚后,虎妞拿出自己的私房钱让祥子买了第三辆车,而祥子也幻想着这一次自己能够获得安稳的生活。但不想,先是祥子病倒,接着虎妞因难产死了。贫穷的祥子只能卖掉车来料理虎妞的丧事。这一连串的打击彻底击垮了祥子,他不再对生活抱有任何希望。老舍在对祥子的悲剧命运进行描写时,既表达了自己的同情,也对他自身的缺陷进行了揭露批判,还生动地反映了底层人民在黑暗、腐朽的社会中挣扎,指出了劳动人民想要走"独自混好"的道路是不可行的。

老舍的长篇小说中所塑造的市民世界几乎都是出现在北京城的,这也使得老舍的长篇小说具有了浓浓的"京味"。所谓"京味",就是用浸透着北京文化的语言对北京的风土民情以及北京人民的生活进行生动记录。在现代文学史上,没有谁会比老舍更熟悉北京这座渐趋颓败的千年"皇城"了。他凭借自己在北京的生活经历,塑造了一群深受"北京文化"影响的人物形象,从而描绘了一幅丰富多彩的北京风俗画卷。此外,老舍的长篇小说在语言方面也是十分值得称道的,不仅创造性地运用了北京市民俗白浅易的口语,还在俗白中追求讲究、精致的美,从而将语言的通俗性与文学性有机地融合在一起,平易而不粗俗,精致而不雕琢。

### (二)巴金的小说创作

巴金(1904—2005),原名李尧棠,出生于四川成都的一个封建大家族中。他在封建大家族中生活了19年,因而对其内部当权势力的伪善自私和腐朽堕落有着深刻的了解,这对其今后的文学创作产生了重要影响。1917年,他进入成都外国语专门学校学习。"五四"时期,他广泛接触了各种新思潮,引发了强烈的社会责任感,并开始进行文学创作。1923年,他离开了腐朽的封建家庭,独自到南京、上海等地求学。1927年,他又赴法国求学,并在此期间创作了第一部小说《灭亡》。1928年底,回国的巴金一边参加进步的社会活动,一边坚持小说和散文创作。中华人民共和国成立后,巴金将创作的重点放在了散文上。2005年10月17日,巴金去世,享年101岁。

巴金是中国现代文学史上杰出的小说家,一生共创作了20多部中长篇小说以及13部短篇小说集。他在革命文学时期的长篇小说创作始终贯穿着真诚的感情基调,而且从题材上来说可以分两类:一类是对青年和革命者进行正面描写;另一类是对封建家庭戕害青年的罪恶以及封建家庭逐渐走向灭亡的道路进行表现。

巴金对青年和革命者进行正面描写的长篇小说,以《灭亡》《新生》和《爱情三部曲》最有代表性。《灭亡》叙写了北伐前夕军阀专制背景下一群革命青年的社会活动和爱情故事。主人公杜大心虽然身患严重的肺结核病,但却怀有强烈的正义感和无畏的献身精神。他对自己的个人前途失去了信心,对专制黑暗的人类社会感到绝望。虽然他爱朋友李冷的妹妹李静淑,但他所信奉的革命"宗教"和虚无的心态又使他最终失去了爱情。朋友张为群的死使杜大心最终走上了刺杀戒严司令的复仇之路。然而刺杀未遂,自己却白白地牺牲了生命。虽然杜大心幼稚、盲目、虚无的"英雄行为"不足为范,但主人公的那种虽绝望而又抗争的献身精神让人感动。《新生》可以说是《灭亡》的续篇。主人公李冷在"爱的精神"的鼓舞下,完成了"从个人主义到集体主义"的转变,虽然最后同样是为革命赴死,但杜大心的死凄楚而寂寞,而李冷的死则洋溢着革命乐观主义的情绪。他把"自己底生命联系在人类底生命上面","这种爱是不会死的,它会产生新的爱",连刽子手也被感动了,于是他又获得了"新生"。

《爱情三部曲》(包括《雾》《雨》《电》三部小说)继续探讨的是知识青年的革命道路和爱情问题。小说通过描写一群从家庭中走向社会的知识青年的爱情纠葛、社会活动和革命斗争,对青年人追求理想和信仰的道路进行了积极探索。

《雾》的主人公是周如水,他的性格一如他的名字,优柔寡断,有革命理想但并未参加过团体活动。他曾留学日本,回国后在一个旅馆中遇到了曾经仰慕过的"小资产阶级女性"张若兰,但始终没有勇气表白,原因是他在

## 第二章 "左联"前后(1927—1937年)的文学创作

17岁时已经在父母的包办下与人结了婚,而且他没有勇气与毫无感情的妻子离婚、背叛自己的家庭。而周如水的两个曾经叛离了温暖富裕的家庭的朋友吴仁民和陈真都鼓励他从狭窄的爱情中挣脱出来,并将周如水不敢向张若兰表白的真相告诉了张若兰,还鼓励她主动向周如水表白,进而将周如水从家庭的束缚中解放出来。可此时,一封关于母亲生病要他回去当官的家书送到了他的手里,这让周如水感到极其为难,但最终还是在爱情与家庭之间选择了家庭,不过他也始终没勇气回家。一年后,周如水回到与张若兰相遇的旅馆,渴望与她重新开始,但她早已离开。就在周如水无尽的悔恨中,小说结束了。《雨》对《雾》中的故事进行了延续,此时的张若兰已经结婚,周如水也爱上了另一个"小资产阶级女性"李佩珠,但遭到拒绝。最终,无法承受爱情幻灭的周如水走向了死亡。在这部小说中,巴金还通过描写周如水的好友吴仁民的爱情故事,以及他在爱人的鼓励下决心到"充满生命的土地去"的事件,表明了"革命之雨"开始降落到大地上。

《电》延续了《雨》中的故事,此时革命的闪电已经在"漆黑的天空中闪耀"。主人公李佩珠已投身革命三年,还与朋友在福建组建了革命团体。后来,从悲愤中振作起来、已经成长为一个成熟的革命者的吴仁民也到了福建,并遇到了李佩珠。两人有着相同的革命理想,在接触了一段时间后逐渐产生了真正的爱情。可此时,革命团体的成员不断被捕,李佩珠也接到了父亲在上海突然失踪的消息。于是,她委托吴仁民回上海寻找自己的父亲,自己则留在福建继续进行朋友们未完成的革命事业。

《爱情三部曲》的独特之处在于,真实地记录了20世纪二三十年代一些并未纳入中国共产党领导的知识青年的革命道路和情感历程,他们对待人生、爱情、革命的不同态度、不同选择和为了理想、信仰充满愤激之情的悲剧性抗争获得了广大青年读者的共鸣。当然,这部小说也有着非常明显的缺陷,即人物生活的社会是十分单纯的,因而无法展现复杂的、充满多种矛盾的现实生活中青年们的内心生活与情感转变,这导致所塑造的人物形象较为单薄。

相比《爱情三部曲》来说,《激流三部曲》(包括《家》《春》《秋》)对人物的塑造就比较成功了,不仅将青年人物放在复杂的社会矛盾之中,还展现了青年人物与封建思想、封建家庭和封建家长之间的矛盾与冲突,从而揭露了封建家庭戕害青年的罪恶,并进一步指出了封建家庭必然会走向灭亡的命运。

《家》相比《春》《秋》来说,不仅影响更大,而且艺术成就也最高。小说中的故事发生在20世纪20年代初的成都,通过描写封建家庭中几个青年人在爱情和生活道路上的选择,表现了多样化的思想意义。具体来看,这部小说的思想意义主要表现在三个方面:一是对封建制度戕害青年的罪恶进行了揭露与批判。小说中的大家庭有20多个主子和几十个下人，主子们的地位和权利不同，下人之间也有等级划分。很明显，这个大家庭就是中国封建制度的缩影，而这个大家庭中的最高统治者——高老太爷则是封建制度和权力的象征。高老太爷可以说是一切不幸和罪恶的根源，他禁止觉慧参加学校的运动、让觉民接受自己给他安排的婚姻、尝试拆散觉民与琴、将16岁的丫头鸣凤送给60多岁的孔教会长……这所有的一切，都是高老太爷扼杀青年一代的罪证。二是生动再现了青年们在"五四"运动影响下的觉醒与反抗，并对青年们的反抗进行了肯定与赞扬。三是指出了专制制度必然崩溃的历史命运，腐朽的高老太爷的死便是证明。

《家》不仅有着丰富的思想意义，在人物塑造方面也有很多值得称道之处。小说中塑造了众多生动、鲜活的人物形象，最为成功的是觉慧和觉新。觉慧是封建大家族中的"一个幼稚而大胆的叛徒"，是"激流"精神的体现者，代表了"五四"时期的民主力量。他是高家中最早觉醒过来的人，从小识察了旧家族的肮脏和丑恶，极端蔑视封建等级制度和封建礼教，因而他不顾封建等级与婢女鸣凤相爱，揭穿封建长辈们的丑恶。同时，他积极参加学生运动，办刊物传播新思想，并最终与封建家庭和封建制度决裂。可以说，觉慧热情、勇敢、叛逆、大胆追求的性格特征正是"五四"时代精神的集中体现。但是，觉慧并没有彻底与封建家庭和封建制度决裂，这与其思想不够成熟、对封建家庭和封建制度仍抱有一丝希望有关。据此，巴金又指出了"五四"时期觉醒的一代青年在思想上的局限性。

与叛逆者觉慧相比，觉新则是封建家族制度和旧礼教的受害者。他虽然受"五四"新思潮的影响，对自己的悲剧命运有清醒的认知，对婚姻自由和幸福生活也十分向往，但封建礼教和长房长孙的身份又在精神和行动上制约了他。因此，他并未反抗自己的命运，而是背负着沉重的封建伦理道德的精神枷锁，向封建制度妥协。而他的妥协与退让，进一步助长了恶势力的气焰，最终他的幸福被断送了，还使他人遭遇了悲剧。不过，在瑞珏惨死的触动下，觉新有所醒悟，于是支持家庭的叛逆者觉慧出走。而觉新的这一转变，也是封建制度和封建礼教即将灭亡的证明。

《家》不仅在思想上取得了高度的成就，在艺术上的成就也是不可忽视的。具体来看，《家》在结构上借鉴了《红楼梦》《布登勃洛克一家》等中外名著的艺术经验，通过家族兴衰的悲剧展示时代的激荡风云，人物众多，事件繁复，构思严谨；《家》中的线索单纯而明晰，情节的发展也十分自然，而且首尾完整；《家》中的语言朴实无华、清新自然，并运用了排比、反复、倒装等散文句式，从而使整部小说显得十分活跃。

总的来说，巴金始终以战士的姿态，怀着一种"找寻一条救人、救世、也救自己的道路"的热情,向旧社会、旧制度发出自己真实的呐喊。

### (三)茅盾的小说创作

茅盾(1896—1981),原名沈德鸿,字雁冰,浙江桐乡乌镇人。他幼年时便阅读了大量的中国古典文学,为自己日后的文学创作奠定了基础。1913年,他进入北京大学读书,其间对西方文学有所了解。毕业后,他一边工作一边进行小说创作。1927年,他的第一部小说《蚀》发表,他也因此受到小说界的关注。此后,他又陆续发表了多部小说和散文集。1981年3月14日,茅盾去世,享年85岁。

茅盾的长篇小说在选择题材时,既关注题材是否具有时代性,也关注题材是否具有思想深度、能否产生较大的影响。比如,《霜叶红似二月花》对"五四"时期中国社会的一角进行了生动反映;《虹》通过描写知识女性梅行素从"五四"时期到"五卅惨案"后的生活经历,对"五四"时代的知识分子从个人主义走到集体主义的苦难历程进行了生动反映;《蚀》通过广阔的场面和宏大的气势,对大革命的历史以及大革命失败后人们生活及心理的变化进行了真实而迅速的反映;《第一阶段的故事》以上海从"八一三"事变至陷落时期的社会生活为背景,对抗日战争初期各阶层人民的生活与思想的变化进行了广阔而深刻的反映;《腐蚀》以"皖南事变"为背景,对国民党反动派的黑暗统治进行了揭露;《清明前后》通过讲述主人公的觉醒过程,指出了建立中华人民共和国的必然趋势。

茅盾的小说在结构方面,也形成了自己独特的特征。他追求宏大而严谨的布局,不仅会涉及众多的人物,而且情节复杂、线索纷繁。不过,茅盾总能将复杂的情节和纷繁线索形成一个严密而完整的故事。这里以《子夜》为例进行说明。小说的第一章通过讲述吴老太爷的故事,将20世纪30年代民族资本家的故事与中国共产党的土地革命相联系,并以吴老太爷的猝死象征封建地主阶级即将退出历史舞台,而中国新兴资产阶级在共产党的领导下将会呈现新的发展面貌;第二章和第三章以吴老太爷的丧事为中心,让主要的人物纷纷登场,并全面铺开了人物的各种矛盾;第五章到第八章,主要描写吴荪蒲为发展自己的民族企业而进行的种种努力;第九章到第十二章主要写的是吴荪蒲与赵伯韬的斗法,而这两个人的斗法实质上代表着民族资本家与买办资本家之间的斗争;第十三章到第十六章通过对工人阶级反抗运动的描写,将民族资本家吴荪蒲放置到一面需要对抗买办资本家赵伯韬、一面需要镇压工人运动的两面作战困境之中,将小说的内容逐渐推向了高潮;第十七章到第十九章描写的是民族资本家吴荪蒲决定与买办资本家赵伯韬进行最后的斗争,但他最终失败了。从整体上来看,这部小说的情节安排是十分恰当的,不仅有张有弛,而且很有节奏。另外,小说中出现了多种矛盾,而这些矛盾之间的纠缠,也使得作者能够对吴荪蒲的性格进行多方面的描写与刻画,从而使这一人物更加立体、更加丰满。

茅盾的长篇小说,对于人物形象的塑造也十分重视。总体上来看,茅盾小说中的人物可以分为三类。第一类是民族资本家形象,如《子夜》塑造了一个既积极对抗买办资产阶级,有对工农运动进行疯狂镇压的吴荪甫形象;《第一阶段的故事》中塑造了一个在抗战初期为了推动人民的斗争而加入斗争行列的资本家何耀先的形象等。第二类是时代新女性形象,茅盾的小说中主要塑造了两类时代新女性形象,一类是像静女士、陆梅丽似的与中国的传统女性有着较多精神联系的女性;另一类是像慧女士、孙舞阳、章秋柳、梅行素、张素素似的不论性格气质还是生活追求、道德伦理观念都深受西方新思潮影响的、迥异于中国传统女性的女性。第三类是农民形象,如《春蚕》中的老通宝是一个受尽了压迫和剥削的江南蚕农;《秋收》中的阿多是一个日渐觉醒的农民。此外,茅盾的小说在塑造人物时,往往将人物放在错综复杂的社会关系之中,并注意对人物的性格进行多方面的表现,展现出人物性格的复杂性与变化性;重视对人物的心理进行描写,而且在描写人物时既注重与社会历史运用相结合,也注重运用幻觉、错觉、联想、跳跃等多样化的手法来展现人物复杂、变化的心理。比如,茅盾在《子夜》中塑造吴荪蒲的形象时,将其放在了第二次国内革命战争的背景之下。如此一来,一个精明能干、有魄力、有胆识、渴望振兴中国民族企业,但又残酷剥削工人、疯狂镇压共产党领导的农民运动的民族资本家形象便生动地展现在人们面前。

## 二、左翼小说的创作

20世纪30年代以后,随着左翼作家联盟的成立,左翼文学成为了中国现代文学发展的主流,其中左翼作家创作的左翼小说更是蔚为大观。左翼小说自觉地对无产阶级革命理想和无产阶级工农大众进行表现。但是,左翼作家的小说创作忽视了文学的审美特质,因而呈现出鲜明的公式化、概念化的缺陷。蒋光慈、丁玲、柔石、沙汀、叶紫、张天翼、吴组缃、萧红、萧军等都是重要的左翼小说家,下面具体分析一下蒋光慈、丁玲、柔石和叶紫的小说创作。

### (一)蒋光慈的小说创作

蒋光慈(1901—1931),原名蒋如恒,又名蒋光赤,安徽六安人。他中学时代起就投身到爱国学生运动中,还曾被组织派往苏联莫斯科东方共产主

## 第二章 "左联"前后(1927—1937年)的文学创作

义劳动大学中国班学习政治经济学。在此期间,他广泛地接触了革命思想,还阅读了大量的进步文学和无产阶级革命文学,并因此激发了文学创作热情。回国后,他一边从事革命文学,一边积极倡导无产阶级革命文学,从而极大地推动了无产阶级革命文学运动的发展。1925年,他出版了自己的第一部诗集《新梦》,表达了"我愿勉力为东亚革命的歌者"的愿望。1927年,他又发表了自己的第二部诗集《哀中国》。此后,他便开始致力于革命小说的创作。1931年,蒋光慈因病去世,终年30岁。

蒋光慈是左翼小说创作中不可忽略的一位重要作家,他倡导无产阶级文学,为小说的深入发展作出了多方面的探索。他从1926年起,发表了《少年飘泊者》《短裤党》《鸭绿江上》《野祭》《菊芬》《最后的微笑》《丽莎的哀怨》《冲出重围的月亮》《田野的风》(原名《咆哮了的土地》)等多部革命小说,其中以《田野的风》影响最大。

《田野的风》取材于南方农民运动,通过描写农村的阶级矛盾和阶级斗争,展示了农民革命的伟大力量。小说的主要人物是受到无产阶级革命思想影响的先进工人张进德和先进知识分子李杰,他们一起在家乡鼓励、组织农民反抗地主豪绅,导致大批地主豪绅逃出村庄,从而极大地动摇了地主豪绅的权威。可是,在"马日事变"发生后,逃出村庄的地主豪绅又返回了村子,还企图依仗反动武装解除农会,重新统治农民。但此时的很多农民都已经觉醒,他们在张进德、李杰等人的带领下,拿起武器对反动武装和地主豪绅进行了反抗,不仅突破了他们的包围,还奔向了革命力量更为强大的金刚山。这预示着革命风暴之后的胜利前景,也表明了作者对新生活的向往。

这部小说在艺术上也取得了重大成就,首先是此前作品中多见的"革命的浪漫蒂克"速写式的描画和宣泄式的叫喊转为平实缜密的现实主义描写和细致入微的心理分析,从而使生活的现实感大大增强。其次是成功地塑造了革命者的形象,其中以革命知识分子李杰的形象塑造最为成功。他有着敏锐、宽广、前瞻的眼光,并明确地意识到对农村进行改造,仅靠"将作恶的父亲杀死"是不够的,还应积极"促起农民自身的觉悟"。同时,他又是从地主阶级中走出的革命者,因与农民姑娘兰姑的恋爱受到了家庭的阻挠,愤而出走,参加革命。因此,在他身上既有着沉重的封建家庭负担,又有着明确的追求进步的革命意识。但是,他始终坚持在革命斗争中不断对自己进行完善,并最终成长为了坚强的革命者。

总的来说,蒋光慈作为左翼文学最早、最富于探索性的作家,在左翼文学的发展中发挥了重要作用,但英年早逝的命运未能使他的创作达到充分的成熟,实在令人惋惜。

## (二)丁玲的小说创作

丁玲(1904—1986),原名蒋伟,出生于湖南临澧的一个大官僚地主家庭。她的父亲是清末秀才,还曾留学日本;母亲是一位自强有为的具有民主思想的教育工作者,对丁玲反封建思想和民主思想的产生有着重要影响。"五四"时期,她积极参加学生运动,也阅读了大量新文学作品,对文学产生了浓厚的兴趣,并开始尝试进行文学创作。1922年,她进入上海平民女校学习,后考入上海大学文学系,并结识了瞿秋白、茅盾等共产党人。1927年,她发表了第一篇小说《梦珂》,引起了读者和评论界的关注。之后,她又发表了震动文坛的成名作《莎菲女士的日记》,并因此成为了继冰心之后最受文坛重视的女作家。1930年,她加入了左翼作家联盟,并发表了《韦护》《母亲》《一九三〇年春在上海》《一天》《田家冲》《水》《奔》等作品,显示了左翼革命文学的创作实绩。抗日战争时期,她奔赴延安,在从事革命工作的同时坚持文学创作,发表了《我在霞村的时候》《在医院中》等小说作品。抗日战争胜利后,她在华北边区积极参加土地改革运动,并于1948年完成了反映农村土地改革运动的长篇小说《太阳照在桑干河上》。中华人民共和国成立后,她曾任中国文联委员、全国作协副主席、《文艺报》《人民文学》主编、中央文学研究所所长等职,并继续从事文学创作。1986年3月4日,丁玲因病去世,终年82岁。

丁玲是中国新文学史上有重要影响的女作家,又第一个以革命女作家的姿态创作大量革命题材小说,给左翼文坛带来蓬勃生机。同时,她早期的小说充满了"五四"落潮后新女性对"个性解放"的幻灭感,并对她们的精神苦闷以及由此产生的叛逆性格进行了大胆而深刻的描写,从而以一种独立的女性意识对20世纪30年代现代女性的人生感受进行了生动表达。丁玲的小说处女作《梦珂》写一个败落的封建家庭女儿闯入社会后陷入绝境的故事,一经发表便受到了关注。1928年《莎菲女士的日记》的发表,给她带来更大的声誉,使她一举成名。小说用大胆细腻的文笔塑造了一系列深受新思想影响的知识女性,进而对个性解放和妇女解放进行了强烈呼吁。小说的主人公莎菲,在她的身上,既有对封建礼教的悖逆,又有对追求"真的爱情"、个性解放的无限憧憬。但她毕竟已不是生活在"五四"时代了,大革命失败后的特殊环境,小资产阶级在追求幻灭以后容易跌入内心的骚乱,这都决定了莎菲执拗地寻觅人生的意义而又无出路,鄙视世俗又不时感到有纵情声色的危险,重感情更爱幻想、狂想,这只能使她陷入更大的苦闷中。茅盾曾在《女作家丁玲》一文中指出,莎菲女士是"心灵上负着时代苦闷的创伤的青年女性的叛逆的绝叫者""'五四'以后解放的青年女子在性爱上的矛盾

第二章 "左联"前后(1927—1937年)的文学创作

的心理的代表者"。①

《韦护》是丁玲的第一部革命文学作品,通过描写革命者韦护与小资产阶级女性丽嘉之间的恋爱与冲突,表明了作者对于革命的向往与支持。韦护在上海 S 大学主持工作期间,遇到了"新型的女性"丽嘉。经过一段时间的相处,韦护对丽嘉不断产生好感,同时丽嘉也感觉自己总在思念韦护。于是,两个人相爱并同居了。此后,韦护沉湎于自己的爱情生活之中,对工作也越来越不上心。后来,韦护在他最敬重的陈实同志劝告下,决定在爱情和事业中做出一个抉择。最终,他选择了事业,放弃了爱情。而丽嘉在爱情幻灭后,并没有沉沦下去,而是在时代浪潮的冲击下逐渐醒悟,也决心去"好好做点事业"。丁玲在思想上还存在着小资产阶级的感情色彩,而且并未深入革命者的生活,因而对韦护形象的塑造不够鲜明,对革命思想的表现也不够深入。不过,这部小说也有一定的真实性,因而在发表后引起了较大的反响。

《水》以 1931 年全国发生的波及十六省的特大水灾为题材,展开了惊心动魄的场面,描写了中国农民不幸的灾难和他们最初的觉悟、团结和反抗,标志着丁玲在现实题材的开拓中又有了重大发展。小说中对农民性格的刻画应该说是比较符合历史和事实的,因为 20 世纪 30 年代的乡村土地革命已经在许多地区轰轰烈烈地开展。不过,小说中对农民的集体反抗性格写得还不够充分、不够壮烈。

### (三)柔石的小说创作

柔石(1901—1931),原名赵平复,浙江宁海人。他在 1930 年加入了中国共产党,但于 1931 年 2 月 7 日不幸在上海牺牲。

柔石的左翼小说中,最为典型的是《为奴隶的母亲》。《为奴隶的母亲》被认为是继鲁迅《祝福》之后,反映被侮辱被损害的劳动妇女的血泪生活的又一力作。在小说中,作者以深挚沉郁的感情,诉说了一个令人震惊的典妻故事,塑造了一个受尽折磨、打着奴隶生活烙印的劳动妇女春宝娘的形象。作品的深沉之处,便在于对春宝娘这样忍辱负重的中国普通农妇灵魂的如实表现。春宝娘忍痛丢下自己的儿子春宝,离开无情无义的丈夫来到秀才地主家,为秀才生下了儿子秋宝之后又被赶回自己从前的家,等待她的不仅是无尽的贫困,更是巨大的精神折磨——春宝对她已经像陌生人一样了,她做母亲的权利被彻底剥夺了。春宝娘的悲剧,是其对自身命运的习以为常,虽心有所动,又无处表诉。这对读者的感情冲击是相当深切的。

---

① 李明军.中国现当代文学[M].西安:陕西师范大学出版总社有限公司,2010:147.

总的来说,柔石的小说对写人有独特的心理把握,艺术上别具一格。他本应在小说创作上有更大的发展,可惜反动派过早地夺去了他的生命,没来得及写出更成熟、更壮美的篇章。

### (四)叶紫的小说创作

叶紫(1912—1939),原名余昭明,出生于湖南益阳的一个殷实小官吏之家。他的父亲和姐姐都是共产党员并积极投身革命,这对他树立革命思想产生了重要影响。1926年,他进入中央军事政治学校武汉分校学习。大革命失败后,他的父亲和姐姐惨遭杀害,他也被迫流浪他乡。1929年,他流浪到了上海,广泛接触了共产党人所领导的左翼文艺运动,并开始尝试写作。1933年,他加入左翼作家联盟,并于第二年在白色恐怖环境中加入了中国共产党。1935年,他出版了短篇小说集《丰收》,引起了文坛的高度关注。1939年10月5日,叶紫在疾病、焦虑、无奈和苦闷中走完了自己的一生,终年27岁。

叶紫来自生活底层,在暴风雨的年代里,有着传奇般的生平:他亲身参加了中国共产党领导下的湖南农民运动,父亲、姐姐、叔父都是农会的骨干人物,在大革命失败时惨遭杀害,他自己只身外逃,颠沛流离于湘、鄂、赣、苏等地,后流亡到上海,加入"左联",参加中国共产党。这一切使他拥有深厚的生活积累,同时也决定了他小说创作的基调:多数作品真实地表现了大革命失败前后洞庭湖畔农民的生活和斗争,尤以揭露农村的阶级压迫著称。

短篇小说集《丰收》是叶紫最重要的革命文学作品,包括《丰收》《火》《电网外》《夜哨线》《杨七公公过年》和《向导》6个短篇小说。其中,《丰收》《火》《电网外》《夜哨线》和《向导》取材于大革命前后洞庭湖湖边农村的火热斗争,对国民党反动派以及地主阶级的残暴进行了暴露、对农民的苦难及觉醒进行了反映;《杨七公公过年》通过描写农民逃荒到上海后的悲惨经历与悲惨生活,揭示了农民的不幸命运、抨击了社会的黑暗现实。总体来说,这些小说都表达了作家对人民觉醒及积极进行反抗斗争的希望。

叶紫在这部小说集中较为成功地塑造了一批农民形象,包括以云普叔为代表的老一辈农民形象,他们善良而忠厚、老实而本分,但也有着保守、懦弱的缺点,通过对他们形象的塑造,作家对黑暗的社会现实进行了强烈控诉与抨击;也包括以立秋、癞大哥为代表的新一辈农民形象,他们已逐渐觉醒,不仅对社会的黑暗有着清醒的认识,而且有着强烈的反抗和斗争精神。

对于叶紫的这部小说集,鲁迅给予了高度的评价。他在为这部小说集写的序中说:"这就是作者已尽了当前的任务,也是对于压迫者的答复:文学是战斗的!"①

## 三、京派小说的创作

在革命文学时期的小说发展中,京派小说的创作也取得了重要成绩。京派小说是以 20 世纪 30 年代北平的大学、文学刊物和文艺沙龙为纽带而形成的一种地域文学流派。其创作者大多居住在京津地区,大都有着较为体面的高校教职;其创作特色是"把经过节制和净化的感情,融合于白描的、或印象式的人间画面,这就形成了相当数量的一批京派作家小说以民俗为经,以抒情为纬的'民俗—诗情小说'的审美特征"。② 沈从文、杨振声、凌淑华、何其芳、萧乾、师陀、俞平伯、林徽因、废名等都是非常著名的京派小说家,下面具体分析一下沈从文和废名的小说创作。

### (一)沈从文的小说创作

沈从文(1902—1988),原名沈岳焕,出生于湖南凤凰县的一个旧军官家庭。1917 年,他小学毕业按当地乡俗入伍,曾随所属土著部队辗转于湘、川、黔、鄂四省边境地区,既见识了湘兵的强悍勇武,也目睹了军队的滥杀无辜,这为他今后从事文学创作提供了重要素材。1922 年,湘西开始受到"五四"运动的影响,而受其影响的沈从文决定奔赴北京。到北京后,他先是准备考取燕京大学,但未被录取。从此,他开始尝试进行写作,其间生活十分困顿。1926 年,他发表了第一部作品集《鸭子》,开始在文坛引起一定的关注。进入 20 世纪 30 年代后,他进入了创作的丰收期,创作了《萧萧》《柏子》《丈夫》《边城》《长河》等多部小说作品,以及《湘西散记》《湘西》等多部散文作品。中华人民共和国成立后,他减少了文学创作,转而进行文物和服饰研究。1988 年 5 月 10 日,沈从文因病在北京逝世,终年 86 岁。

沈从文是京派作家中的代表人物,而湘西是沈从文小说的精神之乡。他以温情的笔调和独特的视角展示了湘西奇异的自然风光,描写了湘西人的生存状态与人生形式,从而对湘西人的人性美进行了赞美与讴歌。在《柏子》中,描写了妓女和水手之间短暂的生命欢愉和真诚的情爱期待。《丈夫》讲述了湘西农民在面对妻子卖身来维持生存的严酷现实后逐渐由隐忍到奋起的心理过程,生动地表现出边地底层人们生存的无奈和悲凉。在《萧萧》

---

① 石兴泽,隋清娥. 中国现代文学[M]. 北京:中国社会科学出版社,2012:105.
② 高玉. 中国现当代文学史教程[M]. 上海:上海人民出版社,2018:54.

中,通过讲述童养媳萧萧的故事,展现了湘西底层女子无法把握自己命运的悲哀。萧萧从小失去了父母,12岁时稀里糊涂地嫁给了还不到3岁的丈夫。在出嫁的那一天,萧萧不害怕也不害羞,因为她根本什么事也不懂。成为新媳妇后,萧萧并没有觉得烦愁,而是在抱抱丈夫、做做杂事中平静地过着日子。慢慢地,她长大了,也懂事了,与小丈夫间的矛盾也逐渐显露了出来。一天,她在上山打猪草时,因被花狗的歌声吸引而与他发生了关系,还怀了孕。怀孕后的萧萧面临着两种命运:或是被沉潭,或是被发卖。但由于她后来生了一个儿子,于是避免了这两种命运。十年后,萧萧的小丈夫长大了,而萧萧也终于与他圆房,并生下了第二个儿子。可当这个小儿子才三个月时,萧萧的婆家便开始张罗给她12岁的大儿子娶了一个6岁的媳妇。在小说的结尾,作家着重描写了姻亲唢呐吹到家门口时萧萧的行为与状态:

  这一天,萧萧抱了自己新生的毛毛,在屋前榆蜡树篱笆间看热闹,同十年前抱丈夫一个样。

  这样的结尾,表明了萧萧对自身以及与自己相似的人的悲剧命运的浑然不觉与不关心。但是,对于萧萧这个人物,作家并没有给予批评,而是用宽和的态度和从容的笔致对其合乎自然的生命欲求以及坚韧执着的生命意识进行了赞美,从而构建了他心目中爱与美的"人性的希腊小庙"。

  沈从文在1934年出版的《边城》,用诗意的笔法对湘西的风情美和人性美进行了生动表现,并表明了自己对于善良的人性和理想生活方式的赞美与追求。少女翠翠是小说的主人公,她善良、清纯、可爱,因父母去世早,和以摆渡为生的外祖父相依为命。在翠翠和外祖父居住的地方,船总顺顺有两个儿子,儿子天保和小儿子傩送,且两个儿子都十分出众。一次,当地举办了龙舟竞赛,参加比赛的傩送和观看比赛的翠翠相遇了,还相互产生了好感。可是天保也喜欢上了翠翠,于是与傩送约定,谁能唱山歌感动翠翠,谁就与翠翠交往。最终,翠翠选择了傩送。而天保因情感上受到了伤害,决定驾船远走他乡,不想发生意外去世了。傩送对天保的死感到十分自责,于是驾船去寻找哥哥的尸体,很久都没有回来。后来,外祖父去世了,翠翠一个人在渡口摆渡,并等待着傩送的归来。可是,傩送是否会回来、什么时候会回来,小说中都没有给出明确的答案。不过,这样的结尾给了人们想象的空间,也透出伤感、惆怅的情感。

  沈从文的小说除了对湘西奇异的自然风光和独特的生存景观进行展示,还以"乡下人"的眼光观照现代都市生活,鄙夷、讽刺之情常常溢于言表。比如,《绅士的太太》《八骏图》《王谢子弟》《如蕤》等小说通过描绘堕落腐化的都市生活,揭示了城市上流社会人士的虚伪、空虚与道德沦丧以及他们人性的扭曲与堕落。其中,发表于 1935 年的《八骏图》在这一类小说中最有代表性。《八骏图》运用幽默与讽刺的笔调,通过描写看似道貌岸然、老成持重,实则因内心欲望的被压抑和被堵塞而使自己的性意识发生了扭曲和变态的都市学者和教授们,揭露了城市知识者的精神病态。"在他看来,人性欲望是健康生命的自然要求,也是生命存在的指标之一。他认为是文明社会中的知识和礼节使这些都市智者不能表达正常人性,造成他们的扭曲变态,'许多场面上人物,只不过如花园中盆景,被所谓思想观念强制曲折成为各种小巧而丑恶的形式罢了。一切所为所成就,无不表现出对自然之违反,见出社会的抽象和人的愚心',人性的残缺导致人格分裂,生命被戕害,终至'禁律益多,社会益复杂,禁律益严,人性即因之丧失净尽',最后变成营养不足、睡眠不足和生殖力不足的近于被阉过的寺宦形态。无知无识的湘西男女看似粗野的情爱方式倒使生命得以和谐,接受现代教育和科学文化知识的教授们反被'文明'扼杀了真情实感,丧失了生命活力,变得虚伪、矫情、衰颓,这是沈从文对知识和道德律例最严厉的质问,也找准了中国文化羁绊人性正常发展的所在。"[①]

总的来说,沈从文的小说从地域的、民族的、文化的视角,构建起独具魅力的湘西生命世界。在他笔下,无论是农民、水手、士兵,还是童养媳、店伙计和下等娼妓,他们虽生活艰辛却倔强坚韧,虽原始古朴却恬淡自守,在女性的柔美和男性的雄强中显露出生命的本色。然而,沈从文绝不是一位单纯的理想主义者和狭隘的保守主义者,在对美好人性和人情歌咏的背后总是或多或少地隐伏着对乡土乡民的一份感伤和哀惋。

## (二)废名的小说创作

废名(1901—1967),原名冯文炳,湖北人。他生活在一个较为殷实的家庭,曾在武昌湖北第一师范学校学习,毕业后成为一名小学教师。后来,他又考入北京大学,并在此期间开始了文学创作。中华人民共和国成立后,他一边在大学任教,一边进行文学创作。1967 年 10 月 7 日,废名去世,终年 66 岁。

废名的小说有浓重的田园牧歌风味,所描写的主要是封建宗法制农村中发生的事情,而且他所描写的农村并未被西方文明和现代文明所侵染。另外,废名小说中所涉及的人物,大都是天真的、善良的,有一种净化心灵的力量。短篇小说《竹林的故事》运用舒缓的笔致和简洁的文字,描写了平凡普通而又微贱琐屑的人生,人们无求无争,一切的景与情都融化在浓郁的和

---

① 雷达,赵学勇,程金城. 中国现当代文学通史[M]. 兰州:甘肃人民出版社,2006:370-371.

谐和静穆之中,田园牧歌替代了宗法制农村的残酷与愚昧,农村少女三姑娘被塑造成天真未凿、白璧无瑕的形象,小说营造出一个融着淡淡现实印记的诗意境界,堪称是典型的农村宗法制社会田园牧歌式的作品。《桥》同样是一部乡野田园色彩非常浓厚的作品。小说由片断式的场景构成,男主人公程小林和两位女主人公琴子、细竹之间,虽构成经典的三角恋爱模式,但他们彼此之间的关系并不像《红楼梦》中的宝、黛、钗之间那么复杂。由于作者苦心追求醇厚的诗美气息和淡远的人生意味,《桥》中的乡野田园风味更加浓郁,同现实社会的苦难似乎隔了一层。故事的线索被淡化了,若隐若现的情节被散文和诗的意境所取代,还带着废名受佛教和禅宗的影响在小说意境上所追求的禅趣。《菱荡》看似没有了废名以往作品中普遍存在的或多或少或浓或淡的那份哀愁,事实上在废名淡淡的叙述中,人生的悲哀不经意间流淌出来。《菱荡》最大的特点就是没有故事,也没有中心人物,整篇小说的结构和意味就像是一首绝句:大部分的篇幅描绘自然风景,然后在适时的空间点染一两个写意的人。无论是洗衣妇、陈聋人还是二老爹,都是写意的,他们本身并没有太多内涵和意义,但出现在其中,自然景物便一下子生动起来,整篇小说就成了一幅充满人情风俗美的山水田园画,清隽淡远,余味不尽。

　　废名在进行小说创作时,还积极谋求着小说与诗的结合,从而创造出了一种有着独特韵味的诗化小说。这在他的代表性小说作品《桥》中有着较好的体现。《桥》共有43章,前18章讲述的是主人公程小林年少时与史家庄琴子的相遇以及缔结婚姻的过程;后25章讲述的是程小林在十年后回到家乡的生活与感悟。整部小说中并不统一连贯的故事情节,每一章都是一个独立的场景,因而并没有太多的故事性可言。不过,小说中内蕴着诗意以及散文化的结构,使其呈现出鲜明的"散文诗"形式。

## 四、新感觉派小说的创作

　　20世纪30年代,上海社会、经济的快速扩张和发展,推进了现代都市文化的繁荣。在这一背景下,催生了中国第一个现代派小说创作群体。这就是以《无轨列车》《新文艺》《现代》等杂志为中心,聚集起来的"新感觉派"小说作家群体,主要作家有施蛰存、穆时英、刘呐鸥、杜衡、徐霞村等。他们生活在大都市上海,充分感受了现代都市的物质和商业文明,又深受西方现代主义文学的熏陶,追求文学的先锋性,创作上直接受到日本"新感觉派"的影响。因此,他们的小说注重表现病态的城市生活,描写灯红酒绿的环境中人与人关系的冷漠,以及人们精神的疲倦和灵肉的堕落;注重探求自我价值,寻求自我在社会中的位置。下面具体分析一下施蛰存和穆时英的小说创作。

## (一)施蛰存的小说创作

施蛰存(1905—2003),原名施青萍,浙江杭州人。他曾在上海大学读书,其间开始了文学创作。后来,他转入震旦大学学习。毕业后,他一边在大学任教,一边进行文学创作。2003年11月19日,施蛰存逝世,享年99岁。

施蛰存是新感觉派中对小说体式与手法最富探索精神和最有建树的作家,他热心于运用弗洛伊德的精神分析方法透视人物的潜意识和性心理,独创了一种新异的心理分析小说。《将军底头》《李师师》《梅雨之夕》《善女人的行品》等都是其小说的代表作,影响最大的是《将军底头》和《梅雨之夕》。

《将军底头》的主人公是花惊定,他是大唐的武官,但因其祖父是吐蕃人、身上流淌着吐蕃人的血液,因而本能地对汉族和汉族士兵感到厌恶,甚至产生了反叛大唐、回归吐蕃的念头,而且这一念头一直在他的内心纠缠。后来,他被巴蜀的一位美丽的汉族少女所吸引,并对汉族少女产生了强烈的爱欲和占有欲。他不仅斩首了追求汉族少女的士兵,而且因而打消了反叛大唐的想法。在小说的最后,花惊定在一次与吐蕃的战争中,被吐蕃人砍掉了头颅。但没有了头颅的花惊定仍然想念着汉族少女,于是策马来到她的身边。很明显,这部小说的情节是十分荒诞的,但却揭露了将军灵魂深处固执的欲念,以及至死也无法摆脱的强悍力量。

《梅雨之夕》写了一个都市人美丽的却又是失落的"白日梦"。"我"在一天下班后,因下雨而邂逅了一个没有带伞、在店铺檐下避雨的美丽少女。她美丽的姿色吸引了"我","我"很想帮她遮雨,但又不敢贸然行动。雨一直在下,没有停止的意思。于是,"我"与她同伞结伴上路。在路上,"我"觉得这位少女很像是自己在苏州时初恋的女子。可"我"问她姓名时,她却说姓刘,这使"我"不得不怀疑这是初恋情人故意向"我"隐瞒姓氏。于是,"我"联想到很多与初恋相关的图画和诗句,重温着初恋的清新感受。后来,"我"发现少女的嘴唇太厚,而初恋的嘴唇则是薄薄的。于是,"我"断定她并不是初恋。这使"我"被压抑的心境感到放松,连呼吸也觉得舒畅了。后来,"我"与少女分别,但回到家后听见妻子的声音,也感觉是少女在说话。从整体来说,小说的情节是十分简单的,充斥其中的主要是主人公的幻想与内心独白等。不过,正是通过这样的心理描写,作者传达了都市薄暮中一种蠢蠢欲动而又带有强烈自我抑制性的幻美。

### (二)穆时英的小说创作

穆时英(1912—1940),出生于浙江慈溪县的一个银行家家庭。1912年,他进入上海光华大学中文系读书,并开始进行文学创作。1932年,他发表了第一部小说集《南北极》,给他带来了"普罗小说中之白眉"的称号。之后,他的创作风格发生了改变,陆续发表了很多新感觉派小说,并因此被文坛誉为"中国新感觉派圣手"。1934年和1935年,他又陆续发表了小说集《白金的女体塑像》《圣处女的感情》。抗日战争爆发后,他一度流亡香港。1939年时,他回到了上海。1940年6月28日,穆时英被国民党特工人员暗杀,终年28岁。

穆时英的新感觉派小说运用了感觉主义、印象主义、电影蒙太奇、意识流等方法,并通过对都市新奇的印象与感受的捕捉,对大都市的腐败以及大都市现代人的精神危机及其畸形、变异的心理进行了生动展现,最有代表性的作品是《上海的狐步舞》。

《上海的狐步舞》历来被认为是新感觉派小说的典型作品,它采用电影蒙太奇的手法,将街头、公馆、洋房、舞厅、赌场、饭店、工地等众多的场景和线索经过剪辑拼接在了一起,从而构成了一幅五光十色的画面,也使得现代都市人的畸形人生、心理和生活生动地呈现在了读者面前。这篇小说给人造成的强烈感觉是多重的,既使人不禁联想到舞厅中快速旋转的舞步以及疯狂舞动的人群;也让人感觉到这舞步不仅仅是属于人的,还属于上海这座现代化的都市,它就是上海的节奏;还暗示了小说中描写的场景是发生在晚上的。这三重的感觉叠加在一起,给人们的视觉、听觉和幻觉造成了极大的冲击,并鲜明地呈现出了"上海,造在地狱上面的天堂"。

# 第三节 杂文和小品文的发展

在革命文学时期,散文的创作相比上一个十年也有了新的发展。从总体上来看,这一时期的散文以杂文和小品文取得的成绩最大。

## 一、杂文的创作

杂文是直接而迅速地反映社会事变的文艺性论文,以短小、活泼、锋利、隽永、富有战斗性为其特点,因而是现代知识分子对他所处时代的社会、思想和文化现实进行及时回应的有效方式。杂文的出现与兴盛,与社会矛盾

## 第二章 "左联"前后(1927—1937年)的文学创作

的尖锐化、人们政治热情的高涨有着密切的关系。另外,杂文这种从来不登"文学殿堂"的文学样式"侵入高尚的文学楼台",是从鲁迅开始的。事实上,鲁迅也是革命文学时期最为重要的杂文作家,他通过自己的创作实践将杂文变为一种既具有强烈的战斗性、深刻的思想性,又具有高超的艺术性和审美特质的文学体裁。

鲁迅是杂文创作的高峰,他认为杂文是现代社会中对于有害的事物,立刻给以"反响或抗争"的"匕首和投枪",因而他的一生都在进行杂文的创作。可以说,杂文"是鲁迅这位精神界战士在思想、文化领域进行战斗和自我'释愤抒情'的重要文学形式"。① 在鲁迅的影响下,又涌现出一批杂文家,如唐弢、徐懋庸、聂绀弩等。他们的杂文记录下了一个极度矛盾复杂年代的历史,尤其是鲁迅的杂文,是鲁迅将个人的心血和灵魂与时代交融在一起而形成的时代诗学。

鲁迅一生中创作的杂文共结集为 16 部,分别是《坟》《热风》《华盖集》《华盖集续编》《而已集》《三闲集》《二心集》《南腔北调集》《伪自由书》《准风月谈》《花边文学》《且介亭杂文》《且介亭杂文二集》《且介亭杂文末编》《集外集》和《集外集拾遗》。这些杂文笔锋犀利,语言热辣,具有强烈的讽刺与批判色彩。另外,从主题上来看,这些杂文的思想内容是广泛而深刻的,大致涉及以下几个方面。

一是深刻地揭露与尖锐地批判了封建制度以及封建文化的罪恶。比如,在杂文《我们现在怎么做父亲》《灯下漫笔》《我之节烈观》中,鲁迅对封建礼教的虚伪本质进行了揭露,并号召将妇女和儿童这些深受封建制度压迫的人们解放出来,让他们也能够享受"正当的幸福"。

二是猛烈抨击了封建反动统治,并指出了帝国主义想要奴役中国的野心。比如,在《记念刘和珍君》一文中,鲁迅既揭露了北洋军阀政府的反动性和残暴性,也尖锐地讽刺和抨击了现代评论派文人的为虎作伥行为;在《答有恒书》一文中,鲁迅指出了国民党的反动本性,并揭露、批判了国民党所犯下的大屠杀罪行;在"友邦惊诧"论一文中,鲁迅毫不客气地抨击了国民党的卖国行径;在《为了忘却的记念》一文中,鲁迅强烈控诉了国民党反动派残害左翼作家的行径。

三是揭露了国民性的弱点,并抨击了当时社会中存在的病态心理与行为。比如,在《灯下漫笔》一文中,鲁迅指出了国民在精神方面愚弱的特点,并进一步指出造成这一现象的原因是封建等级制度,鼓励国民反抗封建等级制度;在《吃白相饭》一文中,鲁迅揭露了当时社会中存在的"白相"可以

---

① 朱栋霖,丁帆,朱晓进.中国现代文学史(上册)[M].北京:高等教育出版社,1999:243.

吃饭,劳动者却要饿肚子的病态社会现象。

四是对中国共产党和人民群众进行歌颂。在《答徐懋庸并关于抗日统一战线问题》一文中,作家明确表明了自己对中国共产党以及政策的支持;《中国人失掉自信力了吗》一文中,作家对中国广大劳动群众的聪明智慧以及献身精神、创造精神等进行了热烈歌颂,进而对"中国是一盘散沙"的论断进行了否定。

五是对左翼文艺进行积极的提倡与扶植,如《对于左翼作家联盟的意见》一文中,作家对左翼作家联盟的指导思想进行了明确;《上海文艺之一瞥》《辱骂与恐吓决不是战斗》等杂文中,作家对左联在发展过程中暴露出的不足进行了纠正。另外,鲁迅通过杂文对自己的创作经历以及与翻译、创作等有关的问题进行了回顾与总结,并对文艺的相关问题进行了思考,从而为左翼文学的发展提供了重要的经验与理论。

六是对文艺战线中出现的错误倾向进行了揭露与批评,并对诸多文艺问题进行了哲理性思考,如《现在的屠杀者》《估学衡》《十四年的"读经"》《再来一次》《反对"含泪"的批评家》《未有天才之前》等杂文中,作家对封建复古派的文学主张进行了抨击,进而促进了新文学的发展;《我的态度气量和年纪》《"醉眼"中的朦胧》等杂文中,作家对文艺家的世界观改造问题进行了具体分析;《新月社批评家的任务》《"硬译"与"文学的阶级性"》等杂文中,作家在戳穿人性论谎话的同时,对马克思主义关于文艺的阶级性的原理进行了形象而生动的阐述。

除了有着丰富、深刻的思想内容,鲁迅的杂文也在艺术方面取得了一定的成就。首先,鲁迅的杂文不仅有着生动的形象,而且逻辑严密,议论时往往能够一针见血、切中要害。与此同时,鲁迅在创作杂文时,往往会将自己的情感融入其中,并随着自身情感的展开进行形象化的议论。比如,在《"友邦惊诧"论》一文中,鲁迅开篇就表明了自己对于反动论调的态度,接着以倾吐翻江倒海般的激情揭穿了"党国""友邦"的画皮。事实上,鲁迅杂文在议论形象化的基础上,还追求议论的理趣化和抒情化。鲁迅杂文的理趣化首先表现为广阔的知识视野(纵古博今、中西融合),广泛征引中外神话、寓言、传说、故事、小说、戏剧、诗歌,以及文学家、思想家材料,自由出入于文学、历史、地理、哲学、心理、民俗、人类学、政治学、文化学,乃至自然科学等各种学科,通达古今中外,增加谐趣,并运用夸张、借喻、双关、反语、暗示、讽刺、幽默等喜剧手法造成视野开阔、逸趣横生的艺术境界(民间的"狂欢化");同时在这一知识视野与情趣中他又常常有独创性的真理发现,如他突破人们的司空见惯,在"几乎无事"的社会现象中,发现其内含的"悲剧",因而他能"含笑谈真理"。议论的抒情化则在于鲁迅杂文不是冷冰的说理,而是洋溢着一

## 第二章 "左联"前后(1927—1937年)的文学创作

种燃烧的诗情。如鲁迅自己所说,他的杂文不过是将他"所遇到的,所想到的,所要说的,一任它怎样浅薄,怎样偏激,有时便都是用笔写了下来?就如悲喜时节的歌哭一般,那时无非借此来释愤抒情"。在这种情感抒发中,鲁迅杂文的情感色调也是丰富多彩的。直接抒情常有火山突发之势,如"惨象,已使我目不忍睹;流言,尤使我耳不忍闻。我还有什么话可说呢?……沉默呵,沉默呵!不在沉默中爆发,就在沉默中死亡"(《记念刘和珍君》)。间接抒情则常有吞吐曲折、回旋递进之绵长情韵,如《为了忘却的纪念》中,"夜正长,路也正长,我不如忘却,不说的好罢。但我知道,即使不是我,将来总会有人记起他们,再说起他们的时候的"。

其次,鲁迅杂文涉及的大都是极广阔深刻的社会批评和文明批评,但他在对社会进行剖析时,又常常是从常见的、很小的社会现象入手。此外,鲁迅的杂文并不拘泥于具体的人物、事件和社会现象,而往往从现实与历史的联系中,追溯出事物发展的渊源、过程与规律,富有历史的深度与力量。比如,《华盖集·通讯》由日常所见街道上的"煤灰堆"(现象、微观)而联想到明末遗民的"活埋庵"(历史),来反观与审视20世纪20年代反改革的复古论调。

再次,鲁迅的杂文涉及多样化的文体形式,或叙事、或抒情、或讽刺、或显示学识,等等。同时,鲁迅杂文的各种文体形式都有着精炼的语言、生动的形象,而且议论时能够切中要害,还不乏机智与幽默。除此之外,鲁迅的杂文所呈现的思路与想象力在很多时候都是反常规的,这使得文章更加具有批判性。比如,在《新药》一文中,鲁迅竟然将皇宫宫女泄欲留下的"药渣"与失势的国民党党国元老相联系,从而表明了自己对黑暗的国民党当局的憎恨以及对新社会的强烈渴望。

最后,鲁迅的杂文善用反语和夸张等修辞手法,亦庄亦谐,庄谐并出。《偶成》一文,作家夸张地运用绍兴一个名叫"群玉班"的戏班子不受看客欢迎作比国民党政府不受民众的欢迎:

　　台上群玉班,台下都走散。连忙关庙门,两边墙壁都爬塌(平声),连忙扯得牢,只剩下一担馄饨担。

在这里,作家运用反语,将国民党当局的不得人心通过谐谑、幽默的语言形象地表现了出来,且充满了幽默感。

除此之外,鲁迅杂文的语言自然简练、生动形象、机智幽默,还能对汉语的各种句式进行自由的驱遣,从而使汉语的表意功能和抒情功能都得到了最大程度的发挥。这里以《记念刘和珍君》中的一段文字为例进行具体说明:

惨象,已使我目不忍睹;流言,尤使我耳不忍闻。我还有什么话可说呢?我懂得衰亡民族之所以默无声息的缘由了。沉默呵,沉默呵!不在沉默中爆发,就在沉默中死亡。

在这段文字中,作家对汉语的各种句式进行着自由的驱遣:或将口语与文言句式相交融,或将长句与短句、陈述句与反问句交相使用,从而将自己的愤怒生动传达了出来。

总的来说,鲁迅的杂文是中国现代杂文史上的一座丰碑。由于鲁迅的创造,不但使现代杂文走向成熟,而且还使之成为中国现代文学中的一个重要文学品种,对后来杂文文学的持续繁盛及众多杂文作者和流派的涌现,产生了不可估量的影响。

## 二、小品文的创作

在革命文学时期,除了杂文的创作,小品文的创作也取得了重要成就。小品文以幽默闲适为基本特点,林语堂、丰子恺等是这一时期影响较大的小品文创作大家。

### (一)林语堂的小品文创作

林语堂(1895—1976),原名和乐,出生在福建省漳州市平和县坂仔镇一个劳动者出身却向往西方文明的牧师家庭。1912年,他进入上海圣约翰大学学习语言学,并在此期间广泛阅读了西学书籍,深入了解了西方文化,这对他以后的文学创作产生了重要影响。1916年,他从上海圣约翰大学毕业,后进入清华大学任教,并在任教期间深入研究了国学,为以后的写作打下了重要基础。1919年,他赴美国哈佛大学比较文学研究所学习,在获得文学硕士学位后转赴德国莱比锡大学研究语言学。1923年,获得语言学博士学位的林语堂回到了国内,在北京大学任教,并开始了自己漫长的写作生涯,还成为了《语丝》周刊的主要撰稿人之一。1936年,他离国赴美,并继续进行文学创作。1966年,他回到台湾定居。1976年3月26日,林语堂因病在香港去世,终年81岁。

林语堂小品文的一个重要特点,是"以自我为中心,以闲适为格调"。关于"以自我为中心"林语堂认为,文学的本质是对性灵的书写,因而文章应该表现个人的性灵。这里所说的性灵,实际上就是"个性"。也就是说,在写文章时必须要围绕自我展开,而且要注重对自我进行表现,对自我的情感进行抒发。比如,在《祝土匪》一文中,林语堂描写"土匪"时运用了对比的手法,

第二章 "左联"前后(1927—1937年)的文学创作

即通过将"土匪"与"学者"进行对比与剖析,揭露并批判了学者们在道貌岸然的外表下所隐藏的虚伪与卑劣,赞扬了土匪敢于坚持真理、维护正义、讲真话和实话的精神与行为。这篇文章就在作者轻松、自如的议论之中,表明了自己反传统的思想。关于"以闲适为格调",林语堂积极倡导与实践散文的"闲话风",希望能够在一种亲切且漫不经心的格调中,写出自己真实的情感、发出自己真实的呐喊。比如,在《秋天的况味》一文中,作家以秋景写人情,还在文章中与自己推心相知、倾心相与,进而在与自我相面对的过程中,抒发了自己的人生感慨。

除了"以自我为中心,以闲适为格调",幽默也是林语堂小品文的一个重要特点。林语堂认为幽默能够展现个人的达观态度,而且幽默与滑稽、逗乐是不同的,它的目的在于"悲天悯人"。另外,林语堂指出,幽默不应与讽刺组合在一起,因为讽刺贴近现实,而要实现幽默必须与现实拉开一定的距离。比如,在《冬至之晨杀人记》一文中,作家运用平和的幽默语调,对虚伪的客套进行了无情的嘲讽。

林语堂在进行小品文创作时,还注意蕴涵丰富的文化信息,凸显出真诚的性灵。他追慕纯真平淡,力斥虚浮夸饰,他的小品文或抒发见解、切磋学问,或记述思感、描绘人情,皆出于自我性灵,绝无矫饰,显得朴素率真。比如,《论孔子的幽默》《谈中西文化》《说纽约的饮食起居》等文章中,都蕴含着深刻的中西文化底蕴。

总的来说,林语堂的小品文为现代散文带来了中年式的睿智通达的情味,开辟了现代散文新的审美领域。

## (二)丰子恺的小品文创作

丰子恺(1898—1975),原名丰润,浙江桐乡县石门镇人。1914年,他考入了杭州浙江省立第一师范学校,并在此期间受李叔同的影响对音乐和绘画产生了浓厚的兴趣,受夏丏尊的影响对文学产生了浓厚的兴趣。毕业后,他和同学共同筹建了上海师范专科学校,并担任图画教师。1921年,他赴日本留学,学习音乐和美术,回国后从事音乐和美术教学工作,并进行文学创作。1931年,他发表了自己的第一部散文集《缘缘堂随笔》,在文坛引起一定的关注。抗日战争爆发后,他携家眷逃难,辗转于西南各地的一些大专院校从事教学工作。抗战胜利后,他回到了上海并定居。中华人民共和国成立后,他主要从事翻译工作,还曾担任全国政协委员、上海市美术家协会主席、上海市作家协会副主席、上海市文联副主席、上海中国画院院长等职。1975年9月15日,丰子恺去世,终年77岁。

丰子恺从20世纪20年代中期开始进行散文创作,30年代进入创作丰收时期,相继出版了《缘缘堂随笔》《车厢社会》《缘缘堂再笔》等散文集。此外,丰子恺的散文以小品文为主。

丰子恺小品文的一个鲜明特色,即渗透了佛家思想的痕迹。在中国现代文学史上,丰子恺是为数不多的受佛教影响的作家。丰子恺自小便有慧根,而立之年又受老师李叔同(弘一法师)影响,在上海江湾永义里住所缘缘堂举行了仪式,正式皈依佛法,成为一名佛教居士。他的一生深受佛教思想的影响,因此他的散文中也不可避免地渗透了佛家思想,随处可见"因果轮回""诸行无常""人生如梦"等佛教思想和用语。在《晨梦》一文中,作家就直接表述了诸行无常、人生如梦的思想:

>　　儿时的欢笑,青年的憧憬,中年的哀乐,以及名誉、财产、恋爱……在当时何等认真,何等郑重,然而到了脆弱的躯壳损坏而朽腐的时候,全一去无迹,永远没有这回事了,哀哉,人生如梦!

丰子恺的散文虽渗透了佛家思想,但因其始终未真正出家,因而其散文中也对现实社会有着深刻的描画与强烈的讽刺。在《还我缘缘堂》一文中,他便深刻揭露了日本侵略者的罪恶,并表明了自己的爱国之心。在《吃瓜子》一文中,他对一些人沉湎于吃瓜子的嗜好中,且有形形色色的吃瓜子高超技艺作了穷形尽相的描绘,由此表露了他对国民无所作为,只沉浸于这种无聊生活方式的忧虑:"将来此道发展起来,恐怕是全中国也可消灭在'格,呸','的,的'的声音中呢。"在这,作者关心世态的热切是跃然纸上的。

丰子恺虽然从佛理玄思中获得对苦难现实的一种精神超越,却没有从佛国极乐世界获得理想追求的满足,也许那种不食人间烟火的涅槃境界对他来说是高不可攀的,他憧憬的还是人间的大同世界"天下如一家,人们如家族,互相亲爱,互相帮助,共乐其生活"(《东京某晚的事》)。然而现实社会黑暗使他看不见光明的出路,空幻的理想依然抚慰不了他的苦闷。这时身边一群天真活泼的孩子成了他憧憬的具体对象,唤起他失去已久的一颗童心。因此,对于丰子恺的小品文来说,童心也是一个重要的特色。和冰心一样,丰子恺有一个幸福的童年。而幸福的童年对丰子恺影响颇深,一方面使他由己及人地对自己的儿女格外疼爱,另一方面使他始终保持了一颗童心,并且主导了他的文学创作。因此,丰子恺的小品文善于对儿童的童心和纯真进行描摹,从而对儿童的天真烂漫进行了高度赞扬。比如,在《给我的孩子们》一文中,他生动地描写了一群天真可爱的孩子们,其中是这样描写瞻瞻的:

>　　瞻瞻!你尤其可佩服。你是身心全部公开的真人。你什么事

体都像拼命地用全副精力去对付。小小的失意,像花生米翻落地了,自己嚼了舌头了,小猫不肯吃糕了,你都要哭得嘴唇翻白,昏去一两分钟。

在这段文字中,作家通过生动描写孩子瞻瞻的可爱和童真,不仅表明了自己对儿童的真心喜爱以及自己对儿童生活的向往与憧憬,而且从侧面表现、诅咒了成人社会的虚伪、冷酷和势利。

丰子恺讴歌童真童趣并非只是出于对儿女的喜爱,还与"五四"时期所热兴的"儿童崇拜"有相近之意。他在《我的漫画》中写道:"我向来憧憬于儿童生活,尤其是那时;我初尝世味,看见了当时社会里虚伪骄矜之状,觉得成人大都已失去本性,只有儿童天真烂漫,人格完整,这才是真正的'人'。于是变成了儿童崇拜者,在随笔中,漫画中,处处赞扬儿童。现在回忆当时的意识,这正是从反面诅咒成人社会的恶劣。"

丰子恺的小品文除了具有童心这一特色,还具有"自然"的特色。丰子恺崇尚自然,因而其散文既不注重曲折的故事,也不追求华丽的语言,而是自然流露,平易而朴素。这里以《放生》中的一段文字为例进行具体说明:

不觉船已摇到了湖的中心。但见一条狭狭的黑带远远地围绕着我们,此外上下四方都是碧蓝的天,和映着碧天的水……在感觉上又像进了另一个世界。因为这里除了我们四人和舟子一人外,周围都是单纯的自然,不闻人声,不见人影。仅由我们五人构成一个单纯而和平,寂寥而清闲的小世界。

这段文字由作家平易地写出来,别有一番自然之美。

将漫画手法巧妙地融入散文创作之中,也是丰子恺小品文的一个重要特点。他经常用简单、明晰的笔画勾勒漫画般的场景,从而使其散文具有"文中有画"的风格,创造"清幽玄妙"的意境。比如,在《吃瓜子》一文中,他是这样描写少爷们吃瓜子的:

常见闲散的少爷们,一只手指间夹着一支香烟,一只手握着一把瓜子,且吸且咬,且咬且吃,且吃且谈,且谈且笑。从容自由,真是"交关写意"!他们不须拣选瓜子,也不须用手指去剥。一粒瓜子塞进了口里,只消"格"地一咬,"呸"地一吐,早已把所有的壳吐出,而在那里嚼食瓜子的肉了。那嘴巴真像一具精巧灵敏的机器,不绝地塞进瓜子去,不绝地"格,呸""格,呸"……全不费力,可以永无罢休。

只通过短短的几句话,作家便勾画了一幅少爷们吃瓜子的绝妙漫画,可谓妙趣横生。

## 第四节 现代戏剧的发展

在革命文学时期,戏剧的创作也取得了令人瞩目的成绩,出现了一批具有较高思想性和艺术性的戏剧作品,促进了中国现代戏剧的振兴。曹禺、夏衍和洪深等是这一时期具有代表性的剧作家。

### 一、曹禺的戏剧创作

在中国现代戏剧史上,曹禺占据着极其重要的地位,并以自己的创作极大地催动了中国戏剧的发展。

曹禺(1910—1996),原名万家宝,祖籍湖北潜江,生于天津。曹禺的父亲经常邀请志同道合之人来家里吟诗赋词,这在一定程度上激发了他对文学的热情。1922年,他在天津南开中学读书期间,对文学产生了浓厚的兴趣,并阅读了大量国内外戏剧名家的戏剧作品,这为他日后的戏剧创作积累了丰富的素材。中学毕业后,曹禺先后在南开大学和清华大学读书,其间专门学习了戏剧。但是,由于经济方面的原因,他并没有读完大学的戏剧课程。之后,他先是在天津河北女子师范学院教书,后到南京国立剧专任教。其间,他也开始了戏剧创作之路,并发表了一些较有影响的剧作。中华人民共和国成立后,曹禺继续坚持戏剧创作,佳作不断。1996年12月13日,曹禺去世,享年86岁。

曹禺的戏剧深刻集中地反映了反封建与个性解放的主题,有力地冲击了封建主义与黑暗社会。1933年,曹禺在清华园写出了他的第一部剧作《雷雨》,并很快引起广泛注意,宣告了一个杰出的年轻戏剧家的诞生。此后,曹禺又创作了《雷雨》《日出》《原野》等剧作,显示了其在革命文学时期所形成的独特戏剧风格和悲剧艺术才华,也标志着我国话剧文学样式的成熟。

《雷雨》的主题是丰富而深刻的,它以20世纪20年代初期的中国社会为背景,以某煤矿公司董事长周朴园为中心,在一天时间内(从早上开始到午夜)在周公馆和鲁家两个地方展开了周鲁两家30年的复杂矛盾纠葛。三十年前,周朴园曾引诱女仆梅妈的女儿侍萍,生了两个孩子。后来,他为

## 第二章 "左联"前后(1927—1937年)的文学创作

了娶一位"有钱有门第的小姐",强迫侍萍把大儿子(周萍)留下,把刚生下三天的第二个孩子(即鲁大海)带走,他为了金钱就这样遗弃了她们母子俩。侍萍被逼得走投无路,冒着大风雪去跳河,但被救起。求死不成的她,为了孩子,又嫁两次,与后来的丈夫鲁贵生了女儿四凤。不料,鲁贵与四凤无意中又当了周家的仆人,儿子鲁大海也当了周家的煤矿工人。于是以周家为中心发生了各种巧合的违反伦常的性爱关系,展开了错综复杂的矛盾:继母蘩漪与周萍私通,同母异父的兄妹周萍与四凤相爱,周冲也在追求四凤,而周朴园与鲁大海父子又相互为敌,周萍与鲁大海兄弟之间也相互仇视,这个悲剧的内幕是侍萍、蘩漪通知她领回四凤而来到周家才被揭露的结果,周萍自杀,四凤和周冲触电身亡,蘩漪发疯,侍萍离开,这个罪恶的家庭最终归于毁灭。通过这一悲剧性的故事,剧作家揭露了半殖民地半封建上流社会的罪恶,较为深刻地反映了"五四"前后30年之间中国社会的某些本质方面:封建思想仍然依附在其他阶级的剥削者身上继续施展其窒息人心的职能;觉醒的青年男女的挣扎反抗,他们的个性解放的要求;劳动群众被吃的悲剧,他们的痛苦,他们身上无形的思想枷锁;工人阶级政治经济上的反抗等。总之,它以特有的透视力和剖析力,展示了资产阶级的罪恶和人们的觉醒与斗争,从这个家庭的崩溃,揭示出畸形社会的腐朽及其必然灭亡的历史命运。

在《雷雨》这部戏剧中,人物形象的塑造是十分成功的。曹禺善于描写平凡生活中受压迫与摧残、遭压抑与扭曲的悲剧人物,反映出悲剧丰富深刻的社会意义,并致力于反映人物精神追求方面的深刻痛苦,深入探索悲剧人物的内心世界。周朴园是全剧的中心人物,也是戏剧故事悲剧的直接制造者。他是一个带有浓厚封建色彩的资本家,又是一个专制的封建家长。他原是封建家庭的公子哥儿,受过正统的封建教育,后到德国留学,接受西方资产阶级的教育。因此,他一度有过"自由""平等"的思想,曾爱上梅妈的女儿侍萍,并与她生了两个儿子。但在他身上,我们几乎嗅不到更多的资产阶级"文明"气息,甚至连他的生活习惯都保留着一种遗老的臭味。而且他的发家史,就带着野蛮的封建盘剥的血腥味。他是家中的绝对权威,他的话就是命令。他冷酷无情地压制、摧毁家中一切人的个性、尊严和自由思想,使公馆成为能窒息人的黑暗王国。他"关心""体贴"妻子,却胁迫蘩漪喝药,为的是做个"服从的榜样"。应该说,他对侍萍是有真情的,只是当妨碍到他自身利益时,就暴露出极端自私、残忍的本性来了。人性和阶级性是如此矛盾地纠结在他的性格之中,反映了他性格的复杂性。这个人物的典型意义,就在于从他身上揭示了中国特定社会环境中资产阶级与封建阶级的密切联系,反映出中国几千年的封建意识仍有着根深蒂固的统治力量。曹禺的杰出之处,不在于揭露了一个具有封建性的资产阶级,而在于他揭露了中国资产阶级的封建性,这正是《雷雨》现实主义深刻的地方。

除了周朴园,剧作中蘩漪的形象塑造也是十分成功的。蘩漪是"五四"以后的资产阶级女性,有个性,有思想,追求自由、爱情和幸福。但是,命运却安排她做了周朴园的续弦。她在周家被折磨了十八年,这是她性格形成的典型环境。直到周萍出现,她感觉自己重新燃起了热情。她需要爱,也渴望被爱。她深深地爱上了周萍,是那么地不顾一切。这表明了,蘩漪是一个敢于蔑视和反叛封建制度和封建礼教,敢于追求自由与爱情的女子。可是,周萍却很快厌倦她,并想摆脱与她的关系,这彻底压垮了蘩漪。为了自由和爱情,她一定要将周萍绑在自身身边,绝不能让他与四凤在一起。可以说,她敢爱敢恨,但她的反抗是极端的,她对周家庸俗单调的生活和阴沉的气氛感到难以忍受,对周家束缚自己的自由与精神的行为感到痛苦,她一定要从这一切中挣脱出去。因此,她可以说是剧作中最具有"雷雨"性格的人物:她用尖锐的语言将周朴园和周家的罪恶揭露了出来,让他们伪善的面目彻底暴露在人们面前;她一次次地与专横的周朴园进行正面交锋,从而使剧情逐渐走向高潮。蘩漪是一个被侮辱与被损害者,她在当时的社会中是根本不可能获得自由与爱情的,于是她因爱生恨,变成了一个疯狂的报复者,走向了悲剧的命运。而这样的结局,使得剧作的现实主义意义更加深刻和突出。

《日出》通过描述上流社会和三流妓院两地的场景与故事,揭示了都市上流社会的堕落与下流社会的不幸,继而深刻反映了半殖民地半封建社会都市的畸形状态,控诉了"不公平的禽兽世界",表露出对光明未来"日出"的热烈期盼。陈白露剧作的中心人物,剧作的主题诗就是由她呼喊出来的,她的内心悲剧性冲突搭起了戏剧冲突的骨架,形成这支交响乐的主旋律。陈白露曾是一个"天真可爱的女孩子",一位追求个性解放的新女性,但是资产阶级生活的刺激,锈蚀了她纯洁的灵魂,作为一个高级交际花,她抽烟、打牌、喝酒,被男人玩弄,又玩弄着男人,过着寄生的生活。然而,她的内心世界又有许多美丽的东西,她仍眷恋着青春,仍有着不熄的诗情,当她营救"小东西"时,是那么果敢、坚决,其反抗性达到了义无反顾的境地。她的自杀,既是一个沦落风尘的女子因生活绝望而自杀的弱者之死,又是一个宁死不肯落入魔王之手而遭受蹂躏的强者之死。这双重含义,正是陈白露矛盾性格的必然发展。她的悲剧,是性格悲剧,也是社会悲剧,是黑暗社会对人的精神戕害。这是剧作家在继蘩漪之后,为中国现代戏剧贡献的又一杰出的悲剧艺术典型。

这部剧作在戏剧结构上,采用了"片断的方法",用"人生的零碎"来表现社会内容,展览人物群像,展示形形色色人物的精神风貌;在戏剧色调上,把悲剧同喜剧交织在一起,如在整部悲剧的发展过程中,喜剧人物接连粉墨登场,喜剧乃至闹剧的场面也穿插其间,悲剧和喜剧的情势交替转换,隐喻的讽刺和诗意的抒情随处可见,构成了丰富多彩的戏剧色调。

总的来说,曹禺善于把握人物命运的戏剧性变化,在戏剧冲突中体现对人生的终极关怀。他的剧作不仅显示了其本身独特的价值,而且其对戏剧艺术不断探索求新的精神,也是现代戏剧发展进程中最宝贵的财富。

## 二、夏衍的戏剧创作

夏衍(1900—1995),原名沈乃熙,出生于浙江省杭州市郊一个没落的小地主家庭。1915年,他考入了浙江省甲种工业学校学习。1920年,他怀抱"工业救国"的志愿,考入了日本明治专门学校学习机电工程,但不久又对文学和哲学产生了浓厚兴趣。在日本留学期间,他还深受国际国内革命浪潮的影响,积极参加进步文艺运动,并开始了文学创作。1927年,他回到了国内,加入了中国共产党,并加入了"左联",积极领导开展了左翼文化运动。1929年,他与郑伯奇等人共同组织了"艺术剧社",并开始进行戏剧创作。抗日战争爆发后,他积极投身到抗日救亡运动之中,并坚持文学创作。中华人民共和国成立后,他曾任上海市委常委、上海市委宣传部部长、上海市文化局局长、上海人民艺术剧院院长等职。1995年2月16日,夏衍因病在北京医院逝世,终年95岁。

夏衍是完全服从革命的需要,遵照党组织安排而弃工从文,走上文学艺术之路的,因此他的每一部作品都毫不含糊地表明自己的创作宗旨:反映时代、鼓动革命,充满强烈的时代感与鲜明政治倾向性。夏衍的戏剧创作始于1935年,在革命文学时期最著名的剧作是《上海屋檐下》。

《上海屋檐下》是一部深刻的现实主义杰作,剧中的故事发生在抗日战争前夕的上海,一个使人沉闷得透不过气来的黄梅天里。剧作展示的是上海一幢普通弄堂房子的横剖面,通过五户人家一天的经历,十分真实地表现了抗战爆发前小市民痛苦而平庸的生活,生动地刻画了上海这个畸形社会中的一群小人物。作家把剧作的思想主旨熔铸在对群像的精心塑造和对生活景象的真实描绘之中,在像黄梅天一样晴雨不定、郁闷阴晦的政治气候中,家家都有一本难念的经。"廉价的摩登少妇"施小宝,在丈夫出海、生活无靠的情况下,被迫卖身而落入流氓魔掌;她想挣脱,却又得不到同情和援救,只能含泪忍受屈辱。孤苦无依的老报贩"李陵碑",因想念阵亡的儿子而精神失常,纵使一天吃不上一顿饱饭,可还是做着"盼娇儿"的好梦。那"亭子间"里的失业大学生黄家楣,是靠其父典房卖地才读完大学的,如今穷愁潦倒,只能卖掉老婆的衣服换钱来款待从乡下来的老父亲,以报答其养育之恩。唯一快活的是住"灶披间"里天性乐观而热情的小学教员赵振宇一家,但夫妇二人仍整天为生活而辛勤操劳,赵妻还不时因丈夫"一个月还赚不到三十五块"而经常止不住满腹牢骚,赵振宇不得不用"比上不足,比下有余"来麻醉自己。生活稍稍安定一点的,是住在"客堂间"的纱厂职员"二房东"林志成一家,但这一家依然有着难言的隐痛。与林志成同居的杨彩玉,曾与革命者匡复结合,但当匡复被捕后,为生活所迫,不得已背叛狱中丈夫的爱情而与林志成同居。严酷的生活消磨了她的朝气,使之成为一个庸庸碌碌的家庭主妇。林志成由帮助朋友家属到陷入爱情深渊,却又无法排除时时袭来的负罪感。为能保住饭碗,照料好彩玉和她的女儿葆珍,他只好忍气吞声看资本家的脸色行事,以致终日抑郁不欢。剧作所描写的这些人物的各种生活处境和精神面貌,正是当时处于都市社会底层的千千万万普通市民的命运遭遇的真实写照。此外,这部剧作中没有一句直接提及"国民党反动统治与帝国主义侵略压迫"的台词,也没有一个政治性很强的事件,只是真实地描绘了普通人家琐细、辛酸的生活与命运,但作家精湛的艺术功力使作品通过平凡的生活表现出鲜明的时代感与明确的政治倾向,"太阳反正总要出来的"预示了即将到来的光明。

这部剧作在艺术方面也有很多值得称道之处:采用严谨的现实主义创作方法,充分调动舞台艺术手段,使作品显示出独特的艺术魅力。在题材的选择和处理上,作者不注重故事的传奇性和情节的所谓戏剧性,而是着眼于平凡的小人物和他们几乎没有色彩的生活,从人物性格及其相互关系出发去构成戏剧冲突,着力刻画剧中人的内心矛盾,着重揭示人物的内心世界和他们畸形关系的悲剧实质,实现了剧作家力图"从小人物的生活中反映出一个即将来临的大时代"的艺术企望。在戏剧人物描写上,体现了剧作家主张的戏剧应以塑造性格为主,必须通过人物真实、复杂的思想感情与观众交流,激起共鸣。剧中真实细腻地描绘了林志成、杨彩玉、匡复三个人物内心世界一种难言的痛苦及灵魂深处的创伤:林志成痛苦的自责和发泄,杨彩玉羞愧的饮泣和情不自禁的诉说,匡复暂时的颓唐与沮丧,写来各尽其妙;同时又以简洁的笔墨,用一两个动作,一两句台词,勾勒出人物的社会地位、阶级身份、身世命运,以及他们复杂的内心世界、独特的性格特征。在布局和结构上,蜘蛛网般将分散的五家人的生活组织在同一个舞台空间,而以林志成家的活动为主,以林、杨、匡三人的内心活动为结构主线,以其他各家的日常生活为副线,使剧情发展既井井有条、错落有致,又波澜起伏、紧凑自然。在舞台空间的运用和转换上,夏衍借鉴了电影的蒙太奇技巧,截取生活的横断面,把几个独立的小天地同时展现在观众面前,犹如电影的"分割银幕",这就大大扩展了舞台的空间容量,增强了戏剧效果。作者还善于运用环境气氛渲染时代氛围和人物的独特心境,注意表现剧中人物与环境的关系相依相存。剧中无论黄梅天的阴晴不定,还是屋檐下的拥挤、窒息,都不是简单的背景,都联系着特定的政治气候。它不仅制造了戏剧的气氛,而且将人物生活环境与心境有机结合,刻画出人物的精神面貌。可以说,夏衍从该剧开始,充分表现了自己的创作个性,确立了自己深沉、凝重、清新、淡远的艺术风格。

## 三、洪深的戏剧创作

洪深(1894—1955),字浅哉,江苏武进人。他曾在私塾读书,后到上海读书。1912年,他进入清华大学读书,其间对戏剧产生了兴趣,还开始尝试戏剧创作。毕业后,洪深到美国学习戏剧编撰。在此期间,他不仅阅读了大量的西方戏剧作品,还与美国著名的戏剧家奥尼尔结识,而且奥尼尔的戏剧创作理论对其他的戏剧创作观产生了重要影响。回国后,洪深一边在学校教书,一边进行戏剧创作。1930年,他在无产阶级革命思想的影响下加入了"左联"和"剧联",戏剧创作的思想也因此有所变化。抗日战争爆发后,他积极参加救亡演剧运动,并坚持进行文学创作。中华人民共和国成立后,洪深被选为中国文学艺术界联合会主席团委员、中国戏剧家协会副主席、中国作家协会理事等。1955年8月29日,洪深在北京逝世,终年61岁。

洪深的剧作一开始就"为痛苦的人生叫喊",以后又一直随时代而前进,表现了作家可贵的社会责任感。完成于1931年至1932年的"农村三部曲"[《五奎桥》(独幕)、《香稻米》(三幕)和《青龙潭》(四幕)]是洪深最有影响的代表作,也是现代文学史上较早出现的站在被压迫阶级的立场全面展示农村生活斗争和农民疾苦的戏剧作品。在"农村三部曲"中,《五奎桥》最具特色,也最为成功,下面将对其进行简要分析。

《五奎桥》描写的是江南某乡村农民和封建地主围绕拆五奎桥还是保五奎桥而展开的斗争。五奎桥是地主周乡绅祖上建的,位于乡村的水陆要冲,这一年正逢大旱,农民急需用的抗旱打水船无法通过狭矮的桥洞,为了挽救庄稼,保证人们来年的正常生活,以李全生为代表的农民要求拆了周乡绅祖上建的、封建统治的象征的五奎桥,以引水浇地。而周乡绅则为了他家"风水"而设法阻止拆桥,并动用反动军警和所谓的法律来威胁农民。于是,一场农民与封建地主阶级的争斗就此展开了。最终,李全生用自己的机智和勇敢赢得了斗争的胜利。

这部剧作中所描写的斗争虽然是由一桩偶然事件引起的,但是却反映出农民与封建地主两大阶级之间斗争的必然性。整体来说,全剧结构紧凑,条理明晰,语言朴素,剧作中的人物形象生动而又内涵深沉,语言也极富个性化,有着自然而生动的舞台艺术效果,深受广大观众喜爱。这部剧标志着洪深的剧作开始走向成熟,体现了他严谨、朴实的艺术风格。

# 第三章 战争时期(1937—1949年)的文学创作

自1937年抗日战争爆发至1949年中华人民共和国成立,由于受战时区域分化的影响,文学的创作呈现出鲜明的区域化特征,即这一时期的文学被分割为解放区文学、国统区文学和沦陷区文学三个板块。每一文学板块在创作上都有自己的特色,不过这三个文学板块并非完全封闭和孤立的,而是在空间分立之中内蕴着文化融通。此外,这一时期的文学创作受到了民族斗争和阶级斗争的深刻影响,体现出浓烈的爱国热情;积极探索多样化的主题、题材和形式,从而促进了中国现代文学的进一步发展。

## 第一节 爱国主义诗歌的创作

在战争时期,抗战成为时代的主题。受此影响,诗人的诗歌观念和创作实践发生了明显改变,即充分发挥自己时代鼓手的作用,创作了大量有着强烈时代性和战斗性的爱国主义诗歌,高呼民族独立与解放。艾青、七月派诗人和九月派诗人,是这一时期爱国主义诗歌创作的主力。

### 一、艾青的诗歌创作

艾青(1910—1996),原名蒋海澄,浙江金华人。他曾到巴黎学习绘画,其间因接触了欧洲现代派诗歌而对诗歌创作产生了兴趣。回国后,艾青加入了中国左翼美术家联盟,在从事革命文艺活动的同时也开始了诗歌创作,并很快在诗坛引起了关注。抗日战争爆发后,他一边参与抗日救亡运动,一边进行诗歌创作,发表了众多优秀的诗歌作品,奠定了其在中国现代诗坛的地位。中华人民共和国成立后,艾青坚持进行诗歌创作,有多部诗集问世。1996年5月5日,艾青去世,享年86岁。

艾青是中国新诗史上卓越的民族诗人。他生活在我们民族惨遭蹂躏而又奋起抗争、奔向黎明的时代,因此他在战争时期创作的现代诗随着民族解放战争的脚步,写出了深沉的民族感情和民族精神。艾青的诗始终回响着悲愤的倾诉、绝望的抗争和热烈的憧憬的声音。"北方组诗"(包括《雪落在中国的土地上》《北方》《乞丐》《手推车》《旷野》《我爱这土地》等)就生动描绘了祖国大地遭遇的战争破坏、民族遭遇的苦难折磨。这里具体分析一下《我爱这土地》:

  假如我是一只鸟,
  我也应该用嘶哑的喉咙歌唱:
  这被暴风雨所打击着的土地,
  这永远汹涌着我们的悲愤的河流,
  这无止息地吹刮着的激怒的风,
  和那来自林间的无比温柔的黎明……

  ——然后我死了
  连羽毛也腐烂在土地里面。
  为什么我的眼里常含泪水?
  因为我对这土地爱得深沉……

  这首诗创作于抗日战争爆发后的第二年,当时的诗人在积极参与抗日救亡运动的过程中,对当时的社会现实有了更加清醒的认知,也更加深刻地体会到民族和民众的苦难。而民族的危机和民众的苦难都是在中国这块土地上发生的,因而诗人对土地有了特殊的情感,对土地的理解也更加深刻。诗中,诗人想象自己是一只鸟,通过鸟的语言表明了自己对土地的无比热爱。土地虽然遭受了众多的苦难,但它并没有被苦难压垮,而是始终在进行反抗,表现出坚韧不屈的精神。面对这样的土地,诗人希望自己"连羽毛也腐烂在土地里面"。由此,诗人强烈的爱国主义情感得到了表达。

  艾青的诗歌在对祖国大地所遭受的苦难进行描绘、对自己的深沉民族忧患意识进行表现时,还常常被一种忧郁的情调笼罩着。这与艾青在苦难时代的特殊人生经历有关。艾青的忧郁并不表示他对生活对民族的失望,相反表现了他对生活的执着和对民族前途的坚定信念。他的忧郁里蕴含着一种深沉的"力",并用这种"力"去扫荡那个古老的世界。因此,他的诗歌中蕴含着光明主题,表明了他对祖国的光明未来充满了信心,也深信苦难的人民终将得到解放。这在"太阳组诗"(包括《太阳》《煤的对话》《向太阳》《吹号者》《火把》等)中有着鲜明的体现。这是一组歌唱太阳、火把、黎明、光明等的诗歌,它们就像是战斗的号角一样,催促着人们奋起反抗,表现了诗人不

# 第三章　战争时期(1937—1949年)的文学创作

屈不挠的民族精神。

此外,写实是艾青诗歌的一个鲜明特色。艾青主要是以自己直接的、真实的社会生活经验为基础进行诗歌创作,因而他的诗作呈现出明显的现实主义倾向。而现实主义诗歌倾向的展现,也使得艾青诗歌中的抒情主体——"我"不是代表诗人个体,而是整个时代、民族和阶级的代言人。因此,艾青在诗歌中所传达出来的思想,实际上代表了一个时代的感情与愿望。比如,在《北方》一诗中,诗人写的是"我"的感受与情思,但"我"并不是指诗人自己,而是指所有的爱国儿女,因而"我"的感受与情思实际上是残酷的战争时期整个国家和民族的感情。

艾青的诗歌在进行写实的同时,还注意与象征结合起来,借助繁复而蕴藉的意象组合,对广阔的社会生活画面进行描绘,并传达出情理合一的丰厚内涵。比如,《雪落在中国的土地上》《北方》等诗歌中用"北方冰封雪裹的土地"象征着中华民族遭遇的灾难与苦痛;《火把》中用"火把"象征着中国的广大同胞对建立强大中华人民共和国的热切期盼等。

艾青的诗歌在艺术形式上也有自己的追求:注重散文美的自由体。艾青诗的自由体形式,既不同于郭沫若的"绝端的自由"、毫无节制的自由体,也不同于现代诗派完全摒弃音乐美的自由体,更反对新月诗人们对形式格律的刻意追求,他所追求的是通过口语来实现的自然美和散文美。比如,《火把》表现了小资产阶级知识分子在新的民主浪潮冲击下,感受到人民坚持团结、坚持抗战的真正力量,从迷茫、徘徊中看到时代的光明,并决心摆脱个人的痛苦去追求光明。它是艾青有意识地用经过提炼的口语写成的,适于在大庭广众之中朗诵,易于达到鼓励、宣传的效果,做到真正的大众化。另外,这首诗十分重视诗歌体式的创新,如为了强调诗句中某一成分,有意识地把它另起一行等。

艾青的诗歌中还有着强烈的色彩感,而且巧妙地将色彩与诗意融为了一体。例如,《旷野》中的诗句"在广大的灰白里呈露出的/到处是一片土黄,暗赭/与焦茶的颜色的混合啊",《北方》中的诗句"一片暗淡的灰黄/蒙上一层揭不开的沙雾/……村庄呀,山坡呀,河岸呀/颓垣与荒冢呀/都披上了土色的忧郁",都通过色彩对北方乡村的破落与衰败进行了生动描绘,进而传达出诗人对遭遇了重大苦难的祖国、民族和人民的关切;《向太阳》《火把》等诗中,通过火红的色彩将诗人的民族自信心形象地传达了出来。

总的来说,艾青是中国现代诗的代表诗人之一,也是20世纪诗歌史上推动一代诗风的重要诗人,上承20世纪20年代"五四"新诗的精神传统,下启20世纪40年代的诗歌艺术大众化运动,并以自己的诗歌创作理论和实践将新诗的发展推向了一个新高度。

## 二、七月派诗人的诗歌创作

七月诗派是在 20 世纪 40 年代崛起的一个颇有影响的诗歌创作流派,主要代表诗人有鲁藜、绿原、冀汸、阿垅、曾卓、孙钿、牛汉、邹荻帆、彭燕郊、杜谷等。他们在进行诗歌创作时,呈现出鲜明的现实主义倾向,所抒写的是重大的政治题材,所讴歌的是民族的意志与斗争。这也使得七月诗派的诗歌创作有着明确的政治倾向。下面具体分析一下鲁藜和阿垅的诗歌创作。

### (一)鲁藜的诗歌创作

鲁藜(1914—1999),原名许图地,福建同安人。他幼年时跟随父母到越南生活,18 岁时回国。回国后,他加入了"左联",积极开展革命文学活动。其间,他也开始了诗歌创作。抗日战争期间,他的诗歌作品在诗坛引起了极大的反响。战争胜利后,他一边在大学任教,一边进行诗歌创作。1999 年 1 月 20 日,鲁藜去世,终年 86 岁。

鲁藜在战争时期的诗歌创作,充满了爱国主义的激情,还表明了对革命胜利的决心。比如,在《延河散歌·河》一诗中,他通过描写山泉水慢慢汇集到延河,展现了革命力量的汇集与团结,并发出了革命一定会取得胜利的呐喊。

鲁藜在进行诗歌创作时,还善于从日常生活着手,并抓住某一瞬间的感悟来引发诗情、阐发哲理。对此,可以小诗《泥土》为例进行具体分析:

老是把自己当作珍珠
就时时怕被埋没的痛苦

把自己当作泥土吧
让众人把你踩成一条道路

这首诗只有短短的四行,但却蕴藏了丰富的内涵、浓郁的诗情和深刻的哲理。诗人通过将珍珠有"时时怕被埋没的痛苦"与泥土可被众人"踩成一条道路"相对比,揭示了人应具有一种踏实奉献的精神,绝不能因个人的私利而置民族、阶级利益于不顾。

鲁藜的诗也常常运用象征的手法对现实的生活场景进行描写,如《延河散歌·山》一诗中,诗人用"山花""天上的星星"象征了延安窑洞的灯光,从而对延安在中国革命中的引导意义进行了热情歌颂。

## (二)阿垅的诗歌创作

阿垅(1907—1967),原名陈守梅,浙江杭州人。从中学时代起,他便对文学尤其是诗歌产生了浓厚的兴趣,并开始尝试创作、发表诗歌。1929年,他进入上海工业大学专科大学。1939年,他到了延安,在抗日军政大学学习,并负责编辑党的地下刊物《呼吸》,还因此被国民党当局通缉。中华人民共和国成立后,他在天津市文协任编辑部主任。1967年,阿垅因病去世,终年60岁。

阿垅是七月诗派的骨干成员之一,出版有诗集《无弦琴》。这部诗集中的诗作,都坚持了现实主义的创作原则,并对西方现代主义的艺术经验进行了借鉴,因而充满了象征意象。另外,阿垅真切地感受到了民族生存与发展的艰辛与悲壮,更感受到了深蕴于这个古老民族内部的韧性精神和顽强的生命力。因此,他在诗作中用气势雄阔、不可阻挡的诗句,凸显出苦难中缓缓前行的中国形象。对此,其代表作《纤夫》便是一个鲜明的例子:

  嘉陵江
  风,顽固地逆吹着
  江水,狂荡地逆流着,
  而那大木船
  衰弱而又懒惰
  沉湎而又笨重,
  而那纤夫们
  正面着逆吹的风
  正面着逆流的江水
  在三百尺远的一条纤绳之前
  又大大地——跨出了一寸的脚步……
  ……
  前进——
  强进!
  这前进的路
  同志们!
  并不是一里一里的
  也不是一步一步的
  而只是——一寸一寸那么的,
  一寸一寸的一百里

一寸一寸的一千里啊！
……
但是一寸的强进终于是一寸的前进啊
一寸的前进是一寸的胜利啊，
以一寸的力
人底力和群底力
直迫近了一寸
那一轮赤赤地炽火飞爆的清晨的太阳！

这首诗作表达了中国人民捍卫祖国领土在"一寸一寸"的搏斗中前进的坚韧和顽强，象征着中华民族历经苦难而永不衰竭的英雄斗志和进取精神，真有惊天地泣鬼神的力量。诗中的"纤夫"意象，就象征着社会进步的力量。另外，诗中运用了长短不齐、节奏多变的诗行，从而营造出了雄壮的气氛，很能鼓舞人们的士气，增强人们争取抗战胜利的信心。在这首诗中，我们还能感受到那种刚毅、遒劲、豪放、粗粝的力量之美；那种除旧布新、振发战斗力与反抗意志的鼓动力，那种战争、内乱、政治低气压所激发的"反作用力"，以及我们的人民及其先进分子"霜重色愈浓"的强旺生命之美。它甚至是一种倔强而近于疯狂的美学特征，是对于压迫者一种无可奈何的报复与控诉，它是痛苦、热情、力量的郁结，是一种超过了警戒水位即将溃堤一泻千里，暂时还没有找到突破口的山洪的低沉怒吼。在这种"疯狂"里面，呈现出一种特异意志力的美。

## 三、九叶派诗人的诗歌创作

在战争时期的诗歌创作中，九叶诗派的诗歌创作也十分值得关注。九叶诗派在进行诗歌创作时，注重在错综复杂的现实世界中融入自己的内心体验，并探索着如何实现诗歌艺术与现实之间的平衡。与此同时，九叶诗派在进行诗歌创作时，既吸收了中国古典诗歌的营养，又借鉴了西方现代派诗歌的手法，从而推动了中国现代诗歌的进一步发展。九叶诗派的核心成员有辛笛、陈敬容、杭约赫、穆旦、郑敏、唐湜、杜运燮、唐祈、袁可嘉等，其中影响最大的是穆旦。

穆旦（1918—1977），原名查良铮，浙江海宁人。他的诗歌创作开始于中学时代，并一直延续到去世。他曾在清华大学学习，后因抗日战争的爆发而转到西南联大学习。毕业后，他留在西南联大教书。在此期间，他广泛接触了现代主义诗歌与理论，并将其融入自己的诗歌创作之中，从而使自己的诗

## 第三章 战争时期(1937—1949年)的文学创作

歌呈现出鲜明的特色。中华人民共和国成立后,他到南开大学任教,其间不断有诗作问世。1977年2月26日,穆旦去世,终年59岁。

穆旦是九叶派诗人中最具特色、影响最大的一位,也是早期有意识地借鉴西方现代主义诗歌技巧的诗人之一。他早期最先接触的是英国浪漫派诗人,他的诗作也洋溢着浓郁的青春色彩和浪漫情调。但在抗日战争爆发后,他的诗作逐渐褪去了早期浓烈的浪漫主义气息,变得深沉、凝重,在感性与智性交融的追求中,表现出一种特有的智性美。同时,这些诗作有着鲜明的现实主义倾向和强烈的民族意识。穆旦的诗歌在对自己的民族意识进行表现时,并不是空洞乏味的情绪宣泄,而是灌注着对民族苦难的痛切感知。这里以《旗》一诗为例进行具体说明:

> 我们都在下面,你在高空飘扬,
> 风是你的身体,你和太阳同行,
> 常想飞出物外,却为地面拉紧。
>
> 是写在天上的话,大家都认识,
> 又简单明确,又博大无形,
> 是英雄们的游魂活在今日。
> ……
> 四方的风暴,由你最先感受,
> 是大家的方向,因你而胜利固定,
> 我们爱慕你,如今属于人民。

这是一首有着很强现实性的诗作,创作于1945年5月,离日本最后投降还有3个月。当时穆旦可能已经预感到抗日战争即将取得胜利,于是创作了这首诗。诗中,"旗"不仅象征着胜利,而且象征着领导人。同时,诗人通过描写英雄以自己的壮烈牺牲来换取旗的光荣,表达了自己抗战胜利的信心。

穆旦的诗作不但表现了自己的民族意识,还抒写了现代知识分子多思敏感的心灵的内心冲突与搏斗。在战争期间,穆旦在身体和心灵上遭受了双重考验,这使他的诗作中充满了难以协调的矛盾心态,并在这一过程中对自我进行了深入剖析。因此,读穆旦的诗经常会让人感到痛苦而丰富的焦灼体验。以《我》一诗来说,诗中的"我"是一个残缺的、封闭的自我,更是一个渴望着从分裂走向整合的自我。通过对"我"的内心展现,诗人对处于历史、现实、个体存在面前的中国现代知识分子进行了深层的思考与灵魂拷问,并积极探求着实现内在自我与外在世界和谐的途径。

另外，在穆旦的诗中，经常可以发现玄学传统。以《春》一诗来说，诗中充满了玄想的成分。诗的最开始，诗人便将绿草人格化了，并进一步将"火焰"想象成绿草对花朵的"爱欲"；接着，诗人又将花朵人格化了，并将它的成长想象成对土地禁锢的反抗，进而将满园的春色都变成了美丽的"欲望"；最后，诗人将人的"爱欲或性"想象成了纸一样的物质，能够被"点燃"和"卷曲"。总体来说，诗中将人和自然中的花草看成是同一的东西，并且认为它们都是因为有欲望的驱动才得以蓬勃发展。

穆旦的诗在艺术方面，也有很多值得称道之处。首先，穆旦的诗歌在结构上呈现出了鲜明的戏剧主义特色，并因此使诗作呈现出了一种沉静气质下的巨大张力。对于诗歌来说，其本质是抒情，但这并不意味着诗歌必须要对感情进行直接的表现。而穆旦在诗歌创作中尝试的"追求诗的戏剧化"，正强烈冲击了"诗是激情流露"的诗歌创作观念。在《从空虚到充实》这首长诗中，穆旦就通过戏剧性的对白、独白和戏剧化的情境，将"无处归依"的生命体验生动表现了出来。其次，穆旦的诗歌在抒情上是有节制的、智性化的，还常常借助于内心直白与抽象进行抒情。由于他的内心直白主要是对外在世界进行的内心思考，因而诗作中所传达出来的情感是十分沉静的。比如，《诗八首》是借爱情思索人生真谛、探索生命奥秘的诗作，因而在抒情方式上主要采取的是一种内心分析，情感体验的直白。最后，穆旦的诗歌语言充满了现代生活的气息，同时几乎完全拒绝了中国古典诗词的语言，从而创造了一种别有韵致的"新的抒情"。《春》一诗中的语言，就充满了张力，而且节奏紧张、意象饱满。

总的来说，穆旦以自己的诗歌创作实践，为中国现代新诗的发展做出了重要贡献。

## 第二节　政治领域分割下的小说创作

抗日战争的爆发，打破了中国文学原本相对稳定和统一的格局，呈现出与政治格局相对应的话语空间，而且不同话语空间的小说创作呈现出各自独特的特征。从总体上来看，战争时期的小说创作可以划分为三个话语空间，分别是以延安为中心的解放区的小说创作、以重庆为中心的国统区的小说创作和日寇占领下的沦陷区的小说创作。

### 一、解放区的小说创作

解放区的小说创作是在毛泽东《在延安文艺座谈会上的讲话》精神的影

## 第三章 战争时期(1937—1949年)的文学创作

响下进行的,而且解放区的小说创作进入了中国现代文学史上一个相当活跃和繁荣的时期。从总体上来看,解放区的小说着眼于反映社会现实,并着重对解放区的新生活和解放区人民特别是农民的新精神面貌进行展现。此外,解放区小说的创作者有很多,这里主要分析一下赵树理、丁玲和孙犁的小说创作。

### (一)赵树理的小说创作

赵树理(1906—1970),原名赵树礼,山西沁水人。1925年,他在山西省立第四师范学校读书期间,接触了"五四"新思潮以及新文学作品。在此影响下,他参加了学潮运动。这一事件导致他被开除学籍,还遭到了山西阎锡山当局的逮捕。出狱后,他为了生存更换了很多工作,饱尝了生活的艰辛,但也为他日后的文学创作提供了丰富素材。从1930年起,他开始发表小说作品,在小说界引起了很大反响。中华人民共和国成立后,他一边参加工作,一边创作了多部反映农村和农民新变化的小说作品。1970年9月23日,赵树理去世,终年64岁。

赵树理是一个地地道道的农民,从小在农村生活,参加农业劳动。因此,他不仅熟悉农村的生活,也亲身感受了农民生活的疾苦。这使得他创作的小说作品是真正建立在亲身见闻与感受基础上的,能够真正地被农民欢迎。此外,赵树理在进行小说创作时,注重对农村风貌的变化、农民思想和精神状态的变化等进行真实再现。另外,赵树理的小说语言幽默、风趣,也是其小说深受人们喜爱的一个重要原因。《小二黑结婚》和《李有才板话》可以说是赵树理最为重要的两部小说作品。

《小二黑结婚》是在《讲话》精神指导下创作的一部现实主义小说,通过讲述根据地农村的一对青年男女小二黑和小芹为了争取婚姻自主而与封建迷信思想、封建恶霸势力进行斗争,并在民主政权主持下最终取得胜利的故事,尖锐地批判了封建思想与封建观念,歌颂了新的婚姻观念;指出了解放区新一代农民要想成长起来、要想实现解放、要想过上幸福的生活,必须要与愚昧落后的封建传统、残酷无情的封建恶霸势力等进行坚决的斗争,还必须积极拥护人民政权。小二黑是一个美男子,还曾在反"扫荡"时打死过两个敌人,因而深受妇女们的欢迎。不过,他喜欢的只有小芹,两人已经相好两三年了,并决定结婚。但是,小二黑的父亲二诸葛和小芹的母亲三仙姑坚决不同意两人的婚事。二诸葛认为,小二黑和小芹一个是金命,一个是火命,两者是相克的,于是为小二黑收养了童养媳;三仙姑认为,小二黑太贫穷了,于是给小芹找了一个有钱的国民党退休军官。不过,小二黑和小芹都坚决不同意父母的安排。除了来自双方家长的阻挠,小二黑和小芹的婚事还遭到了封建恶势力金旺和兴旺兄弟的破坏,差点夭折。在小说的最后,在抗日民主区政府区长的支持与帮助下,金旺和兴旺兄弟被惩办,二诸葛和三仙姑等封建、落后的农民也受到了教育,小二黑和小芹终成眷属。

这篇小说的情节结构是很有特色的,主要表现在两个方面。一方面,小说的故事采用了传统的单线发展手法,即所有的人物和情节都是围绕着小二黑和小芹的恋爱这一主线展开的,所有的情节环环相扣,最后的"大团圆"结局也恰好符合中国人传统的欣赏口味。另一方面,小说的体式不再是传统的章回体格式,而是采取了分章节叙述人物与时间的体式,即每一个小标题所涉及的人物和事件都是相对独立的,但这些相对独立的小故事又有一定的内在逻辑联系,从而保证了整个故事的完整性和连贯性。

这篇小说在人物形象塑造方面也有一些值得称道之处。小说中塑造较好的农村人物形象,主要有两类。第一类是农村新人形象,即小二黑和小芹。他们的性格是开朗而朴实,心灵是健康而纯洁的,还认识到人与人之间的平等、具备一定的法律观念,因而他们敢于反抗封建父母和封建婚姻观念,敢于争取婚姻自主。第二类是落后的农民形象,如二诸葛和三仙姑。他们是在封建社会中成长起来的,深受封建思想的影响,再加上他们长期处于受压迫和受剥削的地位,因而在性格上有很多缺陷,如自私、守旧、迷信。但是,他们的本质是善良的,因而作者对于他们性格弱点的嘲讽是善意的,同时他们在民主教育的影响下转变自己的封建落后观念也是让人可以接受的。通过这一类农村人物形象,赵树理对新社会和新思想进行了赞扬,并表明了封建思想和旧道德习俗终将会彻底地退出历史舞台。此外,赵树理在塑造人物形象时,注重刻画人物的心理、展现人物的性格,而这主要是通过对人物的语言和行动描写来实现的。比如,在表现二诸葛的迷信、迂腐时,借助了"不宜栽种""恩典恩典"这两则典故趣事。这不仅使人物更加鲜明,而且增加了小说的可读性和趣味性。

《李有才板话》也是一部对解放区的变革,新一代农民的成长与反抗进行表现的小说作品。小说中的故事发生在抗日战争时期,地点是在解放区的共产党根据地——农村阎家山。阎家山在共产党的帮助下正进行改选村政权,此时恶霸地主阎恒元为了能继续把持村政权,一方面假装对党的政策予以支持与拥护,另一方面着手拉拢觉悟不高的农民,还想要拉拢斗争经验缺乏的干部们支持自己。可令他没想到的是,绝大多数农民已经觉醒,想要当家作主的意愿已经十分强烈,因而阎恒元想要继续把持村政权的想法是必然会破灭的。

这篇小说在人物塑造方面也取得了一定的成就,而李有才是塑造得最为成功的一个人物。他是一个彻底的无产者,既没有家,也没有田地,财产更是没有。为了生存,他成了地主家的一个雇佣工。不过,李有才并没有因为自己的无产者身份而自卑、消极,而是始终有着乐观主义精神。同时,李有才有勇有谋,还积极支持共产党的决策,组织其他农民反抗阎恒元。在这一过程中,他创作了许多幽默且朗朗上口的快板诗,无情地揭露了地主阶级的阴谋诡计和恶毒用心,启发了农民一定要团结起来打倒地主阶级。

总之,赵树理是解放区土生土长的作者,他的小说作品是对毛泽东文艺思想进行实践的重要成果,表现了新的时代和新的天地,并对以后的文坛产生了深远的影响。

### (二)丁玲的小说创作

丁玲在抗日战争发生后进入了解放区,不仅以饱满的热情投身于根据地的革命斗争,并用文艺形式积极反映我党我军和人民群众火热的斗争生活。因此,她这一时期的小说创作变得十分犀利和深邃,特别注重对封建思想在革命进程中的残余影响的揭示。《在医院中》和《太阳照在桑干河上》是丁玲这一时期最有代表性的小说作品。

《在医院中》的主人公是有着强烈革命责任感的青年女医生陆萍,她从上海产科医院毕业后,决定到革命圣地延安工作,以为革命工作贡献自己的一份力量。到延安后,她被分配到一所医院工作,并渴望运用科学民主的思想来转变医院的管理方式,使医院的各项工作能够更为科学化和正规化。可令她没想到的是,医院的管理实在是太混乱了,很多医护人员连最基本的护理知识都不懂,也没有接受过专业的护理训练,对待病人的态度也十分敷衍和冷漠,甚至会轻率地给病人截肢。对于这些缺乏医生职业道德和责任心的行为,陆萍感到十分气愤,并希望能扭转医院的这一状况。于是,她不断地将医院中存在的问题反映给上级领导,但上级领导不仅没有重视她的意见,还对她进行了责难,使她在医院的境遇变得十分艰难。最终,心灰意冷的陆萍选择离开这所医院,到别的地方实习去了。这样的结尾表明,即使在有了初步民主的解放区,仍可能存在封建恶习,还需要对其进行督促、监视,以便解放区能够不断成长与进步。另外,丁玲在这部小说中,对陆萍敢于同小生产者习气做斗争的精神进行了赞扬,对小生产者保守愚昧的思想作风进行了批判。

《太阳照在桑干河上》是反映土地改革运动的一部长篇小说,也是丁玲小说创作道路上的一个新的里程碑。小说是围绕着华北地区暖水屯的土地改革运动而展开叙述的,不仅叙述了土地改革斗争给暖水屯带来的震动,而且展现了这场运动中农民阶级和地主阶级的矛盾以及他们在运动中的反应与改变。最终,农民阶级打倒了地主阶级,取得了土地改革运动的胜利。这表明,中国农民在共产党领导下已经踏上了光明前途。

丁玲认为,农民阶级和地主阶级并不能截然分开,两者之间有着极其复杂的血缘和社会关系。因此,她在小说中展现农民阶级和地主阶级的矛盾时并没有将其进行简单化处理,也没有站在既定概念和模式的角度对土地改革运动进行反映,而是以生活的原本面貌以及发展脉络为依据,生动地展现了在中国已延续千百年的农村封建关系和社会现状。因此,这部小说相比同类型的小说来说,真实性更强。

在这部小说中,丁玲对人物形象的塑造也是比较成功的。她在对人物进行塑造时运用了现实主义手法,从人物的真实生活情境出发,并将其与一定历史条件下的斗争环境相联系,以期深入挖掘出农民敢于与地主阶级斗争的本质。同时,她也注意展现出农民在长期封建生产关系影响下所具有的弱点。如此一来,她笔下的人物就变得更加丰满、立体和真实。此外,丁玲在对人物进行塑造时,注意通过人物的性格、行为与思想改变等来表现某一主题。比如,张裕民的成长历程表明了先进农民是如何成长为优秀共产党员的;钱文贵的形象,既表明了封建地主阶级的隐蔽性和顽固性,也表明了封建地主阶级走向灭亡的必然命运;侯全忠的形象,表明了传统小生产者渴望翻身的意愿,也表明了他们要将自身具有的封建落后思想意识完全剔除是一项十分艰难的、长期的工作;等等。

在小说的叙述语言上,丁玲积极响应《讲话》中确立的"文学为工农兵服务"的创作宗旨,努力提炼人民群众富有生命力的新鲜活泼的民间口语,融合以文雅凝练的书面语,在增强艺术感染力的同时显示了作者非凡的理性精神。

## (三)孙犁的小说创作

孙犁(1913—2002),原名孙树勋,河北人。在五四运动期间,他广泛接触了外来思想与新文化,不仅视野进一步扩大,也影响了自己日后的文学创作。抗日战争爆发后,他在中国共产党领导的冀中区积极从事革命文化工作,后到延安工作,并在此期间开始了文学创作。中华人民共和国成立后,孙犁积极投身新中国的文化建设,文学创作也未停止。2002年7月11日,孙犁去世,享年89岁。

孙犁在战争时期的小说作品,总体来说可以分为两类:一类是集中描写冀中白洋淀一带水乡农民的斗争生活;另一类是描写以冀中阜平为中心的山地儿女的斗争生活。但不论是哪一类小说作品,其风格都清新恬淡,散发着冀中平原、白洋淀水乡和太行山区特有的泥土芳香和勃勃生机;笔调清新明快,充满抒情诗意,在表现艰苦斗争的同时,洋溢着革命的乐观主义。《芦花荡》《荷花淀》《嘱咐》《钟》《浇园》等都是孙犁这一时期重要的小说作品,影响较大的是《荷花淀》和《嘱咐》这两部作品。

《荷花淀》是一部有着浓郁地方色彩的小说,其以河北白洋淀为背景,借助于地方色彩浓郁的语言,勾勒了冀中人民在抗战中积极保家卫国的感人场景,同时赞扬了勇敢且多情的冀中农民、描绘了白洋淀独具特色的水乡风貌。小说开始时,白洋淀的抗日斗争日益激烈,农民也积极参与到抗日战争之中。水生作为小苇庄游击组长,组织村里的几个年轻人参加了地区游击队,并准备第二天奔赴战争前线。临走前,大家推选水生回家将他们将要奔赴战场的消息告诉家里人。水生回家后,不知该如何告诉水生嫂。虽然说水生嫂是一个开明的人,但水生还是担心她一时间无法接受,因而始终没有开口。后来,水生嫂发现了水生的反常,在追问下知道了丈夫第二天要去打鬼子的消息,并不由自主地"震动"了一下,毕竟战场上的牺牲是不可避免的,两人这一次的分别很可能是生死离别,因而她的内心是不愿意与丈夫离别的。不过,水生嫂并没有把自己的这种情绪表现出来,因而她知道丈夫上前线是光荣的,是为了国家和人民,因而她不能阻拦他,更不能让他有后顾之忧。于是,水生嫂努力克制自己的情绪,平静地与丈夫话别。水生和其他几个年轻人离开两天后,家里的媳妇们就因为担心丈夫的安危开始坐立不安了。于是,她们纷纷找了借口,商量着一起去荷花淀探望丈夫。在路上,她们不幸地与日寇的船相遇。不过,她们并没有慌张,而是急中生智地将小船驶进了荷花淀。这样一来,她们不仅摆脱了日寇的船,还将日寇的船引入了游击队的伏击圈,见证了丈夫们是如何神速、彻底地消灭日本鬼子的。这使她们感到非常自豪,并决定与丈夫一起投身抗敌战争。

小说虽然是以抗日战争为背景展开的,而且小说中的内容也涉及了战争。但是,孙犁并没有正面描写残酷的战争,也没有将描写的重点放在人民英勇抗击日寇的行动上,而是通过讲述发生在战争期间的一个小故事,赞美了主人公的美好心灵以及爱国主义精神。小说最着力刻画的是以水生嫂为代表的既温柔多情又坚贞勇敢的农村妇女群像,这些形象的成功塑造也确立了孙犁在女性形象刻画上独到的视角和卓越的成就。水生嫂们勤劳、朴实、善良、识大体、顾大局,是在特定的战争年代成长起来的一代新人。同时,她们又是多情的、乐观的、坚强的,有着坚定沉着和视死如归的精神。通过她们,作者歌颂了冀中地区抗日军民在党的领导下英勇抗战的革命斗志以及爱国主义精神,也展现了敌后根据地人民的美好品质。另外,小说中还精心安排水生嫂等女人与日本侵略者在荷花淀展开了一场真正的战斗,女人们沉着谨慎、机智勇敢地同敌人周旋,以事实证明经受战争的锤炼和考验而日益成熟起来的中国人民必将最终赢得战争的胜利。

《嘱咐》中的故事，是对《荷花淀》中故事的延续。在这部小说中，水生已经成长为优秀的革命战士，在抗日战争结束后回到家中，见到了阔别八年的妻子。但是，由于解放战争即将爆发，因而他很快便再次与妻子别离。通过这一故事，孙犁既生动地展现了根据地人民在抗日战争中的艰苦生活和奋斗精神，也对革命夫妻之间的深厚情义进行了歌颂，还表明了解放战争一定会胜利的决心。另外，在这篇小说中，作者用平淡质朴但极为深沉含蓄的手法，细腻描摹了主人公水生趁战斗间隙回家探亲的复杂心态。场面描写真切感人，水生终于见到了自己的女人，热情地叫了一声："你！"没有过多华美的言语，质朴无华中流露出深厚的思念。

　　总的来说，孙犁的小说清新而隽永，对生活充满了美好的憧憬和向往。同时，孙犁的小说充满了诗情画意，并将深厚的哲理与小说优美清新的情思融于一体，从而使其小说具有一种别致的叙事抒情格调与风采。

## 二、国统区的小说创作

　　在国统区，文学逐渐从抗战初期的狂热和冲动中冷静下来，并开始深入剖析民族的痼弊以及现实中对抗战和民族的进一步发展有所阻碍的不良现象，还深刻反思了知识分子的人格道路。路翎、徐訏和钱钟书等是国统区小说创作的代表性作者。

### (一)路翎的小说创作

　　路翎(1923—1994)，原名徐嗣兴，江苏苏州人。他很小就失去了父亲，跟着母亲寄居在舅父家。抗日战争时期，他接触到苏联文学，并在其影响下开始了文学创作。1940年，路翎加入"七月派"，文学创作也逐渐进入了高峰。1994年2月12日，路翎去世，终年71岁。

　　路翎在战争时期的小说创作，往往以人物为切入口，在对人物的悲剧命运进行描写的同时，也站在心理学的角度，对他们存在的思想矛盾与心理扭曲现象进行了深入分析，继而在展现他们病态心理的同时，将战争时期国统区的黑暗面充分暴露在人们面前。《饥饿的郭素娥》和《财主的儿女们》是路翎在这一时期的小说代表作。

　　《饥饿的郭素娥》中的故事发生在某矿区附近的农村，通过对青年妇女郭素娥悲剧命运的描写，深刻地揭露与强烈地批判了国民党的腐朽及其反动统治，步兵对底层劳动人民的不幸命运表示了同情。郭素娥原本是一个农村家庭的姑娘，美丽且强悍。但是，在她生活的年代，饥荒、匪祸等时有发生，这不仅导致她的家庭日益贫困，还导致她与家人失散。孤身一人的郭素

## 第三章 战争时期(1937—1949年)的文学创作

娥边讨饭边流浪,在路过川北一家矿区时,因饥寒难耐在路边昏倒了。此时,矿工刘寿春搭救了她,并让她做了自己的媳妇。刘寿春比郭素娥大二十四岁,而且有很重的鸦片瘾,因而在矿上挣的钱很少,郭素娥跟着他常常是饥一餐饱一顿。为了能够生存下去,郭素娥决定到矿区卖香烟。在那里,她遇到了25岁的年轻工人张振山,并狂热地爱上了他。每当刘寿春去上夜班时,张振山就会来与她偷情。其间,郭素娥希望张振山能够带她走,让她过上幸福与安全的生活。但是,张振山拒绝了她。而他之所以会拒绝,与其自身的人生态度、性格和经历有关。他的父母在他很小时便去世了,为了生存,他当过卖报童,做过童工。18岁,他和朋友遭到了恶棍的欺侮,他一气之下拿刀杀死了他们,自此开始了逃亡之路。他先是逃到上海,后因日本人侵入上海而逃到川北,进入了现在所在的矿场做工。因此,他不可能进行长远打算,更没有能力给郭素娥一个幸福稳定的生活。他选择与郭素娥在一起,仅仅是为了满足自己对女人身体的渴望,填补自己寂寞空虚的灵魂。没多久,工人魏海清因喜欢郭素娥但得不到回应,便将其与张振山偷情的事告诉了刘寿春。刘寿春先是哀求郭素娥不要再与张振山来往,与自己本本分分过日子,但遭到拒绝。之后,气急败坏的刘寿春雇了打手将郭素娥捆绑起来,不仅揍她,还扬言要将她卖给一个老粮商。在遭到郭素娥的辱骂与反抗后,刘寿春失去了理智,将一个烧红的烙铁烙向她的大腿。郭素娥痛得昏死过去,其间还被刘寿春雇来的打手奸污了。醒来后,郭素娥被刘寿春一帮人扔到了一间破庙,最终在正月十五这一喜庆的日子里因伤口溃烂、感染而死去了。就在郭素娥遭受凌辱时,张振山与矿方发生了矛盾并被开除。愤怒之下,张振山烧了矿山,并准备带着郭素娥离开,但始终找不到,于是一个人仓皇出逃了。而魏海清在得知郭素娥被刘寿春残害致死后,内心十分后悔,于是去找刘寿春一帮报仇,但最终被打死。小说中郭素娥的求生和求爱,显示了那尚未丧失的人的尊严和维护人的尊严的峻烈态度,在现代文学的女性形象中闪耀出奇异的光彩。她的躯壳虽然被社会恶势力用火铲活活地烙死了,但她那坚强而美丽的性格却深深地打动了读者的心灵。作者以无情的怒火,控诉了那个把黎民百姓"烧死、奸死、打死、卖掉"的万恶社会。

这部小说值得称道之处,不在于曲折动人的故事情节,而在于深入地挖掘与揭示了人物狂风暴雨式的内心世界,表现了"活的人,活人的心理状态,活人的精神斗争"[①]以及"一个真正能够把握到客观对象的生命的作者,就是不写人物的外形特征,直接突入心理内容和行动过程,也能够使人物在读

---

① 胡风. 胡风评论集(下册)[M]. 北京:人民文学出版社,1985:29.

者眼前活生生地出现,把读者拖进现实里面"①的文学主张。

《财主的儿女们》运用《战争与和平》的史诗笔法和开阔的视野,描写了"一·二八"抗战以后十年间我国的社会大动荡中知识分子的精神生活,表现了苏州首富蒋捷三一家在内外多种力量冲击下分崩离析的过程,集中刻画了财主的儿女们即出生于剥削阶级家庭的青年知识分子在大时代激荡下的心灵历程。

小说中最着重塑造的一个人物,便是蒋纯祖。他最早走上了叛逆的道路,而且这条路走得十分艰难、执着和长远,这表明蒋纯祖有始终不屈于旧社会的反抗精神。不过,蒋纯祖在对自己的人生道路进行探索时,由于缺乏指引者和同伴,始终处于彷徨、苦闷、迷茫之中。他曾不顾家人的反对,只身一人到上海参加民族解放战争。在上海陷落后,他不得不逃亡,最终奔向了那片能够锤炼、重构其人格的旷野。可以说,在蒋纯祖的身上,既有小资产阶级知识分子的爱国精神与革命性,但小资产阶级知识分子的弱点也始终存在。因此,他的精神世界充满了矛盾,无法获得片刻的心理安宁。路翎在塑造这一人物时,将其作为英雄进行了赞颂,对他的奋斗历程也表示了肯定,但最终还是让他走向了悲剧命运。这样做,既能够将病态社会的病态灵魂生动地展现在人们面前,也能够进一步向社会和历史发出责问:是谁扼杀了蒋纯祖？小说中的蒋纯祖自己曾"隐隐觉得"是"这个社会杀害了他",而生活和历史又作了沉痛的补充:也是极端个人主义者的追求杀害了他。总的来说,蒋纯祖的人生悲剧、临死前的痛苦呼号,对当时国统区处于黑暗迷乱中追求光明的青年知识分子无疑是有启迪意义的。

这部小说在艺术上的突出特点是通过对人物复杂心灵的解剖来折射现实。心理描写无疑是突进人物灵魂深处的主要手段,然而它不同于一般委婉、细腻的传统心理描写,而总是把人物置身在大波大澜中,大幅度地展开了复杂人生所造成的复杂内心世界。作品不以情节的奇巧取胜,而是以展示"灵魂搏斗"的尖锐性、描述人物强烈的内心冲突和情绪波折见长。小说围绕蒋家三兄弟所展开的事件并不复杂,用极简单的情节提要即可概括,作者的用力点显然是在人物的心灵解剖上,用大段大段心理描写揭示人物隐秘的行为动机,而这种心理又同外在的尖锐社会生活矛盾纠结在一起,从而显示出异常的尖锐性与深刻性。

### (二)徐訏的小说创作

徐訏(1908—1980),本名伯訏,出生于浙江慈溪的一个农民家庭。1931

---

① 胡风. 胡风评论集(下册)[M]. 北京:人民文学出版社,1985:332.

## 第三章 战争时期(1937—1949年)的文学创作

年,他从北京大学哲学系毕业,并在曲折徘徊的道路中成为一名自由主义作者。1933年,他离京赴沪,协助林语堂编辑《论语》半月刊。1936年,他赴法国巴黎大学研究哲学。在抗日战争爆发后,徐訏回国,但由于生活无继,以卖文为生,先后创作了一系列富含异国情调和神秘色彩的异域小说,如《吉卜赛的诱惑》《鬼恋》等。1942年,徐訏离开上海来到重庆,受当时重庆特务色彩浓厚的影响,他创作了熔爱情小说、哲理小说与间谍小说为一炉的《风萧萧》。1946年,他再次回到上海,并专心从事创作。1950年,他定居香港,但笔耕不辍。1980年,徐訏因肺癌去世,终年72岁。

徐訏在战争期间的小说创作有浓厚的浪漫主义色彩,并加入了大量的异域情调设计、梦与幻觉的描写,从而大大强化了小说的非现实性,也使得小说充满了异域风情。《鬼恋》和《风萧萧》是他这一时期最为著名的小说作品。

《鬼恋》描写了一个人鬼相恋的故事。主人公"我"在一个隆冬之夜遇到了一个美丽大方、庄重自信、满腹经纶的女性,并深深地被她所吸引。于是,"我"向她倾诉衷肠,但对方却告诉"我",她是一个已经离世的"鬼"。对此,"我"起初不信,但几次三番地花心思想要弄清楚她的行踪都以失败告终,这使得"我"不得不对她自称"鬼"开始将信将疑。后来,在一次巧遇中,"我"终于见到了在白天扮成尼姑的她,而她也向我讲述了自称"鬼"的真相。原来,她是一个革命者,曾经暗杀敌人18次,后因各种原因流亡国外数年,在自己的情侣被捕牺牲后居住在公婆的家宅,老两口以鬼亲相待她。对于她的遭遇,"我"感到同情,但同时又希望能和她共享人间欢乐。可是,当"我"向她提出这一想法时,她却留书一纸,杳无音信。为此,"我"抱病数月。病好后,她的公婆辞世,"我"则租下了他们的那座古宅,回忆往昔,幻想将来。这篇小说十分注意故事性,并通过对奇景、奇境的营造,将一个旖旎风流爱情故事置放在自己所精心构筑的奇异背景之中,这种独特的切入方式,让小说蒙上了一层神秘的面纱和色彩。

《风萧萧》是一部熔爱情小说、间谍小说、哲理小说于一炉的近五十万字的作品,以第一人称"我"为叙述者展开故事,而"我"是一个坚持独身主义的青年哲学家。在小说的前半部分,"我"由于帮助过受伤的美国军医史蒂夫而成为他的朋友,并因此结识了三位独特的女性:如银色月宫般神秘美好的百乐门舞女白苹、像太阳般灿烂娇媚的交际花梅瀛子以及似灯光般恬静纯洁的外国少女海伦·曼殊菲儿。这三位女性对"我"的世界产生了极大的冲击,因为"我"虽然坚持独身主义,但又渴望爱情,因而不自觉地被她们吸引,这使"我"的内心经历着痛苦的折磨。在小说的后半部分,"我"逐渐被心思单纯且喜爱哲学的海伦所吸引,感情天平似乎已经开始倾斜。但这时,"我"

又被卷入了白苹与梅瀛子的矛盾之中。"我"敏锐地察觉到,白苹和梅瀛子在对自己私下的谈话中总是提到"请不要随便接近她",这似乎不单纯是因为"情敌"之间的妒忌,这使"我"对他们的身份产生了怀疑。后来,"我"终于得知梅瀛子的真实身份是来自美国方面的高级情报员,并因与她同时怀疑白苹是日方间谍,而在她的授意下怀着严重的负疚心两次窃取白苹的文件,这使得"我"和梅瀛子站到了白苹的对立面。但后来,"我"和梅瀛子了解到白苹是中国重庆方面派往上海的高级情报员,两者间终于解除误会,并形成一个整体同日本军官作战。在小说的最后,白苹遇害,梅瀛子设法报仇,"我"身份败露而到内地进行抗战。

小说中比较成功地塑造了三位风格不同的女性:白苹圣洁而凄清,梅瀛子机敏而热烈,海伦温柔而纯洁。作者以白苹和梅瀛子象征勇敢、坚毅和献身精神,而海伦则是理想和未来的化身,象征着人生的最高境界。"我"置身于三个女子之间,如同处于现实和理想中徘徊不定。这就使作品具有浓郁的哲理意味。虽然作者把故事置于抗日战争这一背景下,但作品显然并非要表现民族斗争的历史进程,而是想表达充满悲感的人生哲理。正如作者在《风萧萧》初版《后记》中写道:"书中所表现的其实只是几个同你我一样的灵魂在不同环境里挣扎、奋斗——为理想、为梦、为信仰、为爱,以及为大我与小我的自由与生存而已。"可见,作品表现的是人生永远的理想、信仰、爱与短暂的人生追逐的恒久冲突。

### (三)钱钟书的小说创作

钱钟书(1910—1998),江苏无锡人。他出生于一个教育世家,从小就接触了中国古典文学,这是其之后进行文学创作的重要素材。1929年,他进入清华大学读书。毕业后,他先后到英国牛津大学和巴黎大学深造。回国后,他进入了大学任教。1947年,他发表了长篇小说《围城》,引起了文坛的极大关注。中华人民共和国成立后,他主要从事文学研究工作。1998年12月19日,钱钟书去世,享年88岁。

《围城》是钱钟书唯一的一部长篇小说,也是中国现代杰出的讽刺小说。作者在初版序言中说:"在这本书里,我想写现代中国某一部分社会,某一类人物。写这类人,我没忘记他们是人类,具有无毛两足动物的基本根性。"小说所描写的"某一部分社会"就是指20世纪30年代末、40年代初国统区上层知识分子所处的生活环境。"某一类人物"是指半殖民地半封建社会留洋镀金归来的文人学士及其身边的上层知识分子。"基本根性"是指这群上层知识分子所具有的崇洋媚外、卑琐虚伪、懦弱动摇的性格特点。

《围城》这个题目具有隐喻意义。小说中引用了一句英国的古话,说"结

## 第三章 战争时期(1937—1949年)的文学创作

婚仿佛金漆的鸟笼,笼子外面的鸟想住进去,笼子内的鸟想飞出来,所以结而离,离而结,没有了局"。又取意于法国成语"被围困的城堡","城外的人想冲进去,城里的人想逃出来"。但无论是"金漆的鸟笼"还是"被围困的城堡",都是对人生中存在的"二难处境"的隐喻。小说的主人公是方鸿渐,他出生于江南的一个乡绅之家,很早便与上海点金银行周经理的女儿订了婚。但是,他还未与未婚妻结婚,未婚妻就因病早逝了。之后,岳丈资助他出国留学。他在国外浪荡了四年,对学习始终不上心。即将要回国时,他花钱买了一张假的博士文凭来应付父亲和岳丈。在回国的邮轮上,方鸿渐遇到了娇媚诱人的鲍小姐,并被她的性感妖媚所诱惑,两人一度形影不离。鲍小姐下船后,一路上对方鸿渐心怀好感的留法女博士苏文纨又成了方鸿渐的新旅伴,一直到上海。下船后,方鸿渐遇到了苏文纨的表妹唐晓芙并对她一见钟情,这引起了苏文纨的不满,也使方鸿渐逐渐陷入感情的"围城"之中。不久,方鸿渐向苏文纨表明了自己爱唐晓芙的事实。这激怒了苏文纨,她向唐晓芙揭露了方鸿渐的不轨行为,导致两人分手。之后,失意的方鸿渐接到了湖南三闾大学邀请其任教的书信,并欣然答应。当他来到三闾大学后,发现那里虽地处偏远却充满是非:校长是一个诡诈之人,博士很多都是冒牌的且不知羞耻,同事间的勾心斗角和相互倾轧十分严重。这些都使得方鸿渐又开始面临一座新的"围城"。不久后,方鸿渐先是在外表老实柔弱而内心奇巧的孙柔嘉的设计下与其订了婚,接着又受到了同事排挤,被校方以有关共产主义的书籍开除。对于这些事情,方鸿渐感到十分愤怒但又无可奈何,于是选择回到上海,并在回去的途中与孙柔嘉结了婚。回到上海后,方鸿渐有了家,也有了工作,但幸福好像又和他无缘,他又陷入了家庭的"围城",经常与妻子爆发矛盾与争吵。最终,他与孙柔嘉离婚,也丢失了工作,只能身心疲惫地独自面对未知的明天。这部小说的意蕴层次是十分丰富的,虽然表面上写的是方鸿渐的爱情与事业,但其中却到处闪现着旧社会名利场上的你争我夺,虽然没有肉体上的伤亡,但时时看得到那晦涩的生活如何蚕食人们的灵魂与生命。

这部小说对人物形象的塑造是比较成功的,作者以精细、深刻的现实主义笔触成功塑造了一群现代新儒的典型人物形象。全书写了七十多个人物,其中着墨较多、个性鲜明的人物有十多个,这些人物基本上都是知识分子,或卑鄙无耻,或自恋做作,或在社会夹缝中苦苦挣扎与寻梦。此外,这些知识分子丢失了传统知识分子修身求知、忧国忧民的美好德行,在意的仅仅是自己的利益,因而经常干一些尔虞我诈、钩心斗角的勾当。正是通过对这些知识分子的塑造,作者揭露了战争时期一些知识分子的卑琐、庸俗和虚伪。由于这些知识分子基本上都留过洋,因而作者在这里也反映了在中西文化夹缝中生存的知识分子的尴尬命运,宣告了西方文化思想在中国的失败。另外,所有知识分子既有各自的"围城",又共同生活在一个"围城"中,各自的"围城"多由各自的性格和经历构成,共同的"围城"则是他们所处的畸形社会。因此,该小说形成了丰厚多层的主题意蕴。第一层是"生活描写层面",即对抗战时期古老中国城乡世态相的描写与讽刺。方遯翁家的守旧迂腐,方鸿渐岳父家的爱慕虚荣,孙柔嘉姑妈的市侩势利,三闾大学的拉帮结派,以及方鸿渐归国途中、赴内地求职途中所看到的摩登社会的行尸走肉与凋敝乡镇的肮脏污秽等,小说对这一层面的内容做了充分描绘。第二层是"文化反省层面",小说从"反英雄"角度描写一批留学生或"高级"知识分子的种种心态,来对传统文化进行反省。方鸿渐的优柔寡断、慵懒虚浮以及懦弱无能,就是传统文化中的惰性所铸成的,他那外洋内中、外新内旧的矛盾性格充分说明了在中外文明的碰撞中,传统文化的劣根在半殖民地土壤上开出的"恶之花"。还有那个为了显示"精通西学"、谎称自己的俄国老婆为"美国小姐"的假博士韩学愈,靠骗取外国名人通信而充当世界知名哲学家的江湖骗子褚慎明,他们共同组成一幅"崇洋媚外"的群丑图,他们在骨子里显示了失去自信力的不健全的民族心态。第三层是"哲理思考层面",从方鸿渐几进围城几出围城的人生经历、所遭遇的困境,说明人生处处是围城,包括婚姻,包括理想与现实,包括事业与人际关系。因此,该小说蕴含了西方现代主义文学中常见的人生荒谬感和孤独无常感的主题思想。

《围城》中的艺术手法,也是十分值得称道的。首先,小说中运用了幽默讽刺的手法,还借助于精巧贴切的比喻和丰富的知识,使讽刺变得十分高超。比如,小说中在写道方鸿渐意识到文凭的重要性时,用了这样一段话:"这一张文凭,仿佛有亚当、夏娃下身那片树叶的功用,可以遮羞包丑;小小一方纸能把一个人的空疏、寡陋、愚笨都掩盖起来。自己没有文凭,好像精神上赤条条的,没有包裹。"很明显,这一段话中运用了比喻的手法,将文凭比喻成一块遮羞布,与知识学问是否渊博并无直接关联,通过本体和喻体之间的联系嘲弄了知识分子阶层普遍存在的虚妄欺诈之风,使比喻具有强烈的讽刺效果。其中还有大量比喻是带有整体象征意味的,如"围城"本身丰富的意义,又如方家那只祖传的老钟,在全文结尾处再次出场:"从容自在地打起来,仿佛积蓄了半天的时间,当夜深人静,搬出来一一细数:'当当当当当当'响了六下。……这个时间落伍的计时机无意中包含对人生的讽刺和感伤,深于一切语言、一切啼笑。"另外小说中的泥娃娃、破门框等都饱含寓意,所以说《围城》一路都是风景,俯仰皆收。其次,妙语连珠的表达中又新意迭出,明明在写某件事物,却往往多方隐喻,使事物的特征愈见鲜明,显得格外俊逸清脱。《围城》的作者是一位渊博的学者,几乎每写一人一事,瞬

第三章 战争时期(1937—1949年)的文学创作

息之间,与此相类似的种种观念、中外典故、理论知识、生活印象,都一起奔涌而来,使那些不同性格的知识分子的谈吐时时充满文学的、哲学的、历史的意味,因而也更加鲜明地表现出他们各自迥异的性格、教养和身份。最后,小说中对人物的心理描写是十分细腻、深刻的,不仅注意展现出人物隐蔽、精微的心理变化,而且能够借助于曲笔将其委婉地、恰到好处地呈现在读者面前。如此一来,人物的性格得到了强化,整部作品的基调也变得含蓄而深沉。

总的来说,《围城》通过描写以主人公方鸿渐为代表的知识分子在20世纪40年代的生活、工作和婚姻恋爱,对中国知识阶层进行了辛辣的讽刺,在发表后被誉为一部"新儒林外史"。

## 三、沦陷区的小说创作

在沦陷区,由于创作环境受到了极大约束,众多成名作者或远走他乡、或不言不语,但也有一些作者迫于生计或甘心附逆活跃在文坛之中,并积极进行着小说创作的探索,如张爱玲、苏青等。

### (一)张爱玲的小说创作

张爱玲(1920—1995),原名张瑛,上海人。她出生于一个显赫的家族,祖父是官员,祖母是李鸿章之女。她的父母在思想、人生态度等方面有较大的差异,因而两人的婚姻生活是不幸的,这对她的文学创作思想产生了重要影响。1931年,她在上海圣玛丽学校读书,其间开始尝试小说创作。毕业后,她到香港大学读书,学成后回到上海,并坚持文学创作,发表了众多的小说与散文作品。1955年,她移居美国,文学创作以小说和戏剧为主。1995年9月8日,张爱玲去世,终年74岁。

张爱玲小说创作的一个重要特点是,基本不涉及政治和重要的历史事件,关注的主要是家庭和婚恋问题。同时,她的小说创作底色是"苍凉"的,"旨在写出现代人虚伪中的真实、浮华中的朴素,表现不彻底的平凡人的苍凉人生"。[①]《沉香屑:第一炉香》《倾城之恋》和《金锁记》是张爱玲在战争期间创作的最重要、最著名的三部小说作品。

《沉香屑·第一炉香》的主人公葛薇龙是上海的一名女学生,她瞒着父母向已与他们家断绝关系的姑妈梁太太求助,希望她能支持自己完成学业。葛薇龙虽然之前并没有见过自己的姑妈梁太太,但对她的丑闻也略知一二,

---

① 林亦修.张爱玲小说结构艺术[J].中国现代文学研究丛刊,1996(1):71-80.

然而这依然动摇不了她要投奔梁太太的决心。同时,令她没想到的是,她的姑妈梁太太竟然欣然同意她留下来。实际上,梁太太只是想利用她来吸引男人。虽说梁太太收养葛薇龙是为了替自己拉拢客人、赚钱,但如果葛薇龙自己坚守立场,不受诱惑,最后也不会惨淡收场。可惜,她来到梁太太家后,在不知不觉中慢慢习惯并满足了这种虚荣荒糜的生活,在遇到花花公子乔琪乔后还陷入恋爱之中。但是,乔琪乔与葛薇龙在一起,在乎的只是她能否为自己带来价值,因而当她没有利用价值后便无情地抛弃了她。小说中的葛薇龙是一个为了爱情而毁灭自身的悲剧女性形象,她原本是那样的单纯、纯洁、有个性,渴望维护自己的人格完整。但现实社会摧垮了她,她最终自贱成"造钱"的交际花以取悦并不爱她的丈夫。

《倾城之恋》讲述的仍是一个爱情故事,故事的主人公是上海白公馆家的小姐白流苏和南洋富商后代范柳原。白流苏有着倾国倾城之貌,在遇到范柳原并与其结婚之前,曾经历了一次失败的婚姻,离婚后一直住在娘家,并因此遭到了娘家人的嘲讽。这深深地伤害了白流苏,也使她认识到世态的冷漠与炎凉。不过,白流苏并不甘于如此被嘲讽,于是在结识了多金的单身汉范柳原后,希望通过种种方式为自己争取一个合法的婚姻地位。但是,范柳原只是想与白流苏作"上等的调情",这使得白流苏非常伤心与失望。后来,抗日战争爆发,两个人在生死交关时才真心相见,并承诺要结婚。战争结束后,两个人真的步入了婚姻的殿堂。可是,"范柳原娶白流苏既不是因为爱情,也不是由于她的魅力,只是'香港的陷落成全了她'。这种倾城之恋的实质和传统理解的'倾城之恋'存在强烈反差,构成的反讽意味耐人寻味"。[①] 小说中白流苏的遭际,既体现了旧中国女性在家庭角色上的柔弱,也表明了那一时代的女性将自己与未来都寄托于男性的无奈,而这也深刻体现了那一时代女性的悲哀。

《金锁记》中讲述了一个十分令人震惊的故事,不仅让人看到了金钱的罪恶,也让人看到了那一时代女性的悲哀。小说的主人公是曹七巧,她是麻油店铺老板的女儿,不仅爱耍小奸小坏,而且日常举止十分粗俗。后来,她为了金钱嫁给了姜家的二少爷,这就注定了其爱情与婚姻的不幸,也造成了其心灵的扭曲。她的丈夫患有骨痨,无法坐立,因而根本满足不了她的情欲。为此,她将情欲发泄的对象转到三少爷姜季泽的身上。姜季泽风流倜傥,对于曹七巧的挑逗无动于衷,这使曹七巧极为气愤。多年以后,曹七巧的丈夫去世,她用自己的青春和爱情换来了一笔偌大的金钱。为了能够将金钱牢固地掌握在自己手中,她变成了一个自虐和虐人的变态狂。当姜季

---

① 石兴泽,隋清娥. 中国现代文学[M]. 北京:中国社会科学出版社,2012:128.

泽为了金钱想与她重叙旧情时,她毫不犹豫地赶走了这个觊觎自己金钱的男人;她让儿子长白吸鸦片,还在儿子娶妻后将儿媳凌辱折磨致死,为的只是抓住这个自己生命中唯一的、可以代替丈夫的男人;她破坏女儿长安的婚姻,还哄她吸食鸦片,导致了女儿的人生悲剧。

《金锁记》可以说把人生的荒诞与荒凉诠释到极致。曹七巧就像一头困兽,一生都是在欲望的牢狱中挣扎。"三十年来她带着黄金的枷锁,她用那沉重的枷角劈杀了几个人,没死的也送了半条命。"其实,套在人身上的何止"黄金的枷",人性的无形枷锁才是永远无法解除的桎梏。曹七巧的变态心理,不仅毁灭了她自己,也毁灭了别人。因此,她值得怜悯,但更让人恐惧。

## (二)苏青的小说创作

苏青(1914—1982),原名冯允庄,出生于浙江宁波城西浣锦乡的一个书香门第。幼年时,由于父母忙于各自的学业,她是跟随外婆在乡下居住的,并养成了爱说话的习惯和直接爽快、稍显鲁莽的脾气。直到6岁时,她才回到冯家,并在祖父的教育下大大提高了语言表达能力。1933年,她考入了南京中央大学英语系,并在此期间接触了大量的西方文学作品,扩大了自己的视野。1934年,她结婚并随丈夫到上海定居,没多久因怀孕生产从南京中央大学退学。后来,她因一连生了四个女儿被婆家嫌弃,于1942年冬与丈夫离婚。之后,她为了养活自己和孩子,开始进行写作,发表了《结婚十年》《续结婚十年》《生男与育女》《论夫妻吵架》《做媳妇的经验》《好色与吃醋》《恋爱结婚养孩子的职业化》《第十一等人》《我的女友们》《论离婚》《再论离婚》《论红颜薄命》《女性的将来》《谈男人》《谈性》《看护小姐》《敬告妇女大众》等众多的小说与散文作品。1982年12月7日,苏青因病去世,终年68岁。

苏青在战争期间的小说创作,大都以自己的经历为摹本,将自己视为中国普通女性中的一员加以细细记述,进而对女性的普遍境遇、女性的内心渴望、女性的天职、男女的交往等各方面问题发表了独到的见解。《结婚十年》和《续结婚十年》是她最有代表性的两部小说作品。这两部小说侧重于女性个人经验的摩挲和诉说,自审自述,自怜自爱,析己度人,以哀伤而不失节制的记述演绎女主人公生活的变故。

《结婚十年》实际上是苏青对自己从18岁开始的十年婚姻生活的自述。小说的主人公苏怀青最初听从家人的安排与一同长大的徐崇贤办了一场中西合璧的婚礼。婚后,两个人有过一段甜蜜的生活。但不久,苏怀青因头胎生女而受到了公婆的歧视。后来,她随丈夫到了上海,因实在无聊便开始给报馆投稿,还可获得稿费弥补家用。就在她刚干出点名堂时,便因小姑的造谣不得不停止这份工作。之后,由于家庭经济的拮据、夫妻间矛盾的增多以及苏怀青始终未给婆家添男丁,两人最终在十年后选择离婚。

《续结婚十年》延续了《结婚十年》的故事,主要描写了苏怀青离婚后的生活。她虽然摆脱了夫妻间的争吵和烦恼,但生活却因经济拮据而陷入了困境。为了生存,她不得不与各种人物周旋。

总的来说,这两部小说中所描写的都是凡人小事,虽然琐碎但充满了生活的烟火气。另外,苏怀青的人生经历,表明了在男性为社会主体人群的时代,即使是胸无大志的妇女也很难获得幸福与安宁的生活。而要改变这一社会现象,必须要破除"男尊女卑"的观念。

## 第三节 报告文学和杂文的创作

在战争时期,散文的宣传功能和社会效应受到了作者们的高度关注。他们主动以散文为武器,积极宣传抗日思潮,报告文学随之日益繁荣。与此同时,抗战时期因对敌斗争的需要,杂文依然是作者们把握的重要文艺样式。

### 一、报告文学的创作

报告文学是从新闻报道和纪实散文中生成并独立出来的一种新闻与文学结合的散文体裁,也是一种以文学手法对现实生活中的真人真事进行及时地反映和评论的新闻文体,有着纪实性、及时性和文学性等特征。抗战爆发以后,报告文学空前繁荣。这一方面是因为抗战激发起人们普遍的爱国热情,要求文学能更加贴近现实、迅速及时地反映战况,传递战斗信息、记录抗战业绩,成为作者们义不容辞的责任;另一方面是战争改变了人们的生活,当时作者们或南下流亡,或深入抗战前线,目睹亲历了这场残酷的战争,获得了大量创作素材,为报告文学创作提供了厚实的生活积累。下面具体分析一下战争时期影响较大的夏衍和宋之的的报告文学创作。

(一)夏衍的报告文学创作

夏衍对中国报告文学的发展有着非常突出的贡献,他的报告文学总是能对当时的时代和社会中发生的重要变化及事件进行及时而迅捷的反映。他的报告文学作品《包身工》由于兼有"报告"和"文学"这两重性质,因而算得上是报告文学史上的一座里程碑。在20世纪30年代,中国的劳苦大众

## 第三章 战争时期(1937—1949年)的文学创作

处于帝国主义、封建主义和官僚资本主义三座大山的压迫之下,因而生活极度贫困。同时,随着帝国主义经济侵略的不断加剧、中国农村经济的不断衰落,催生了包身工这一"现代奴隶制度",且有大量的破产农民被迫加入了包身工的行列。报告文学《包身工》就准确地对中国社会发展的这一趋势进行了把握,并尖锐而迅捷地指出了帝国主义、封建主义和官僚资本主义三座大山给人民造成的沉重负担。

夏衍是以自己的亲身体验、以大量真实丰富的材料为基础来创作《包身工》这篇报告文学的。当时,他想办法混入了包身工居住的工房,不仅看到了他们极差的居住环境,而且在与他们的长时间接触和交流中,对他们的不幸有了深入了解。因此,他以饱含血泪的笔墨所写的这篇报告文学作品,呈现的都是包身工真实的工作环境和人生境遇,基本不存在随意想象和夸张的成分。

在这篇报告文学中,夏衍运用现实主义手法,真实地展示了上海日本纱厂的中国少女们惨绝人寰的不幸遭遇。这些少女都来自农村,而且她们是被骗到纱厂工作的。她们像奴隶一样,没有一点自由,还要承受带工的拳头、棍棒,直到完全被榨干。包身工们就这样过着如地狱一般的生活,直到在非人的虐待下死去。通过这些事实,作者对罪恶的包身工制度残酷剥削中国工人的罪行进行了揭露,对封建势力、流氓特务以及帝国主义操纵的黑暗统治进行了强烈批判。在作品的最后,作者严正警告殖民主义者们,黑暗终将过去。

《包身工》这篇报告文学,在艺术方面也有不少可取之处。首先,作者采用电影式的特写,将包身工的生活浓缩到了一天中进行表现,并将其与大量的数字列举和分析说明相交织,从而形象地刻画了一幅人间地狱的惨景。其次,文章从吃、住、做工和放工等方面,选取不少典型性场景,对包身工的群像进行刻画,表现出她们作为人形机器的命运。她们一律死灰般的面容,褴褛的衣衫,在繁重的劳动和野蛮的虐待下哀苦无告,以致几乎消失了表情和个性。同时,作品还选取典型细节,集中笔墨描写一两个具体形象,如"芦柴棒"、小福子等,补充、深化了包身工的整体形象。最后,文章中采用了细节描写以及艺术描写与新闻报道、社会调查相结合的表现方法,从而体现出鲜明的文学性,不愧为中国现代报告文学史上的精品。

### (二)宋之的的报告文学创作

宋之的(1914—1956),原名宋汝昭,出生于河北丰润县一个普通的农民家庭。1929年,他考入了河北丰润车轴山中学,并在此期间因受到进步教师和学生的影响,开始阅读马克思主义的有关著作,为今后的文学创作奠定了重要基础。1930年,宋之的因家庭经济拮据而辍学,后只身赴北平谋生。其间,他阅读了大量的进步文学刊物,并产生了进行文学创作的欲望。在这一年的夏天,他又考入了北平大学法学院俄文经济系,并在读书期间结识了于伶、陈沂等人,还在他们的影响下加入了左翼戏剧家联盟。抗日战争爆发后,他积极参与抗日救亡运动,并开始进行报告文学的创作。抗战胜利后,他进入了苏北解放区,并到山东大学文艺系任教。中华人民共和国成立后,他曾任中国人民解放军总政治部文化部文艺处长、《解放军文艺》主编、中国作者协会理事、中国戏剧家协会常务理事等职。1956年4月17日,宋之的因肝癌去世,终年41岁。

宋之的的报告文学创作,以《一九三六年春在太原》最为著名。这篇报告文学与夏衍的《包身工》同时被誉为报告文学成熟的标志。

《一九三六年春在太原》以辛辣的讽刺笔调,通过将国民党统治下的太原城里与日俱增的"气闷而且窒息"的气氛与城外不断传来的"春"的气息进行对比,报道了反动军阀阎锡山统治下的太原的严酷现实,揭露了国内反动军阀白色恐怖下人民大众朝不保夕的凄惨生活,进而对国民党及其反动政权进行了辛辣的讽刺与抨击。这篇报告文学在描写技巧上,以第一人称"我"的见闻为线索,结合其他人物的行踪,再配以"新闻剪辑"突破时空限制,将城外所发生的各种事变和惨剧曲折地反映出来,与太原城内的情景沟通在一起。在这一新颖别致的格式中表现出作品独特的结构形态和巧妙的剪裁,使这篇报告文学在艺术上别开生面。另外,这篇报告文学的语言通俗、幽默、风趣,把严肃的政治问题写得轻松活泼。

## 二、杂文的创作

在战争时期,由于对敌斗争的需要,杂文依然是作者们把握的重要文艺样式。这一时期的作者在进行杂文创作时,继承并发扬了"五四"杂感的面对现实、关怀人生、排除旧物、催促新生的品格,热切地关注社会事态,对国民党当局的反动内外政策和中国黑暗现实进行广泛的、锐利的社会批评和文明批评,充分发挥杂文的"匕首"与"投枪"作用,使杂文在革命斗争和社会批评中发挥了极大作用。此外,这一时期的作者在鲁迅杂文战斗传统的指引下,用杂文为武器开展反日反汉奸斗争,同时把笔触伸向麻木落后的精神状态。巴人、唐弢、徐懋庸、聂绀弩、周木斋等都是这一时期较有影响的杂文创作者,这里着重分析一下唐弢和徐懋庸的杂文创作。

## 第三章　战争时期(1937—1949年)的文学创作

### (一)唐弢的杂文创作

唐弢(1913—1992),原名唐瑞毅,笔名风子、晦庵,出生于浙江镇海的一个农民家庭。由于家境贫困,他在初中时便辍学。之后,他进入上海邮政管理局当了拣信生。其间,他一边工作一边开始业余写作,以杂文为主,风格接近鲁迅。抗日战争爆发后,他在上海积极参与抗日文化运动,同时进行文学创作。抗日战争胜利后,他重回邮局,并积极参加反迫害、反内战、反饥饿民主运动。中华人民共和国成立后,唐弢一边工作,一边致力于研究鲁迅著作和中国现代文学史,还坚持进行文学创作。1992年1月4日,唐弢在北京病逝,终年78岁。

唐弢受鲁迅的影响,致力于杂文的创作。《投影集》《短长书》《劳薪集》《识小录》《晦庵书话》等杂文集,是唐弢在战争时期的杂文代表作。这些杂文作品善于揭发社会的痼疾,抨击文坛浊流,还表现了国土沦丧、家遭不幸的悲愤惨苦之情。比如,《新脸谱》一文描绘各种脸谱的形象,论证"角色虽然依旧,而脸谱却是簇新的"观点,以讽刺没落的社会相。

唐弢的杂文主要针砭时弊,议论激烈,但有时也含抒情,具有活泼的形象、浓郁的情韵、意味隽永。比如,《从"抓周"说起》写于上海沦陷一周年纪念日。文章从一幅以《抓周》为题的漫画谈起。画面上一个戴军帽的日本孩子抓住战神前的十字架,而中国孩子却爬着去抓和平神前的一把复仇的短剑。作者巧妙地将这幅漫画与上海沦陷一周年来中国人民的新生、成长相联系,说明今天的人民已经"立定脚跟,坚决地拿起复仇的刀子来"。

唐弢的杂文,还往往社会性、知识性、文艺性兼顾。比如,《略论吃饭与打屁股》一文,运用历史知识,既概括地揭露了中国皇帝的统治术,又勾勒出奴才的嘴脸。

### (二)徐懋庸的杂文创作

徐懋庸(1911—1977),原名徐茂荣,出生于浙江上虞的一个贫困家庭。1926年,他参加第一次大革命,后因政府通缉,逃亡上海。之后,他考入半工半读的劳动大学。从1933年夏起,他开始写杂文。1934年,他在上海加入左联,1938年,徐懋庸到延安,加入中国共产党,后任抗大教员及冀察热辽联合大学校长等职。中华人民共和国成立后,徐懋庸历任武汉大学副校长、中南文化部、教育部副部长、中国科学院哲学研究所研究员等职。在工作的同时,徐懋庸也在坚持杂文创作。1977年2月7日,徐懋庸去世,终年66岁。

徐懋庸的杂文笔触犀利,揭露时弊不留情面,批判社会一语中的,因风格酷似鲁迅而以"杂文家"出名。另外,徐懋庸的杂文内容广泛,当时社会上种种不合理现象,包括思想、文化、道德、习俗等,统统都在他的横扫之列。他首先把批判锋芒对准国民党当局,揭露它对内实行黑暗统治,对外奉行不抵抗政策和屈辱卖国的罪行。在进行广泛社会批评的同时,也歌颂友谊、赞美正义、弘扬真理。徐懋庸知识渊博,长于思辨,其杂文以针砭时弊和社会人生分析为经,以古今中外丰富的文化史料为纬,经纬交织,包含丰富的内容;作品议论不多,点到为止,颇堪玩味。《神奇的四川》引用《汗血月刊》上发表的《四川现实政治调整》一文,稍加点评,有力地揭露了国民党政权横征暴敛、鱼肉人民的罪行。作品写国民党对农民预征粮税,21军在民国廿四年已预征到40余年,20军预征到73年,23军竟预征到一百年以上!作者画龙点睛地评述:"这样加速下去,说不定在民国一百年前预征到一千余年,真可谓'人生不满百,常怀千岁忧'了!"文末仿鲁迅的笔调写道:"救救川人!"由于文章引用材料骇人听闻,所阐述观点极具尖锐性和深刻性,再加上辛辣遒劲的文字,读来能给人以挥之不去的印象。《收复失地的措辞》一开头就指明当时中国统治者对内像"残唐五季",对外则像南宋,接着便引用岳珂《捏史》记载,述说南宋小朝廷对于金人"归我侵疆"总要颁发阿Q式的"赦文"以致谢,作者借此反讽说:"我们将来收复东北四省时,实大可模仿这种措辞",辛辣讽刺了国民党反动派的投降媚敌政策。

徐懋庸杂文的突出特点是现实性、知识性和思辨性的统一;杂文体式多样,写法各别,确如其《打杂集》名所说是"杂"体文。其中有短评、杂感、随笔、通信、读书札记、论文,也有渗透着议论色彩的抒情文和记叙文,如《草巷随笔》《我心境上的秋天》就有浓郁的抒情气氛。他的杂文,从记述生活片段,到谈论中外掌故,大都用质朴而流畅、尖锐而泼辣的文字娓娓而谈。其杂文风格也受鲁迅杂文影响很深,有的篇章相似到几可乱真的地步,林语堂曾将徐懋庸的杂文误以为鲁迅化名所作。但由于思想深刻性不及鲁迅,加上"浮躁凌厉"的个性,观察问题的片面性,都限制了他杂文创作的广度和深度,有时则因好用典故,也使某些篇章流于艰涩。

## 第四节　戏剧的袭旧与创新

在战争时期,戏剧的发展也呈现出鲜明的地域特色。其中,在国统区,受剧本审查制度的影响,戏剧作品虽然重在呼应现实的历史,但这一主题是以相对隐蔽的方式表现出来的,体现了戏剧的袭旧。而在解放区,在毛泽东《讲话》精神的引导下,兴起了旧剧革新运动,对戏剧进行了创新。

# 第三章 战争时期(1937—1949年)的文学创作

## 一、戏剧的袭旧

作为中国抗日战争文艺中的一支生力军,戏剧起着非常重要的作用。然而在抗日战争后期,特别是1941年皖南事变后,在国统区,包括戏剧在内的文艺事业遭遇重大挫折。一方面,许多进步作者遭到逮捕和暗害;另一方面国民党当局通过采取对剧本的审查,对演出场地的限制,对演出收取高额"娱乐费"等手段对戏剧进行封杀。这种高压政策导致国统区的戏剧从题材到内容都受到遏制。但是在艰难的政治环境下,国统区的戏剧仍然保持了一定的创作势头,尤其是"借古讽今"的历史剧取得了一定的成就。其中,郭沫若、阳翰笙和陈白尘的历史剧创作成就最高。

### (一)郭沫若的戏剧创作

郭沫若在战争时期共创作了六部历史剧:《棠棣之花》《屈原》《虎符》《高渐离》《孔雀胆》和《南冠草》,前面四部以战国时代各国联合抗秦斗争历史为题材,被称为"战国史剧",后两部则分别取材于元末历史和南明历史。这些剧作,融合了郭沫若作为历史学家的渊博知识,更贯穿着他作为诗人的革命浪漫主义诗情,它们的整体推出,标志着中国现代历史剧创作的成熟和高峰期的到来。另外,这些剧作无一例外地展示了主人公与黑暗势力进行顽强斗争的坚强意志和坚决维护民族和祖国利益的崇高精神,传达了反对侵略,反对卖国投降,反对专制暴政,反对屈从变节,主张爱国爱民、坚守气节和团结御侮的崇高主题。

《屈原》是郭沫若的历史剧中成就最高的一部,它取材于战国时代楚国爱国诗人屈原的故事,这是伟大诗人屈原的形象第一次被搬上戏剧舞台。剧作通过描写楚国上层领导集团内部复杂激烈的矛盾斗争,形象地反映了战国时代的政治形势,成功地塑造了屈原的形象,表现了他热爱祖国,反抗侵略,光明正直的崇高品质。由于该剧写于1942年1月,正是"皖南事变"发生一周年的时候。当时,国民党反动派残害抗日的新四军,激起了全国人民的极大愤怒,因此,作者便把这时代的愤怒复活在屈原的时代里去了,他借了屈原的时代来象征我们当前的时代,用借古讽今的方法,强烈抨击了国民党的黑暗统治,有力讽刺和鞭挞了国民党反动派的专制独裁和卖国行径。

全剧共分五幕。第一幕写屈原在橘园吟诗,作者借"独立不移""赋性坚贞"的橘子来象征屈原高尚的人格。第二幕是写宫廷陷阱,作者以《礼魂》构成了楚国宫廷豪奢淫逸、歌舞升平的场面,借以象征屈原被陷害的历史情境。三闾大夫屈原极力主张对外联齐抗秦、对内革新政治,得到楚怀王的赞同和信任,秦使张仪劝说楚国结秦绝齐的要求被拒绝。然而南后为达到固宠的个人目的,竟与张仪勾结,在楚宫内廷观演歌舞时假装头晕倒入屈原怀中,以"淫乱宫廷"加罪于屈原。楚怀王大怒之下撤了屈原的职,并抛弃屈原的政治主张而依附强秦。面对陷害,屈原愤怒却无法辩白,他将个人荣辱生死置之度外,拼命呼喊要救救楚国,被视为疯子而赶出宫廷。第三幕写橘园招魂,作者以《礼魂》之歌虚构出群众为屈原招魂的场景。第四幕郢都城郊,作者把《河伯》《渔父》等诗人格化,虚构出了"钓者""渔父"等群众形象,并通过《九章·橘颂》的歌声,展现出了屈原诗歌的内在精神。第五幕写屈原通过一首"雷电独白",将自己满腔的愤懑之情表达出来。他呼唤咆哮的风,呼唤轰隆隆的雷,呼唤犀利的闪电,呼唤宇宙中这些"伟大的力"能"发泄出无边无际的怒火。""把这黑暗的宇宙,阴惨的宇宙,爆炸了吧!爆炸了吧!"据此,他抨击了楚国宫廷中那些身居高位,没有灵魂的丑类们。全剧结尾时,作者让屈原亲手把《橘颂》诗稿铺展在婵娟的尸体上,并以《礼魂》结束。

《屈原》这部剧把屈原一生的悲剧生涯浓缩到一天一夜这样极其短暂的时间里,浓缩到楚国郢都这样有限的空间里,让历史人物活现在诗化的环境中,使屈原这一形象达到了历史真实与艺术真实的高度统一。另外,郭沫若把握了历史与创造的契机,他在剧中没有机械被动地对屈原这一历史人物进行描写,而是能动地挖掘和创造历史,并以一种整体的全局性的眼光来进行创造,从而使屈原这个人物形象从思想个性到整个命运都得到了重新塑造,使其更贴近艺术的真实,更富有鲜明的艺术感染力。

### (二)阳翰笙的戏剧创作

阳翰笙(1902—1993),原名欧阳本义,字继修,四川高县人。1915年,他就读于高县城关第一高等小学堂,毕业后进入成都省立第一中学,后因参与学潮运动被开除学籍。1924年,他考取了上海大学社会学系,并于第二年加入了中国共产党。毕业后,他在黄埔军校做过党的组织工作,并参加了北伐及南昌起义。1928年,他加入创造社,开始了文学创作活动。抗日战争时期,阳翰笙曾在国统区担任过地下工作,抗战胜利后负责中华剧艺社和各抗敌演剧队的复员东下工作。其间,他一直坚持进行文学创作。1993年6月7日,阳翰笙在北京辞世,享年91岁。

阳翰笙的政治意识比郭沫若更为强烈,历史剧是他无情地给国民党统治的黑暗现实予以回击的一种斗争形式。因此,他的历史剧作积极呼应时代风云,在唤起沦陷区民众的爱国热情和抗敌意识上都发挥了很大的作用。其中,影响力较大的戏剧作品有《李秀成之死》和《草莽英雄》。

《李秀成之死》取材于太平天国历史,通过描写忠王李秀成率领军民保卫天京,并最终以身殉国的事迹,歌颂了他英勇斗争、宁死不屈的精神。剧中的李秀成是一个可亲可敬的农民革命领导人的形象。他作战机智英勇,对部下及人民群众有着深厚的感情。作者还通过李秀成对革命队伍内某些人对"洋人"的不切实际幻想的批判,以及他对帝国主义分子马丁的面对面的斗争,表现了他对"洋人"与清廷互相勾结的现实的清醒认识,增加了这一形象的爱国主义思想光辉。这个剧对号召人民坚定抗日决心,警惕侵略者对国民党的诱降,产生了积极影响,人们从剧中意识到了国民党"攘外必先安内"政策的反动。该剧深受观众欢迎,连重庆綦江国民党内部也演出了此剧,以致发生了反动当局活埋枪杀演员20余人、株连六七百人的"綦江惨案"。

《草莽英雄》反映的是辛亥革命前夕四川保路同志会反对清朝统治的革命斗争。该剧以清朝末年四川保路同志会对丧权辱国的清廷的斗争为题材,塑造了罗选青、陈三妹、唐彬贤等英雄形象,而罗选青则是戏剧的中心人物。剧中描写了罗选青的坦荡正直,忠于诺言,善于团结群众的优良品质,也揭示了他过于直率简单,对敌人丧失警惕的缺点。他受伤牺牲前要唐彬贤转告孙中山那些扯起旗子反满清的,还有许许多多是来浑水摸鱼的一些狗杂种,请他千万当心!这实际上是作者说给抗日群众听的话,希望大家一定要提防那些混在抗日阵营中干破坏抗战勾当的顽固派坏蛋们。

总的来看,阳翰笙的历史剧无不为抗日而歌,为抗日而悲,为抗日而振臂高呼。因此,这些剧作在唤起沦陷区民众的爱国热情和抗敌意识方面都发挥了很大作用。

### (三)陈白尘的戏剧创作

陈白尘(1908—1994),原名陈增鸿,后改名陈征鸿,祖籍福建,出生于江苏淮阴的一个商人家庭。受五四新文学的影响,他在中学时代就开始写新诗和白话小说。1926年,他考入上海文科专科学校,并积极从事进步的学生运动。1930年,他加入中国左翼戏剧家联盟,从事戏剧创作活动。抗战开始后,他在各地坚持进步的戏剧活动,创作了大量剧本。1946年,他回到上海,在电影和戏剧战线上继续投入反对内战、争取民主运动。中华人民共和国成立后,他一边工作,一边坚持文学创作。1994年5月28日,陈白尘去世,终年86岁。

陈白尘在战争期间创作了大量剧本,有《魔窟》《乱世男女》《禁止小便》《岁寒阁》《升官图》等。他始终关注民族斗争和阶级斗争的现实,保持对社会问题的关切,国民政府的黑暗腐败、上流社会的道德沦丧等,都成为了他笔下批判的对象。

《升官图》代表了陈白尘最为著名的一部戏剧,也确立了政治讽刺喜剧在中国现代文学史上的地位。该剧共三幕五场,描写了两个强盗在黑夜里所做的发财梦。在梦中两个强盗做了假知县和假秘书长,原知县太太为了保住自己的利益,承认假知县为自己的丈夫。其属下,工务局局长、财务局局长、警察局局长、教育局局长相互勾结、贪赃枉法、敲诈勒索、徇私舞弊、贿赂公行,这不仅是国民政府官员群丑的时代剪影,也是一切时代这类官员的塑像,具有典型、普遍的审美意义。另外,该剧还用夸张、变形、讽刺的手法全面地展示了丑角们罪恶的灵魂,产生了良好的戏剧效果。

该剧作集中体现了陈白尘讽刺喜剧的主要特色。首先,取材的现实性和暴露的尖锐性。在剧中,作者表面上写的是两个强盗在黑夜里所做的发财梦,实质上是借助于这一发财梦,对国民党的黑暗统治进行无情揭露,同时对国民党政府的反动统治以及种种丑态进行了暴露与嘲讽。事实上,两个强盗所做的发财梦还预示着被压迫的人民已经逐渐觉醒,他们终将推翻国民党反动势力。其次,《升官图》构思新颖、结构精彩。这部剧表面是一场梦,在梦境中展开情节,但实质是现实社会官场丑态的真实写照。作者通过奇妙的艺术构思制造离奇荒诞的笑料,引人发笑的同时又催人深思。再次,漫画、夸张的手法和泼辣、犀利的语言是陈白尘讽刺喜剧在艺术上的又一突出特征。作者采用漫画和夸张的手法,使用强烈的讽刺语言,把全部的主旨、故事淋漓尽致地表现出来。警察局局长"身材奇短,但总爱耀武扬威"地全副武装。省长一面叫嚷以俭养廉,一面大肆贪污,金条竟成了医治他"头痛病"的良方!"左边头痛,一根金条就够;右边头痛,要两根;前脑痛,三根;后脑痛,四根;左右前后都痛呢?那就要五根!"……这些讽刺技巧的成功运用,极度夸张地放大了人物自身的荒诞,使读者在捧腹之中激起对国民党反动统治的无比憎恨。最后,陈白尘的讽刺喜剧故事情节曲折复杂,人物之间始终处于紧张激烈的矛盾冲突中,戏剧性很强;人物形象各具特色,绝无雷同之感;语言风格泼辣犀利。

总的来说,陈白尘所创作的喜剧用犀利的解剖刀,刺破了旧社会制度的痈疽毒瘤,唤起了人们的爱国热情和抗敌意识。

## 二、戏剧的创新

20世纪40年代,毛泽东《在延安文艺座谈会上的讲话》确立了解放区乃至建国后"文艺为工农兵服务"的文艺创作观念。解放区的戏剧创作取得了极大进步,主要表现在新秧歌剧和新歌剧的创作方面。

秧歌剧原本是北方农村常见的娱乐方式,是舞蹈和歌唱结合的一种民

## 第三章 战争时期(1937—1949年)的文学创作

间艺术形式。1943年延安文艺整风开始后,解放区兴起了新秧歌运动热潮。解放区的文艺工作者深入农村,向农民群众学习。他们将流行于边区的旧秧歌形式和民歌曲调创造性地结合起来,编演熔戏剧、音乐、舞蹈于一炉的小型广场歌舞剧。解放区新秧歌剧的代表作是1943年由王大化、李波和路由等人创作的《兄妹开荒》。该剧作摈弃了旧秧歌中常有的丑角及男女调情的成分,着重表现了新型的农民形象和欢乐的劳动场面。同时,该剧具有浓郁的泥土气息,且不乏农民特有的诙谐幽默,整场小戏生动活泼,富有情趣。另外,该剧基本上沿袭了传统"领唱秧歌"与"走戏调"的形式,其自然而又真实的歌词不仅非常适合对珍惜时光、抓紧生产的兄妹形象进行塑造,而且歌词所具有的口号式特点有利于对革命政策进行宣传。

除了《兄妹开荒》,水华、王大化、贺敬之、马可共同创作的《惯匪周子山》,翟强的《刘顺清》,马健翎的《十二把镰刀》,周而复、苏一平的《牛永贵挂彩》,马可的《夫妻识字》等新秧歌剧,都受到了人民群众的热烈欢迎。在这些新秧歌剧中"出现了新的人物,新的世界。过去的秧歌中被歪曲成小丑的农民,现在变成了戏中的英雄,出现了新的生活场景,劳动被美化,被歌颂"。[①] 以新秧歌运动为契机,解放区掀起了一股创作民族新歌剧的高潮。

新歌剧是指解放区文艺工作者在吸取新秧歌剧长处的基础上,既借鉴西洋歌剧和传统戏曲的有益成分,又借鉴其他地方剧种和民间艺术的表现手法,加以融会贯通,创造出的民族新型歌剧,这是"在中国戏剧传统的基础上产生出来,和传统紧密结合着的新的艺术创造"。一般来说,新歌剧取材于人民群众熟悉的生产、斗争生活,采用了地方戏曲的表现形式,为人民所喜闻乐见。《白毛女》《赤叶河》《王秀鸾》《刘胡兰》《钢骨铁筋》《王克勤班》《无敌民兵》等都是战争时期出现的较有影响的新歌剧,其中《白毛女》的影响力最大。

《白毛女》是根据河北平山县流传的"白毛仙姑"的故事改编而成的,围绕着贫农杨白劳和其女儿喜儿的不幸遭遇这一主线,表明了推翻封建地主阶级压迫的主题。杨白劳因生活所迫向地主黄世仁借了债,但无力偿还,于是黄世仁在大年三十那一天逼杨白劳将喜儿卖给他。杨白劳在卖了喜儿后,在悔恨交加中自尽了。而喜儿到了黄家后,惨遭蹂躏,最终逃出了黄家,在一处山洞里藏身。由于整日在山洞里,而且没有盐吃,因而喜儿的头发全变白了。后来,八路军救了她,还组织农民一起推翻了封建地主阶级。该歌剧剔除了原故事中的封建迷信色彩,进一步与时代相结合,着重表现了阶级

---

[①] 雷达,赵学勇,程金城.中国现当代文学通史[M].兰州:甘肃人民出版社,2006:558.

压迫与反抗。另外,该歌剧在创作上借鉴了西方歌剧以音乐表现人物性格和塑造人物形象的方式,还运用了中国传统民间音乐,如河北民歌"小白菜""青阳传"等,利用地方戏曲曲调进行新的创造,并在音乐舞蹈中掺杂对白,使话剧、歌、舞完美结合,从而奠定了中国新歌剧创作的基本模式。因此,无论从思想内容、人物塑造,还是从艺术含量上看,《白毛女》都可以说是中国新歌剧发展历程中的一座里程碑。

# 第四章 中华人民共和国成立十七年时期(1949—1966年)的文学创作

1949年10月1日中华人民共和国成立,标志着中国文学进入了一个新的历史时期,即"十七年时期"。这一时期的文学在继承了五四以来新文学现实主义传统的基础上,以社会主义的总方向、毛泽东的文艺思想和社会主义现实主义的创作手法为指导,对新中国社会变革的风貌进行了生动而形象的描绘。此外,这一时期的文学有着鲜明的政治化倾向,主要表现为文学领域普遍强调文学的无产阶级与社会主义性质,都把文艺服务于现实政治、配合国家意识形态作为文学的基本目的,重视文学或审美的革命功能和用社会主义、共产主义精神教育人民的作用。

## 第一节 政治抒情诗和生活抒情诗的创作

十七年时期诗歌创作的一个重要特点是,自觉地将政治功利性作为诗歌的一项重要价值,从而使诗歌成了为政治服务的工具。在此影响下,诗歌创作的模式逐渐僵化为两种,即政治抒情诗和生活抒情诗。

### 一、政治抒情诗的创作

政治抒情诗是一种积极呼应现实政治且充满时代激情的诗歌,其主体是颂歌,歌颂共产党及其领袖,歌颂新的生活,甚至党的决议。此外,政治抒情诗所注重的是朗诵和剧场式的集体感受,而不是为了个人的阅读。写作政治抒情诗的诗人有郭小川、贺敬之、严阵、阮章竞、韩笑等,而成就最大的是郭小川和贺敬之。

(一)郭小川的政治抒情诗创作

郭小川(1919—1976),原名郭恩大,河北丰宁人。他出身知识分子家庭,因而受到了良好的教育。在中学时代,他接触了无产阶级革命思想,并积极参加救亡运动。抗日战争期间,他到延安参与抗战文艺运动,并开始了诗歌创作。战争胜利后,他回到河北丰宁县任县长,后到中南地区从事新闻和宣传工作。中华人民共和国成立后,郭小川致力于杂文和政治抒情诗的写作,在文坛引起了重要反响。1976年10月18日,郭小川去世,终年57岁。

郭小川是一个从抗日战争走过来的久经考验的革命者,这是他的首要身份,他的这个身份决定了他的政治忠诚和他的诗歌性质。郭小川是政治抒情诗的杰出探求者,他在诗坛上闻名,最早就缘于他于1955年起发表的以《致青年公民》为总题的一组"楼梯式"自由体("楼梯式"自由体是由苏联诗人马雅可夫斯基发明的,就是将一个长句根据音韵疾徐轻重的变化分拆数行作楼梯(或阶梯)式的排列)的政治抒情诗。在此之后,他将很大的精力都投入政治抒情诗的创作。

郭小川在十七年时期的政治抒情诗创作,按照时间顺序可以划分为三个阶段。第一个阶段是1955年到1956年,创作了以《致青年公民》为总题的政治抒情诗。这一时期的郭小川注重诗歌的宣传动员作用,因而所创作的诗歌可以说是昂扬着热情的战歌,以磅礴的气势和炽热的激情展现了人们在社会主义革命和建设过程中的精神风貌。另外,郭小川这一时期的政治抒情诗用火热的激情、高昂的格调,向广大青年提出了如何在新的时代中看待人生、青春的重大命题。但是,这一时期的很多诗作缺乏艺术性,从而在一定程度上制约了这些诗歌的艺术成就。第二个阶段是1957年到1960年,这一时期也是他一生的诗歌创作中最复杂且最值得珍视的时期。此时的郭小川逐渐意识到文学必须要从人民群众的生活中提炼出来,因而开始不满足于单纯的起政治宣传鼓动作用的政治鼓动诗创作,甚至对他曾经写过的那些政治性的句子感到不满。基于此,他的政治抒情诗开始着眼于人民群众复杂的生活,开始追求深沉的情感内涵,以表达具有创建性的思想。因此,他在这一时期创作的抒情叙事长诗《致大海》《望星空》《白雪的赞歌》和《深深的山谷》等,都是围绕着革命人生以及个体的精神世界来展开的,显示出其对人生的深入思考以及由政治性的语言鼓动人民参加斗争到以生动鲜明的艺术形象感染人民参加斗争热情的转变。其中,《深深的山谷》写一位叫"大刘"的女主人公对自己一段刻骨铭心的爱情生活的回忆:她"从遥远的南方走向陕甘宁边区",在投奔延安的途中,她被一位青年袭来的目光所击中,后来这位英俊的青年成了她的伴侣,并一起在宝塔山下度过了一段富于罗曼蒂克诗意的幸福时光。这位青年因反抗反动统治投身革命,但孤傲的个性、个体人生价值的追求、知识分子的优越感和清高,使他觉得自己无法真正与"战斗的集体协调",尖锐的斗争和对痛苦的恐怖,使他一直在矛盾

## 第四章　中华人民共和国成立十七年时期(1949—1966年)的文学创作

的思想旋涡中苦苦挣扎。在一次日寇大扫荡时,他终于经受不住艰苦斗争的磨难,也不顾大刘的劝说,跳崖自尽。诗作展示了女主人公的情感遭遇,也揭示了在走向革命的征途中,知识分子内心的痛苦与困惑。第三个阶段是1961年到1966年,也是他的政治抒情诗创作成熟的时期。在这段时期,他深入祖国建设的第一线,以自己的所见、所闻、所感为基础,创作了《林区三唱》《甘蔗林——青纱帐》《厦门风姿》等对中国人民的乐观精神,励精图治精神,不怕困难、坚持不懈的精神等进行了表现与讴歌。另外,这些诗作在思想内容的呈现、语言的组织与运用等方面也更加成熟。

总的来看,郭小川在十七年时期的政治抒情诗创作,取得了较高的艺术成就。首先,郭小川的政治抒情诗对时代的生活以及人们的战斗人生有着生动而深刻的反映,并将革命者的抒情主人公形象巧妙地融合在了时代之中,洋溢着时代斗争的激情。因此,在郭小川的政治抒情诗中,他不仅会提出人们在当前所面临的问题,还会尝试对这些问题进行回答。比如,在《向困难进军》一诗中,他不仅提出了人们在当前的社会主义建设中所面临的困难,而且指出了年轻一代应如何解决这些困难:

> 让我们
> 以百倍的勇气和毅力
> 向困难进军,
> 不仅用言词
> 而且用行动
> 说明我们是真正的公民!
> 在我们的祖国中
> 困难减一分
> 幸福就增长几寸,
> 困难的背后
> 伟大的社会主义世界
> 正向我们飞奔。

其次,郭小川在进行政治抒情诗创作时,十分重视对抒情主人公的塑造,而且他所塑造的抒情主人公多是一个标准而鲜明的无产阶级战士的形象。他们不仅热爱祖国,而且有坚强的意志,还以饱满的热情积极参与到祖国建设之中。通过这样的抒情主人公形象,诗人表达了自己对美好生活的展望,并呼唤年轻一代都要积极参与到社会主义祖国的建设之中。比如,《厦门风姿》一诗表面上描写的是厦门的美丽风光,但由于厦门处于海防前线,因而诗人实际上是赞颂了处于海防前线的无产阶级战士,肯定了他们的爱国情感。

再次，郭小川在进行政治抒情诗创作时，往往在浓郁的抒情中融入深刻的哲理，从而实现理与情的统一。此外，他还善于在平凡的事物和形象中发现或表现哲思，以激发起读者的爱国情感。比如，《望星空》一诗从内容上来看，是由两部分构成的。在第一部分，诗人着重塑造了"我"这一革命战士的形象，展现了"我"在面对浩瀚星辰时的所思和所想；在第二部分，诗人对人民大会堂的灯光进行了生动的描写，这表明诗人不再沉湎于望星空的幻想，而是关注社会现实，为赞扬社会主义建设者及其人格精神做铺垫。从整体上来看，整首诗从幻想转向现实，在展现了诗人独特思考过程的同时，使诗歌具有了哲理的光辉。

最后，郭小川在进行政治抒情诗创作时，注重对诗体的形式进行探索与创新。在他的诗中，既有"楼梯式"自由体诗歌（如组诗《致青年公民》），也有"散曲"式的自由体诗歌（如《将军三部曲》等），还有民歌风味的自由体诗歌（如《大风雪歌》等）。可以说，郭小川在诗体形式方面的探索与创新对推动我国当代诗歌的发展产生了重要影响，此外，郭小川的政治抒情诗创作也对西方的现代主义诗歌创作手法进行了借鉴与吸收。比如，《甘蔗林——青纱帐》一诗运用了象征手法。诗人以自己锐利的独特目光和对时代本质的深刻理解，用"甘蔗林"象征新老代在和平的建设年代中所共同从事的甜美事业，用"青纱帐"象征革命战争岁月以及老一辈革命者的艰苦奋斗精神。

## （二）贺敬之的政治抒情诗创作

贺敬之（1924—　），山东枣庄人。他曾在延安鲁迅艺术学院学习，这深刻影响了其文学创作。1940年，他开始尝试自由体形式的新诗创作，取得了一定的成就。1945年，他参与创作了大型歌剧《白毛女》。中华人民共和国成立后，他一直担任文艺领导工作，诗歌创作的数量虽有所减少，但艺术成就较高。

贺敬之在十七年时期的诗歌创作主要包括两部分，其中一小部分是篇幅较小的抒情诗，如《回延安》《桂林山水歌》《梳妆台》《又回南泥湾》等，突出表现诗人真切的生活感受，写得朴实而情感真挚；绝大部分诗作是以歌颂祖国、党和人民为主题，并努力将政论、哲理和抒情紧密结合在一起的政治抒情诗，如《放声歌唱》《十年颂歌》《雷锋之歌》《西去列车的窗口》《八一之歌》等。

作为新中国主流意识形态的阐释者和宣传者，贺敬之在十七年时期创作的政治抒情诗无论在思想上还是艺术上，都是完全符合当时艺术规范的。从取材来说，诗中表现的内容无一不和时代风云、政治事件密切相关，即贺

## 第四章　中华人民共和国成立十七年时期(1949—1966年)的文学创作

敬之的政治抒情诗每一首都与一个重要的事件或重要的时刻有密切的关系。比如,《放声歌唱》是诗人为纪念中国共产党诞生35周年而创作的,《雷锋之歌》创作于轰轰烈烈的学雷锋运动中。此外,贺敬之的政治抒情诗在展现重大的时代问题时,有两个鲜明的特点:一是运用开阔的视野,将历史与现实相结合,从而在展现出当代英雄形象的同时,表现出磅礴的气势;二是注重政治议论与主观抒情、抽象概念与生动形象的融合,从而避免了政治说教的枯燥。

贺敬之在十七年时期创作的政治抒情诗气势是豪放磅礴的,格调是高昂奔放的,意境是壮大开阔的,因而其还渗透出浓重的革命浪漫主义色彩。他的政治抒情诗中洋溢着充沛的政治激情,充满了浪漫想象,在对现实生活进行反映的同时与理想融会贯通,从而在对无畏的英雄气概和崇高的革命理想进行展现时表现出了革命浪漫主义色彩。比如,《放声歌唱》的末章展现了对未来的憧憬,《雷锋之歌》的篇末在抒发对英雄精神的感悟基础上,激昂地呼唤革命青年集结在阶级大军的队伍中,在"革命人生的路上",昂首阔步,高歌猛进。另外,他的政治抒情诗中运用了高山大海、千里高原、万里海疆等威武宏大的物象和红日、红旗、绿水等鲜艳的色彩,这使得诗中的浪漫气氛得到进一步增强。比如,在《桂林山水歌》里,诗人眼中的山和水如"云中的神啊,雾中的仙",像"情一样深呵,梦一样美",山有神,水有情,增添了诗作的艺术感染力。

追求形象的生动,也是贺敬之在十七年时期创作的政治抒情诗的一个重要特点。他在进行诗歌创作时,总是会融入自己的知识、见闻和斗争经历等,从而使诗歌的形象更加具体且富有个性,诗歌所呈现的画面也更加明朗。比如,在《雷锋之歌》一诗中,他生动形象地展示了全国人民掀起的学雷锋活动:

> 那红领巾的春苗呵
> 面对你
> 顿时长高;
> 　那白发的积雪呵
> 　在默想中……
> 　顷刻消溶……
> 今夜有
> 灯前送别;
> 　明日有
> 　路途相逢……

"雷锋……"
　　两个字,说尽了
　　亲人们千般叮咛;
　　"雷锋……"
　　——一句话,手握手,
　　陌生人红心相通……

　　贺敬之在创作政治抒情诗时,在诗歌艺术表现形式的民族化方面也进行了有益的探索,其表现主要有两点:一个是走民歌和古典诗词相结合的道路,在民歌体写作方面下功夫;另一个是致力于对"楼梯式"进行民族化的改造。当然这些探索都是在当时流行的诗歌理论、创作规范允许的范围内进行的。比如,在《西去列车的窗口》等诗中,运用了信天游或爬山调的二行诗体以及古典诗歌的意境章法,但也进行了一定的改造,使其能更好地表达诗歌的情感。至于"楼梯式",虽然是直接借鉴苏联诗人马雅可夫斯基的诗歌形式,但诗人运用时依据中国传统诗歌的表现手法对其进行了一定的改造,创造了富有中国特色的"楼梯式"自由体,更加具有对称美和整齐美。

## 二、生活抒情诗的创作

　　在十七年时期,与政治抒情诗并存且主导着诗歌创作的另一个方向的是生活抒情诗的创作。生活抒情诗是一种运用写实的手法,真切表现新时代、新人物的诗作。同时,生活抒情诗也注意对艺术美的追求,重视诗歌意境的营造。创作生活抒情诗的代表诗人有闻捷、李季、李瑛和张志民等,其中成就最大的是闻捷、李季和李瑛。

### (一)闻捷的生活抒情诗创作

　　闻捷(1923—1971),原名赵文节,江苏丹徒人。他少年时家庭贫困,曾当过煤场学徒。抗日战争爆发后,他到武汉参加了抗日救亡演剧活动,后辗转到延安。从1944年起,他开始了文学创作,涉及诗歌、小说、散文、剧本等多种体裁,其中诗歌的成就最大。1971年1月10日,闻捷逝世,终年48岁。

　　闻捷在十七年时期创作的生活抒情诗,从题材方面来看是十分丰富的,有赞美劳动生活的,有歌唱美好爱情的,有描绘少数民族生活风貌的。但不论是哪一种题材,都是诗人对新生活的赞美。此外,闻捷在进行生活抒情诗创作时,无论是抒发情感还是表现主题,都是通过对具体生活画面的描绘来

## 第四章　中华人民共和国成立十七年时期(1949—1966年)的文学创作

完成的,而且所涉及的情节、人物等都是十分简单的。比如,在《晚归》一诗中,诗人通过描写傍晚牧归的喧闹生活场景,将人们喜悦的心情形象地展现出来;在《猎人》一诗中,诗人设计了一个十分简单的情节,即"打狼模范"苏木尔出发打猎时点燃的香在其归来后仍未燃尽,从侧面烘托了苏木尔高超的打猎技术;《志愿》一诗中,诗人塑造了一位有着"比山还高比草原还宽"的蒙古姑娘林娜的形象,从而展现了新时期劳动者的精神风貌。

闻捷的生活抒情诗在构思方面,也是比较新颖的。比如,他在描写与歌颂爱情时,总是会将其与新时代、新生活相联系,从而表明了对祖国未来美好生活的憧憬。《葡萄成熟了》《苹果树下》《舞会结束以后》等都是描写与歌颂爱情的诗作,而青年们的爱情是在劳动中萌发的,由此诗人将爱情与劳动有机地融合在一起,从而在展现了青年们美好爱情的同时,表明了对新生活的赞美。

《天山牧歌》最能集中反映闻捷生活抒情诗的风格特色。此外,《天山牧歌》称得上是我国第一部真实表现边疆少数民族农牧生活的田园牧歌集。我国诗坛自古以来多田园诗而少牧歌。由于长期的民族隔阂,诗人们很少涉足边塞地区为当地牧民歌唱。即使是盛唐时期反映大西北边塞生活的边塞诗,也主要是抒发边关将士杀敌建功的豪情壮志,吟唱征人于役在外的思乡之情,却罕见为西域少数民族的游牧生活而歌唱的牧歌,这就造成了中国诗歌文体的一大空缺。闻捷的《天山牧歌》热情地为维吾尔、哈萨克、蒙古等兄弟民族的农牧生活歌唱,并以"牧歌"为诗集题名,表现出一种高度自觉的创新意识,从诗体和题材两个方面填补了我国诗歌创作的空白。另外,从诗人最初将这些诗作结集命名为《生活的赞歌》,也可以看出诗人歌唱生活、赞美时代的创作意图。

对美好爱情进行歌唱的诗歌,是《天山牧歌》中最为引人注目的部分。比如,《夜莺飞去了》采用起兴手法,表现了一位像夜莺一样可爱的青年,在参加石油城建设时仍然眷念着家乡和美丽多情的姑娘,诗作将坚贞的爱情和缠绵的乡恋与自觉履行建设祖国的神圣职责结合起来。当然,这些爱情诗以现在的标准看来还是有一定局限的,由于未能摆脱当时主流话语的影响而将劳动作为支配人们爱情观的唯一标准,因而使诗歌丧失了一部分真实性。

### (二)李季的生活抒情诗创作

李季(1922—1980),原名李振鹏,河北唐河县人。抗日战争时期,他一边从事抗战工作,一边进行文学创作。1946年,他的诗作《王贵与李香香》发表,引起了诗坛的关注。中华人民共和国成立后,他在长篇生活抒情诗的创作方面取得了重要成绩。1980年3月8日,李季去世,终年58岁。

李季在十七年时期创作的生活抒情诗,着重表现了劳动人民的美好思想及其为美好生活所做出的努力,并艺术地表现了中华人民共和国成立后人民团结一致、奋发向上的时代精神。《杨高传》可以说是李季生活抒情诗的代表作。

《杨高传》是李季酝酿十多年之久才创作的一部英雄传奇,在中国当代诗歌史上有着重要的地位。这是一部生活抒情长诗,围绕着主人公杨高的成长历程,生动地再现了中国历史上的几个历史事件,包括土地革命、抗日战争、解放战争和社会主义建设等,从而表明了新生活的来之不易。此外,诗中在展现杨高的成长历程时,刻意安排了一系列"巧合"情节。这不仅有助于更立体地塑造杨高这一革命战士的感人形象,而且使诗歌具有了一定的传奇色彩。

杨高是一个孤苦伶仃的穷娃,在红军宣传员的指引下走上了革命道路,成为一个机智勇敢的小交通员、侦察员。他在烈属崔妈妈家养伤时,与她的女儿端阳产生了朦胧的感情。抗战中,他转战太行山,受伤致残后回到三边担任自卫军营长。解放战争中,在一次执行侦察任务时不幸被捕,敌人见他软硬不吃,抓来端阳逼降。最后端阳英勇献身,他被解放军救出后送进医院养伤。解放后他转业到石油战线担任钻井队党支部书记,一年后又率队奔赴柴达木,建设新油田。诗作通过叙述杨高艰难困苦、顽强战斗的一生,来反映党领导下的人民革命斗争所经历的伟大而艰难的历程。诗中颂扬了杨高那种身残志坚、不屈不挠的斗争精神,为人们树立一种人生典范。

李季认为,对于一个诗人来说,他的每一首诗不但应当在诗的主题、思想感情方面是崭新的,而且在诗歌语言、形式方面,也应当有所突破和创新。因此,他在《杨高传》中采用了浓郁的民间情调,包括民歌和北方民间说唱艺术,特别是鼓词的十字句形式,同时将民歌长于抒情、鼓词长于叙事的特点巧妙地结合在一起,从而在对社会现实进行客观再现的同时抒发了强烈的主观感情。

### (三)李瑛的生活抒情诗创作

李瑛(1926—2019),河北丰润县人。他曾在北京大学学习,其间阅读了大量的文学作品,并开始尝试诗歌创作。中华人民共和国成立后,他一直在军队中担任文化宣传方面的职务,因而对军队和军人的生活十分了解,并以此为题材创作了多部诗集。2019年3月28日,李瑛去世,终年93岁。

李瑛在十七年时期创作的生活抒情诗,主要是围绕着解放军战士的生活展开的。他站在一个战士的角度,对部队生活中的某一生活场景或生活

# 第四章 中华人民共和国成立十七年时期(1949—1966年)的文学创作

片段进行诗意化的描写,从而在侧面表现了解放军战士的爱国主义精神,以及革命战士宽广的胸襟和高度的革命觉悟。比如,《哨所鸡啼》中通过写黎明前的一团混沌中突然出现的"一个生命在快乐地呐喊",赞颂了战士的豪迈以及威严的性格:

> 压住了千波万壑,
> 吐出了满腔喜欢;
> 嘀!是我们哨所的雄鸡,
> 声声啼破宁静的港湾!
>
> 看它昂立在群山之上,
> 拍一拍翅膀,引颈高唱:
> 牵一线阳光在边境降临,
> 刹时便染红了万里江山。

李瑛的生活抒情诗不论是从题材方面还是从主题方面来看都不够开阔,对内容的挖掘也缺少深度,这是其生活抒情诗的一个主要缺陷。不过,从艺术手法方面来说,李瑛的生活抒情诗还是有很多可取之处的。他的生活抒情诗在形式方面是比较自由的,对于行数和字数都没有太多的要求,只要能够有效地表达出诗歌的主题思想即可。比如,《在燃烧的战场》采用的是两行一节的形式,《雨中》采用的是三行一节的形式,而《戈壁行军》中采用的是四行一节的形式。另外,李瑛在进行生活抒情诗创作时,通常会塑造一个美丽的形象,并着重对其美好的性格和心灵进行描绘。例如,《我骄傲,我是一棵树》一诗中塑造了坚强的革命战士形象:

> 哪里有孩子的哭声,我便走去,
> 用柔嫩的枝条拥抱他们,
> 给他们一只红艳艳的苹果;
> 哪里有老人在呻吟,我便走去,
> 拉着他们黄色的、黑色的、白色的多茧的手,
> 给他们温暖,使他们快乐。

诗中的战士形象即这棵树,不仅要抵御自然界中的灾难,还要为人们带去温暖,为他们的生活增加色彩,为弥补他们生活的缺陷和不幸而斗争。

对意境进行营造也是李瑛生活抒情诗的一个重要特色。他在创作诗歌之前,会细致观察并精心揣摩所要描写的事物或事件,然后在此基础上充分

发挥自己的想象力,使所塑造的形象更加生动,所塑造的意境能够使读者获得感同身受之感。例如,《边寨短歌》对战士巡逻的描写可以说是有声有色:

> 边疆的夜,
> 静悄悄,
> 山显得太高,
> 月显得太小,
> 月在山的肩头睡着,
> 山在战士肩头睡着。

在这首小诗中,诗人借助于月亮、高山等事物描绘了一幅优美的夜景图,使读者在欣赏到边疆美景的同时,也能够感受到解放军战士保家卫国的坚定意念和高大形象。此外,诗中运用了拟人化的表述手法,再加上优美意境的呈现,从而使诗歌具有了浓郁的浪漫主义色彩。

# 第二节　百花齐放的小说创作

十七年时期的小说在继承五四新文学传统的基础上,紧跟时代政策,十七年时期的小说创作主要对中国人民在共产党的领导下进行的艰苦奋斗以及中国农民在文化、道德和心理上的巨大变化进行了生动再现。同时,十七年时期的小说创作有着多样化的题材,且每一种题材的创作都取得了重要成绩,从而使这一时期的小说呈现出百花齐放的局面。在这里,将着重介绍一下农村生活题材、革命战争题材、工业题材、爱情题材和干预生活题材的小说创作。

## 一、农村生活题材小说的创作

在十七年时期,以农村生活为题材的小说不论是在创作的数量还是在创作的质量上都占据着非常重要的地位。这一时期的农村生活题材小说对农村生活进行了广阔反映,但很少会对乡村日常生活进行描写。另外,这一时期的农村生活题材小说的创作者在立场、观点和情感上与自己所要表现的农民形象一致,这在一定程度上导致小说的取材范围被限制,艺术效果被弱化。赵树理、马烽、柳青、李准、周立波、骆宾基、王汶石、丁玲、李束为等在这一时期都致力于农村生活题材小说的创作,这里着重分析一下赵树理、柳

# 第四章　中华人民共和国成立十七年时期(1949—1966年)的文学创作

青和周立波的农村生活题材小说创作。

## (一)赵树理的农村生活题材小说创作

赵树理在十七年时期创作的农村生活题材小说坚持现实主义的精神以及民间的叙述立场，着重对农村现实生活中出现的问题进行揭露。另外，赵树理在十七年时期创作的农村生活题材小说有着明显的地域特征，山西乡村的风土民情是构成他小说的重要元素，同时他擅长以农村中习以为常的生活小事，以邻里、姻亲之间的人事纠葛为主要内容来表现农村社会变迁中农民命运和思想感情的变化。《三里湾》《"锻炼锻炼"》《套不住的手》《实干家潘永福》《买烟叶》等都是赵树理农村生活题材小说的代表作，其中影响较大的是《三里湾》和《"锻炼锻炼"》。

《三里湾》在中国当代文学史中有着十分重要的地位，它是第一部对农村的社会主义改造这一历史事件进行表现的小说作品。小说中的故事发生在华北老解放区一个村庄三里湾，通过讲述这里发生的秋收、整党、扩社和开渠等运动，生动地展现了农村的农业合作化运动，并对这一运动中农民的迷茫、挣扎与内心思想的变迁等进行了形象的描绘。

与当时对农村生活和农村合作化运动进行描写的其他小说相比，这部小说有一个明显的不同，即没有将描写的重点放在农业合作化过程中农民阶级与地主阶级发生的矛盾上，而是放在了农业合作化过程中农民内部出现的矛盾以及农民思想的变迁上。小说中出现了四类比较典型的农村成员：第一类是以老中农马多寿为代表的农民成员，他是村里的土地"大户"，一直幻想着能够当上新富农，因而他对村里开展的扩社和开渠运动持反对态度；第二类是以村长范登高为代表的农民成员，他具有明显的个人主义倾向，坚持走个人发家致富的道路，因而也不支持农业合作化运动；第三类是以党员袁天为代表的农民成员，他表面上听党的话、支持农业合作化运动，实际上在老婆的指使下，总是变相地给自己多留自留地，尽可能地维护自己的个人利益；第四类是以党支部书记王金生为代表的农民成员，他坚决拥护农业合作化运动，并坚持带领农民走好这条道路。以这四个人为代表的农村成员之间既有党内斗争，又有家庭矛盾，还有爱情、婚姻的纠葛，由此揭示了农业合作化运动在农民生活的各个方面所产生的影响。

这部小说在艺术上也取得了较高成就，首先是出色地塑造了一批农民形象。赵树理在塑造人物、安排人物之间的关系时，一个重要的依据便是所塑造的人物是走社会主义道路还是走资本主义道路。小说中的党支部书记王金生是有着新思想的农民代表，在农业合作化运动中始终按照党的原则办事，并有效地组织农民开展农业合作化运动，这真实地表现出站在农村社会主义改造潮流前列的农村干部的优秀品格。为了与王金生的光辉形象相映衬,小说中还塑造了范登高这一原是共产党员却在新形势下处处摆出老前辈姿态并热衷对个人私利进行追逐的反面形象,以真实表现农村的社会主义改造过程中出现的党内思想斗争的复杂性和深刻性。此外,小说中还集中刻画了"常有理""糊涂涂"等小私有者的代表形象。其次是在对人物进行塑造时主要运用了白描的手法,并注重通过日常的生活情境和故事细节来生动地展现人物的性格特征与心理变化,很少会对人物的静止心理进行大篇幅的描写。再次是小说的结构严密紧凑,情节连贯,曲折有致。最后是小说的语言充满了浓郁的农村生活气息,而且幽默情趣、明白晓畅。

当然,这部小说也有一些不足。比如,当人物形象的塑造是为了表达某种观点时,对人物形象的处理存在着过于概念化的问题;在展现人物的思想转变过程时,描写得过于简单,导致转变过程不够自然、真实;在塑造正面人物时,有意或无意地忽略了其缺点与不足;等等。

《"锻炼锻炼"》是对农村的人民内部矛盾进行反映的"问题小说",围绕着农业合作化过程中对于落后女社员——"小腿疼"和"吃不饱"的批评与教育,展现了农业合作社干部的两种工作方法之间的矛盾。面对"小腿疼"和"吃不饱"这两个合作社中的落后分子,王聚海主张"和事不表理",总是希望以平息争端了事;而杨小四等青年干部则主张通过"整风运动"狠狠地整一下她们,于是利用她们的自私设了一个圈套,并让她们落入圈套后当众对自己的落后行为进行检讨。在小说的最后,通过支书之口对王聚海那种平息事端的做法进行了肯定。很明显,在当时的意识形态背景下,作者的主观创作意图是肯定杨小四的治社有方,倒是温和朴实的王聚海反而需要"锻炼锻炼"。不过,在不同历史语境下来读这篇小说,细节和场面本身所显示的内涵大大超过了作者当时所赋予的意义。

这部小说在艺术上也取得了较高成就,情节曲折而完整;人物的塑造比较成功,而且注重通过对比、衬托的方式来展现不同人物的性格特征,通过人物的语言和行动来展现其形象;语言有着明显的口语化色彩,而且简洁、通俗、幽默风趣。

## (二)柳青的农村生活题材小说创作

柳青(1916—1978),原名刘蕴华,陕西吴堡人。他在抗日战争爆发后,到延安参加了文艺界的抗敌工作。在此期间,他也开始了自己的小说创作生涯,在小说界产生了重要影响。1978年6月13日,柳青逝世,享年62岁。

柳青在十七年时期创作的农村生活题材小说运用现实主义手法,对中国农村的社会主义革命和社会主义改造,以及对中国农民在社会主义改革

## 第四章　中华人民共和国成立十七年时期(1949—1966年)的文学创作

过程中的面貌和心理变化进行史诗性的描述,最有代表性的作品是《创业史》。

《创业史》原计划写四部,准备系统地描写农村合作化运动的全过程(第一部写互助组,第二部写初级社,第三部写两个初级社,第四部写高级社),经作者最后完成并一再修改润饰的是第一部,第二部只完成上卷及下卷的前四章。目前对于该作的研究与评论一般均以第一部为依据。由于心存那么一个宏大的计划,《创业史》第一部情节推进并不复杂,它是一部对农村社会主义改造的合作化运动进行反映的史诗性长篇小说,通过描绘渭河平原下堡乡蛤蟆滩的互助组建立、巩固和发展的过程以及第五村农民在合作化运动中思想、心理和行动,在对社会主义初期农村的历史风貌以及农业合作化运动中错综复杂的矛盾斗争进行形象展示的同时,对农民走社会主义道路的客观现实性和历史必然性进行了揭示。

柳青曾在创作谈中说过:"中国农村为什么会发生社会主义革命和这次革命是怎样进行的?回答是通过一个村庄各阶级人物在合作化运动中的行动、思想的心理变化过程表现出来。"[1]从当时国家政策出发的主题设定决定了小说人物关系的设计和安排,那就是按照对于互助合作事业的态度,将复杂纷纭而又众多的人物分成壁垒分明的两方:一方对于党提出的农村合作化运动持支持的态度,并积极配合互助合作试验,如梁生宝等;另一方对于党提出的农村合作化运动持怀疑、拒绝、抵制、反对态度,代表性人物是梁三老汉、郭世富等。小说集中描写了以梁生宝为代表的坚决走互助合作道路一方与以富裕中农郭世富为代表的坚持单干道路一方的冲突和较量,而以梁三老汉为代表的农民先是在两条道路之间摇摆不定,但最终选择了拥护互助合作运动。

这部小说在艺术上取得了相当高的成就,首先,小说以现实主义创作原则为指导,真实且生动地反映了土地改革后中国农村艰难的道路选择过程,以及中国农民在这一过程中所经历的痛苦挣扎与奋斗。其次,小说中善于通过心理描写对人物进行刻画,因而人物的塑造是比较成功的,其中又以梁三老汉这一形象最为突出。梁三老汉是一个有着复杂性格的人物,而且他的人生经历使他具有了双重性。作为一个小生产者,他受到几千年来承袭的私有制观念的影响,苦作苦熬了一辈子,渴望有自己的土地,渴望个人发家;但是,他骨子里是一个本分、务实的农民,而且善良、淳朴,因而在感受到党的温暖以及农村在党及其政策影响下发生的变化后,又逐渐意识到互助合作道路能给农民带来实惠,于是从最初对合作化政策的怀疑转变为积极

---

[1] 张钟,洪子诚,佘树森,等.中国当代文学概观.2版[M].北京:北京大学出版社,2002:244.

支持合作化道路。应该说,梁三老汉的形象真实地反映了新旧社会过渡时期农民在思想和心灵等方面所经历的艰难而痛苦的转变历程。另外,对于中国农民世世代代保存下来的通过个人的辛勤劳动来实现"发家致富"的美梦,作者在梁三老汉这个人物身上表现得非常细腻朴实、真切感人,没有简单化或丑化。因此作品出版不久,评论界就指出了这个"中间人物"塑造上的成功。最后,小说在结构上采用了19世纪西方现实主义的某些手法,用情节结构代替了故事结构,这有助于作者有更多的时间和空间对人物以及人物之间的复杂错综关系进行描述。

当然,《创业史》由于受到当时政治思想的影响,留下了很多无法弥补的缺憾,但其仍不失为一部优秀的农村生活题材小说。

### (三)周立波的农村生活题材小说创作

周立波(1908—1979),原名周绍仪,湖南益阳人。他是"左联"的成员之一,在抗日战争时期积极参加了文艺救亡运动,并开始了文学创作生涯。中华人民共和国成立后,他调任北京,在文化部编审处工作,同时坚持文学创作。1979年9月25日,周立波因病逝世,享年71岁。

周立波在十七年时期的农村生活题材小说注重对当代农村生活的变化进行生动而真实的反映,最有代表性的作品是《山乡巨变》。

《山乡巨变》以1955年到1956年的农村合作化高潮为背景,对湖南一个偏僻村落清溪乡的农民在实现农业合作化的过程中思想、情感和相互关系等发生的巨大变化进行了深刻反映。小说从团县委副书记邓秀梅乘船进入一个南方山乡从事"农业合作化运动"写起,船上的男女干部是刚刚开过县委的"三级干部会"被委派到全县各个乡去的(而县委又是根据省委会议精神,省里又是根据"毛主席的文章和党中央的决议"行事的)。可见,数千年来安步当车的古老乡村将自上而下地接受新一轮的巨大震荡和改造。作品分上下两卷,上卷从县派干部的"入乡"写到常青农业生产合作社的成立,描写的是县乡干部如何排除种种阻力在清溪乡建立初级合作社的艰难过程;下卷叙述常青社转为高级社以后的日常生产和生活情景,还描写了阶级敌人的破坏活动,最后以庆祝建社后第一次大丰收的"欢庆"一章结束全书。

生活在那样一个高度"一体化"的20世纪50年代,要求作者挣脱那个时代的意识形态氛围,充分运用独立的眼光和视角来观察理解周围世界,显然是一个过高的期望。因此,对于那时正在全国范围内轰轰烈烈开展的"农村社会主义改造"运动,周立波也像那个时代的作家一样持总体性的完全认同态度,对于国家意志所号召的农村"合作化"的正确性与合法性深信不疑,所以在作品的主题设定、人物关系设计、矛盾冲突的展开、作品的最后结局等方面,《山乡巨变》自然难脱那个时代的窠臼。小说以坚决拥护和支持合作化的人物与力量为一方(如邓秀梅、刘雨生、盛淑君、陈大春及区委书记朱明等),而以怀疑、疏离、抵制以致反对合作化的人物和力量为另一方(如盛佑亭、陈先晋、王菊生及逃亡地主龚子元等),前者动用那个时代可以动用的种种体制的、舆论的以致专政的力量,一步步说服、转化、分化、瓦解或肃清了后者,最后得到了预期中的胜利。

此外,这部小说在艺术方面也有很多可取之处。比如,小说中在对农村合作化运动这一事件及其历史进程等进行描写时,并没有将描写的重点放在"史"上,而是借助于曲笔和侧笔的方法,巧妙地融"史"在清溪乡的自然风光、风土人情以及农民的日常生活描绘之中。如此一来,小说既对农村合作化运动进行了生动展现,又真实地展现了农民在这一运动中的思想与心理变迁等,还向人们展现了一幅优美的风景风俗画。另外,小说对人物形象的塑造也是比较成功的。比如,作者在对农村基层干部的形象进行塑造时,从现实生活出发,既看到他们在思想与行动上的优点,也认识到他们的不足,从而使这一人物形象更加真实可信。清溪乡的党支部书记李月辉就是村基层干部形象的代表人物,他在合作化运动初期曾犯了右倾错误。依据当时流行的写法,犯了错的李月辉一定会被塑造成与正面人物形象相对照的反面人物典型。但是,周立波并没有采用这样的写法,而是在指出了李月辉所犯错误的同时,深入挖掘了其性格内涵,从而为这一人物谱写了一首赞歌。又如,作者在对农民形象进行塑造时,站在历史潮流的角度,对其思想性格进行了深入分析。盛佑亭是小说中塑造比较成功的一个农民形象,他经历了新旧两个时代,在性格上呈现出一些独特的特征。他乐观、善良、朴实,但又胆小怕事、爱吹牛、喜欢占小便宜,还有一些世故。周立波在塑造这一人物时,既肯定了他的优点,又对他的性格弱点进行了深入挖掘,从而使这一人物更加立体和生动,其觉悟过程也变得更为真实。

这篇小说在语言方面也有一些可取之处,介乎雅俗之间,既自然淳朴,又流畅细腻,而且人物的语言与其背景、身份等是相符合的,故能够更好地展现出人物的个性。

当然,这部小说也有一些不足。比如,一些情节的展开未考虑到是否与生活逻辑相符合,未对生活内涵进行深入挖掘与揭示,有些人物形象不够立体、丰满等。

## 二、革命战争题材小说的创作

革命战争题材在中国当代小说,尤其是在十七年的小说创作中占有非常重要的地位。十七年时期的革命战争题材小说大都对新中国艰苦卓绝的斗争岁月和惊天动地的英雄事迹进行了真实展现,不仅数量多、质量高、影响广泛,而且体裁多样,既有十分精致的中短篇小说,又有史诗性质的长篇小说。杨沫、峻青、王愿坚、梁斌、吴强、杜鹏程、茹志鹃、曲波、孙犁等都是这一时期革命战争题材小说的重要创作者,这里着重分析一下梁斌、吴强和杜鹏程的革命战争题材小说创作。

## (一)梁斌的革命战争题材小说创作

梁斌(1914—1996),原名梁维周,河北蠡县人。他曾在家乡一带进行革命活动,还曾参与河北保定二师学潮的护校运动。运动失败后,他流落北京,加入了"左联",并开始了文学创作。中华人民共和国成立后,梁斌主要在冀中一带从事地方工作,其间也坚持进行文学创作。1996年6月20日,梁斌去世,终年82岁。

梁斌在十七年时期创作的革命战争题材小说,侧重于在我国整个民主革命的广阔时代背景下,对农民在革命斗争中的成长过程进行波澜壮阔的描绘,代表性的作品是《红旗谱》。

《红旗谱》是一部规模宏大的革命战争题材小说,由三部长篇合成,对冀中农民在风雨如晦、星火燎原的革命年代的斗争进行了深刻反映。第一部《红旗谱》以反割头税斗争和保定二师学潮斗争为主要内容,对中国北方农村一个时代的阶级斗争风貌进行了生动描绘;第二部《播火记》以保定二师学潮斗争失败后冀中平原掀起的高蠡起义为主要内容,对中国农民在党的领导下的觉醒以及不畏强暴、不怕牺牲的革命英雄主义进行了高度赞扬;第三部《烽烟图》以抗日战争为背景,对抗日烽烟初起的时代面貌以及中国农民在这一背景下的心态变迁进行了生动展示。总体来说,《红旗谱》结构宏大,气势磅礴,对从第一次国内革命战争到抗日战争前夕我国北方农民革命斗争的历程进行了生动再现,反映了中国农民由自发反抗到有组织斗争的革命历史进程,同时揭示了中国革命必须有中国共产党的领导才能取得胜利这样一条"必然规律"。

梁斌在谈到小说主题的形成时说:"阶级斗争可以打倒统治者,阶级斗争可以推动社会进步,所以我肯定了长篇的这一主题。"小说在这一主题的统驭下安排了如下的情节:在"楔子"中老一辈农民朱老巩和严老祥为保住公产不被冯兰池霸占大闹柳树林。朱老明和地主对簿公堂,家产败光。这些斗争"都注定要失败"。在正文中,他们的后代尤其是朱老忠、江涛、运涛"在接触了党,党教导他们要团结群众,走群众路线的道路"之后,斗争终于"取得了很大的胜利"。小说通过这样的对比结构安排,完成了这样的主流

## 第四章　中华人民共和国成立十七年时期(1949—1966年)的文学创作

意识形态的历史叙事:"中国农民只有在共产党的领导下,才能更好地团结起来,战胜阶级敌人,解放自己。"这个主题的实现,主要是通过三代不同的农民形象来反映的。其中,塑造最为成功的是朱老忠的形象。在当时的评论界,评论家们对这一形象予以了高度认可,认为在其身上既有古代劳动人民的淳朴、善良等优秀品质,也有英雄人物敢于反抗的光辉性格,还体现出无产阶级革命时代的革命精神。

朱老忠的成长经历了新旧两个时代,因而在他的身上,既可以看到旧时代农民英雄的传统性格,又能够看到新时代农民的精神风貌。作者在塑造这一人物时,将其放在了广阔的农村阶级斗争背景之下,并着重展现了其性格发展与成长的过程。朱老忠在十几岁时就目睹了父辈农民为了生存而与强大的恶霸地主进行的反抗斗争,但父辈农民的反抗没有成功,他也只能怀着深仇大恨远走他乡,在外漂泊了整整25年。但是,在外漂泊的生活并没有使他磨平仇恨,反而对地主阶级的仇恨更加强烈,这使其具有了更加深沉和坚定的性格。与此同时,朱老忠认识到,要打倒强大的恶霸地主、打败反动政权,仅仅依靠个人是不可行的,必须要团结起所有的农民。此外,当他在受到共产党地下县委书记贾湘农的教育后,对当时的革命形势有了更加清醒的认知,对其与恶霸地主的矛盾也有了更加深刻的认识。于是,他将个人仇恨与阶级解放相联系,并从自发的反抗转入自觉的斗争,最终成长为一名优秀的无产阶级先锋战士。

在艺术形式上,《红旗谱》表现出独特的民族风格和民族气魄。作品为了描写新时代英雄人物的精神面貌吸收了"新的、活生生的群众语言",这种语言是"社会主义文学语言中不可缺少的部分"。这种文学语言的运用是小说获得"人民性"称赞的主要依据之一。另外,小说的情节连贯、描写的内容和语言都具有浓郁的民族特色和地域色彩,因而深受人们的喜爱。

当然,这部小说也有着不少的缺点,如小说中涉及的几个重大事件和主要人物的描写之间并不存在必然的内在联系;一些人物形象比较单薄,在思想、性格等方面缺少变化;等等。

### (二)吴强的革命战争题材小说创作

吴强(1910—1990),原名汪大同,江苏涟水人。他在抗日战争期间参军、入党,主要从事政治和文化宣传工作。在工作之余,他也开始了文学创作。解放战争期间,他曾亲身经历了多场战役,这为其日后进行革命战争题材小说创作提供重要素材。中华人民共和国成立后,他仍然从事与文化相关的工作,而且一直坚持文学创作。1990年4月10日,吴强逝世于上海,终年80岁。

吴强在十七年时期,最为重要的革命战争题材小说是《红日》。它是继《保卫延安》之后出版的又一部正面反映大规模国内革命战争的史诗性著作。它内容丰富,结构宏伟,场面壮观,人物众多,艺术地再现了解放战争中人民军队的英勇气概和革命豪情。小说以解放战争为背景,以陈毅、粟裕统帅的华北野战军在山东战场上与国民党整编七十四师的殊死较量为中心,通过涟水、莱芜、孟良崮三大战役,生动表现了华东野战军粉碎国民党东线重点进攻的历史过程以及我军由弱到强、从战略防御到战略反攻这一伟大历史性转折,歌颂了解放战争中人民军队的英雄气概和战斗伟力。

这部小说有着十分独特的艺术构思,主要描写了三场战役,而且这三场战役的描写有主有次、张弛自如。另外,这部小说的叙述手法是十分值得称道的。作者将笔墨重点放在与国民党整编七十四师相抗衡的军一级作战单位上,用较大的篇幅直接地、多角度地展现大规模的战役,同时又将笔触伸入到连排班这些最基层的作战单位,点面结合,既有对战争全景式展现,又有对战争局部的细致入微的描述。作品不仅描写了悲壮激烈的战争场面,而且将战争中的一切生活场景和各种人物的思想活动都有条不紊地、自然地交织在一起。既有对我军普遍的革命英雄主义的讴歌,也有对敌人内部明争暗斗、互相倾轧的表现。视野开阔而层次分明,场面宏大而结构紧凑,充分体现作者高超的叙事能力。

这部小说的人物塑造也是很有可取之处的。其中,我军军事将领沈振新是小说中塑造的一个最丰满、最富有魅力的人物形象。他出生于一个贫困的农民家庭,后参军,并经历了艰苦的长征。这样的出生与成长历程,使他形成了善良、坚毅、勇敢、果断的性格以及高瞻远瞩的革命远见,还使他坚信共产党一定能取得解放战争的胜利。此外,沈振新对待部下是十分严厉的,但这并不意味着他是一个没有人情味的人物,这从小说中对其忍痛与妻子分离时的心理描写便能看出。如此一个有血有肉的立体人物形象便展现在人们面前了。除了沈振新,国民党军整编七十四师师长张灵甫的形象塑造也是比较成功的。他是蒋介石的一名得力干将,不仅才智过人,而且战争经验十分丰富,因而国民党内部将其吹捧为"常胜将军"。作者在对这一人物进行塑造时,并没有对其进行简单化的处理,也没有像一般的革命战争小说那样极尽丑化之能事,而是比较理性、客观地呈现这个人物,这在十七年文学当中是十分难能可贵的。同时,作者切实将张灵甫作为一个独立的人物进行刻画,并重视对其心理进行生动描写,从而将其刚愎自用、色厉内荏纸老虎的本质暴露在人们面前。

这部小说中也存在着大量的日常生活场景描写。作者有意将一些轻松适意的日常生活画面自然地插入到紧张激烈的战争场面之中,从而构成了

# 第四章　中华人民共和国成立十七年时期(1949—1966年)的文学创作

一幅绚丽多姿的艺术图画。这也使得作品的结构变得有张有弛、从容自如。作者认为:战争生活实际是多方面的,既有紧张的前线战斗生活,也有比较安定的后方生活;既有激烈的战争生活,也有比较轻松的日常生活情景。我们就应当从各个方面来反映生活全貌。正是基于这样的对于战争生活的认识与理解,作品中出现不少富有情趣的生活画面,特别是对部队从将领到士兵的爱情生活的描写,在此后意识形态控制日益严密的时代氛围下是不可想象的。

当然,这部小说也存在不少的缺点,如没有充分揭示和展开我军内部的思想矛盾和斗争,从而导致作品的深度不够;缺少对我军政治思想工作的正面而深刻的描写等。

## (三)杜鹏程的革命战争题材小说创作

杜鹏程(1921—1991),原名杜红喜,陕西省韩城县人。抗日战争爆发后,他到延安参加了革命工作,并亲身经历了一些战争,这为其日后的文学创作提供了重要素材。中华人民共和国成立后,他一边工作一边进行文学创作,在文坛引起了较大反响。1991年10月27日,杜鹏程去世,终年70岁。

杜鹏程在十七年时期,最为重要的革命战争题材小说是《保卫延安》。它也是我国第一部大规模描写解放战争的长篇小说,被誉为新中国战争文学的开山作和里程碑。作品取材于1947年3月胡宗南指挥二三十万国民党军队对延安大举进攻,毛泽东、彭德怀先主动放弃后又进兵收复延安的历史事实,重点描写了青化砭伏击战、蟠龙镇攻坚战、长城线上突围战、九里山阻击战、沙家店歼灭战等重大战役的经过。作品歌颂了广大军民浴血奋战、不畏牺牲的革命英雄主义精神,充分展现了惊心动魄的战斗场面,同时也试图揭示战争取得胜利的根源以及战争胜利的来之不易。

《保卫延安》无论是从作品结构的宏阔、表现战争规模的宏大,还是从作品中英雄形象的塑造、英雄主义的基调来看,都是一部自觉追求史诗性品格的作品。早在1954年初版本出版的时候,冯雪峰就从"史诗"的角度高度评价这部作品,称它是"够得上称为它所描写的这一次具有伟大历史意义的有名的英雄战争的一部史诗的,或者从更高的要求说,从这部作品还可以加工的意义上说,也总可以是这样的英雄史诗的一部初稿"。[①] 小说以点、线、面结合的结构方式,正面地全景式描述了延安保卫战的全过程。作品以一个基层连队的战斗为主体,在微观的层面上反映整个延安保卫战的激烈程度

---

① 刘勇. 中国现当代文学[M]. 北京:中国人民大学出版社,2006:267.

及解放军战士英勇无畏的战斗精神。同时，作者重点描写了延安保卫战中的五大战役，宏观上展现了解放军由退守到反攻直至胜利的总体发展趋势。另外，作品还交代了刘邓大军挺进大别山、陈赓兵团强渡黄河、陈粟部队转入外线作战的全国战场的大背景，使延安保卫战与全国的解放进程联系起来，从而展示了波澜壮阔的历史画面。

这部小说对英雄人物形象的塑造是比较成功的，其中最为突出的是彭德怀司令和主人公周大勇的形象。作者在塑造彭德怀司令这一人物形象时，既然展现了其作为革命战士的一面，也展现了其作为普通人的一面。在战场上，他高瞻远瞩、深谋远虑、胸有成竹、英明果断，使部队获得了一场又一场战争的胜利；在平时的生活中，他不论对待小孩还是对待老人都是那么平易近人，这强化了他作为一个普通人平和、朴素的一面。这两个方面相结合，便使彭德怀司令这一无产阶级革命家的形象跃然纸上，生动而真切。周大勇被认为是当代文学中刻画得比较成功的战士英雄形象之一。作者在对这一人物进行塑造时，主要展现的是其勇敢坚毅的革命品质和灵活镇定的战斗作风，而这主要是通过其在保卫延安的几场重大战役中的表现体现出来的。另外，作者在塑造这一人物时，通过侧面描写的方式，展现了周大勇所具备的优良品质，如单纯、热爱学习、对党忠诚等。

《保卫延安》始终洋溢着革命乐观主义的激情。尽管作品对战斗的惨烈状况、解放军的人员损失也有过描述，但从总体上看，作品的基调是昂扬、奋进的。作者常常以诗一般的语言热情地赞美这场战争的神圣伟大，赞美战争中英雄们的献身精神，同时作品也充满了对敌人的蔑视与嘲笑。这种乐观的革命情怀源自作为伟大战争亲历者的"波涛汹涌般的思想感情"，也涉及革命教育意义的功利性考虑。作者试图像社会学家那样去揭示"历史的本质"，解释战争胜利的原因：党中央的英明决策、解放军官兵的英勇神武、敌人的愚蠢怯懦、军民一家的血肉关系。

不过，这部小说也有一些思想艺术上的不足，如作品对主流意识形态的强烈认同，导致其不可能跳出具体的历史时空对战争本身进行深入的反思，从而对历史缺乏洞见，对战争中的人性问题缺乏深刻的理解；人物形象塑造存在概念化的倾向，我军阵营将士形象基本上完美无缺，而敌军阵营的人物大致愚蠢胆怯，不堪一击；全书的叙事过分紧张，张弛不足。

## 三、工业题材小说的创作

十七年时期，关于工业建设题材的长篇小说创作也取得了很大成绩，从而对新中国十七年时期的工业发展状况进行了生动展现。艾芜和周而复是

# 第四章　中华人民共和国成立十七年时期(1949—1966年)的文学创作

这一时期工业题材长篇小说创作的大家。

### (一)艾芜的工业题材小说创作

艾芜(1904—1992),原名汤道耕,四川清流镇人。他曾在成都省立第一师范学校学习,毕业后浪迹于云南边疆、缅甸和马来西亚等地。1931年,他回到了国内,并于次年加入了中国左翼作家联盟,开始发表文学作品。1992年12月5日,艾芜去世,终年88岁。

艾芜在十七年时期创作的工业题材小说中,以《百炼成钢》最具有代表性。这部小说将故事的背景放在了中华人民共和国成立后的第一个五年计划时期,当时,社会的各个领域都在如火如荼地进行着改造与发展,工业领域自然也不例外。另外,小说将工业领域的改革放在了一个具体的炼钢厂中,从而将当时时代工业改革的现实状况以及人们在这一过程中所经历的矛盾与斗争生动地展现在读者面前。

小说开始于炼钢厂新任党委书记上任之时,通过其与厂长的对话表明了不论是国家的基础设施还是朝鲜战争前线都对钢铁有着很大的需求,因而必须要快速炼钢。接下来,小说围绕着工人们快速炼钢这一主线,通过讲述工人之间、干群之间、敌我之间的矛盾与冲突,着重表现了新中国的钢铁工人在革命熔炉的冶炼下成长为社会主义新人的历程。因此,小说表面上是在写炼钢,实际上真正的意旨是写人,即造就新一代的革命工人。

### (二)周而复的工业题材小说创作

周而复(1914—2004),原名周祖式,祖籍安徽旌德,出生于南京。他在上海光华大学读书期间,开始尝试文学创作。毕业后,他从事了与文化相关的工作,一直到去世之前。2004年1月8日,周而复去世,终年90岁。

周而复在十七年时期创作的工业题材小说中,以《上海的早晨》最具有代表性。在这部小说中,他运用了大跨度、多线索的艺术结构,对改造民族工商业者这一题材进行了生动、客观的表现,从而既表明了改造民族资产阶级的必要性和艰难性,也指出了工人阶级将不断成长壮大的必然趋势。

对资本家形象系列的成功塑造,可以说是这部小说最为出色的一个方面。周而复在塑造这些资本家时,既注意体现其作为同一阶级所具有的共同特点,又注意展现出其具有的差异性,从而使每一个资本家形象都是独特的。此外,周而复在塑造资本家形象时,注重对其思想性格进行刻画,以展现出民族资产阶级在新旧交替时期所经历的思想与性格变迁,以及民族资产阶级转变的复杂性和艰巨性。

## 四、爱情题材小说的创作

在十七年时期,由于"双百方针"的感召,出现了以爱情为题材的、对丰富复杂的人性进行表现的小说创作。下面具体分析一下宗璞的爱情题材小说创作。

宗璞(1928—    ),原名冯钟璞,祖籍河南唐河,出生于北京。她曾先后在天津南开大学、清华大学学习,其间开始了文学创作。毕业后,她从事了与文化、文学相关的工作,并一直坚持文学创作。

宗璞在十七年时期创作的爱情题材小说中,以《红豆》最具有代表性。这篇小说在题材上与20世纪50年代普遍地表现工农兵不同,它描述的是知识分子以及知识分子的爱情故事,并在此基础上展现了知识分子是如何进行自我改造、继而走上革命道路的。

小说的主人公是两个年轻的知识分子——大学生江玫和齐虹。江玫是一个纯真且善良的姑娘,她在一次去练琴的路上遇到了齐虹,并被他清秀的面目和迷惘的神气所吸引。后来,她又与齐虹在琴房相遇。经过一段时间的相处,两个人对彼此都更加熟悉,还因为性格、爱好以及生活情绪等方面的相似性而陷入了热恋之中。但是,他们正处于解放前夕这一重大的历史巨变时期,而且两个人逐渐形成了不同政治立场,这决定了他们的爱情是无法开花结果的。江玫由于受到地下工作者萧素的影响,产生了无产阶级革命立场,积极参加各种民主运动;而作为大银行家之子的齐虹,对于革命的态度是极端仇恨。最终,两个人分手。江玫在其他革命者的引导下,逐渐成长为一名合格的革命者,而齐虹则选择在全国解放前逃离了祖国。主人公江玫的经历,真实地反映了一个知识分子在历史关键时刻的痛苦抉择。另外,作者通过江玫进行的艰难抉择,烘托出其对革命事业的向往,对革命即将成功的盼望。

## 五、干预生活题材小说的创作

在十七年时期的小说创作中,干预生活题材的小说创作也取得了一定的成绩。所谓"干预生活题材小说",就是作者在进行小说创作时,要积极、勇敢地探索现实生活中存在的问题,并要重视打击落后的事物、促进新生事物的成长。下面具体分析一下王蒙的干预生活题材小说的创作。

王蒙(1934—    ),祖籍河北南皮县,出生于北京。他曾积极参与中国共产党组织的进步学生运动,这为其日后的文学创作积累了素材。自20世纪

第四章　中华人民共和国成立十七年时期(1949—1966年)的文学创作

50年代起,他开始尝试文学创作,至今已发表了多部优秀的小说作品。

作为一个少年时期就投身革命队伍的作家,王蒙在自己的创作中始终保持着强烈的政治责任感和社会使命感。因此,他的创作"干预生活",关注社会人生,善于表现重大、尖锐的社会矛盾冲突。王蒙在十七年时期的干预生活题材小说创作,以《组织部新来的年轻人》为代表。

小说将故事的背景放到了区委组织部,通过新来的年轻干部林震对组织部日常工作的观察与思考,揭露了社会主义现代化建设中存在的思想僵化、官僚主义等问题,并明确指出只有解决了这些问题,社会主义现代化建设才能顺利进行并取得成就。林震是一个有理想、有朝气、富于原则性和正义感的年轻人,当他被调往北京某区委组织部时,他感到十分兴奋,认为自己可以在组织部中实现自己的理想。可是,当他深入到组织部之后,却发现这里存在很多问题。不过,他并未因此气馁,而是决定匡正组织部中存在的问题与不合理现象。于是,在林震的身上,一场关于理想与现实的冲突便展开了。可以说,作者在林震身上融入了自己对生活的感受、认识和理想。

这篇小说最为突出的一个特点,就是表现了反官僚主义的主题。而这一主题,主要是通过对官僚主义形象的塑造来实现的。韩常新、刘世吾等便是官僚主义形象的代表,其中,韩常新是组织部的新任副部长,他在乎的只有数字而不管实际情况,擅长的是听汇报、下命令和作报告。刘世吾是组织部的常务副部长,他曾参加过革命,是一个集能力、魄力和经验于一体的革命者,因而被认为是组织部的灵魂。但是,多年的政治生活已使他疲倦不堪,人性也逐渐发生了异化。他不再具有顽强的革命意志,认为一切"就是那么回事"。通过对刘世吾这一人物蜕变的描写,作者揭露了官僚主义对党和人民的危害,并进一步指出新政权必须要谨防旧官场陋习的侵蚀。

## 第三节　抒情散文与报告文学的创作

十七年时期可以说揭开了社会主义时期散文创作的新篇章。在这一时期,散文家们在散文的表现手法和艺术形式上进行了探索,使散文的创作走向了繁荣。与此同时,以表达个人情感与体验为主要特征、带有鲜明个人色彩的抒情散文以及能够更为直接、迅速地反映新时代的新生活的报告文学在这一时期的发展成果最为引人注目。

## 一、抒情散文的创作

在十七年时期的文学创作中,抒情散文的创作取得了十分重要的成就。杨朔、刘白羽、秦牧等都是这一时期杰出的抒情散文作者,下面具体分析杨朔和秦牧的抒情散文创作。

### (一)杨朔的抒情散文创作

杨朔(1913—1968),原名杨毓瑨,出生于山东蓬莱。抗日战争爆发后参加革命。1938年发表了处女作中篇小说《帕米尔高原的流脉》,解放战争期间,写了《北黑线》《英雄列车》《血书》《北线》《望南山》等多部小说作品。1950年,他参加了抗美援朝战争,1954年回国后写作了大量通讯和散文。1968年8月3日,杨朔去世,终年55岁。

杨朔的抒情散文,有着鲜明的时代精神,也有着丰富的主题,或是表现战士们保家卫国的英勇精神,或是表现普通劳动者在社会主义祖国建设中的辛勤劳动和无私奉献精神,或是表达自己对于新生活的向往与憧憬,等等。另外,杨朔在进行抒情散文创作时,还"常常在寻求诗的意境"。1959年,杨朔明确地提出了诗化散文的艺术主张,即主张从日常生活中的、看起来极其平凡的事物中提炼动人的诗意,进而对时代的脉搏进行把握和展现。他是这样主张着,也是这样孜孜不倦地实践着。例如,《茶花赋》一文借助绚丽的茶花,对祖国的欣欣向荣进行了展现;《香山红叶》一文借助艳艳红叶,寄寓了久经风霜、到老愈红的革命精神等。另外,杨朔的抒情散文充满了诗意的语言,既有散文语言的优美、清新、活泼、细腻,又融入了诗歌语言的含蓄、隽永、精粹。他经常在写散文时像写诗那样注意推敲字句,如《香山红叶》中的句子"这一片曾在人生中经风吹雨打的红叶,越到老秋,越红得可爱",运用了"老秋"而不是"深秋",是因为写的是人,而且点明了人和红叶之间的关系,可谓非常精妙。在杨朔的散文中,类似的句子比比皆是,充分显示出作者高超的语言写作技巧。

杨朔在进行抒情散文创作时,也十分注重意境的营造。另外,他在对意境进行营造时,往往会运用多样化的表现手法(如托物言志、借景抒情、比兴等),巧妙地将景物抒写和人物描写交织在一起,达到情景一体、物我一致的境地。比如,在《荔枝蜜》一文中,作者在描写荔枝林和蜜蜂的同时,也描写了养蜂人,并赞美了养蜂人的辛勤劳动;在《雪浪花》一文中,作者在描写不断对礁石进行冲击的浪花的同时,也描写了为建设新生活而默默劳动的"老泰山"的精神。很明显,这两篇抒情散文都是将景物抒写与人物抒写融合在

## 第四章　中华人民共和国成立十七年时期(1949—1966年)的文学创作

一起,从而在赞美所描写景物的同时,也赞美了普通的劳动人民。

杨朔在进行抒情散文创作时,还十分注重结构布局。他常常从大处着眼、小处落墨,抓住一人一事、一景一物生发联想。此外,他在进行抒情散文创作时,往往开头部分会写得自然且富有生趣;中间部分的内容会呈现曲径通幽、往复三折的效果;结尾部分往往起着画龙点睛的作用,意在传达出一定的寓意。对于杨朔抒情散文结构形式的这一特点,可以《荔枝蜜》一文为例进行具体说明。在这篇散文的开头,作者先是描写了自己对蜜蜂的疑惑和恐惧,接着写的是自己遇到了荔枝林;之后,作者转换笔锋,由荔枝林联想到荔枝蜜,并想要去看一看蜜蜂;接下来,作者见到了蜜蜂,并看到了蜜蜂的辛勤工作,还在养蜂人老梁介绍蜜蜂的过程中认识到蜜蜂的高尚精神;到了文章结尾时,作者写自己在梦中变成了一只小蜜蜂。就整篇文章来说,开头写得十分平淡,但中间层层深入、曲折有致,结尾更是表达了作者的真情实感,结构布局之巧可见一斑。

杨朔的抒情散文对锤字炼句也十分讲究,有许多散文常常撷拾古典诗词,不仅增加了散文语言的凝聚力和精确度,而且强化了散文艺术的美感。比如,《雪浪花》中有"叫浪花咬的"句子,一个"咬"字用得非常传神。

当然,杨朔的抒情散文也存在一些局限性,如总是将颂赞之情溢于笔端,显得空洞且不够真实;结构多有雷同之感,而文学创作最忌讳的就是模式化与定型化,一旦一种艺术创作走向了定型化,便会落入现代八股的窠臼,再也无法为读者提供心灵的创造性满足;语言微露斧凿的痕迹等。不过,杨朔的抒情散文在中国散文史上仍占有重要的地位。

### (二)秦牧的抒情散文创作

秦牧(1919—1992),原名林觉夫,祖籍广东澄海县,出生于香港。3岁时随父母侨居新加坡,直到1932年才回国,并开始以"顽石"为笔名在报刊上发表文章。中华人民共和国成立后,发表了几百篇散文作品,结集为《贝壳集》《星下集》《花城》《潮汐和船》《艺海拾贝》《长江浪花集》《长街灯语》《花蜜和蜂刺》《晴窗晨笔》《秋林红果》等。1992年10月14日,秦牧因心脏病去世,终年73岁。

秦牧的抒情散文题材多样,内容广博。秦牧是一个驾驭题材的能工巧匠,我们读秦牧的作品,仿佛在生活和知识的海洋中畅游,就像参观一座"花城",五光十色,令人目不暇接,流连忘返。一草一木、一山一水、一事一物,上下几千年、纵横数万里,宇宙之大昆虫之微,无所不包无所不谈,并善于旁征博引,援古论今,连类无穷。对于秦牧来说,没有什么不可以状写,没有什么不可以描绘。不过,秦牧的抒情散文从不拘泥于一事一物,而是对其作多方面的开拓。因此,他的散文起初感觉思想较狭窄,但随着联想的展开、材料的增加以及体会的深入,思想变得越来越开阔,文章也越来越生气勃勃。比如,《菱角的喜剧》一文中涉及诸多方面的知识,如植物、动物、化学、物理、人体学等,但作者首先从"菱角的家族"写起,并体悟到"同中见异"的辩证唯物主义哲理;接着从菱角写到蝗虫、蝴蝶、碳水化合物的种类和人类间的种种差异,进而得出必须掌握事物的特殊性这一认识论的真理。需要注意的是,秦牧的散文虽然不拘泥于一事一物,但都围绕着一个"中心"展开叙述,形散而神不散。

　　秦牧在进行抒情散文创作时,还自觉地将思想性、知识性和趣味性溶于一炉,犹如花的形、色、香那样和谐统一。秦牧的散文知识性很强,这与他本人的学识渊博与知识储备关系密切,他是一个博闻强记的人,"举凡天文、地理、人情、世态、山川、名物、文学、艺术,他都广为涉猎;历史、传说、典故、见闻、奇谈、趣事、异域异论,他都锐意搜求。"他将社会百科看似很随意地融入到散文之中,使人于不知不觉中获取了知识,同时又得到了审美快感。为了实现这一散文创作原则,秦牧在进行散文创作时常常采用夹叙夹议的笔法,并借助描绘山川、谈天说地、道古论今、辨析名物等方式对人生的见闻和感受进行抒写,以期引起人们的思考。比如,《土地》一文以土地为对象,作者面对着大地展开了深广联想,丰富的生活知识和历史知识如百川汇海般聚之笔下,同时,作者对这些知识进行了精辟分析,从而使蕴藏其中的爱国主义思想、人民热爱祖国土地的深厚情感以及保卫祖国领土的坚强精神显现了出来;《海滩拾贝》一文中,作者介绍了名目繁多的、瑰丽神奇的贝壳,同时对其在人类的历史以及人们的生活中起到的重要作用进行了分析,从而向人们展示了"事物之间复杂、变化的道理"以及"没有无数的渺小,就没有伟大。离开了集体,伟大又一化而为渺小"的道理,进而告诫人们要始终将自己看作未知的真理大海面前的一个拾些光滑的石块或美丽的贝壳的小孩子。

　　新奇、奇妙也是秦牧抒情散文的一个重要特点,他总是在大量真人真事中,选择那最有代表性、最强烈动人的事情下笔。因此,他的作品不落窠臼、别开生面。另外,在写作过程中,他还能把看起来相距甚远的东西联系在一起,使人读起来感觉十分奇妙。比如,在《长街灯语》一文中,作者将长长的街灯与蝴蝶闪光的触角相联系起来,这由此及彼的联想是既奇特又新鲜。眼前的景观也因之而由静态变为动态,栩栩如生。接下来作者又由街灯联想到"一颗颗珍珠""一串串葡萄""一朵朵梅花",引领读者进入一个迷人的童话世界,去领略那诗情画意,去接受美的熏陶。

　　秦牧的抒情散文在语言上流利酣畅、凝练生动,并能依据表情达意的需

第四章　中华人民共和国成立十七年时期(1949—1966年)的文学创作

要对笔墨进行变化,不仅能传达出"金戈铁马"之慨,还能展现出"吹箫踏月"之致。他常常将生动的描绘插在亲切的理性诉说之中,且在关键处写得强烈而集中,有研究者将其这种行文作风归纳为"林中散步"和"灯下谈心"。他还常常运用抑扬顿挫的音节或是一连串的排比句,构成了声情并茂的语言气势。另外,他能恰当采纳古语、成语、口语和外国文学中富有生命力的语言,妙语、警句以及精彩的比喻时时在那自然流畅的文字里闪射出动人的光芒,使得写景状物栩栩如生,叙事抒情娓娓动人,剖析事理津津有味。比如,《海滩拾贝》一文中的词汇丰富且用词精确,排比和拟人的修辞运用也十分精妙,从而使得丰富的知识和深刻的哲理交织成了一个"哲理和诗的境界"。

不过,秦牧的散文中,有些散文会对同样的知识材料进行多次运用,从而导致散文失去新意;有时围绕一个中心罗列太多材料,有冗杂拖沓之嫌;过于注重知识的丰富和道理的阐明,影响了抒情性等,在一定程度上影响了其散文的思想和艺术魅力。

## 二、报告文学的创作

魏巍(1920—2008),原名魏鸿杰,出生于河南郑州。1937年抗日战争爆发后,他参加了八路军,并于第二年加入了中国共产党。从1939年到1940年,魏巍写下了不少诗歌。解放战争期间,又写了《寄张家口》《开上前线》《白窑子战斗赞歌》《两年》等诗歌,并出版了诗集《两年》。中华人民共和国成立以后,他曾前后三次赴朝鲜,并写了《朝鲜人》《汉江南岸的日日夜夜》《谁是最可爱的人》《写在凯歌声里》等十五篇报告文学,对抗美援朝战场上惊天动地的英雄事迹进行真实而生动的报道,对中国人民志愿军的伟大精神和崇高心灵进行了深刻揭示,对中朝两国人民的血肉情谊进行了高度赞扬,引起了很大的反响。1978年,他完成了抗美援朝题材小说《东方》。2008年,魏巍因病去世,享年88岁。

魏巍的散文以文艺通讯为主要形式,由于它属于广义报告文学的范畴,也常常把它称为报告文学。魏巍在十七年时期的报告文学作品主要有《谁是最可爱的人》《幸福的花为勇士而开》《春天漫笔》等,这些报告文学作品可以说是强烈的现实性、深刻的哲理性、高昂的战斗性的和谐统一。他自觉地站在时代的前哨,善于把握跳动着的时代脉搏,具有敏锐的嗅觉和视觉。同时,这些报告文学作品"把众多勇士的壮举、强者的坚韧和英雄的献身熔铸为一个时代的形象——'最可爱的人',集中表现了作者和人民群众对战士的热爱敬仰之情,'最可爱的人'已普遍地成为人民对子弟兵的最亲切的称呼,且经久不衰";①以极度浓缩的场景和人物的特写对"最可爱的人"的内在情思进行了深入开掘。

《谁是最可爱的人》是魏巍报告文学的代表作,不仅奠定了他在中国当代报告文学史上的名家地位,而且显示了中华人民共和国成立初期报告文学最重要的创作成就。这篇报告文学在《人民日报》头版头条发表后,毛泽东指示印发全军学习,周恩来总理所作的第三次文代会的报告里将它作为一大成果写进去了,它还被选进了中学语文教材。在这篇报告文学中,作者将镜头聚集在三幅画面上,第一幅画面是保留着各种搏斗姿势的烈士遗体;第二幅画面是两次冲进烈火中救护朝鲜儿童的年轻战士马玉祥;第三幅画面是防空洞中就雪吃炒面的以苦为荣的普通战士的心灵描绘。文中就是通过这三个既各自独立又珠联璧合的特写,相当完整地记录了中国人民志愿军支援朝鲜人民反美斗争的历史功绩,对中国志愿军战士的崇高精神和伟大胸怀进行了层层深入的展示。

魏巍报告文学作品的语言也很动人,优美而不浓艳,朴实而不平板。他善于运用衬托、比喻、夸张、设问、排比等修辞手法,结构也较自然严谨,脉络清晰。在《谁是最可爱的人》中,首尾两大段、中间三小段(分插在 3 个故事之间)是反诘式的直白。这几处感情直白,是辩又是驳,是发问又是判断,是征询又是说服,含蓄蕴藉,无限深情,引人共鸣。

魏巍的报告文学还经常以抒情性的议论对情节的开展和思想的深化进行推动,因而他的报告文学的开篇、结尾以及场景转换处常常运用浸润了浓郁诗情的文句以及蕴含着深刻思想的议论,既情理贯通,又意蕴酣畅。时至今日,魏巍的报告文学仍具魅力,这是因为他"钻进了这些可尊敬的人民的灵魂里面,并且同自己的灵魂融合在一起,以无穷的感动与爱,娓娓地进出这灵魂深处所包含的一切感觉"。②

# 第四节 戏剧的多元化发展

十七年的戏剧在继承和发展了解放区戏剧的现实主义传统基础上,开拓了戏剧创作的题材和种类,使新歌剧、话剧、历史剧等都获得了一定的发展。其中,发展最快、成就最大的是话剧的创作。

---

① 金汉. 中国当代文学发展史[M]. 上海:上海文艺出版社,2002:89.
② 丁玲. 读魏巍的朝鲜通讯——《谁是最可爱的人》与《冬天和春天》[J]. 文艺报,1951(3).

# 第四章　中华人民共和国成立十七年时期(1949—1966年)的文学创作

## 一、新歌剧的创作

在战争时期的文学创作中,新歌剧已走向了成熟,代表性的剧目便是《白毛女》。在中华人民共和国成立后的十七年文学发展中,新歌剧的创作进入了高潮,其中代表性的剧目是《洪湖赤卫队》《江姐》。

《洪湖赤卫队》是为了庆祝中华人民共和国成立十周年而创作的,编剧是杨会召等,作曲者是张敬安、欧阳谦叔。歌剧中的故事发生在土地革命时期的湖北洪湖地区,通过讲述以洪湖赤卫队党支部书记韩英、队长刘闯为代表的共产党人,为了保卫农村苏维埃政权,保卫翻身解放的胜利果实,与彭霸天、白极会、保安团、叛徒等反动势力展开的殊死斗争,谱写了一首大智大勇、宁死不屈的英雄诗篇,再现了革命先辈在中国共产党领导下为中国人民的翻身解放而斗争的历史画卷。

这部歌剧的结构张弛相间,跌宕多姿。全剧一共六场,第一场敌人猖狂反扑,枪声紧密,赤卫队员摩拳擦掌,剑拔弩张;第二场彭霸天宴宾庆寿,张灯结彩,气氛为之一变,第三场在轻快舒畅的歌声之后,敌人围攻,韩英被捕,气氛突转紧张;第四场大段抒情歌唱;第五场营救韩英,处决王金标,情节跌宕顿生;第六场奇袭成功,枪毙彭霸天。一张一弛,张弛相间,与观众的审美心理是相符合的。此外,这部歌剧的歌词通俗易懂,诗意浓郁,曲调优美流畅,声情并茂。它的音乐以天沔花鼓戏和天门、沔阳、潜江一带的民间音乐为主要素材,同时在创作中较好地运用了欧洲歌剧主题贯穿发展的手法和戏曲板腔体的结构原则,营造了连贯的戏剧冲突,刻画了生动的人物形象,在民间音乐个性化、戏剧化方面取得重大收获。剧中的主要唱段《洪湖水,浪打浪》《没有眼泪,没有悲伤》《看天下劳苦大众都解放》等都成为民族歌剧的永恒之作。

《江姐》是中国新歌剧又一可喜的收获,编剧是阎肃,作曲者是羊鸣。歌剧反映了解放战争时期,川东地区地下党为配合我军战略反攻,解放全中国,同国民党反动派进行的一场尖锐、复杂、激烈的斗争,着力塑造了江姐这一英雄形象,表现出革命烈士们坚贞不屈的大无畏精神,谱写了一首激动人心的革命英雄主义的颂歌。江姐是一位年轻的共产党员,在1949年冬受党的指示到华蓥山寻找游击队。当她经历重重困境到达华蓥山某县城时,却发现爱人已被国民党反动派残忍地杀害。这深深地打击了江姐,但她并未因此一蹶不振,而是化悲痛为力量,把血海深仇记在心上昂首挺胸奔赴战场。她积极发动人民参与武装斗争,还率领游击队拦截国民党军车,沉痛打击了国民党反动派。后来,由于叛徒的告密,江姐不幸被捕。但面对敌人的威逼利诱,江姐毫不屈服,用灼眼光亮、铿锵誓言、沸腾热血谱写了共产党人生命的辉煌。在这部剧中,主题歌《红梅赞》中的红梅就是江姐的象征。她不惧三九严寒,昂首怒放花万朵,朵朵向阳开。江姐的高尚情操和博大胸怀尽现其中。

这部剧的一个鲜明特色,是有着强烈的抒情,这对于江姐崇高精神境界的表现有着积极的意义。另外,这部剧吸收了四川地区语言、民歌、戏曲等艺术成分,形成了浓郁的民族风格和地方特色,是我国民族歌剧中的一部力作。

## 二、话剧的创作

在十七年时期,老舍、胡万春、海默等话剧家创作了一批优秀的话剧作品。这些话剧作品大多关注身边的现实生活和社会的矛盾与问题,关注现实生活中真正的人性和他们灵魂中的弱点,因而有着较高的价值。在这里,将着重分析一下老舍的话剧创作。

老舍在十七年时期创作的话剧多以北京的胡同、茶馆、大杂院等地点为具体场景,有着浓浓的北京风情,展现了一幅特定历史环境中的北京风俗画;人物是北京中下层的小人物,且其命运的变化折射出了时代的变迁;语言有着浓浓的北京味。因此,有人称老舍这一时期的话剧为京味话剧。《龙须沟》和《茶馆》是老舍在这一时期话剧创作的代表作。

《龙须沟》围绕着北京的龙须沟在解放战争后由臭变清,以及在沟边住着的四户人家在解放战争前后的生活变化和精神变化,展现了时代的变迁,进而歌颂了新中国和中国共产党。在解放战争前,由于国民党政府的腐败不堪,不但不治理危及民众生命安全的臭水沟龙须沟,还纵容恶霸地痞横行霸道,欺压沟边住着的百姓,甚至以修沟为名,摊派捐税、敲诈勒索,致使百姓在恶劣的环境中过着极其凄惨的生活。中华人民共和国成立之后,人民政府出于对百姓的重视和关心,不仅对社会治安进行了整顿,还对龙须沟进行了治理,从而使沟边住着的百姓有了新的生活,能够扬眉吐气地做主人了。这深刻地表现了"新政府的真正人民的性质"主题。剧中人物的语言有着浓浓的北京味,如当人们穿上新衣服和新鞋子庆祝新沟的落成时,丁四嫂说:"您看,这双鞋还真抱脚儿,肥瘦都合适。""抱脚儿"是北京的土话,意思是合脚,而其由丁四嫂嘴里说出,不仅与她下层妇女的身份相符合,而且透露出一股喜庆味。

《茶馆》堪称中国当代戏剧的经典之作。老舍认为,小社会是对大社会的一个缩影,因而这部话剧通过对北京的裕泰茶馆由盛到衰的变化以及光

# 第四章　中华人民共和国成立十七年时期(1949—1966年)的文学创作

顾茶馆的各类人物的命运变迁的描写,展现了中国从清末到抗日战争胜利后达半个世纪的历史变迁,并对旧中国人们如磐石般沉重的悲剧命运进行了揭示。

该剧运用了三幕戏形式,对旧中国三个历史横截面上各色小人物的命运浮沉进行了生动展示,进而以点带面,深刻而生动地对中国从戊戌变法失败到抗战胜利后这五十年间的历史变迁进行了反映。第一幕是戊戌变法失败后的一段时期,裕泰茶馆表面兴盛,实际上掩藏着清朝即将覆灭的前兆,清廷的庞太监在将死之年买了一个农家大姑娘当老婆;有钱人家因一只鸽子不吝铺张,而穷人一家大小一天能吃上一顿粥都不容易;顽固派得了势,而洋人也是威风凛凛,社会政治黑暗无比。清政府如此腐朽不堪,正如剧中常四爷所说:"大清国要完!"第二幕是民国初年,与前一幕相隔20年,社会更加动荡,军阀混战,民不聊生;刘麻子被统治阶级砍了头,虽然他以说媒拉纤为业、干了一辈子缺德事儿,但也暴露出统治阶级的腐败,杀人如儿戏。第三幕是抗日战争胜利后蒋介石的统治时期,与前一幕也相隔20年左右,国民党政府与美帝国主义狼狈为奸,人民生活极其悲惨;裕泰茶馆生意萧条、破旧不堪,终于在恶势力的压迫下破了产,被改为特务情报站,这形象地反映出旧中国已经腐败到了必灭亡的地步。旧中国如此腐败,出路又在哪里呢?剧中通过康顺子母子和王大栓夫妇的出走,以及对康大力所在的西山八路军游击队的侧面描写,反映了解放战争的形势,预示着一个合理美好的社会即将到来。

这部剧作在戏剧情节设计方面是很有特色的。在整个情节中,悲喜剧因素相互穿插,从正反两个方面艺术地揭示了那个社会的黑暗残酷与荒谬丑恶,造成对比相生的戏剧审美效果,让观众在讥讽的笑声中辨明反动势力的丑恶嘴脸,在同情的泪水中认清那个吃人的旧中国必然灭亡的历史大趋势。

在这部剧作中,老舍还塑造了众多优秀的人物形象。其中,最主要的三位人物是掌柜王利发、满怀抱负的民族资本家秦仲义,以及由旗人沦为普通劳动者的常四爷等。这里着重分析一下王利发这个人物形象。王利发是贯穿全剧的重要人物,一生经历了中国历史上的三个时代,善于经营,懂得"在街面上混饭吃,人缘顶要紧",为人谨小慎微,以为"多说好话,多请安,讨人人的喜欢,就不会出岔子"。他在20多岁时就继承父业,经营裕泰茶馆。从本质上来说,他是一个本分的商人,有着基本的道德良知,也一直希望社会安定,自己的生意兴隆。因此,他对茶馆的顾客四处讨好,还奉劝茶客们"莫谈国事"。同时,他为了使茶馆能够长期经营下去,总是顺应着时代变化不断对自己的经营方式进行改变,以至于其他的大茶馆全都破产停业了,他经营的茶馆还能艰难地苦撑着。不过,旧社会的黑暗势力最终还是将他付出全部心血的茶馆吞噬了,他也在无比绝望中自尽了。王利发这样一个精明能干而又委曲求全的老好人都在当时的社会中无法生存,这更深刻地体现出当时社会的黑暗以及统治阶级的腐败。

　　这部剧作的语言也是很有特色的,即到处都充满了京味的语言,精炼简洁而又含蓄生动,朴素干练而又幽默诙谐。例如,第三幕中的王利发要求来茶馆喝茶的明师傅等几位熟人先付茶钱时的对话:

　　　　王利发:哥儿们,对不起啊,茶钱先付!
　　　　明师傅:没错儿,老哥哥!
　　　　王利发:唉!"茶钱先付",说着都烫嘴!(忙着沏茶)

　　历来茶馆都是先喝茶后付钱,但此时的王利发因迫不得已让顾客先付钱再喝茶。"烫嘴"是北京的方言,形象地表现出王利发在熟人面前既不好意思又不得不如此的尴尬状态。

## 三、历史剧的创作

　　在十七年的戏剧创作中,出现了一个历史剧创作的高潮,产生了大批质量高、影响大的作品,如郭沫若的《蔡文姬》《武则天》、田汉的《关汉卿》《文成公主》《谢瑶环》、曹禺等人的《胆剑篇》、吴晗的《海瑞罢官》等。这些历史剧注重对历史资料的搜集,力求在占有尽可能多的历史材料基础上进行虚构,以使事件和人物与当时的历史条件以及自身发展的逻辑相符合;着力于塑造人物形象;依据现实需求对历史事件和人物进行选择,进而确定创作的主题,并力避对现实的生硬映射。这里主要分析一下郭沫若、田汉和曹禺的历史话剧创作。

### (一)郭沫若的历史剧创作

　　郭沫若在十七年时期,创作了历史剧《蔡文姬》《武则天》等。郭沫若的历史剧创作,凭借的是其丰富的历史知识以及对史学的独到见解,而目的则是为当时的政治斗争服务。同时,他在创作方法上承袭以前的史剧观,即"据今推古""借古鉴今",对史料与创作意图的处理采取"失事求似"的原则,即并不完全拘泥于历史真实,而是追求艺术的真实。此外,郭沫若的历史剧是在历史真实与艺术真实相统一的基础上驰骋想象,在充分尊重历史精神的基础上大胆进行虚构,因而有着强烈的浪漫主义气息。

# 第四章　中华人民共和国成立十七年时期(1949—1966年)的文学创作

《蔡文姬》是郭沫若在十七年时期创作的历史剧的代表作,其写作目的是"要替曹操翻案。曹操对我们民族的发展、文化的发展,确实是有过贡献的人。在封建时代他是一位了不起的历史人物。但以前我们受到宋以来的正统观念的束缚,对他的评价是太不公平了……我们今天的时代不同了,我们对于曹操应该有一种公平的看法。"[1]当然,想通过一部戏剧为一个历史人物翻案并非易事。

在这个五幕话剧中,曹操在前三幕没有直接出场,但剧作者从侧面对其进行了描写,通过董祀等人之口说他"爱兵如命,视民如伤""锄豪强,抑兼并,济贫弱,兴屯田,使流离失所的农民又重新安定下来,使纷纷扰攘的天下,又重新呈现出太平的景象""会用兵""使乌桓的侯王大人受了他的感化,听从指挥""成为天下劲旅""广罗人才,力修文治"等,为曹操在后两幕出现做了重要铺垫。在后两幕中,曹操本人直接登场,同时剧作者将其推到舞台的中心进行直接描写,通过他对蔡文姬《胡笳十八拍》的赞赏、远谗佞、举贤良、改饬令、促成蔡文姬和董祀的婚姻等具体情节,表现了他的文学修养、雄才大略、伟大胸怀和平民风范等。不过,在剧中,曹操不再是"宁教我负天下人,休教天下人负我"的乱世奸雄,而是一个具备雄才大略、文治武功、深谋远虑、襟怀坦荡、生活俭朴的崭新曹操形象。曹操这一形象,"在剧中出现太晚,其文韬武略全靠别的人物叙述出来,且对其为人即时代的处理过分理想化,因而这个人物形象不及蔡文姬丰满感人"。[2]

蔡文姬是这部历史剧中真正能感动人的一个人物。如果说郭沫若是以历史学家的身份来写曹操的,那他则是以诗人的身份来写蔡文姬的。她是一位美丽端庄、情感丰富、才华横溢的女诗人,又是一位饱经忧患、深明大义的爱国女性。在汉朝末年,她因战乱而被掳到匈奴,后与左贤王成婚且育有一对子女,家庭十分幸福和美,但她在匈奴的十二年中无时无刻不在怀念着故土和父亲蔡邕。戏剧一开始时就安排了曹操派董祀和周近带着重金厚礼将蔡文姬赎回汉朝,使得蔡文姬在去与留的抉择中陷入激烈的内心冲突。她渴望归汉,渴望叶落归根,但这又需要她付出与丈夫、儿女长久分离的代价。"到底是回去,还是不回去?"这两难的处境让她"肝肠搅碎",承受着巨大的痛苦。最后,经过痛苦的思想斗争,她以天下大业和民族和睦为重,毅然放弃了自己的家庭生活而归汉。在归汉途中,她怀念儿女,寝食难安,曾独自一人到父亲墓上哭诉,借《胡笳诗》倾诉衷肠。后在董祀的劝导下,她才稍有宽慰。归汉后,因曹操的影响以及太平盛世的感化,她终于跳出了狭隘

---

[1] 郭沫若. 蔡文姬[M]. 北京:文物出版社,1959:1.
[2] 张钟,洪子诚,佘树森,等. 中国当代文学概观. 2版[M]. 北京:北京大学出版社,2002:187.

的儿女私情,并开始施展自己的才华,为发展民族文化作贡献。当曹操误信谗言欲加罪董祀时,蔡文姬披发跣足,直言相谏,表现出过人的胆识。至此,一个德才兼具、有情有义的杰出女诗人形象跃然纸上。

此外,这部历史剧充满浓郁的诗情画意,在人物塑造和事件设计上具有丰富的想象力和强烈的主观抒情色彩,对白及独白多为诗一般的抒情性语言,而且《胡笳十八拍》的选曲贯穿始终,前后渲染,不仅有效地烘托了抒情氛围,更细腻地揭示了蔡文姬的内心波澜。结尾一首《重睹芳华》在表达蔡文姬幸福心情、歌颂太平盛世的同时也把全剧抒情气氛推向高潮。

整部剧作从总体来看有着较高的艺术成就,但也有美中不足之处,如曹操的形象太过于理想化和现代化;最后一幕未能与前几幕的情境形成有机的联系,从而使得整部剧的结构完整性受到影响。

## (二)田汉的历史剧创作

田汉在十七年时期主要致力于历史剧的创作,有《关汉卿》《文成公主》《朝鲜风云》《十三陵水库畅想曲》《谢瑶环》等。其中,成就最高、影响最大的一部是《关汉卿》。

《关汉卿》是田汉于1958年应世界保卫和平理事会之约,为纪念世界文化名人、我国元代伟大的戏剧家关汉卿从事戏剧活动七百周年而创作的历史剧,被认为是中国当代戏剧史上不可多得的一部珍品。关汉卿是著名的剧作家、中国戏曲的奠基人,其身世史料并没有得到很好的保存,田汉只能从流传下来的关汉卿剧作及散曲中去体察他的性格、为人及精神。他以历史唯物主义的观点深入研究了元代的政治、经济、文化状况,研读了关汉卿的全部著作,从而创作出这部杰作。

在这部剧作中,剧作者并没有对关汉卿的一生进行描写,而是围绕着他创作、排练并演出《窦娥冤》展开。同时,在塑造关汉卿这位伟大的戏剧家形象时,将其置于尖锐激烈的矛盾冲突之中来展现其性格,表现其不畏强权、不怕牺牲、充满正义感、勇于为民请命的崇高精神。戏剧一开幕,关汉卿就目睹了柔弱无助的女子朱小兰含冤惨死在昏官的刀下,这揭示出"杀一个汉人还不如杀一头驴"的元代社会现实,尖锐的民族矛盾、阶级矛盾为戏剧冲突展开提供了典型环境。受这一事件的影响,关汉卿拍案而起,以笔为武器大胆地向旧社会提出抗议,创作并上演了《窦娥冤》。这表明了他不畏权贵的正义之心以及对下层民众的深厚感情。《窦娥冤》的上演激怒了权臣阿合马,他滥施淫威,下令关汉卿修改剧本,将对现实进行讽喻的章句全部删去,但关汉卿拒不同意进行修改,"宁可不演,断然不改"。这惹怒了阿合马,将

# 第四章 中华人民共和国成立十七年时期(1949—1966年)的文学创作

关汉卿和《窦娥冤》主演朱帘秀一起关入了牢房。在狱中,他大义凛然地拒绝了统治阶级的收买和诱降,并毫无畏惧地面对死亡,还向世人宣布"我关汉卿是有名的蒸不烂、煮不透、捶不扁、炒不爆、响当当的铜豌豆",表现了他"玉可碎而不可改其白,竹可焚而不可毁其节"的高尚情操。但《窦娥冤》已经让世人警醒,有壮士王著将权臣阿合马刺杀了。有关这部剧作的结尾,剧作者也是十分用心的。一开始的结尾是个喜剧,朱帘秀被允许脱去乐籍和关汉卿同去江南,但后来被改成了悲剧结尾,关汉卿只身一人流放南方,与朱帘秀地北天南。

田汉在对关汉卿的形象进行塑造时,特意设计了一个反面的知识者形象——叶和甫。他是一个"猥琐的文人,交通官府而与杂剧界混得很熟,他也以此为资本向官府讨好",在剧中充当的是统治阶级帮凶的角色,"威胁利诱,双管齐下"来劝降关汉卿。与关汉卿坚持理想、伸张正义的立场相反,叶和甫所持的是现实立场。作为对照,叶和甫的卑劣进一步反衬出关汉卿的伟岸品质,两人的决裂反映了知识分子在社会现实面前的分化,高低自现。

这部历史剧在艺术方面也有很多可取之处。在剧中,主要的人物和主要的情节大多在《元史》中有记载,即使是虚构的人物和虚构的情节,也并不背离历史真实的走向。在此基础上,剧作者发挥艺术的想象力,进行了大胆的艺术加工,巧妙地安排人物、组织情节,从而实现了历史真实和艺术真实的完美结合。另外,剧中运用了独特的"戏中戏"艺术结构,整个戏剧是在写关汉卿,但剧中还有一剧是《窦娥冤》。《窦娥冤》被公认为是关汉卿的代表作,是关汉卿一生战斗精神的集中体现。在剧中,它的写作、排练和上演引起了剧中的矛盾冲突,并成为了各种势力和各种任务聚散分离的焦点,从而使得剧作集中凝练,也使得剧作的思想性得到提高和深化。不过,这部剧作由于受到当时时代的影响,将关汉卿的形象过分政治化和革命化了,而其著名戏剧家的身份却被忽略了。但是,这并不影响其在中国当代戏剧史中的地位。

## (三)曹禺的历史剧创作

曹禺在十七年时期的历史剧创作中,也取得了重要成就。他这一时期影响最大的历史剧是与于是之、梅阡合作的《胆剑篇》。

《胆剑篇》是以发生在两千多年前越王勾践"卧薪尝胆"的历史故事为基础创作而成的。它较好地把历史真实和艺术真实统一起来,在借鉴前人剧作成果基础上,把重点放在正确总结吴越之战正反两方面的经验教训上,描写春秋时期越国人民不畏强权、同仇敌忾,反抗吴国侵略,经过"十年生聚、十年教训"的艰苦历程,终于反败为胜,喻示人们:"一时强弱在于力,千古胜负在于理"。强国若奉行扩张主义政策,因胜而骄,必然会遭到失败;而弱国能发奋图强,坚持斗争,必将转败为胜。作者运用历史的、唯物的观点再现二千四百多年前的历史生活,对于鼓舞处于三年自然灾害时期的中国人民的斗志起到了一定的积极作用。

这部历史剧在艺术上的一个突出成就,是成功地塑造了众多历史人物的形象。其中,刻画最为成功的人物是越王勾践。他是一个亡国之君,饱受屈辱,满怀家国之恨,同时又是一个一心复国的有为君主,剧作突出刻画了他坚忍不拔的性格和刚强不屈的意志。他不仅拒绝拜谢吴王夫差的不杀之恩,还据理力驳,严辞斥责;他被囚三年仍不屈服,誓言"摩顶放踵,粉身碎骨,我也要越国成为富强之邦,天下景仰";他知人善用,礼贤下士,从谏如流;他卧薪尝胆,与夫人亲自耕织,带领百姓复兴越国,并忍辱负重地与敌人周旋,为了国家大义甚至不惜牺牲自己的女儿季婴……作者在揭示其性格积极有为一面的同时,也没有忘记他作为一个君王所不可避免的弱点。为了复兴大业,勾践可以听取忠言,但当苦成老爹直言批评他赈发夫差的米"真是没有骨气"时,他怒其无礼,觉得君王尊严被冒犯,命令卫士抓住苦成。对于共患难的心腹臣子,他也时有不满和防范,足智多谋的范蠡使他有"难驾驭"之叹,忠心耿耿的文种使他有"不驯服"之感。剧作既写了他有容人之量,也揭示他只是在患难中才有容人之量的特点。这就突出了其性格的复杂性,还历史人物以本来面目。除了勾践,剧中对夫差、伍子胥、范蠡、文种、伯嚭等人物的刻画也是成功的。夫差愚而不仁,骄狂自恃,喜功贪杀,听不进逆耳忠言,杀害了忠臣伍子胥,最后国灭身死。伍子胥是先王老臣,为人精诚廉明,倔强忠直,但又骄傲自负,不敛锋芒,最终被夫差所不容。范蠡、文种则强毅果敢,巧文辩慧,有智有勇,忠于祖国。伯嚭"智而愚,强而弱",目光短浅,巧言利辞,诡诈贪侯,贪功倭过,为一己私利而背叛国家。剧本围绕吴越两国之间及其各自内部激烈的矛盾纷争来展开戏剧冲突,使人物性格得到鲜明丰满的刻画。

这部剧作在艺术方面,也有很多值得称道之处。首先,本剧作为描写两个国家兴衰成败历史过程的大型历史剧,时间跨越二十余年,五幕戏季节包括春、夏、秋、冬,时间包括黎明、正午、黄昏、黑夜,形象地象征了越国二十余年"昼夜辛苦、不敢怠慢"的艰苦岁月。全剧首尾场次均安排在秋收季节的会稽江边禹庙前,而胜利者却由吴国变为越国,前后形成鲜明对比,有力地表现了"一时强弱在于力,千古胜负在于理"的深刻主题。其次,剧中的情节错综而不散乱,结构严谨,气势宏阔,节奏沉稳。最后,剧中的语言音律铿锵,富有诗情,大段独白有利于开掘人物幽深的心灵世界,同时也将戏剧性

# 第四章　中华人民共和国成立十七年时期(1949—1966年)的文学创作

因素与抒情性因素有机结合。最典型的例子就是第四幕勾践在徘徊沉思时的四大段独白,反映了勾践在困境中的痛苦、焦虑、反省、自励与希冀,非常富有艺术表现力和感染力。当然,这部剧作也有一些不足之处。比如,勾践作为一个君主,其个人作为的表现还尚嫌不足,有待丰满;苦成这个农民冒死献稻、勇拔"镇越宝剑"、不食吴米、舍身保护兵库等行为确实感人,但难免过于理想化,有人为拔高之嫌。

# 第五章　20世纪80年代的文学创作

20世纪80年代是一个全新的历史时期，也是思想、文化、审美的新启蒙时代，因此这一时期的文学创作呈现出一些新的特色。在这一时期，"文学为人民服务、为社会主义服务"和"百花齐放、百家争鸣"共同成为社会主义文艺的基本方针，指引着诗歌、小说、散文和戏剧等文学形式向前迈出了一大步。此外，这一时期在文艺思想方面的讨论非常活跃，文艺的新观念不断呈现；作家的创作群体空前壮大，新老作家共同创作了大量的优秀文学作品；文学创作的思潮以现实主义为主，但对现代主义、象征主义、超现实主义、魔幻现实主义等也有一定的表现；文学创作的题材有了很大扩展，创作的形式、方法和风格等也日趋多样化。总的来说，这一时期的文学进入了多元化发展时期。

## 第一节　诗歌的多元化呈现

20世纪80年代的诗歌在思想解放的潮流中获得了快速发展，在对现实主义传统进行恢复和发展的基础上，对历史进行了沉思，对生活真理进行了揭示，对人生进行了反思。同时，20世纪80年代的诗坛呈现出多元化的特点，涌现出各种各样的诗派，创作了大量优秀的诗歌。在本节中，将着重分析一下朦胧诗和第三代诗人的诗歌创作。

### 一、朦胧诗的创作

在20世纪70年代末80年代初，朦胧诗走向了诗坛。朦胧诗注重运用象征、意象等手法来表现个人的精神世界，而且所呈现的诗歌主题是多义的、所营造的诗境是模糊朦胧的。北岛、顾城、舒婷、江河、杨炼、梁小斌等都是朦胧诗创作的代表性诗人，下面主要对北岛、舒婷和顾城的朦胧诗创作进行分析。

## 第五章　20世纪80年代的文学创作

### （一）北岛的朦胧诗创作

北岛（1949—　），原名赵振开，原籍浙江湖州，生于北京。他年轻时当过建筑工人，之后做过编辑。1978年，他与芒克等人一起创办了《今天》杂志。北岛自20世纪70年代开始写诗，与当时所有的青年一样也经历了从狂热到失望、从失望到觉醒的心路历程。著有诗集《陌生的海滩》《北岛诗选》《太阳城札记》《在天涯》《午夜歌手——北岛诗选1972—1994》《零度以上的风景线》《北岛诗歌集》等。

自20世纪70年代末起，北岛的名字就成为朦胧诗运动的象征。他的诗作以深沉、冷峻和凝重的独特风貌，表现出那一代人所特有的悲愤、沉思和执着，最鲜明、最突出地显示了朦胧诗冷峻而深沉的理性批判精神。

北岛作为一名较早的觉醒者，对长久的思想禁锢有着强烈的抗争意识，痛苦的黑暗体验在他心灵上打下了深深的烙印，因而他的诗作充满了历史沉重感和强烈的反叛精神。在《红帆船》《走向冬天》等诗作中，诗人一再重复着对满布谎言的虚伪现实的拒绝与否定，"到处都是残垣断壁／路，怎么从脚下延伸／滑进瞳孔里的一盏盏路灯／滚出来，并不是晨星""我不想安慰你／在颤抖的枫叶上／写满关于春天的谎言"（《红帆船》）。"走向冬天／唱一支歌吧／不祝福，也不祈祷／我们绝不回去／装饰那些漆成绿色的叶子"（《走向冬天》）。之所以如此，是因为被时代（现实）"有形""无形"的手烫伤，在心灵上留下了抹不去的"烙印"（《触电》）。诗人清醒地意识到了"一切都是命运／一切都是烟云……／一切希望都带着注释／一切信仰都带着呻吟／一切爆发都有片刻的宁静／一切死亡都有冗长的回声"（《一切》），强烈的怀疑、否定精神与对真理、未来的坚定信念，使这首诗产生动人心魄的艺术力量。

北岛的诗中虽然充满了历史沉重感和强烈的反叛精神，但也始终洋溢着对理想和民族未来的坚信，如他那首著名的诗作《回答》：

　　卑鄙是卑鄙者的通行证，
　　高尚是高尚者的墓志铭，
　　看吧，在那镀金的天空中，
　　飘满了死者弯曲的倒影。

　　冰川纪过去了，
　　为什么到处都是冰凌？
　　好望角发现了，
　　为什么死海里千帆相竞？

我来到这个世界上，
只带着纸、绳索和身影，
为了在审判前，
宣读那些被判决的声音：

告诉你吧，世界
我——不——相——信！
纵使你脚下有一千名挑战者，
那就把我算作第一千零一名。

我不相信天是蓝的；
我不相信雷的回声；
我不相信梦是假的；
我不相信死无报应。

如果海洋注定要决堤，
就让所有的苦水都注入我心中；
如果陆地注定要上升，
就让人类重新选择生存的峰顶。

新的转机和闪闪的星斗，
正在缀满没有遮拦的天空。
那是五千年的象形文字，
那是未来人们凝视的眼睛。

  这首诗可以说是新旧历史节点上的见证与反思、怀疑与承担，塑造了一个不承认失败、敢于与历史颠倒者坚决斗争到底的铮铮铁汉的高大形象，抒写了新时代中新一代的激情、理性和责任感。那一连串的"我不相信"正显示了一代青年的觉醒，以及与丑恶现实决裂、抗争的决心。
  北岛在进行诗歌创作时，总是会追寻理想。他在诗歌中高扬"人"的大旗，对人的尊严的肯定，对生命价值的思考，这是他怀疑否定现实的前提，也是重建理想生活的基石。在《宣告》《结局或开始》等诗作中，他以一个袍道者般的牺牲精神，发出了做一个"人"的宣告，一个"我需要爱/我渴望在情人的眼睛里/度过每个宁静的黄昏/在摇篮的晃动中/等待着儿子第一声呼唤"的普通的人。这个独立自尊，有着世俗情感需求的人，可以看成是这个时代的"英雄"。尽管现实是"以太阳的名义/黑暗在公开地掠夺/沉默依然是东方的故事/人民在古老的壁画上/默默地永生/默默地死去"(《结局或开始》),但是,叛逆的思想者"决不跪在地上/以显出刽子手们的高大/好阻挡那自由的风"(《宣告》)。他悲壮的死,唤醒了无数沉睡的灵魂:"我,站在这里/代替另一个被杀害的人/没有别的选择/在我倒下的地方/将会有另一个人站起/我的肩上是风/风上是闪烁的星群"(《结局或开始》)。这种傲岸、蔑视与挑战的姿态,彰显出北岛冷峻深沉、刚毅坚定的诗风,富有悲剧英雄般的崇高美。

北岛对中国当代诗歌的陈旧规范也进行了个性化的反叛,他由于受到西方现代主义诗歌的影响较深,因而在诗的艺术方法上倾向于超现实主义的表现方法。他以丰富的意象和意象间的非逻辑情感组合来达到其象征指向,他的诗中经常出现"清风、星星、海浪、火焰、鸽子、蒲公英"等象征理想和美好事物的符号群,与之相对的是"废墟、残垣、迷雾、暗夜、灰烬、乌鸦"等意象。这种象征符号体系的选择,明显标示出诗人北岛的情感倾向。比如,《结局或开始》中,诗人以"悲哀的雾""沉重的影子""补丁般错落的屋顶""灰烬的人群"等一组意象群折射出时代的悲哀,并以"自由的风""闪烁的星群"来表达自己的独立和叛逆精神。

北岛在诗中,还引入通感、电影蒙太奇的手法,通过意象的撞击和迅速转换,来构成矛盾对立的情境,表达内心冲突和复杂的情感。《古寺》一诗是典型的代表。诗中有着深邃、空灵的意境,但没有远离尘世的超脱,也没有艾略特"荒原"式的绝望,表达出来的是诗人奋进的意志。整首诗通过通感手法,由听觉转换成视觉,钟声成为可视的形象,然后与蛛网、年轮这两个意象叠加在一起,加强了诗的历史厚重感,使古寺所象征的僵化的否定性因素具体化、物象化,从而增强了艺术情感的表现力,表现出严肃的历史批判意识。另外,诗中通过时间与空间的错位,以及蒙太奇手法的运用,造成了一种诡谲奇妙的艺术效果。

总体来看,北岛的诗在冷峻的否定的外表下表现了一代青年在历史转折阶段愤懑痛苦的心情,以及对于新的时代与现实的焦灼热切的期待。他的诗有着丰富坚实的思想和意蕴,具有开阔的视界,表现出深沉冷峻的思考,闪耀着睿智的思辨之光。

## (二)舒婷的朦胧诗创作

舒婷(1952— ),原名龚佩瑜,原籍福建厦门,出生于泉州。她1967年中学毕业,1969年到农村插队,3年后返城,当过建筑工、挡车工。1977年,她在北京与《今天》的同仁结识,开始在诗歌创作中受其影响。1980年,她进福建文联从事专业创作。

舒婷的诗歌创作始于20世纪70年代初,诗作多附在给朋友的信中。1977年结识北岛等人以后,她诗歌创作进入了自觉而多产的阶段。著有诗集《双桅船》《会唱歌的鸢尾花》以及《舒婷、顾城抒情诗选》(与顾城合编)等。

舒婷是朦胧诗的主将之一,她的诗有着典型的浪漫主义风格,细腻而沉静,哀婉而坚强。而且,她的诗有着浓重的女性意识,很少以理性的姿态对外部的现实世界直接或是正面介入,而是以女性独特的情感体验介入外部现实世界,也以自我的内心世界为表现对象,抒发情感,表达个人心灵对生活的理解和感悟。因此,她的诗歌充溢着人性的温情,表现出一种浓厚的人道主义情怀,并形成细腻、柔婉而执着的抒情风格。对人的关切是舒婷诗歌创作的一个重要出发点,她从历史和现实中感受到人的生命和尊严被漠视的悲哀,因此呼吁给每一个个体的生命以尊重与温情:"谁说生命是一片树叶/凋谢了,树林依然充满生机/谁说生命是一朵浪花/消失了,大海照样奔流不息……,谁说人类现代化未来/必须以生命做这样血淋淋的祭礼"(《风暴过去之后》),诗人以诘问的语气表达对逝去生命被漠视的愤懑之情。在《神女峰》中,作者穿越时空,以同样的悲悯和感慨,复活了那美丽而痛苦的梦,发出了人性的呼喊:"与其在悬崖上展览千年/不如在爱人肩头痛哭一晚。"

舒婷的爱情诗别具一格,在对理想爱情的追求中,展示的是一种追求自我价值、注重人格独立的强烈女性解放意识。比如,《致橡树》一诗:

> 我如果爱你,
> 绝不像攀缘的凌霄花,
> 借你的高枝炫耀自己,
> 我如果爱你,
> 绝不学痴情的鸟儿,
> 为绿荫重复单调的歌曲;
>
> 我必须是你近旁的一株木棉,
> 作为树的形象和你站在一起。
> 根,紧握在地下,
> 叶,相触在云里。
> ……

在这首诗中,舒婷以强烈的女性意识阐述了自己的爱情观,并在当时获得了很多人的认同。不过,这首诗中更为重要的价值是借对自己爱情观的阐述肯定女性的尊严和人格独立,张扬了女性的独立精神。因此,这首诗可以看作是现代女性独立意识的宣言。

舒婷的诗虽然大都从女性的视角对个人的命运和个体的价值进行抒写,但强烈的忧患意识以及历史使命感促使她将个人的命运与对现实的感知融合在一起,并对他人和民族的命运进行关切,表达了对祖国和人民的深沉挚爱。这在《祖国啊,我亲爱的祖国》一诗中就能够看出:

> 你以伤痕累累的乳房
> 喂养了
> 迷惘的我、深思的我、沸腾的我;
> 那就从我的血肉之躯上
> 去取得
> 你的富饶、你的荣光、你的自由;
> ——祖国啊,
> 我亲爱的祖国!

诗中无一字议论,通过描绘质朴、鲜明、贴切、独特的意象展现了祖国的现状,表达了自己对祖国的无限热爱和赞美。

舒婷的诗在艺术方面也有很多值得称道之处。首先,舒婷借鉴现代主义诗歌的创作技法,使诗歌显现出浓郁的诗情与优美的意境。她善于通过细节的设置来营造气氛,用深情的语言来抒发感情,以情动人。比如,"你苍白的指尖着我的双鬓,/我禁不住像儿时一样/紧紧拉住你的衣襟""我依旧珍藏着那鲜红的围巾,/生怕浣洗会使它/失去你特有的温馨"(《呵,母亲》),诗歌用母亲抚发、女儿珍藏红围巾等细节来表达母女情深。其次,舒婷常采用一种转折、假设、让步式的修饰性语句,来加强思想的深度与情感的强度。比如,《致橡树》连用六个假设排比句式表达一种独立的爱情观;《四月的黄昏》中,诗的末尾修饰句式的选用,也很好地传达了美丽而忧伤的诗情,使作品在整体上显得温婉典雅,韵味深长。最后,舒婷的诗多用第一人称写成,信念、理想、社会的正义性都通过"我"这一抒情形象表现出来,诗行中充满了对人的自我价值思考。同时,舒婷常运用象征、隐喻、意象叠加等艺术手法来表达个体的情感体验,营造自我的精神世界。比如,《双桅船》运用"灯"和"岸"这两个意象,象征了诗人复杂的情感和双重的心态。

总的来说,舒婷的诗中各种主观性的象征俯拾皆是,意象之间的组合随主体感觉的变化而任意、多样,这不仅拓展了舒婷诗的语言空间,而且突现了舒婷心灵中强烈的自我色彩。

## （三）顾城的朦胧诗创作

顾城(1956—1993)，原籍上海，出生于北京。1969年随父亲到山东一个农场生活,5年后回到北京。1977年,正式发表诗歌作品。1987年,赴新西兰,后在激流岛隐居。1993年,与妻子谢烨发生冲突,最终谢烨死亡,顾城随即自杀。

顾城自杀时虽不到40岁,但他从10岁开始写诗,因而留下了大量的作品,有《白昼的月亮》《北方的孤独者之歌》《铁铃》《黑眼睛》《顾城的诗》《顾城童话寓言诗选》《走了一万一千里路——顾城旧体诗、寓言诗手稿集》《顾城新诗自选集》等诗集,以及组诗《城》《鬼进城》《从自我到自然》《没有目的的我》等。

顾城被称为"童话诗人",他的诗风与众不同,既不像北岛冷峻深沉、富有强烈反抗精神和理想主义的英雄人格,也不同于舒婷自尊、温情浪漫与奉献精神,而是显得简约、机智、纯净,以童真的孩子形象,确立自己诗歌和人格的独特性。顾城希望在诗中描绘一个和谐、纯净、没有矛盾的,与现实世界相对比而存在的童话世界,因而他在诗中很少对社会历史和政治现实进行关注,而是偏重于对人内心进行关注。他早期的诗作大都以类似"绝句"的短诗,对一个早熟、敏感的少年在政治动乱年代中的畸形心理及其对现实世界的怀疑与批判进行了记录,如他最经典的诗作《一代人》：

　　黑夜给了我黑色的眼睛，
　　我却用它寻找光明。

诗虽然只有短短的两行,但却以一组单纯的意象反思漫长的历史黑夜,表达一代人的处境、祈愿和对光明与真理执着探求的坚定信念。

顾城虽然始终渴望在诗中创造一个梦幻的童话世界,但这一童话世界却不时会受到现实压力的侵扰,因而他的诗中也飞过了黑色的恐怖的蝴蝶。不过,这并没有改变顾城对自己童话世界一心一意的营造,从《我是一个任性的孩子》中就可以看出：

　　也许
　　我是被妈妈宠坏的孩子
　　我任性
　　我希望
　　每一个时刻
　　都像彩色蜡笔那样美丽

## 第五章　20世纪80年代的文学创作

我希望
能在心爱的白纸上画画
画出笨拙的自由
画下一只永远不会
流泪的眼睛
一片天空
一片属于天空的羽毛和树叶
一个淡绿的夜晚和苹果
……

诗中这个"任性的孩子"实际上就是诗人自己,而那个"任性的孩子"所希望的实际上就是诗人自己所希望的童话世界的面貌。

自然、生命和自由的心灵,是构筑顾城诗歌世界的主要因素。关于自然,顾城常提起法国生物学家法布尔的《昆虫记》,把它视为自己的"圣经"。这部书让他迷上了自然这个纯净奇妙的世界,锻造了他对自然的超常感悟力:"所有的花都在睡去/风一点点地走近篱笆""一棵树闭着眼睛/细听周围对自己的评论""草在结它的种子/风在摇它的叶子/我们站着,不说话/就十分美好"(《门前》)。这种对自然精微细致的感知,来自他对自然奥秘的领悟。顾城曾在他的创作谈中不止一次地提到过自然对他的影响,他说过:"在我的周围成千的鸟儿对我叫着,我感到一种激动……它们都看我,它们走了,我觉得在那个瞬间我好像聋了,我听见另外一种声音,天、地、宇宙万物轻柔的对话,这里自然毫无遮掩的秘密,我拿起笔,找到一些字,开始写诗。"自然不仅是他描摹的对象,也是他灵魂的组成部分,顾城运用自己精微的感知,建构起自己独立的诗歌王国:阳光、沙滩、海浪、昆虫、鲜花、鸟儿、草地、树木。自然是他诗中永远不变的主角,他尽其一生所能为这个童话王国增砖添瓦。关于生命,顾城在诗中表达了对生命的热爱与思索。比如,《小花的信念》:

在山石组成的路上
浮起一片小花
它们用金黄的微笑
来回报石块的冷遇

它们相信
最后,石块也会发芽
也会粗糙地微笑

在阳光和树影间
露出善良的牙齿

诗中,诗人以拟人化的手法赋予万物以生命的形态,令人感受到一种物我的交融、生命的可爱与可贵。由此可以看出,诗人对生命自然本源的崇拜热爱。

顾城在诗中,还曾对生命的终极意义进行探寻:"被太阳晒热的所有生命/都不能远去/远离即将来临的黑夜/死亡是位细心的收获者/不会丢下一穗大麦。"(《在这宽大明亮的世界上》)顾城把死亡比喻为一位巨细无遗的收割者,显示出死亡的强大与威严。面对生命的无常,诗人流露出宿命论者的无奈和悲哀,与他对童话理想的追求共同构成了其诗歌艺术世界的两极。

顾城的诗在艺术方面也取得了很高的成就。首先,顾城一直追求思想和艺术的纯粹性,他的诗多以新奇、独特意象表达自我生命的感受,如《生命幻想曲》中,诗人以生命为中心,运用大量的新奇意象,营造了一个梦幻般的艺术世界。其次,顾城的诗经常运用"通感法"来营构奇妙的艺术世界,借助描绘主观世界来表现客观世界。比如,《眨眼》一诗中,"彩虹、时钟、鲜花"这些美好的形象在"我"眨眼的瞬间变成"蛇影、深井、血腥",诗人通过对客观事物的变形,使客体意象背离其本来的面目,以求达到主观的真实,折射出动荡年代给人们心灵留下的恐怖印迹。再次,顾城的诗常运用跳跃式的短句,组合奇特的意象,省略意象之间的连接,形成曲折、含蓄甚至神秘的风格特征。《远和近》《弧线》《小巷》等诗歌都具有这方面的特点。当然,这会很容易导致诗歌使人感到晦涩和难懂。最后,顾城的诗注重对语言的独特性探求,他注意到诗歌的语言"像钞票一样,在流通的过程中,被使用得又脏又旧",因而讲求语言的纯洁性,用明确简洁的词句来写作。在他看来"一句生机勃勃而别具一格的口语,胜过十打美而古老的文词"。因此,顾城诗歌的语言明快、纯净、空灵,句式简短,如儿童的稚语,读之却动人心弦。比如,"我的心结识了小野兔/和它一起蹦跳""你的手指,洁白像叹息""阳光在展开困倦的美丽""那些树像树皮/很干净/现出新婚时淡淡的光辉"。虽然说顾城的诗歌语言单纯明净、充满稚气,但其将童真和深刻统一起来,表现出智性的深度。比如《杨树》,"我失去了一支臂膀/就睁开了一只眼睛",简洁明快的诗句,含意丰富而深刻。他的诗因而获得了一种更高层次的概括性与抽象性,一种面向未来的特质,一种堪称禅悟的明慧。

总的来说,顾城的诗明净而单纯,想象丰富,意象新奇,并常常选取细小的自然物象以生命体验为核心对纯净的境界进行表现。

## 二、第三代诗人的创作

在 20 世纪 80 年代中期,一批更年轻的诗人进入诗坛,新生代诗歌由此而生,而这些年轻的诗人被称为"第三代诗人"。第三代诗人大多出生于 20 世纪 60 年代,正处于由计划经济体制向市场经济体制转轨的时期,面对的是一个更加复杂的世界,因而在价值准则、思想观念、美学倾向以及情感体验等方面都发生了极大变化。此外,第三代诗人通常将诗看成是与生存一样的实在而又平常的事物,因而他们的诗歌创作拒绝朦胧诗的意识形态化、理想化和精英化形态以及隐喻、象征、意象等表现手法,转而提倡个人化、世俗化和平民化以及口语化的艺术效果。第三代诗人的数量众多,下面主要对海子和韩东的诗歌创作进行分析。

### (一)海子的诗歌创作

海子(1964—1989),原名查海生,出生于安徽怀宁。他 1983 年毕业于北京大学法律系,后进入中国政法大学任教。1989 年 3 月 26 日,海子在河北山海关卧轨自杀,结束了自己年轻的生命。海子在大学期间开始写诗,主要作品有《土地》《海子的诗》《海子诗全编》等诗集,以及《太阳·土地篇》《但是水,水》《太阳七部书》等长诗。

海子在第三代诗人普遍放逐抒情的时候,以其浪漫的精神和瑰丽的想象创作了 200 多首抒情短诗。这些抒情短诗涉及的内容十分广泛,有对淳朴自然的热爱,有对幸福生活的渴望,有对爱情来临的幸福礼赞,有对故乡生活的眷恋,有对农家收获的深情眷恋,有对健康生命的由衷赞美等,其中《面朝大海,春暖花开》是他最著名的抒情短诗之一:

> 从明天起,做一个幸福的人
> 喂马,劈柴,周游世界
> 从明天起,关心粮食和蔬菜
> 我有一所房子,面朝大海,春暖花开
> 从明天起,和每一个亲人通信
> 告诉他们我的幸福
> 那幸福的闪电告诉我的
> 我将告诉每一个人
>
> 给每一条河每一座山取一个温暖的名字

>     陌生人,我也为你祝福
>     愿你有一个灿烂的前程
>     愿你有情人终成眷属
>     愿你在尘世获得幸福
>     我只愿面朝大海,春暖花开

　　诗中体现出的风格是单纯而明净的,诗人以超越自我的生命关怀创造了富有生命力的情境,并真诚地向世人祝福,同时又坚守着自己的空间和姿态,在一片宁静守望着幸福。

　　海子的诗歌中,"大地"是其反复歌咏的一个意象。他将透明的智慧和纯净的梦想,植入泥土和麦子、河流和野花、粮食和马群这些乡村物象之上。这在《麦地》一诗中有鲜明的体现:

>     吃麦子长大的
>     在月亮下端着大碗
>     碗内的月亮
>     和麦子
>     一直没有声响
>     ……
>     看麦子时我睡在地里
>     月亮照我如照一口井
>     家乡的风
>     家乡的云
>     收聚翅膀
>     睡在我的双肩
>     ……
>     我们是麦地的心上人
>     收麦这天我和仇人握手言和
>     我们一起干完活
>     合上眼睛,命中注定的一切
>     此刻我们心满意足地接受。
>     ……

　　"麦地"能够生产人类赖以生存的粮食,因而它带有富饶、祥和与博爱的性质。在诗中,诗人通过描写麦田,既表明了自己对于农事劳动的态度——喜悦、兴奋,也表露了自己的生命和理想追求。诗人见到麦子后,内心产生了前所未有的满足,生命也因此获得提升。全诗风格清新,用词新鲜,语言朴素,在农家日常生活细节的抒写中融注了一种赤子的率真情怀。

总的来说,海子没有像传统诗人那样沉醉于田园山水中,艰辛的个人乡村生活经验和中国农村贫穷苦难的历史和现实,使其承受了痛苦与绝望的体验。因此,海子在"丰收"之中看到"荒凉",并以自己的"死"来完成他所说的"一次性诗歌行动"。

### (二)韩东的诗歌创作

韩东(1961— ),出生于南京。他在1985年与于坚、丁当等人创办"他们文学社",出版民刊《他们》,并成为该社的主要代表人物。韩东在大学时期就已经开始发表诗歌作品,主要诗作有《山民》《有关大雁塔》《你见过大海》《温柔的部分》等。

韩东在刚进入诗坛时,受到"朦胧诗"的影响,因而写作的诗歌具有北岛式的沉重历史感。不过,随着认识的不断深入以及创作水平的不断提高,韩东逐渐在诗风上发生转变,即在诗中消解文化或"诗意",在"丰厚"的文化底蕴中发现空洞与俘谬。这一转变的标志性诗作是《有关大雁塔》:

> 有关大雁塔
> 我们又能知道些什么?
> 有很多人从远方赶来
> 为了爬上去
> 做一次英雄
> 也有的还来第二次
> 或者更多
> 那些不得意的人们
> 那些发福的人们
> 统统爬上去
> 做一次英雄
> 然后下来
> 走进下面的大街
> 转眼不见了
> 也有有种的往下跳
> 在台阶上开一朵红花
> 那就真的成了英雄——
> 当代英雄

>有关大雁塔
>我们又能知道些什么?
>我们爬上去
>看看四周的风景
>然后再下来

韩东在写这首诗时,正任教于陕西财经学院,因而经常会登临大雁塔。对于大雁塔,韩东显然是知道些"什么",但他在诗中有意识地将其知道的"什么"排除了,剩下的仅仅是关于登临大雁塔的直接经验,即将大雁塔还原为一个平常的事物——砖混结构的建筑物,而且指出人们登临大雁塔仅仅是为了找一个显示自己的衬托,"做一次英雄",不具有任何的文化内涵。

韩东的诗歌也经常对平常人的平常生活进行抒写,在平平淡淡中发现诗意,并从中寻找体现出的温柔与感情,如《你的手》一诗:

>你的手搁在我身上
>安心睡去
>我因此而无法入眠
>轻微的重量
>逐渐变成了铅
>夜晚又很长
>你的姿势毫不改变
>这只手象征着爱情
>也许还另有深意
>我不敢推开它
>或惊醒你
>等到我习惯并且喜欢
>你在梦中又突然把手抽回
>并对一切无从知晓

这首诗有着第三代诗人显而易见的个人化色彩,将爱情的感觉用一种不动声色的方式叙述出来,既没有华丽的辞藻,也没有优美的意象,但却凸显出那种真诚、纤微的感受,显示出诗人"诗到语言为止""也许还另有深意"的创作理念。

## 第二节 小说的开放性发展

在 20 世纪 80 年代,小说取得的成绩是非常显著的,其数量、质量及其产生的影响在中国当代文学史上都是空前的。其中,改革小说对中国的改革现实有着真实而生动的展现;先锋小说通过对西方现代派文学的表现手法和技巧的借鉴,对人们在改革开放过程中心理和精神方面受到的冲击进行了生动的表现;寻根小说试图从民族文化的意义上对民俗和民生进行重新审视,进而生动展现了民族文化的心理,促进了文学观念的解放。

### 一、改革小说的创作

改革小说就是重在反映改革开放过程中各个领域的改革进程以及因此而引起的民族心理、人物命运变化的小说,通常具有一种雄浑奔放的风格和冷峻深沉的反思光芒。蒋子龙、李国文、高晓声、何士光、路遥、张洁等都是这一时期著名的改革小说创作者,这里着重分析一下蒋子龙、高晓声和路遥的改革小说创作。

#### (一)蒋子龙的改革小说创作

蒋子龙(1941— ),河北沧县人。从 1960 年开始,蒋子龙开始进行文学创作,其创作丰收期在 20 世纪 70 年代末到 80 年代中。他接连发表了《乔厂长上任记》《一个工厂秘书的日记》《狼酒》《拜年》《开拓者》《赤橙黄绿青蓝紫》《锅碗瓢盆交响曲》《燕赵悲歌》等小说作品,掀起了改革小说创作的热潮。

蒋子龙的改革小说以描写工业改革为主,也涉及农业、商业、科技等领域的改革。同时,他的小说较多地继承了革命现实主义传统,题材重大、主题鲜明、政论性强、情感炽烈,小说善于在复杂尖锐的矛盾中展开叙述,矛盾冲突激烈,英雄人物也较理想化,笔调粗犷、雄劲、简练,加之犀利睿智的议论,构成了小说雄健、硬朗、粗犷的整体风格,具有强烈的艺术感染力。《乔厂长上任记》和《燕赵悲歌》是蒋子龙改革小说的代表作。

《乔厂长上任记》被认为是"改革文学"的发轫之作,深刻地揭露了现代化建设中存在的问题和阻力,热情地讴歌了新时期工业战线上的创业者。小说的主人公乔光朴原本是电器公司的经理,后主动到存在严重问题的重型电机厂任职。此时的重型电机厂不仅在管理方面存在很多问题,而且员工的凝聚力差,生产濒临危境。乔光朴接手了这一"烂摊子",决定进行大刀阔斧的改革,包括对员工进行考核、奖惩,不拘一格对管理人员进行合理运用等。这些改革措施在实施的过程中曾遭到很多人的反对,乔光朴也曾遭到诬陷,但他并未退缩。最终,在这些改革措施的激发下,员工的工作积极性和工作热情大大提高,员工的凝聚力也大大增强,终于使厂子摆脱危机,再现生机。乔光朴这个人物可以说性格鲜明突出,正好应和了改革时代的人们渴望雷厉风行的铁腕"英雄"的社会心理,因此乔光朴的形象一产生,就激起了巨大的社会反响。

　　不过,这部小说也有一些明显的缺陷,如乔光朴说话的方式一般都是命令式的,容不得别人有半点辩驳的机会,这里面就带有封建专制的成分。乔光朴甚至在爱情生活中也表现出极端的专制与蛮横,童贞一直深深地爱着乔光朴,但是乔光朴对她并没有表现出应有的尊重。他在未提前告知童贞并获得其同意的情况下,便突然向所有人谎称自己已经娶了童贞,只是为了以后工作上能方便些。而童贞这个曾接受过良好的教育且留过洋的高级知识女性,竟然在略表生气之后便原谅了他,甚至还更爱他了。对于改革英雄们所具有的精神缺陷,作者如果能够从人文的角度进行审视,则作品的深度会有所增加。但是,作者是抱着一种极为赞赏的态度来揭示改革英雄们的精神缺陷的。这不仅导致人物存在明显的缺陷,而且影响了作品深度的挖掘。

　　《燕赵悲歌》是以当年有"中国第一庄"之誉的大邱庄的改革风云为题材创作的,成功塑造了一位农民改革家武耕新的形象。他在冥思苦想村庄的出路时忽然从当年地主的发家史中悟出农牧业扎根、经商保家、工业发财的致富之道,并由此开辟出一条建设新农村道路的故事,耐人寻味。

　　这篇小说的基本内容是,坐落在华北平原上的大赵庄,穷得叮当响。群众怨声载道,有人竟唱起了解放前的哭穷歌。这使大赵庄的当家人、党支部书记武耕新失眠了。他围着村子转了三宿,想了又想,终于悟出一个道理:"要想富,得是地主兼资本家! 得农牧业扎根,经商保家、工业发财……"于是,他召开社员大会,并在会上立下誓言:"我还想再干三年,大赵庄要是不变个样儿,你们可以用唾沫把我淹死,可以把我送进县大牢,也可以掘我家的祖坟……"在社员们的掌声和县委副书记熊丙岚的支持下,武耕新开始了叱咤风云的改革。他办起了农场、副业队、工厂,让名声不好但精明能干的人跑业务,让桀骜不驯但机灵有为的青年做厂长,和熊丙岚一起去大学请教专家,聘请顾问,甚至花一二百元请人出主意。对场长、厂长,他设立了万元奖。对于社员不愿干的活,他宁肯集体得小头,社员拿大头……。不到三年,大赵庄焕然一新。武耕新带头盖高标准房,并且规定群众标准不得低于自己,低者罚款,盖不起的,大队给贷款;干部开会、会客、外出,一律穿顺眼的好衣服和皮鞋,穿带补丁者会受到处罚。1982年春节前,给大队干部评工资成为爆炸性新闻。武耕新等干部的工资,根据全村的纯收入一年一评,有人主张他年薪五十万元,最少的主张为五万元。最后支部开会才决定四名大队干部一律拿九千元。这一切,遭到了县委书记李峰的反对。武耕新的改革,使李峰和熊丙岚的矛盾公开化了,他们同时分别去省委、地委告状,关于大赵庄的种种谣言也随之而起。在这时候,将被调到外县任县长的熊丙岚又赶到了大赵庄,他鼓励和支持大赵庄成立农工商联合公司,武耕新就任经理。李峰点名把武耕新叫到县里,当面指责他太特殊、太狂妄、太骄傲了。武耕新义正辞严地反驳:"搞现化代就是搞特殊""我大赵庄四年翻了五番,这怎么叫骄傲。过去农民逃荒要饭,见人就喊大爷大奶奶,那就叫谦虚吗?"。不久,李峰派出的工作组突然进驻大赵庄,却引起群众自发的愤怒。呆了一年半,一无所获,而大赵庄人人玩命干,1983年总收入又翻了一番。在小说的最后,武耕新住进了一所医院的高干病房,他的高标准生活引起了同病房高干谢德的反感,谢把他称为"土皇上"。过了几天,一份醒目的"内参"——《以"土皇上"自居向钱看》发到各单位,而武耕新还蒙在鼓里。

这篇小说在写作方法方面,也有一些值得称道之处。小说每一章开头都有一段报告文学的写法,引人入胜。另外,小说在挖掘人物闪光的思想方面富于哲理,提出的问题切中时弊,令人发省,虽然急就成章,依然激荡慷慨,气势磅礴。

## (二)高晓声的改革小说创作

高晓声(1928—1999),江苏武进人。他1951年开始发表小说,有长篇小说《青天在上》《觅》《陈奂生上城出国记》,以及小说集《高晓声1979年小说集》《高晓声1980年短篇小说集》《高晓声1981年短篇小说集》《高晓声1982年短篇小说集》《高晓声1983年小说集》《高晓声1984年小说集》等。

高晓声的改革小说创作是与当代农村和农民紧密相连的,深刻剖析了农村变革及其引起的农民命运变化历程。同时,他的改革小说中没有涉及历史和重大的事件,也不安排尖锐的矛盾冲突,只是从日常的生活入手,用幽默的语调讲述人物的某一经历。此外,高晓声的小说不仅写出了农民的"苦"及其在思想和灵魂方面出现的异化,还揭示了在轰轰烈烈的改革中对国民性进行改造的重要性和艰巨性。《陈奂生上城》是高晓声改革小说的代表作。

《陈奂生上城》通过对陈奂生阿Q式精神特征的揭示,表达了作者对农民"哀其不幸、怒其不争"的情怀。在陈奂生身上,既有农民质朴善良、吃苦耐劳的优良品质,也有生活重负下的自卑狭隘、老实巴交。他既善良又软弱,既诚实又轻信,既淳朴憨厚又自私保守。小说中最精彩的细节刻画是发生在招待所的一幕,陈奂生性格中的诸多特点都在这一幕中得到展现。在付出五元钱之前,陈奂生感到了县委书记的关怀,心里是暖洋洋的,他怕把房间弄脏了而赤着脚走路,沙发也不敢坐。而在交了五元钱的"巨款"、被服务员冷漠对待后,他感到自己被戏弄了,愤怒之下的他决定搞"破坏":他用脚踩在沙发上,没有脱鞋就钻进被窝,并算计着睡多长时间才能睡够五元钱的。不过,当他想到自己花了五元钱的"巨款"无法向妻子交代时,便用"精神胜利法"来平衡自己的心理,即认为这五元钱花得十分值得,毕竟很少有人能够获得被县委书记送到招待所的荣耀。由此,我们会发现陈奂生和阿Q之间千丝万缕的联系,也会意识到改变国民性的重要。

### (三)路遥的改革小说创作

路遥(1949—1992),出生于陕西清涧。他从1973年开始尝试文学创作,有长篇小说《人生》《平凡的世界》和中短篇小说集《当代纪事》《姐姐的爱情》《路遥小说选》等。

路遥的改革小说往往站在文化的层面,对各个阶层的人群在改革中所引发的心理、伦理、道德、价值观等的变化进行了深刻揭示,并指出了传统文化在改革中所产生的制约与影响,继而对农村的变革进行了更为深入的文化审视。在路遥所创作的改革小说中,影响最大的一部是《平凡的世界》。

《平凡的世界》通过描写黄土高原上双水村孙、田、金三大家族两代人之间的矛盾纷争和人物命运的沉浮,全景式地反映了当代中国近十年间(1975—1985年)的城乡生活,包括中国城乡社会生活变迁的历史以及变迁过程中各阶层普通人所经历的内心冲突与心理变化等。

小说中着重刻画了两个感人至深的普通创业者形象——孙少安和孙少平。其中,孙少安在家乡开了一个砖瓦厂,几经波折终于积累了生产经验,并将石圪节的砖瓦厂承包了下来。在经营砖瓦厂的过程中,孙少安还认识到要想实现厂子的扩大再生产,必须要改造狭隘的农民思想。孙少平深知要想在贫困的生活中改变自己以及自己的命运,必须要通过劳动和读书,因而他渴望凭借自己的热情和才能走出农村到外面的世界去奋斗。但他和高加林一样,自身还存在一些问题和社会局限性,因而他是无法真正走向城市,实现自己人生理想的。

总的来说,小说从时间与空间、广度与深度上对中国在伟大的改革中雄伟的气势和壮丽的景观进行了完整展示,谱写了变革时代一曲不平凡的乐章。

## 二、先锋小说的创作

先锋小说是在 20 世纪 80 年代中后期形成的具有鲜明文体实验倾向的小说流派,其追求神秘感,推崇艺术的形式技巧,而且这种技巧往往以反传统的抽象、象征和变形等实验形式加以表现。马原、莫言、余华、洪峰、格非、孙甘露、残雪、北村等都是先锋小说的代表性作家,这里着重介绍一下马原、余华和孙甘露的先锋小说创作。

### (一)马原的先锋小说创作

马原(1953— ),辽宁锦州人。他曾在辽宁大学读书,毕业后以记者和编辑的身份进入了西藏,对西藏的人民以及风土人情等有了深刻的认知。事实上,马原在西藏的生活经历,也为其日后的小说创作提供了重要素材。另外,马原从 1982 年开始发表小说作品,至今仍不断有新作品问世。

马原是最早写先锋小说的作家之一,他的先锋小说在写法上与传统小说的写法是完全不同的。他认为小说的叙事因素比小说的情节因素更为重要,因而在写作的过程中运用了"元小说"和遗漏某些重要情节的叙述手法,以便叙事能够呈现出亦真亦幻的效果,这便是所谓的"叙述圈套"。

需要说明的是,传统文本的虚构只有在与现实的对应关系之中才能找到自身的合法性,现实始终是它的终极旨归,而马原的虚构则甩掉了现实世界的尾巴,成为一个自足的、兀自铺展开去的、处处惊喜、神奇的存在,它不是现实的仿品,它就是现实。而刨除掉现实指向性的虚构是一种"零度"写作。"零度"不是指情感的撤退和视角的超然,而是指超逾于真实与虚构、过去与未来、保守与进步等二元对立项的第三元。具体到马原的写作,"零度"就是不再纠缠于革命叙事的建构和拆解,而是试图开启出非革命的叙事之元,在革命与反革命的两极之间自地游移、嬉戏,它永久地超越革命与反革命的二元对立之上。马原说自己是政治上的糊涂虫,并说他理解庞德和博尔赫斯,"这两个外国佬在政治主张上都没有常人的起码的判断力"。这种"天真汉"口吻,正是一种"零度"姿态的宣称。写作的"零度"之于一定要"为"什么而写、习惯了追问到底有什么意义的中国文学来说,堪称石破天惊。相比较于王蒙等人暧昧的、欲拒还迎的小说新潮,马原才是真正的文学先锋。

马原的"叙述圈套"主要有三种。第一种是马原、马原的朋友们和马原的角色们自由出入于马原的小说,争先恐后、舍我其谁地说着、做着、沉思着,最经典的例证就是小说《虚构》那个著名的开头:"我就是那个叫马原的汉人，我写小说。我喜欢天马行空，我的故事多多少少都有那么一点耸人听闻。我用汉语讲故事；汉字据说是所有语言中最难接近语言本身的文字，我为我用汉字写作而得意。全世界的好作家都做不到这一点，只有我是个例外。"马原和他的朋友、角色们还从这一篇小说窜至那一篇小说，站在那一篇小说回过头来对这一篇小说说三道四，他们甚至在这里死亡，又在那里若无其事地复活，于是，马原所有的小说就被他们穿插成了一个松散的整体。更要命的是，马原和他的朋友、角色们称兄道弟、出双入对，就既瓦解了马原和他的朋友的真实性，也打破了角色的虚构性，马原本人的脆弱的真实性甚至需要真实的朋友和虚构的角色不停地作证和填补。如此一来，马原世界就无所谓真实和虚构，真的、假的统统被打入马原的叙述语流，凝定为一个个散发出神秘意味的故事。第二种是马原和他的朋友、角色们都是些聪明过人、精力过剩的家伙，他们一边看着台上的把戏，一边向大家一一拆穿把戏的玩法，他们是讲求"致幻术""拟真性"的传统小说的最顽劣不堪的读者。此种拆穿小说作法的做法，就是"元叙述"。这在《冈底斯的诱惑》这篇小说中体现得十分明显。小说中运用了"元叙事"手法以拆除"真实"与"虚构"之间的墙壁，因而在组织、叙述全部故事的第一级叙述者之下，还有几个"二级叙述者"：一个是老作家以第一人称讲述了自己的一次神秘经历，又以第二人称"你"讲述了猎人穷布打猎时的神秘经验；另一个是第三人称叙述者，讲述了陆高、姚亮等人去看"天葬"的故事，并转述了听来的顿珠、顿月的神秘故事。这些故事都牵涉一些神秘的、未知的因素，但马原从来不准备告诉读者这些神秘因素到底是什么。甚至更要紧的是，他们是否存在，抑或只是人的幻觉与臆想。更耐人寻味的是，小说第一节中的第一人称叙述者"我"是谁？实际上，这个叙述者"我"不可能是故事中的任何人物，因为他在小说后面根本没有露面。至于是不是作家马原自己，我们也无从弄清，唯一能知道的就是他不是谁。但又是他发起组织了整个探险活动，此时，这个探险过程是谁组织的、谁讲述的、谁是第一级的叙述者等无法弄清，于是整部小说也变得模糊、恍惚与可疑起来。第三种是马原的虚构之所以抛弃"似真性"，是因为他知道真实是不可能的，井井有条、层层推进的逻辑锁链只是理念的仿品，于是，他索性放弃了对于完整、秩序、真相的渴求，让经验以自身的破碎、即时、互不相干的形态呈现出来。即使故事的关节处出现了空缺，他也决不会用想象、假设、推论之类的方法搪塞过去，空缺就是空缺，世界就是这样，如此而已。比如，《虚构》中的老哑巴怎么会在玛曲村住了这么多年？他为什么藏有一顶嵌着青天白日徽章的军帽？一切阙如，虚幻得如同一场梦境，就像马原的夫子自道："《虚构》本身就像一个白日梦。"不过，这种片段的、拼接的、矛盾的、重叠的故事形态，会不会是另一种"似真"，甚至"是真"？一切都是不确定的。马原因此而颠覆了传统的"真实"观。

总的来说,马原的先锋小说"不再有明晰清楚、条理一贯的整体叙事,不再有这种叙事来赋予个体经验以现实性与意义,这里只剩下暧昧不明的、似真似幻的个体经验与个人化的叙述"。①

### (二)余华的先锋小说创作

余华(1960— ),祖籍山东高唐,出生于浙江杭州。他在读中学时便对文学产生了兴趣,并在 19 岁时尝试文学创作。1983 年,他发表了自己的处女作短篇小说,之后又陆续发表了多部长篇小说和中短篇小说集。

在所有的先锋小说作家中,余华的小说是在叙事上最为"冷酷"的一位,谋杀、暴力、死亡是他小说中的常见主题。他能让生命的惨痛在冷漠的叙述中转化为一种令人怅惘的审美形态,以极其冷酷的笔调来揭示人性,特别是人性中丑陋阴暗的东西,从而彻底颠覆和解构了传统经验和现实秩序。

在余华所创作的先锋小说中,给人心灵以极大震撼的是《十八岁出门远行》和《现实一种》。

《十八岁出门远行》是一篇"条理清楚的仿梦小说",自始至终充满了种种不确定的、令人难以捉摸的情境。开头的一段描写,表现迷蒙离奇、漂浮不定的感觉。小说以一个涉世之初的孩子——"我"抱着对成人世界的热切向往,"像一匹兴高采烈的马一样欢快地奔跑"着冲出家门,以单纯理想的眼光打量世界、介入世界。然而不但他的真诚未受到成人世界的接纳,此后所遭遇的一切更让他错愕不已。最后"我"被成人世界所抛弃。一个涉世之初的孩子充满期望地投身社会、进入人生,然而,映入眼帘的却是罪恶和欺诈,于是,"我"对这个布满着陷阱和阴谋的世界充满了困惑和恐惧。余华曾说:"人类自身的肤浅来自经验的局限和对精神本质的疏远,只有脱离常识,背弃现状世界提供的秩序和逻辑,才能自由地接近真实。"余华在这篇小说里生动地描写了少年人进入成人世界所遇到的障碍和发生的心理动荡,揭示了世界的荒诞无常和青年人在这种荒谬人生面前的深刻迷惘,小说中青春初旅的明朗欢快与荒诞人生的阴暗丑陋构成鲜明的反差和剧烈的碰撞,使其具有很强的审美张力。

《现实一种》叙述了一个"连环套"式的仇杀故事,并对暴力欲望、灾难和死亡进行了"冷漠叙述",从而在对人性的冷漠与残酷将进行深刻揭露的同时,彻底颠覆了历史和伦理。因此,这部小说能充分说明余华的暴力血腥美学。小说中的家庭尽管几代人生活在一起,然而维系他们的血缘亲情已然

---

① 陈思和. 新时期文学简史[M]. 桂林:广西师范大学出版社,2010:159.

逝去。他们生活在一种感情的虚空之中,冷漠埋下了暴力残杀的种子。山岗是家中的大哥,他的儿子皮皮不小心将弟弟山峰的儿子杀死了,愤怒之下的弟弟又将皮皮踢死了。之后山岗设计残忍地杀了山峰,山岗不可避免地被警察抓获并被处以死刑,最后他的弟媳将他的尸体卖掉作解剖之用。在这亲人间骨肉相残的血腥场景中,有一幕十分值得关注:山峰在踢死皮皮后意识到自己做了不可饶恕的错事,于是恐惧心虚,身心极度虚弱,以致山岗轻而易举地收拾了他;山岗以奇异而残酷的方式处死山峰以后同样也陷于精神崩溃,他实际上处死了自己。面对残暴而能不动声色地冷漠叙述,在这篇小说中达到了极致。在余华所展示的罪恶、暴力、血腥、杀戮等的背后,隐藏的是对人性本身的沉重绝望。可以说,人性的罪恶造成了无边的苦难,人性的沉沦导致了生命的沉沦。余华笔下的人性畸变和人性丑陋事实上展现的是人的危机。然而这种对人性的强烈绝望正是深含在对人性的热切呼唤之中的,绝望得越彻底,期盼得就越深沉。山岗、山峰兄弟俩犯罪后趋于精神崩溃,这似乎又显示了人的天良和道德感并未在欲望驱使下全部泯灭。

总的来说,阴谋、暴力和死亡是余华小说中屡见不鲜的内容,与此同时,在余华的那些怪诞不经的故事中又散发着某种发人深省的历史宿命论的意味。余华的那些表面上看起来被剔除了智力装置的人物,总是处于过分敏感与过分麻木的两极,而且总是发生错位,因而他们注定了是些逃脱不了厄运的角色,一系列的错误构成了他们的必然命运。人们生活在危险中而全然不知,这让余华感到震惊,而这也正是余华的小说令人震惊之处。

### (三)孙甘露的先锋小说创作

孙甘露(1959— ),祖籍山东荣成,出生于上海。他1986年发表成名作《访问梦境》,随后又发表了《我是少年酒坛子》《信使之函》等小说,使他成为一个典型的"先锋派"。

先锋小说家在创作的过程中,对于小说的语言都是非常忠实的,而孙甘露的先锋小说在语言的实验方面走得最为极端。他的先锋小说着眼于虚构幻象与幻境,但这些幻象与幻境又都只是一些无关紧要的琐屑与线索,无法构成一个条理贯通的虚构世界。孙甘露是一个在语言叙述上喜欢"剑走偏锋"的作家。在他的小说中,传统中国文学的宏大叙事杳无踪影,梦、幻想、瞬间的感觉、语词的自我衍生,以及优雅的风格构成孙甘露小说叙事的主要套路。

《信使之函》是孙甘露最为著名的一部先锋小说。通篇用五十几个"信是……"的句式结构全文,这种句型表明:对于信使,信使之函什么都是,但同时又什么都不是,信使的旅程是一个充满未知可能的过程。孙甘露式的叙事模式,把语言变成了一封永远不能投送出去的"信使之函"。

小说中没有明确的人物,致意者、六指人、温柔的睡莲、僧侣等完全是一群来去匆匆的人物,他们生活在一个漂流不定、没有真实含义的虚幻世界里,没有时间,也没有空间。他们往往只保留瞬间的情态,而这瞬间的情态又总是雕塑般化为了永恒的印记。另外,小说充满了无所顾忌的诗意描写和放任自流的奇谈怪论,在五十多个"信是……"的判断句里,作者把一个事物的可能性推到了极端,它被无限制地运用,使"信"变得无所不在、无处不在。小说最为突出特征是作者对语言的使用,他将语言中不少约定俗成的规范打破,然后去随意地重新塑形,产生了迷人的艺术魅力。

## 三、寻根小说的创作

在20世纪80年代中期的政治、文化背景下,"寻根"成为中国重要的思想文化潮流,并逐渐发展成为波及范围最广泛的思想运动和民间文化复兴运动。在小说创作领域,响应这一思想文化潮流的是寻根小说的创作。韩少功、贾平凹、阿城、李杭育、郑义、郑万隆等都是这一时期著名的寻根小说作家,这里着重分析一下韩少功、阿城和李杭育的寻根小说创作。

### (一)韩少功的寻根小说创作

韩少功(1953—　),出生于湖南长沙。他1974年开始发表作品,至今仍不断有作品发表。韩少功是寻根文学的主将,他的寻根小说创作注重对时代色彩的淡化和对地域特征的强化,并吸收神话、象征、怪诞、幻觉等手法,对人的生存状态以及民族的命运进行思考,从中发掘民族传统的文化劣根和生存病态,并对此进行了深刻的剖析和拷问,以引起疗救的注意和重建文明的关切,因而被认为继承了鲁迅对国民性的批判传统。

《爸爸爸》和《女女女》被认为是韩少功寻根文学的代表作。这两部小说可被视作互为补充的姊妹篇,二者均以象征性的人物塑造和环境设置,辅以寓言性的故事建构,通过"失父"—"审母"的深层精神指向,审视民族衰亡和文化没落的隐秘,表现对中国传统的"母性文化"的批判和文化"寻父"("寻根")的想象。

《爸爸爸》开了寻根小说的先河,通过描写一个原始部落鸡头寨的历史变迁以及寨中人们的生活状态,展示了一种封闭、凝滞、愚昧落后的民族文化形态。在偏远神秘、巫风盛行、风俗诡诞的"鸡头寨"世界,偶尔也有"报纸""皮鞋"等现代事物一闪而过,但其整体的生存状态和文化心理却是静止封闭、原始初民的,形成了一种自足的文化形态。其间充斥着各种离奇的神话、荒唐的思维、怪异的习俗,只是没有田园牧歌的余韵,更与现代文明根本无涉,反倒始终弥散着无知而盲目、沉滞而愚昧、腐臭而龌龊的气息。小说的中心人物丙崽,便是这种封闭自足的文化形态孕育出的怪胎。丙崽是一个丑陋不堪的"老根",一生下来就是一个傻子式的人,一个永远长不大的穿开裆裤的小老头。他外形丑陋肮脏,行为猥琐混乱,言语不清,只会反复说两个词:"爸爸爸"和"×妈妈"。他是没用的废物侏儒,人人都随意欺辱他,其母也深受其折磨,所以险被杀掉献祭谷神。但偏偏在一场村寨争战中,他又阴差阳错地被村民膜拜,而尊为"丙相公""丙大爷""丙仙"。以其谶语指引械斗,最后鸡头寨的老弱病残都服毒而死,喝了双倍分量毒药的丙崽却活了下来。丙崽的形象显然具有极强的民族象征味道,白痴意象及其境遇象征着由于民族文化中理性缺失和价值混乱,形成了蒙昧、混沌、愚顽、卑琐的文化特质和生命本性;丙崽不死,象征着某些民族文化根深蒂固的惰性依然顽强留存。作品借此表达了对古老民族文化形态的劣根性及其衰朽趋势的深刻揭露,呈现出具有五四文学启蒙色彩的文化批判意识。

  小说中丙崽生来处于"失父"状态中,其母靠向四邻乞求猫食抚养他;其母是个接生婆,一把剪刀"剪鞋样,剪酸菜,剪指甲,也剪出山寨一代人,一个未来"。这是一句神来之笔,透露出愚昧荒唐、毫无理性又懵懂自在的意味,表达对造就了丙崽乃至整个鸡头寨的"母性文化"的审视和反思。中国传统文化常被视为阴柔含蕴、温柔敦厚、繁密包容的"母性文化",晚清到五四以降,梁启超、鲁迅等人都对其陈腐羸弱展开了批判,韩少功继承了这一传统。以丙崽娘为象征,这种"母性文化"虽不乏温情、坚忍,但更多地则带着啰嗦、无知、窥私、密语、猥琐的病态,她诞下的只能是文化怪胎。因此丙崽的那两句谶语,与其说隐含着"人类生命创造和延续的最原始最基本的形态",[①]不如说象征着从未放弃的文化"寻父"努力和"审母"诅咒。丙崽在母亲赴死后喊裁缝仲满"爸爸"获认可,仲满灌其毒药同殉古道,希望回到祖先发源的东方,看似悲壮他却不死,象征着一味崇古的"寻父"企图的破灭。

  《女女女》从个体生存的角度讲述了叙述者"我"和幺姑、幺姑的结拜姊妹珍姑以及幺姑的干女儿老黑三个女人之间的关系,并据此展示了"审母"的意图。"我"因父亲自杀而身处"失父"的困境,寡居无后的小姑多年帮衬"我"家,老迈后亦同住,中风后被送到老家不久即死去。她被称为"幺姑"或"幺伯","母性"兼任着"父性"的角色,她对"我"家忘我细致的照顾、抚育"我"成人的经历,也有"母性"的民族文化延续生存、承传文明的意味。但这种"父性"填补先天就缺乏阳刚血性,幺姑也身有残疾,是一个聋子。她坚拒助听器,盲目自信、固执狐疑、琐屑絮叨,收集瓶瓶罐罐、废纸旧物成癖,残菜

---

① 陈思和.中国当代文学史教程[M].上海:复旦大学出版社,1999:285.

冷羹、馊饭剩茶也从不舍弃;她不与外界有更多的交往,宁可闭门呆坐,守着那些破旧什物。中风后不光瘫痪在床、便溺失禁,也变得猜疑、贪婪、凶狠、无理甚至暴虐,成为大家的沉重负累。她的身体和精神表现出更多的病态,后来甚至变成笼子里无意识的鱼似生物,在顽童的戏弄中死去。幺姑也来自和"鸡头寨"风俗类似的原始封闭村落,是以"耍"命名的古老母性群体中的一个,即便走进城市成为工人,仍表现出对现代文明和理性的惊人拒斥。她的形象有着和丙崽类似的象征意义,代表一种"母性文化"传统及其孕育的生命状态中,始终不能消弭保守、偏执、闭塞、盲目、疯狂等因子,它们积淀在民族历史和现实进程中,将民族群体的精神笼罩于沉重压抑、焦虑厌烦的情绪下,严重阻碍了文明的更新和发展,对此作者作出了痛切而又饱含眷恋的批判。送葬幺姑,天地震荡、鼠流遍地的异象伴随着巫歌唱和,似乎也送葬了这让人爱恨交加的"母性文化"。只是,取而代之的现代性"女性文化"或"女权意识"也并不是文化更新再造的良药。作者将其自我中心、骄狂恣肆、夸夸其谈、风骚放荡、游戏人生的特点,在幺姑的干女儿老黑这位摩登女郎身上铺展得淋漓尽致。老黑是一个西化的年轻女性,过着自我放纵的生活,全然不顾当时的道德准则和行为规范。剖开老黑看似新锐实则开始衰朽的虚妄本质,韩少功对其进行了漫画式的调侃和尖刻讽刺,不留情面。这显现了韩少功的文化立场,一方面是对中国传统文化在反思和批判中的认同;另一方面是对西方文化代表的"现代化"在借鉴中的怀疑,尤其是保持对其"物质化""时尚化"趋向的警惕。

总的来说,韩少功的寻根小说以不确定的思维方式对人的生存状态以及民族的命运进行把握,很能引起读者的共鸣。

## (二)阿城的寻根小说创作

阿城(1949— ),原名钟阿城,祖籍重庆江津,出生于北京。1984年发表处女作《棋王》而名震文坛,之后又发表了《树王》《孩子王》《会餐》《树桩》《周转》《卧铺》《傻子》和《迷路》等作品。

阿城的寻根小说创作有着非常浓重的道家传统,把笔触深入到了较少受到正统文化影响的边缘地区,在这些传统势力薄弱的地方从传统的道德文化出发,对人的生命文化进行再思考,让民族的过去得以重现。但他所表现的不是特定民族或特定地域的文化,而是整个中国的道家传统文化。对古朴自然状态的留恋,也正与庄子的返朴归真思想相契合。《棋王》和《树王》是阿城寻根文学的代表作。

《棋王》讲述的是云南边境一群知识青年的故事,王一生也是其中一员。他家境贫寒,为人老实,不显山露水,但是在学棋下棋的过程中,他的生命焕发了光彩。他下棋,是和对生命的热爱联系在一起的,也正因如此,他将"雅"的文化追求和"俗"的生存需求紧紧地联系在一起。作品中王一生对于"吃"的看法最能体现这一点,他说"一天不吃,棋路就乱",这正为我们展示了一个真实的人的形象,超越生活的前提是把握生活。捡烂纸的老头儿给王一生的指点,使他对"气"与"势"有了深刻的了悟,从此棋艺日精,这种境界,其实也就是一种自强不息的精神。王一生以一种无为而无不为的方式,借一场鏖战实现了人生的升华,且看这样一段:王一生"双手扶膝,眼平视着,像是望着极远极远的远处,又像是盯着极近的近处,瘦瘦的肩挑着宽大的衣服,土没拍干净,东一块儿,西一块儿。喉结许久才动一下"。此时,王一生的状态已近乎于人道,正是有这种对于生命的全情投入,生命的意义也才真正展现出它的光辉。正如小说最后"我"感悟到的那样:"不做俗人,哪儿会知道这般乐趣?家破人亡,平了头每日荷锄,却自有真人生在里面,识到了,即是幸,即是福。衣食是本,自有人类,就是每日在忙这个。可囿在其中,终于还不太像人。"小说写王一生与九人大战盲棋,情节至此达到最高潮,然而小说内涵之丰富却不仅限于此。阿城写知青之情,写母子之爱,写"无字棋",写底层奇人,以工笔细刻,为我们展示出一幅幅生活的画卷。动静之间,铺排与高潮之间,《棋王》虽不曾拥有震撼人心的绝对力量,却以其特有的精致与韵味感染着每一个读者。

此外,小说中的人物所追求的是一种道家精神,在乱世中淡泊自处,不耻世俗而又超越世俗,推崇本源的、朴素的生命意识,不断追求着内心的自由。然而对这种道家理想的追求又有一种儒家进取、争取生命价值实现的精神蕴含在内。表面上看,阿城似乎沉浸在对文化的迷恋之中不能自拔,但事实上,这也正是他批判现实的方式,只是他的批判对立面并不仅限于个人的苦难与时代的浩劫,而是整个中国文化,这就为他的小说赋予了很深的形而上色调。这种色调要求一种根源于民族文学传统的表达方式,阿城使用了白描,语言自然、素朴,但又不流于浅俗,没有过分的情感上的渲染,而是直接展现人物与事件,始终给读者提供最愉悦的阅读状态。而《棋王》中王一生的故事,又因其表现了一个时代的缩影而格外能引起读者的共鸣。

《树王》讲述了知青响应号召下乡到云南偏远山区,奉命砍树垦田所遭遇的一段故事。这里的乡民喜食辣椒,无辣不香,用渍白菜下饭,挖野山药为食。他们生活贫困,远离政治中心,最宝贵的财富便是满山的绿树以及随处可见的野物。可是,知青中的先进分子李立为破除迷信,力主砍倒"树王",而真正的"树王"肖疙瘩虽以命相抗争,但最终树仍被砍倒,山被焚烧,自己也郁闷而死。小说塑造了"树王"肖疙瘩的形象,他对自然、大树的朴素理解与自然情感,与那自以为掌握着真理和科学,实际上却唯命是从、缺乏独立思考精神的知青李立形成了鲜明的对比。小说的结尾,描写肖疙瘩的骨殖葬处生出白花,"有如肢体被砍伤后露出白白的骨",既象征了人类给自然带来的伤害,更隐喻了那个时代的人们所遭受的精神创伤。

总的来说,阿城的寻根小说以生活中自己独特的方式对中国传统文化积淀下来的民族性格进行了全面的剖析和审视,有着极其浓厚的文化内蕴。

## (三)李杭育的寻根小说创作

李杭育(1957— ),原籍山东乳山,生于浙江杭州。他1978年考入杭州大学中文系,1979年发表处女作短篇小说《可怜的运气》,1984年调入杭州文联从事专业创作至今。

李杭育的寻根小说着眼于吴越的"葛川江"地区,通过对这一地区民生和风俗的描写,表明自己对传统所持的矛盾态度,一方面承认对古朴遗风的"破坏"及"最后一个"的消逝却是一种社会和时代的进步,另一方面对葛川江所保留的那种古朴醇厚的儒风乡情以及趋于消蚀的"最后一个"的生存方式表示眷恋和悲挽。代表性的作品就是《最后一个渔佬儿》和《沙灶遗风》。

《最后一个渔佬儿》讲述了主人公福奎在现实社会发生巨大变化时坚守传统文明的故事。福奎是一个满身散发着鱼腥味儿的普通渔民,勤劳、朴实,在葛川江上生活了一辈子,每天划着小船在江上下网、收钩、捕鱼、捉虾。他生活并不那么称心,却怡然自得。他热爱自己的劳动,热爱美丽的葛川江。乍一看,这个人物生活得十分平静,没有什么波折,然而他的命运际遇、喜怒哀乐都深深地印上了时代的痕迹,反射出时代的投影。对于这一点,作者并没有特别地指点出来,而是通过艺术情节的发展自然而然地流露出来的。福奎是个捕鱼能手,人也"精壮得像一只硬邦邦的老甲鱼",他辛勤劳动,却一无所有。他的相好阿七等了他十年,"只因为他太穷了,穷得连裤衩都问她讨,才没嫁成"。他以前穷,是因为农村经济政策的问题,而现在穷,却是"自作自受"。在他的思想性格中有个大弱点,就是落后保守。他既保持了纯真、正直的品质,心灵还没有被社会上的不正之风侵染,他愿把稀有的鲫鱼喂猫,也不肯用来请客、开后门。但他又拒绝接受新鲜事物,顽固地坚持落后的生产方式,留恋已经逝去的岁月。生活在前进,他却停步不前。葛川江的鱼,一年比一年少,"渔佬儿都上了岸,成了庄稼佬儿",另一个渔佬儿大贵"承包个鱼塘",去年赚了八千块,自家买起了拖拉机。可是福奎对这一切,却不愿看、不愿听,整天沉浸在对往事的回忆之中,心安理得地过着那贫困安静的生活。现实毕竟是无情的,他成了生活的落伍者,成为葛川江上最后的一个渔佬儿。福奎思想性格的这个弱点,也是一些普通劳动者身上沉重的精神负担,并且是阻碍时代前进的一种惰性力量。向人们指出这种惰性,也许就是这篇小说的主旨之所在。作品这个艺术发现,正是作者对生活长期观察和思考的结晶,它闪耀着哲理的光辉,是值得读者仔细地加以品味和思索的。

这部小说的最大成就是创造了福奎这个作为普通劳动者的艺术典型。作者不是浮光掠影地描绘这个形象,而是把艺术的笔触伸入到人物的心灵深处,写出人物多层次多侧面的复杂思想性格。黑格尔曾经说:"每个人都是一个整体,本身就是一个世界,每个人都是一个完满的、有生气的人,而不是某种孤立的性格特征的寓言式的抽象品。"福奎不是某种政治概念的图解式产物,而是活生生的、有独立生命的艺术形象。

《沙灶遗风》通过讲述葛川江上最后一个画屋师傅耀鑫老爹的故事,展现了"寻根文学"对古老风俗文化的神往与追求,同时颇有预见地表达了对于文化传承与保护的思考。面对时代的变迁和经济的发展,耀鑫老爹一直固执地坚守着他毕生所爱却将被时代淘汰的画屋职业,为读者展现了葛川江沿岸人特有的古朴、刚烈和固执的品格,也展示了葛川江永存的魅力,同时也预示出经济发展、时代变迁对于古老风俗的冲击。

小说以生活化的口语叙述,用朴素的文笔,以精确、细腻、贴切的描述,使小说人物的性格跃然纸上,让读者回味无穷。桂凤哼唱的葛川江小调,乡民甩火把唱起民歌,这些情景将葛川江人质朴的性格展现得淋漓尽致。同时,那些恰切的比喻,也让小说更具活力和立体感。小说开头将沙灶镇比喻成折扇,一下子就让读者获得了一个生动的整体印象;对屋和舍的比喻也十分到位:"多半草舍的顶棚都凹陷下来,远看像条搁浅的破船","但那些屋却考究得像是新嫁娘的梳妆匣"。这些比喻都让小说更加具有文化意味与时代的穿透力。当然,幽默的描写手法也为小说增色不少。小说在描写祥龙阿爷点"万福火"的时候,称呼祥龙阿爷为"老乌龟",让人不由得捧腹大笑,同时也在更深的层面上表达了作者对传统风俗文化的热爱以及它们将要被社会发展所吞噬的惋惜之情。

总的来说,李杭育的寻根小说以独特的视角,就现代社会对传统社会的猛烈冲击以及两者间的矛盾进行了生动展现。

## 第三节 散文的新发展和徐迟等人的报告文学

20世纪80年代的散文创作,题材的选取更为广泛,情感的抒发也更为自由,充分显露出了散文家的精神个性。另外,报告文学呈现出空前繁荣的局面,题材有了进一步的开拓,艺术上也呈现出多元化的发展态势。

# 第五章　20世纪80年代的文学创作

## 一、散文的新发展

在20世纪80年代的散文创作中,以女性散文和学者散文取得的成就最大。

### (一)女性散文的创作

进入20世纪80年代后,中国女性作家的数量逐渐增多,在散文创作领域也取得了引人注目的成就。张洁、王英琦、唐敏、韩小惠、李佩芝、叶梦、苏叶、斯妤、马丽华、黄茵、素素、冯秋子、赵翼如、蒋丽萍等都是这一时期较为著名的女性散文家。她们的散文强调"自我"表现,重视"抒情性",并突出地呈现了女性所特有的心理体验与情绪,从而呈现出了与男性作家不同的特色,使散文中洋溢着一种细腻的感性情调。下面具体分析张洁和唐敏的散文创作。

张洁(1937—　),祖籍辽宁抚顺,出生于北京。她幼年丧父,从母姓。1956年,张洁进入中国人民大学计划统计系,毕业后进入第一机械工业部工作。1979年,她加入中国作家协会,并曾随中国作家代表团参加第一次中美作家会议。次年,她被调到北京电影制片厂工作,之后又成为作协北京分会专业作家,现为中国作家协会理事、北京市作协副主席。

张洁的散文感性色彩较为浓厚,读之很亲切。就如和一位具有亲和力的人交谈,你很容易和她交上朋友。她的散文如同她的为人,透明感性。张洁的散文,记录了张洁不同人生时段的真实。不管何种主题,不管是诗意的抒情散文,还是写实的叙事散文,总让人感受到一个活在现实中的真实生命,没有半分做作,不带任何矫饰。此外,张洁散文的真实与其他作家的真实不太一样,她的真实是她散文的生命,即是她的"文调",是你看到她的散文便让你感受到张洁生活中就是如此,她的散文就像她生活中的摄录影像,真实地摆在你的面前。

张洁散文的格局从来都不是宏大的,大的历史、大的时代背景、世界知名人士、知名地方顶多是她散文中的背景,或是信手提那么一句,但"醉翁之意不在酒",她总是更关注凡人小事,关照日常生活。从回忆乡村的童年到家庭琐事,就算足迹遍布世界各地,即使是与世界知名人士相交往也从不以"大"做文章,而是从"小"着手。这在《拣麦穗》一文中有着鲜明的体现。

《拣麦穗》是一篇意蕴丰富、情感忧伤、故事感人、人物形象栩栩如生、情韵广阔丰富、语言充满童趣的作品,写了"我"和姑娘们在拣麦穗时产生的梦想:"我"要嫁给卖灶糖老汉,姑娘们要在卖掉麦穗后换取嫁妆,使自己将来有一个幸福的婚姻。但是"我"和姑娘们的梦都破灭了。文章贯穿着明暗两条线索,明线是拣麦穗、暗线是爱。两条线索交织在一起后汇成了一曲催人泪下的关于爱的赞歌。全文意境、情感温馨醇美。文章自然地分成三个部分。第一部分,写农村姑娘拣麦穗的目的是想把拣到的麦穗换成钱后给自己准备嫁妆,将来嫁给自己心仪的人,这是姑娘们的一种普遍心思。但她们的美好愿望最终都破灭了,她们所嫁的人并非自己心仪的人。第二部分,回忆"我"童年拣麦穗时想嫁给卖灶糖老汉的梦幻及"我"从卖灶糖老汉处得到的爱。"我"产生了要嫁给卖灶糖老汉的想法后,老汉在指出不可能的时候,却也明白"我"的纯真,所以尽力维护"我","我"便从老汉身上得到了感人的爱护。第三部分,写卖灶糖老汉的离世及"我"的幻想破灭。有一天,"我"从另一个卖灶糖的人那里知道"老汉去了"。"我"伤心地、真诚地哭了,"哭那陌生的,但却疼爱我的卖灶糖的老汉"。文章意蕴丰富、情感忧伤,讲述的故事娓娓道来,行文如行云流水,思想感情深含字里行间,人物形象栩栩如生,场景、情韵广阔丰富,使人在得到愉悦享受之时,心灵也得到陶冶和充实。全文的语言爽朗、风趣、活泼、纯净,充满童趣。象征手法的使用使文章意蕴丰厚,寄托了作者对人与人之间纯真感情的赞颂,对理想人生的执着追求。

总的来说,张洁是一位感性的女作家,因而她的散文往往是情绪情感的自然流露,以情动人,而不是靠缜密的构思来赢得读者。

唐敏(1954— ),原名齐红,祖籍山东,出生于上海,后随家人移居福建。著有散文集《女孩子的花》《纯净的落叶》《屋檐水滴》《美味佳肴的受害者》等。

唐敏散文的最大特点,是宁静观照的品味态度和珠贝般的孕育思维精神。从题材上看,唐敏的散文实在没有什么新奇之处,基本上都属于自然之美、日常之味和童年少年之趣的范畴,并且都带有往事的回忆性质。但是,当作者以宁静的心面向普普通通的日常情景时,那些我们熟视无睹的黄昏、经意或不经意的邂逅、快乐或失望的旅行,都会像水乳洗过一般,让人产生一种亲切而又新鲜的感受,使我们不由得重新回头品味它们,以一种新的眼光对待它们。谁没有见过黄昏的景象呢?但是谁曾有过被夕阳"这温柔洁净完美的圆形充满心灵,在梦中也常常托着我浮起来"的感觉?但是唐敏不仅看见了"圆得凸出来"的夕阳,听到了"笛声一样的回鸣",还呼吸到"彼此身上阳光的香气"。这是一种连"细小的夕阳的微粒在身上游动"也能感受到的感受力。

唐敏的散文中也充满了女性的灵敏锐利及个人化、情感化的特点,女性色彩更为明显。在《女孩子的花》中,她通过用水仙花占卜未出世的孩子是男是女的故事,表达了自己对男性社会的不满,同时表明自己希望代表着男

孩的"金盏"花开放,而不愿意代表着女孩的"百叶"花开放及其原因:

> 因为我不能保证她一生幸福,不能使她在短暂的人生中得到最美的爱情。尤其担心她的身段容貌不美丽而受到轻视,假如她奇丑无比却偏偏又聪明又善良,那就注定了她的一生将多么痛苦。

在这里,作者将社会对女性的不公正深刻揭露了出来,进而表达了自己对女人的钟爱与怜惜之情。

唐敏的散文在语言上也很有特色,她能够以单纯的直觉和丰富的感性赋予词汇以崭新的生命,让文字显得轻灵、鲜活而富禅意,同时还表现出强烈的层次感和画面感。

### (二)学者散文的创作

学者散文是指在专业研究之外从事人文或社会科学研究的学者所创作的一组散文,融合了学者的感性经验和理性思维。学者散文的创作者来自与文化研究相关的各个领域和各个行业,而且他们在自己的专业领域已取得一些令人瞩目的学术成就。因此,他们所创作的散文实际上是他们在工作之余或结合工作所进行的思考以及所得出的结论。这就决定了他们所创作的散文与作家散文是有很大区别的,即他们的散文创作不注重散文文体,而是将其看作专业研究之外对自我的另一种表达。此外,学者散文更侧重于所要谈论的内容,因而在文体的表达上会呈现出作者独特的个人感受和文化关怀。因此,有批评家将学者散文称为"文化散文""哲理散文"或"散文创作上的'理论干预'"。金克木、唐弢、张中行、季羡林、王小波、黄永玉等都是学者散文的创作者。这里主要分析一下金克木和张中行的学者散文创作。

金克木(1912—2000),祖籍安徽寿县,出生于江西。他致力于梵文和印度文化的研究,在自己的研究领域取得了重要成就。金克木在进行学术研究的同时,还致力于散文的创作,有多部散文集问世。2000 年 8 月 5 日,金克木因病在北京逝世,享年 88 岁。

金克木是最早进行学者散文创作的作家之一。他的散文主要是思想、文化随笔,还有读书札记、文化漫谈等。在这些作品中,他往往围绕某一议题展开,然后融入丰富的知识,还常常运用反讽的手法,从而形成了智慧而又诙谐从容的文风。《老来乐》中有这样一段话:

> 六十整岁望七十岁如攀高山。不料七十岁居然过了。又想八十岁是难于上青天,可望不可即了。岂料八十岁又过了。老汉今

年八十二矣。这是照传统算法,务虚不务实。现在不是提倡尊重传统吗?

对这段话进行分析会发现,最后一句运用了反讽的写作手法。作者明明知道尊重传统并非说的是年龄的"务虚不务实",但他却偏要"牵强"一回,从而造就了文章的幽默感。

金克木在进行散文创作时,其思维方式也是很有特色的,即他的思维通常不会被局限在某一时空中。一方面,他站在当代的角度,对传统的诗学经验、术语、文献资源和学理构成进行了反思、改造和重构。另一方面,他十分理性地对待外来的诗性智慧和学术观念,对其进行了中国化的处理,或扬弃,或融合,从而使其能够更好地被理解和接受。比如,在《妄谈孔子》一文中,他用现代术语对孔子的事迹进行了形象描述,以便现代人能够更容易理解孔子。他说,孔子的一生都在不断地出国访问和讲学(即孔子周游列国),还想获得"绿卡"在海外定居,丝毫不存在种族歧视的观念。他还说,孔子为了能够发财致富,就算是赶马车的活也愿意干,要是放在今天那就是当司机开汽车办运输就能够将经济脉络掌握在手中了。很明显,金克木是站在现代人的视角对古人及其思想、生活方式等进行描述,给人耳目一新的感觉。这种打破历史时空界限的另类手法,说明作者在文学方面有着很高的境界。

张中行(1909—2006),原名张璇,学名张璿,字仲衡,出生于河北香河。他长期从事与语文相关的教育与研究工作,并发表了《文言与白话》《文言津逮》等论著,以及《负暄琐话》《负暄续话》《负暄三话》《禅外说禅》《流年碎影》等散文随笔集。2006年2月24日,张中行去世,享年97岁。

张中行在进行散文创作时,希望能够表达出一种闲散而又温暖的情趣。因此,他在对自己的散文集进行命名时,运用了"负暄"一词。所谓"负暄",就是晒着太阳闲聊。此外,张中行在进行散文创作时,追求自然、想怎么说就怎么写,而且常常借助于文化、艺术的眼光对人生进行审视,用哲学家的智慧对文化以及艺术等进行关照。因此,他的散文往往会涉及很广的范围和内容,而且在对散文中的内容进行品评指点时,总能流露出理性的趣味和淡雅的文化品味。

张中行在进行散文创作时,还形成了一种较为固定的模式,就是先把写散文的来龙去脉解释清楚,然后直奔主题,分析细密且有条理,最后在似乎不应该结束的地方结尾,意到笔不到。比如,在《辜鸿铭》一文中,作者先用四个自然段说清楚了写辜鸿铭的起因和由来,然后按照"从小到大"的顺序对辜鸿铭进行了描写,最后总结说了辜鸿铭的特点是"怪",以及自己对于辜鸿铭"怪"的理解。

## 第五章　20世纪80年代的文学创作

张中行的散文在语言方面,也形成了一定的特点,即不讲究辞藻的华丽,修辞手法也很少使用,而是像与人聊天一样,通俗而又明白。此外,他在娓娓道来的同时,还会隐含着自己所感悟到的一些人生哲理,以引发人们的思考。比如,他在《沙滩的住》一文中写道:

> 随着时间的流逝,公寓逐渐减少以至于消亡,良禽择木而栖的自由也逐渐减少以至于消亡。但沙滩一带的格局却大部分保留着,所谓门巷依然。
>
> 我有时步行经过,望望此处彼处,总是想到昔日,某屋内谁住过,曾有欢笑,某屋内谁住过,曾有泪痕。屋内是看不见了!门外的大槐树依然繁茂,不知为什么,见到它不由得暗诵《世说新语》中桓大司马(温)的话:"木犹如此,人何以堪!"

这两段文字虽然十分简单,但其中却蕴含着难以言说的感慨与情思。

总的来说,张中行的散文与五四时期的散文有着相似之处,疏淡清新,朴素自然,记述人物多采用白描手法,并用散文把自己关于社会、历史、人生的种种感悟如行云流水般讲述了出来,充满了悲天悯人的情怀,在学者散文中独树一帜。

## 二、报告文学的创作

进入20世纪80年代后,报告文学的创作日渐繁荣,不仅在题材上有了进一步的开拓,艺术上也呈现出多元化的发展态势,还深化了报告文学的批判精神,从而改变了报告文学与小说混为一体的状态,强化了报告文学文体特质。这里主要分析一下徐迟和钱钢的报告文学创作。

### (一)徐迟的报告文学创作

徐迟(1914—1996),出生于浙江吴兴。他1931年开始进行文学创作,有诗歌、散文和小说等多部作品问世。中华人民共和国成立后,他将主要的精力投入到报告文学的创作上,有报告文学集《我们这时代的人》《庆功宴》,以及报告文学作品《地质之光》《哥德巴赫猜想》《生命之树常绿》《在湍流的旋涡中》《石头油》《向着二十一世纪》等。1996年12月13日,徐迟去世,享年82岁。

徐迟在题材上开拓了一个新的领域,将报告文学与科技主题结合起来,使文学更纵深地向科技领域挺进,进而在为献身科学事业的科学家们立传的同时大力弘扬知识的力量和科学的尊严。他的《地质之光》《生命之树常绿》《在湍流的旋涡中》《哥德巴赫猜想》等都是以科技为题材而创作的优秀报告文学,其中扛鼎之作是《哥德巴赫猜想》。在这些报告文学作品中,徐迟以饱满的诗情和诚挚的心灵对科学家的苦恼和欣喜进行感受、以严峻的事实对知识分子长期受到的不公进行表现,进而对知识分子的献身精神以及他们所具有的社会价值进行高度肯定,引起了社会对知识分子现实境遇的极大关注,这应该说是徐迟的报告文学最重要的历史贡献。

徐迟在报告文学中塑造了很多光辉动人的知识分子形象,如数学家陈景润、地质学家李四光、植物学家蔡希陶等,他们艰辛地探求着真理,而一直支撑着他们探求真理的是他们为祖国的科学文化事业献身的伟大理想以及他们对党和国家的无比热爱和忠诚的深厚感情。其中,数学家陈景润的形象是塑造得最为成功和动人的。陈景润是性格孤僻、内向、自闭且体弱多病的"丑小鸭""畸零人",对生活无所知也无所求,但却经历了极其曲折的、充满着各种磨难和考验的生活道路。对此,陈景润既无处和无法辩说,更无力与其抗衡,只能是躲入数学的王国中以求得解脱。他将自己"全部心智和理性"都放在自己的数学事业上,忘记了时间和外面的一切,即使在自己"心力已到了衰竭的地步"仍坚持工作在数学事业上。他就像是一个整天都生活在数学的王国中,只是偶尔地才会回到现实的生活中人。终于,他以惊人的毅力登上了(1+2)的台阶。在塑造陈景润这个人物时,作家对其愚拙木讷的外相进行了详细描写,而这样写实际上是为了更好地赞颂陈景润对科学的贡献,揭示出陈景润辉煌的生命价值,进而对当时社会的荒唐和变态及其对知识分子的破坏进行真实而生动的展示。

徐迟在进行报告文学创作时,还形成了一些鲜明的特色。首先,徐迟的报告文学特别注重激情与理智的统一,如《生命之树常绿》中对蒲公英的一段描写:"它们飞舞着,作为种籽而飞翔,而后降落到大地之上,重新定居下来了,扬畅了,生长了,以几何级数的增长,开放了更多得多的花序,又结出更加多得多的美丽组合的果球。用不到惋惜的呵,更不需要伤感!倒不如赞扬它,咏吟它,歌唱它,欢呼它呵——大自然的素朴和华丽的统一!毁灭与生命的统一!"在这一段五彩缤纷的描写中,清泉似的思想和智慧自然地流露了出来。其次,徐迟的报告文学有着诗意的浪漫,而且有些描写有着诗的节奏感和跳跃性,如《三峡试笔》中写道:"对峙的山峰一座套一座。越深,更窄,没有出路。不知大江从何处流来;这是一幅深刻的图画,激动人心的图画!"最后,徐迟的报告文学在语言上刻意求工,还常常借用古代骈文的句法,而散骈结合使得文章形象优美、声调抑扬,如《哥德巴赫猜想》中有这样一段文字:"一个一个的人物,登上场了。有的折戟沉沙,死有余辜;四大家族,红楼一梦;有的昙花一现,萎谢得好快啊。乃有青松翠柏,虽死犹生,重于泰山,浩气长存!有的是国杰豪英,人杰地灵;干将莫邪,千锤百炼;拂钟无声,削铁如泥。一页一页的历史写出来了,大是大非,终于有了无私的公论。"这段文字运用散骈结合的句式,对动乱的社会进行了深刻概括,写得气势磅礴而又抑扬顿挫。

### (二)钱钢的报告文学创作

钱钢(1953— ),浙江杭州人。他1969年参加解放军,1976年毕业于解放军艺术学院文学系,是著名的报告文学作家及记者。

钱钢作为一个来自部队的作家,在进行报告文学创作时,会不自觉地将部队的生活状态和军人的心灵世界作为报告的对象。因此,他的很多报告文学作品对和平年代中国军队在改革中所面临的问题进行了揭露,并对有胆识、有智谋、有勇气的改革者进行了赞扬。

《唐山大地震》是钱钢最著名的一部报告文学作品,是他为纪念唐山大地震这一惨绝人寰的自然灾难发生十周年而创作的,目的是"为明天留取一个参照物",要"给今天和明天的人类学家、社会学家、地震学家、医学家、心理学家,要给整个地球上的人们,留下一部关于大毁灭的真实记录、留下一部关于天灾中的人的真实记录"。因此,他在作品中严格遵循报告文学的真实性原则,用冷峻的笔触,惊心动魄地描述了被地震摧毁的城市景观、震前的种种征兆,从灾难中挣扎起来的各色人物,遇难的二十几万生灵,以及参与抗震救灾的人们,绘制出一幅属于唐山,也属于人类的"7·28"劫难日的"全息摄影"图。同时,他在作品中勇敢地、真实地揭示出了人的本质及人性的全部复杂性。灾难是一面镜子,善良美好的人性在它面前焕发出奇异的光彩;卑劣、丑陋的人性在它面前释放出罪恶的能量。最先从废墟中挣扎起来的共产党员和干部、"红色救护车"上四个去报警的男子汉,参与陡河水库大坝抢险的驻军战士们,奋力救人与自救的开滦煤矿广大干部职工,飞速赶赴救灾现场忘我奋战的人民子弟兵,给死寂的城市带来唯一一盏路灯的九位工人,"虽未免一死,却在灾难的废墟上留下了人类精神对死神的胜利的记录"的"极美的石化了的姑娘"丰承渤,给人们"血迹斑斑的心灵"带来抚慰、激励的音乐之声的盲人资希圣们,甚至那些犯人们……这些不屈不挠、生生不息的人,在灾难面前集结成一个大写的人,一个有着无比顽强的抗争力的人。通过这些感人的描写,作者讴歌了人类求生存的伟力和社会主义时代中国人民抗拒自然灾害的英雄主义精神。另一方面,作者亦毫不留情地展现了某些人性的弱点乃至罪恶。那一长串令人触目惊心的被哄抢物资的统计数字、那成百上千忙忙碌碌地哄抢的人群、那些为人抓获而跪着的一溜抢劫犯,那些发地震财的家伙……无可辩驳地昭示出人性中自私、贪婪、卑鄙的阴暗面。作者在这种呈现出巨大反差的善恶对比描写中,为人们更多地了解人类自身提供了可资参考的依据。

在这部报告文学作品中,钱钢还严肃地思考了人与自然关系这一重大问题,尤其是"我的结束语"这一章节,仿佛一篇气势磅礴的"地问"向人们提出了许多新颖而有价值的问号,并乐观地展望未来:"我相信,人类终究会查明:地幔热流和地震的关联……天文因素,太阳黑子和地震的关联,以及千千万万不可思议的自然现象","我还相信,有一天,人类不仅将预报地震,还终将能'疏导'地震。……不久的将来,那条躺卧在地底深处的大鲶鱼也将会躺在人类设置的解剖台上,成为人类战胜自己、战胜大自然的一个象征"。

此外,文献性与文学性的完美结合,是《唐山大地震》创作上的一个显著特色。这部作品充分显示了钱钢驾驭宏大题材的魄力和审视现实、反思历史的胆识。可以说,《唐山大地震》气势恢宏,感情真挚热烈,史料翔实充分,具有冷静的客观性、较高的审美价值及社会与自然科学的认识价值。

## 第四节　现代戏剧的复兴

进入20世纪80年代,戏剧陷入了低迷与徘徊时期。此时,西方现代戏剧界对于现实主义的反叛与创新,布莱希特的叙述体戏剧,梅特林克的"静态戏剧"等新的戏剧观念,深刻影响了中国戏剧的发展,即戏剧的创作呈现出现代主义倾向。沙叶新和刘锦云在这一时期现代戏剧的发展中发挥了十分重要的作用。

### 一、沙叶新的戏剧创作

沙叶新(1939—2018),江苏南京人。他在读高中时便开始进行戏剧创作,还曾进入上海戏剧学院戏曲创作研究班读研究生课程。毕业后,他进入上海人民艺术剧院,成为一名专业编剧,后任上海人民艺术剧院院长。2018年7月26日,沙叶新去世,享年70岁。

沙叶新可以说是当代最富有创造力的剧作家之一,他自20世纪80年代以来发表了《假如我是真的》《陈毅市长》《大幕已经拉开》《马克思秘史》《寻找男子汉》《耶稣·孔子·披头士列侬》等多部剧作。下面着重分析一下《假如我是真的》《陈毅市长》《马克思秘史》和《耶稣·孔子·披头士列侬》。

《假如我是真的》是沙叶新的成名作,也是一部杰出的讽刺戏剧。此剧揭露了一个青年假冒高干子弟招摇撞骗的行径,同时又特别披露了他的堕落历程:他本是一个"有理想,又聪明,什么活一学就会,还会演戏"的人,只因"农场越办越糟,有门路的大家走的走,跑的跑",而他回城的机会又被干部子弟给挤掉了,所以才变得消沉起来,并走上了行骗的道路,可行骗的目的只是为了回城。剧中在他的骗局被揭穿以后让他吐露心声:"难道只有我一个人在欺骗吗?不,这场骗局是大家共同制造的!被我欺骗的人,不也是在欺骗别人吗?他们不但给我提供条件、机会,帮助我欺骗,有的被我欺骗的人,甚至还教我如何去骗别人……难道他们不也是利用我这假冒的身份和地位,来达到他们更大的个人目的的吗?""我错就错在我是个假的,假如我是真的,我真的是……首长的儿子,那我所做的一切就将会是完全合法的。"这样的愤怒将批判的锋芒从个人品质指向了社会存在:正是因为有了"畅通无阻、威力无穷的特权",才有了钻营和行骗的人们。在"尾声"中,作家借老首长的感慨道出"被告李小璋也是受害者","我们这个还有特权的社会和某些不合理的制度给诈骗行为提供了土壤"。这样的批判已经被后来层出不穷的社会问题所证实。剧中第二场布景悬挂的《钦差大臣》剧照和海报也起到了绝妙的作用:《钦差大臣》正是俄国批判现实主义作家果戈理揭露俄国社会骗局的名作。

《陈毅市长》对老一辈革命家的高风亮节进行了热情讴歌。剧中,作家选取了陈毅在解放初期任上海市市长期间励精图治、勇于担当,又平易近人、幽默风趣的几段逸事,生动塑造了一个革命家、政治家的丰满形象:开场的滔滔演讲就展示了陈毅既幽默又豪迈的一面——他可以用生硬的沪语逗部下们开心,也发出了"试看明日之上海,竟是谁的天下"的豪言壮语;接下来,通过接管政权期间他与国民党上海市代理市长交朋友、虚心向对方求教管理的经验,便衣登门动员资本家恢复生产、邀请化学家出山办厂,微服出访了解国营商店经营状况,劝说岳父打消"揩国家的油"的念头,对部下的失职敢批也敢于承担责任,对自己的工作失误一经发现马上检讨,以及过年时深入工人家庭与他们同吃豆渣,雷厉风行解决交响乐团房子困难等一系列情节,淋漓尽致地描绘出陈毅伟大而又平凡的个人风采。另外,作家有意突出陈毅"爱说笑话,爱打个哈哈"的风趣本色,使陈毅的性格魅力、对于各方人士的亲和力得到了令人信服的呈现,同时也给全剧增添了相当轻松的喜剧氛围。此外,这出话剧也常常放射出针砭时弊的批判锋芒,在陈毅"我真不明白,我们有些同志好像和尚念经一样,不论出现什么严重的局面,都说形势大好,好像我们共产党人就不可以有形势不好的时候。这是睁眼说瞎话,要不得!"的感慨和"报喜不报忧,就不是真共产党"的铮铮之言中,是可以明显感到作家弦外之音的。

《马克思秘史》是沙叶新为纪念马克思逝世一百周年而作的。剧中,作家在努力还原马克思的普通人品格的笔墨间,显然寄托了反对造神的当代意识:开场通过剧作家与马克思的对话,道出了全剧的主题——"其实我(马克思)是个普通人,人所有的,我都具有。""所谓秘史,都是一些个人生活、家庭琐事,或者是些重大斗争中的一些微不足道的插曲",但也正是在"秘史"中,一个人的"特有性格、内心世界、个人情感反而更会清晰,因而也更会使人感到亲近"。剧中,马克思和恩格斯的真挚友谊以及偶尔发生的误会和随后而来的谅解,马克思嘲弄宪兵的机智与幽默,马克思在流亡途中,"总是毫无顾忌地表露自己的思想与感情","完全像个孩子,从不善于伪装"的率真与因此难免遭遇的惊险,以及马克思在贫困、饥饿、流离失所中"变得暴躁"的性格,因为喜欢孩子而多生孩子,却也因此而更加贫困的无奈,他和夫人燕妮因为贫困发生的争吵……这一切,都表现得很有人情味。这一切,与剧中对于马克思的坚定性格的刻画和关于马克思以坚忍不拔的毅力写作《资本论》的讴歌水乳交融,显示出作家对马克思性格丰富性的深刻认识和成功表现革命导师人情味的出色才华。

《耶稣·孔子·披头士列侬》是一出幽默喜剧。剧中,作家让这三位历史人物与上帝、牛顿、伽利略、达尔文、莫扎特、贝多芬等同台演出,意在揭示不同时代、不同民族人生观与价值观的相对性与微妙性。上帝因为世间的麻烦太多而不堪其苦,甚至因此而后悔当初造人,于是派孔子、耶稣、列侬组成考察团,去人间"考察一下当今的人类究竟有哪些罪恶,原因又何在"。他们三人因为价值观的不同而常常发生分歧,耶稣以为是的,列侬必然以为非,反之亦然,而中庸的孔子则虽然尽力居中调和,却又常常因为传统的束缚而适应不了西方的生活方式,显得进退失据。在人欲横流的"金人国","只要有钱,到处都通行无阻",人们的生活方式与传统道德好像完全相反,却又似曾相识:父子二人因为争路上的金币而大打出手,直至为此双双身亡,此情此景,使孔子想起了中国春秋之际,卫国太子蒯聩与儿子为争夺君位而兵戎相见的往事,道出了人性不曾进化的无情事实。到了"全国上下一片紫""每个居民的思想、行为也都是统一的",甚至连全国人民的小便时间也是统一的,甚至"性别也是统一的,不分男女"的"紫人国",孔子居然视之"民风淳朴",耶稣则避之唯恐不及,列侬因为这里没有爱而苦闷。"金人国""紫人国"显然代表了拜金主义与集权主义两种政治形态,而两种形态的弊端和耶稣、孔子面对弊端的无能为力,也寓意深长地揭示了人类生存的困境。将这困惑以荒诞的笔法写出,显示了作家智慧的眼光、嘲讽的才华。

## 二、刘锦云的戏剧创作

刘锦云(1940— ),出生于河北。他1963年毕业于北京大学中文系,毕业后曾长期生活在农村。1982年,他进入北京人民艺术剧院,一直到现在。自20世纪80年代开始,刘锦云尝试戏剧创作,著有《狗儿爷涅槃》《背碑人》《乡村轶事》《阮玲玉》《杀妃剑》《山乡儿女行》(与人合作)等剧本。

刘锦云的剧本多以他熟悉的北方农村为背景,均由北京人艺搬上舞台,其中以《狗儿爷涅槃》成就和影响最大。本剧为多场现代悲喜剧,最初发表于《剧本》月刊1986年第6期,并于当年由北京人民艺术剧院首演,导演为林兆华。

《狗儿爷涅槃》以其深刻的思想主题、独特的艺术形式在现代主义戏剧中占有重要地位。该剧以现代意识观照传统,在民族意识与现代意识的撞击中揭示出中国一代农民的悲剧性命运,既写出了千百年来小农经济文化意识对农民的禁锢,也有对民族文化意识的剖析和反思。

整个剧作围绕着北方某贫苦农民陈贺祥(外号叫狗儿爷)一生与土地之间剪不断、理还乱的关系展开,讲述了其围绕着土地的生活经历以及心路历程。"狗儿爷"是一个记载着主人公与他父辈辛酸历史的诨号。狗儿爷原名叫陈贺祥,他的父亲对土地十分痴迷,但却没有土地,后来以与别人打赌活吃一条小狗最终撑死的代价为儿子赢得两亩地,也为儿子赢来了一个"狗儿爷"的恶名。狗儿爷从父亲那里继承了仅有的两亩土地,也继承了父亲对土地的迷恋,一生的梦想就是有自己的地,成为土地的主人。在解放战争时期,他舍命抢收了地主祁永年因战火连天而扔下的即将收割的田里的芝麻,并抢夺了祁永年的土地,但他的妻子却因此被炸死。中华人民共和国成立后,狗儿爷分得了自己的土地和牲口,还分到了祁永年的高门楼,并迎娶了年轻漂亮的小寡妇金花,开开心心地过上了好日子。但由于对土地的痴迷,狗儿爷大量收购别人的土地,梦想着有朝一日也成为一名地主。但他没想到的是,此时农村竟搞起了合作化、公社化等,他所努力得来的一切都失去了,这使得狗儿爷抑郁成疾,精神错乱。十一届三中全会后,农村开始实行家庭联产承包责任制,狗儿爷重新得到了土地,又有了实现地主梦的可能。可是,他已经70多岁了,心有余力不足,便把实现地主梦的希望寄托在了儿子身上。然而他的儿子却十分蔑视他的地主梦,还要将他视为命根的高门楼推倒,去修路开矿,这使得狗儿爷彻底绝望。盛怒之下,狗儿爷亲手放火烧掉了门楼,他的地主梦就在这火光中永远破灭了。

这部剧作在艺术形式上极具创新意识,这主要表现在两个方面:第一,该剧没有采用平铺直叙的写实手法,而是将狗儿爷作为叙述主体,从其"76岁时的回忆入手,通过独白、旁白、心理外化变现人物的意识流动,将过去与现在、外部生活与内心活动结合在一起,展现了30年里中国农村的社会变迁、中国农民的命运变迁和心灵变迁"。[①] 另外,这部剧作在演出手法上也很有特色,剧作的舞台呈现巧妙地将东西方戏剧的表现手法融汇在一起,既有象征主义的色彩,也有布莱希特似的间离效果,更有中国画大写意的风格,从而广泛而深入地开掘了人物幽深的内心以及复杂矛盾的性格,如地主祁永年多次以鬼魂形式出现,并与狗儿爷进行对话,时而揭示和暴露了狗儿爷的心灵秘密,时而展现了狗儿爷的思想性格,从而使狗儿爷的内心冲突得到强化。

总的来说,全剧人物性格突出,思想蕴涵深厚,在传统现实主义与西方现代主义的融合运用上也处在实验戏剧的前列。

---

[①] 张钟,等.中国当代文学概观.2版[M].北京:北京大学出版社,2002:201.

# 第六章 20世纪90年代以来的文学创作

20世纪90年代以来,随着社会主义市场经济的发展,中国社会进入了一个新的历史时期。与之相对应,中国文学也进入了一个新的历史时期。在市场化的时代,文学界"多元化""个人化""边缘化"话语取代了以往的启蒙指向,日益膨胀的文化市场以及商品意识,使知识分子整体的同一性不复存在,更多的是以个人的文化立场进行写作。因此,这一时期的文学可以说是标新立异的个性化创作天地。此外,自20世纪90年代以来,由于市场机制的影响,知识分子在整个社会中的位置趋向"边缘化"。这使得知识分子开始质疑和反思自身价值和文化观念,也使得他们作品中的乐观情绪一定程度上被削弱,批判反省的基调得以凸显,形成了探索与困惑并存的局面。

## 第一节 精英写作与世俗化写作并立

20世纪90年代以来,伴随着改革开放的不断深入,诗歌的创作发生了明显改变。这一时期的诗歌逐渐回到了作为个体精神劳动方式的角色,而不再是推动社会、影响文化的工具。因此,诗人们在进行创作时,不再是对故事进行全面讲述或是对人物进行完全塑造,而是通过对现实生活中某一瞬间的捕捉与描述,表达自己的某种体悟,继而揭示现实的生存状态。此外,这一时期诗歌写作呈现出两种明显的倾向:一种是精英化或者说知识分子写作,代表诗人是西川、王家新等;另一种是民俗化或者说民间写作,代表诗人是于坚、伊沙等。接下来,着重分析一下西川、王家新和于坚的诗歌创作。

### 一、西川的诗歌创作

西川(1963— ),原名刘军,生于江苏省徐州市。他1981年考入北京大学英文系,并开始诗歌创作,同时投身当时全国性的诗歌运动,倡导诗歌写作中的知识分子精神。其出版有诗集《虚构的家谱》《大意如此》《西川的诗》等。

西川在进行诗歌创作时,特别强调"诗歌精神"和"知识分子写作",目的有二:一是希望借此使诗歌恢复自己原本的角色,而不再是为意识形态服务,或是以反抗的姿态依附于意识形态;二是希望借此提高诗歌写作的精英化倾向。从总体来看,西川的诗歌重视对意象、象征和隐喻的应用,并希望通过对意象的奇幻组合来构建诗歌的乌托邦,以诗性对抗庸俗。在《虚构的家谱》一诗中,诗人一开始就营造了一个时间的奇特意象,而这个意象是由梦和幻想构成的:

>以梦的形式,以朝代的形式
>时间穿过我的躯体。时间像一盒火柴
>有时会突然全部燃烧
>我分明看到一条大河无始无终
>一盏盏灯,照亮那些幽影幢幢的河畔城

在这首诗中,诗人借助于一些具体可感的意象来对时间进行表现,从而对历史和人生的流变进行了形象隐喻。

西川在20世纪90年代的诗歌创作中,还特别重视反讽、诡谬、荒诞、矛盾等因素的运用,这使他的诗歌在风格上以叙事为主。他的长诗《厄运》就特别强调诗歌的叙事性,运用了大量带反讽色彩的、描写性的、口语式的句子。诗中,诗人向人们展示了看不见的历史命运是如何将一个人支解损毁的,以此表达了个人历史没有成功的希望。就历史本身而言,既没有明确的方向,也没有明确的目标,但不论其以何种方向和目标发展,最后的历史后果都需要由单个的人来承担。据此,西川现代的眼光对个体在历史与现实夹缝中的生存状况进行了观照。

## 二、王家新的诗歌创作

王家新(1957— ),出生于湖北省丹江口市。他1982年毕业于武汉大学中文系,现任教于中国人民大学中文系。王家新在大学时期便开始了诗歌写作,还在1983年参加了《诗刊》组织的青春诗会,出版有诗集《纪念》《游动悬崖》《王家新的诗》等。

王家新是第三代诗人中侧重于知识分子写作的一位诗人,他的诗歌创作不以繁复的技巧取胜,而以境界的开阔、感情的深厚为特征,展示了个人

# 第六章　20世纪90年代以来的文学创作

或者说改革开放催生的新一代知识分子在复杂的历史现实中的心理变化。因此,他的诗歌创作总是自觉地将历史、时代、文明等纳入思考和透视的范围,并在精神层面上对一代诗人的心灵创伤进行表现,如《帕斯捷尔纳克》:

> ……
> 你的嘴角更加缄默,那是
> 命运的秘密,你不能说出
> 只是承受、承受,让笔下的刻痕加深
> 为了获得,而放弃
> 为了生,你要求自己去死,彻底地死。
> ……

这首诗是诗人王家新为纪念苏联著名作家帕斯捷尔纳克诞辰一百周年、逝世三十周年而创作的诗歌作品。诗中采用心灵对话的方式,既走进了帕斯捷尔纳克的心灵世界,又融入了王家新的"自我"意象,表达了王家新对帕斯捷尔纳克以及对俄罗斯精神的深刻理解。全诗共十一节,可分为三个部分。第一节为第一部分,写两位诗人之间灵魂相通、精神相近。第二节至第十节为第二部分,多角度、多层次赞颂帕斯捷尔纳克是"为了获得,而放弃",放弃他自己的一切而成为艰难岁月和苦难命运的"承担者"。帕斯捷尔纳克是一个按照内心良知写作的诗人,他以"缄默"拒绝了世俗的喧哗,为了"人民胃中的黑暗、饥饿",为了"守住你的俄罗斯",为了保护"你的拉丽萨(帕斯捷尔纳克的女友)",而将自己置于心灵世界的孤独与忧伤之中,哪怕"带着一身雪的寒气",也要坚忍地承受,自信地等待"春天到来"。到此,诗作以个人的睿智和忧伤体认了一个时代苦难的形象。第十一节为第三部分,写从帕斯捷尔纳克的目光中读出的是"忧伤、探寻和质问/钟声一样,压迫着我的灵魂",这里帕斯捷尔纳克成为诗人王家新和同时代人借以自我观照、涤净心灵雾霭的一个精神上的象征。此外,全诗采用朴素、直接的心灵对话表达方式,所有的诗句都用来营造一个内心化的"自我"意象,王家新在其中注入了自己的人生感受,倾诉了自己的生命体验。帕斯捷尔纳克和王家新在诗中有如心理学中的双关图,从某种意义上说,帕斯捷尔纳克也就是王家新。

王家新的诗歌创作也追求一种生命与造化的同体合一,这在《访》一诗中有很好的体现:

> 一夜雪落无声
> 雪使万物遁形,喧闹的人们

返入最初的宁静
……

　　这是一首谈艺的诗,"访"指的是诗人对艺术圣地的造访。这首诗借雪后晨起所见所感的叙写,表现了诗人对艺术真谛的顿悟。诗人从艺匠的庸常浑噩、墨守成规状态,刹那之间进入纤尘不染、晶莹朗澈、清新自然的纯美境界。这境界是超凡脱俗的:一夜大雪,覆盖了万物,天地之间净化为圣洁的琼瑶世界。在这无垠的纯白之中,形形色色隐然不见了,喧闹浮嚣悄然无声了。那种无法形容、难以描摹的纯洁和恬静,仿佛乾坤初开,唯余这笼罩一切的安谧,唯余"雪在呼吸"。俗世的尘垢和心灵的嘈杂,得到了过滤和升华,荣辱得失、苦乐悲喜、恩恩怨怨,全都忘怀于无何有之乡了,在蝉蜕浊秽般的解脱愉悦中,"你再也想不起什么/昨天与前天一片空白"。这是超越现实利害之上的审美境界,这是抛弃任何功利目的的审美境界。在这"肝胆皆冰雪""表里俱澄澈"的境界中,诗人的目光再没有一丝云翳,朗然明澈于雪地之上,开始了另一种观照。他发现"门前的雪地上/却呈现出一串爪痕"。那是一串无中生有、神秘而美丽的"无法辨认"的爪痕,诗人猜测这爪痕是"鹿的?獐子的?或者/是那只传说中的红狐狸的"?诗人为自己的发现激动不已,他情不自禁地赞叹这雪地爪痕"是如此清新的印记/远胜于大理石上的刻辞"。就在这个时候,诗人从俯仰尘世、规矩方圆的俗子艺匠的混沌中霍然憬悟:"诗人从昏睡中醒来/获得了他的灵感。"雪地上清新的爪痕"和"大理石上的刻辞"是诗中的两个关键性意象。大雪净化了这个世界,使世界回到原初的一无所有,白雪世界的"一串爪痕",就是"太初有为""太初有象"的神谕,它昭示着自然之美、清新之美,昭示着无限的生机和无穷的希望,它是任何人工都不可企及的最高艺术。和"爪痕"构成对比的是"大理石上古老的刻辞",这个意象则暗示着人工美、陈旧的理念和教条的训诫。它也许雕琢得很精致,论说得很周延,藻饰得很华丽,表述得很权威(逻辑),但它和艺术所追求的天然气韵、全新创造无关。然而在现实中,却有不少从事艺术活动的人,奉"大理石上古老的刻辞"为圭臬,视"雪地上的一串爪痕"为野狐禅。总的来说,诗中展现了一个澄澈、静穆、万物混沌一体、人与自然交感的境界,并在人与世界的相遇中对宇宙本身的和谐进行了呈现。

## 三、于坚的诗歌创作

　　于坚(1954— ),祖籍四川资阳,出生于昆明。他 1979 年开始发表诗作,1984 年和韩东等人合办《他们》杂志。出版有诗集《诗六十首》《宝地》

## 第六章　20世纪90年代以来的文学创作

《对一只乌鸦的命名》以及长诗《零档案》等。

于坚坚持民间立场，倡导平民意识，以激进的姿态同抒情言志的诗歌传统决裂，以直白的口语抒写当下的日常生活经验，偏离了"英雄式"的、"史诗般"的诗歌精神，具有世俗化的特点。《零档案》是于坚的一首长诗，长达300多行，记录了一个普通人的人生轨迹。该诗模仿了档案文体格式，从"档案室"写起，通过对一个人档案的展览，呈现了他的"出生史""成长史""恋爱史"和"日常生活"的平庸、枯燥、琐碎、灰暗，也因此而显得有些冗长。

于坚的诗歌不仅偏离了"英雄式"的、"史诗般"的诗歌精神，具有世俗化的特点，而且偏离了诗歌的隐喻传统，进而转向日常生命本真状态和事物、语言本身。这在《对一只乌鸦的命名》一诗中有鲜明的体现：

> 当一只乌鸦
> 栖留在我内心的旷野
> 我要说的不是它的象征
> 它的隐喻或神话
> 我要说的
> 只是一只乌鸦
> ……
> 它只是一只快乐的
> 大嘴巴的乌鸦
> 在它的外面
> 世界只是臆造

诗题"对一只乌鸦的命名"，可以有两种理解，一是他人对"乌鸦"的命名，二是"我"对"乌鸦"的命名。前者意味着一直以来传统文化硬加给乌鸦的各种意义，如它是不祥的预兆，是厄运当头的代表，是"黑暗势力"的象征。所以，它从诞生之日起，就被"充满恶意的世界"以"光明或美的名义""迫害和追捕"，我们也被这些意义蒙蔽着。因此，"我"——一个诗人，"从童年到今天"，也被这种传统观念束缚着、蒙蔽着，尽管我的"双手已长满语言的老茧"，但却还没有真实地、成功地描摹过"一只乌鸦"——一只"乌鸦"的真相，一只作为自然界的存在物，跟其他的鸟没什么区别的鸟。诗人决意要摆脱这些束缚，回到"乌鸦"存在的现场，祛除遮蔽它的种种文化符号、意识，恢复它的本来面目，重新确立自己对"乌鸦"的认识，为"乌鸦"重新命名。在此前提下，诗人才发现乌鸦其实自有"它的高度""它的方位""它的时间""它的乘客"，它不过是"一只快乐的""大嘴巴的"鸟，"在它的外面世界只是臆造"。也就是说，"乌鸦"本来就是一只自在之物，它的存在并不以人们的意志为转移,人们长期以来由于被关于"乌鸦"的种种不实之词所蒙蔽,反而成为"乌鸦巢中的食物"。但诗人马上意识到,要述说清楚这只"乌鸦"谈何容易!"我"试图使用各种修辞和词汇描摹它,结果却发现各种修辞和词汇都存在着漏洞和破绽,"乌鸦"彻底主宰了"我"的意识,"当它在飞翔就是我在飞翔","我"根本无法"抵达乌鸦之外把它捉住"。诗人意识到,要企及并言明事物的真相,有各种约束和障碍,如来自各种文化的渗透和影响,以往人生经验的鞭痕。但是,诗人并未放弃,他说:当我看见一只样貌丑陋、"有乌鸦那种颜色的鸟",听见"一串串不祥的叫声",我还是想要"说点什么","以向世界表白我并不害怕/那些看不见的声音"——诗人应该有一种大无畏的精神,去向世界揭示各种存在的真相,哪怕困难重重。

## 第二节　派别林立的小说创作

在 20 世纪 90 年代的小说创作中,呈现出派别林立的局面。刘震云、池莉、刘恒等创作的新写实小说,陈忠实、苏童、莫言等创作的新历史小说,邱华栋、毕飞宇、何顿、林白等创作的新生代小说,张炜、韩少功等创作的文化道德小说等,都取得了十分重要的成就。

### 一、新写实小说的创作

在 20 世纪 90 年代以来的小说创作中,新写实小说是十分重要的一个类型。这一类小说主要运用写实的创作方法,对现实生活的原生形态进行客观而不动声色的还原,从而引导人们直面现实与人生。与此同时,这一类小说并不排斥现代主义的创作手法,甚至对其进行了借鉴与吸收。方方、池莉、刘震云等被认为是新写实小说的代表性作家。

#### (一)方方的新写实小说创作

方方(1955— ),原名汪芳,祖籍江西彭泽,出生于南京。她曾进入武汉大学中文系学习,毕业后到湖北电视台任编辑,后调入作协湖北分会从事专业创作,在文坛有一定的影响力。

方方的新写实小说在内容上,擅长对普通人的日常生活及其心理变化进行"本真"描写,并从中呈现一种普遍的人生意义;在艺术表现上,注重对现代主义的表现手法进行运用,从而呈现出浓厚的现代意味。

《风景》是方方新写实小说的代表作,也是整个新写实小说的奠基之作。

## 第六章　20世纪90年代以来的文学创作

该小说用一个浪漫的、引人联想的标题,叙述了20世纪50年代汉口下层平民最真实的生存境况和生活状态,展现了当代都市一隅的独异"风景",同时也从某种程度上再次提出了"生存还是死亡"这一亘古不变的人生命题。武汉贫民区"河南棚子"一个只有十三平方米的板壁房子里,住着一对老夫妻和九个儿女,父亲是码头工人,性情粗暴凶悍,常常打骂妻子和儿女;母亲是搬运工人,愚昧、好搬弄是非,还十分粗俗风骚。大哥重情义,但粗暴、愚昧,与邻居的老婆发生恋情;二哥是理想主义者,也是这个贫困家庭中的异类,他渴望摆脱粗鄙的生活环境,并将希望寄托于一场无望的爱情,但希望最终破灭,他也选择结束自己的生命;三哥强悍、简单,还深爱着二哥,他将二哥的死归于女人,因而对女性怀着仇视;四哥是个聋哑人,他不喜外界的嘈杂繁乱,曾与一个盲人结成夫妻过着平淡的生活,但最终自杀;五哥和六哥是一对孪生兄弟,且为人狡猾,为了能过上好一些的生活便选择做了倒插门女婿;家中的两个女儿大香、小香性格刁蛮、恶毒,以欺负自己的弟弟为乐。七哥是小说中塑造得最为成功的人物,他在家庭中的处境最惨,但命运也最富戏剧性。他从小捡破烂,任何人在不高兴时都可以拿他发泄,因而他的童年生活是十分悲惨的。与此同时,由于被贫困、冷漠的家庭环境所影响,他的人生观和价值观发生了扭曲,不择手段地改变自己的命运。一个偶然的机会,他被推荐到北京上大学,还通过与"高干"的女儿结婚而顺利走上仕途,成为了"人上人"。

这部小说表面上是在描写和再现底层市民原生态的物质的和精神的东西,表现不加雕饰的生活真实、生存境况、生活状貌,实质上展现了底层市民的生活史和生命史。方方用反讽的手法不动声色地使人物性格得到了充分显现。同时,小说在结构上以一个夭折的儿子的视点来叙述,从而使作品笼罩在一层超现实主义的氛围中,传达出绝望的意味。

《风景》之后,在《黑洞》《落日》等市民题材小说中,方方继续着对城市市民"原生态"生活的探索,深刻地揭示出在恶劣的生存状态下的人性困境和爱恨情仇,审视、剥露他们阴暗、无奈的庸常心理。其中,《落日》讲述一个从24岁起守寡的丁太,靠捡垃圾抚养两个儿子丁如虎、丁如龙成人。她老了以后,全家人却视她为累赘。丁太最后死了,而丁如龙却想嫁祸于医生。《落日》撕开了蒙在家庭表面的温情面纱,进而揭示出传统的生活原则和道义准则在贫困的日常生活中已经瓦解,连母子亲情也荡然无存了。对于市民生活丑陋面的揭示,方方曾说:"人与生活,现实与内心之间很难达到完全的和谐。对于这种不和谐,有的作家采取抚慰的方式,比如小女人散文。但我不同,我要把这种不和谐挑破了给你看,不让你觉得安慰,让你看到生活本身的残酷,看到人性在与生活搏斗时人性的扭曲与变异。人在本质上是

203

带伤的,这种伤口不可愈合。"因此,方方写市民阶层的小说显示了作家剖析人性、阐释生命、探究命运的立场。因此,同样是小人物的生活记录,方方的不同在于那不是一纸"活着就好"的宣告,而是一声"有谁幸福而快乐"的低问。

## (二)池莉的新写实小说创作

池莉(1957— ),湖北仙桃人。她曾在武汉大学中文系学习,后调入武汉作协任专业作家。

池莉因创作新写实小说而崭露头角,她的新写实小说关注的是普通人原汁原味的生活,尤其是生活在底层的小人物的烦恼和艰难,注重不动声色地再现他们生存的世俗性、卑微性、琐碎性和庸常性的原生状态,展现他们日常生活中的困境。

《烦恼人生》《不谈爱情》和《太阳出世》是池莉新写实小说的代表作。在这些小说中,作家大多依据自然时间的时序来组织日常生活画面和细节,从容不迫地讲述市民日常生活中的矛盾、纷争、烦恼和苦闷。另外,这三部小说的主人公多为普通工人、待业青年、贫寒教师等下层小市民。

《烦恼人生》按照一天的时间顺序,像写流水账一样地记录了普通工人印家厚早出晚归、忙忙碌碌的24小时的重重烦恼,从而映照出现实社会中人的普遍生存状态:儿子半夜坠床,"早晨是从半夜开始的",然后是清晨不情愿地离开暖融融的被窝、煮牛奶、排队如厕、哄儿子起床穿衣、抱着孩子挤公交车、趁早班轮渡吃早点、进厂门迟到、奖金被降等,晚上回家得到的是住房拆迁的消息。生活的鸡零狗碎终于折磨得这个本来尚存血气的男人失去了任何对于生活折磨的抵挡意识。他"一辈子"的生活就是由这样一个又一个烦恼的"一天"周而复始构成的。不过,小说中印家厚是一个普普通通的工人,他疲惫而快乐地活着,从不怨天尤人,这种知足能忍、安贫乐道的生活态度,体现了一种踏实而没有奢望的人生态度。

《不谈爱情》里出身知识分子家庭的年轻医生庄建非与从花楼街平民小户走出来的书店服务员吉玲相识相恋,婚后平淡琐屑的生活冲淡了感情,于是生活中充满了不满和争吵,最后因一件小事闹起了离婚。正当两人互不相让之际,父母的干预使他们妥协,和好如初。这篇小说可以说完全颠覆了郎才女貌的佳话,抹掉了笼罩在爱情上面玫瑰色的浪漫光芒,写出了生活中实实在在的爱情、性、婚姻。

《太阳出世》中的李小兰与赵胜天本是一对很不成熟的年轻人,他们在生育和抚养孩子的过程中渐渐成长起来,在学着做父母的同时,学会了做妻子、做丈夫。他们的成长过程本是毫无诗意的过程,但在作家的笔下,却显得意味深长。

池莉的新写实小说在语言方面是很有特色的,不仅是大白话,还有着浓郁的武汉地方风味,完全不同于知识分子话语的优雅、理性和艰涩。因此,读者在阅读她的小说中,往往会感到痛快淋漓。

### (三)刘震云的新写实小说创作

刘震云(1958— ),河南延津人。他1978年考入北京大学中文系,毕业后到《农民日报》工作,并开始了文学创作。

刘震云的新写实小说关注的也是普通人的日常生活,通过展现普通人在日常生活中经历的一件件琐事,将当代人的生存困境以及心灵困境生动形象且真实地展现在人们面前。此外,刘震云在进行新写实小说创作时,往往会借助于一些意象,如"鸡毛""烂梨""厕所"等来表现主题、刻画人物,从而使小说呈现出深刻的意蕴。还有一点需要注意的是,刘震云的新写实小说敢于揭露社会中存在的一切丑陋的人物和丑陋的现象,并将其赤裸裸地展现在人们面前,让人们进行审视。

《单位》和《一地鸡毛》是刘震云新写实小说的代表作。这两部小说有一个共同的主人公小林,而且都写出了生活的"本相"。

《单位》在叙事上,采用了记流水账的方式,对小林的一日生活进行了生动展示,包括起床、洗刷、上厕所、吃早点、挤汽车、挤轮渡……这些生活琐事一一展现在人们面前。在这一讲述的过程中,作者并不把自己的感情、态度介入作品当中,在这里,作者只是一个叙述者、一个观察者。

作为《单位》的姊妹篇,刘震云在《一地鸡毛》中将对小公务员小林的观照从单位移到了家庭之中,同单位的严肃相比,家庭显然是一个更具温情和自由的场所,但同单位一样的是,小公务员小林的烦恼和困境一点都不少。为了一块豆腐,小林每天都要早早去排队,为了孩子的健康成长,小林要同保姆斗智斗勇,而为了换取家庭的安宁,小林还要时刻小心翼翼地维护老婆的心情,因为老婆一旦心情不好,整个家庭就会陷入可怕的战争或冷战之中,小林的生活就是这样的"一地鸡毛",看起来都是一些琐碎的没有什么价值的小事,但是每一件事又都牵动着小林的神经,影响到他的整体生活。毫无疑问,这样的故事内容充满了强烈的现实感,它与现实生活的深度"结合"使小说生发出了最大限度的真实感,很多时候,对于读者而言,这种真实感和强烈的带入感是小说最强大的震撼人心的力量。

## 二、新历史小说的创作

新历史小说是相对于传统历史小说而言的,两者在创作理念、叙事方式、审美意趣等方面有着较大的不同。具体到新历史小说来说,其对历史故事进行构筑,所运用的历史人物和历史事件都不是真实的,而是将人物活动的时空推到历史形态中,从而对当代人的人生态度与思想情感等进行表达。陈忠实、苏童和莫言等被认为是新历史小说的代表性作家。

### (一)陈忠实的新历史小说创作

陈忠实(1942—2016),出生于陕西西安。他曾在乡村担任基层干部,对关东地区农村人民的生活方式、心理状态和语言等都十分熟悉,这为其进行小说创作提供了重要素材。2016年4月29日,陈忠实去世,享年72岁。

陈忠实的新历史小说往往采用冷静、客观的叙述视角,通过历史与现实生活的有机融合,对其眼中的农村生活、农民的心理与精神状态等进行了生动描摹。与此同时,陈忠实注意对民族文化心理进行挖掘,从而展现农民在社会变革过程中的心理变化。

《白鹿原》是陈忠实新历史小说的代表作品,在当代文坛上引起了很大的反响。小说通过对白鹿村历史生活画卷的书写,对中国传统的宗法制社会结构形态及家庭文化传统进行了深入的展示。

小说成功地塑造了白嘉轩、鹿子霖、鹿三、朱先生这些具有深刻历史文化内涵的文学形象,同时塑造出了黑娃、白孝文、鹿兆鹏、鹿兆海、田小娥、白灵等年轻一代性格各异、极具时代代表性的人物形象。其中,白嘉轩是小说的主人公,是白鹿村的族长,是白鹿村礼法秩序的维护者,同时也是这种宗法制家族文化在白鹿村中最重要的传承者。小说中白、鹿两个家族的存在与纠葛,以及在白嘉轩、鹿子霖、朱先生、鹿三等人物身上,浓缩着传统中国乡村社会最本质的历史生活内容。白嘉轩是白鹿原上最仁义的地主,他以自己人格魅力和不懈的努力建立了仁义的白鹿村,他修建祠堂、兴办学堂、订立乡规,以一种身体力行的方式确立和守护着乡村社会的宗法制度。朱先生在小说中则是关中大儒,他是中国儒家文化中圣者与智者的化身,他20多岁开始著书立说,晚年编纂县志。他身处乱世,世事洞明;淡泊名利,关注民生;不以物喜,不以己悲。作者通过朱先生这一形象的塑造,展现了儒家文化中理想的人格形态、人生形式和处事方式。

在这部小说中,作者还在人性及伦理道德的拷问与审视上进行了大胆的揭示与深度的追问。小说中对田小娥、白孝文、鹿子霖等的人性欲望的书写,不仅使得人物具有了鲜活的生命力,同时也使作品具有了一种难得的人性深度。其中,田小娥这一女性是最有争议、最有个性,也最有深度的一个文学形象。她是男权社会中的一个挣扎者和抗争者,她的存在恰恰照见了男权社会中道德文化的虚伪和做作。她是情欲的化身,而正是这不加掩饰的情欲的表达,展现了她不甘屈从的率真与坦诚;她同时也是一个悲剧的化身,她的处境与结局,呈现了在宗法制下一个受侮辱与受损害的女性命运的不幸。

对近现代中国革命的历史进程及其复杂性进行揭露,也是这部小说的一个重要主题。这一方面的历史生活内容主要通过对白鹿村年轻一代黑娃、白灵、鹿兆鹏、鹿兆海、白孝文等形象的塑造和刻画而得到呈现。作家对近现代中国革命历史的叙述,摆脱了当代以来所形成的红色革命历史叙事的传统,而是在乡土中国历史本身的文化语境及演进惯性中来呈现和还原这种历史斗争生活的复杂性,也正是在这一点上,使得小说具有一种新历史主义小说的韵味。黑娃的由反叛到皈依,白灵的由追求革命到被怀疑杀害,白孝文由族长传人到革命投机者,这些都使得纷繁芜杂的历史变得别有深意。

### (二)苏童的新历史小说创作

苏童(1963— ),原名童忠贵,江苏苏州人。他1983年开始发表小说,主要有长篇小说《米》《我的帝王生涯》《城北地带》《武则天》等,以及中短篇小说集《1934年的逃亡》《妻妾成群》《伤心的舞蹈》《红粉》《妇女乐园》等。

苏童在进行新历史小说创作时,主要书写的是自己对历史的特殊感受,同时注重刻画女性的独特心理。《妻妾成群》可以说是他新历史小说的代表作。

《妻妾成群》以冷静近乎白描的手笔,通过叙述封建大家庭的腐败及其内部存在的妻妾斗争,对旧时代的悲惨命运进行了生动展示。主人公颂莲接受过新式教育,但她的思想并不先进。她在父亲去世后,自愿嫁给有钱人陈佐千当了四姨太。自此,她为了在封建大家庭中立足,介入到"妻妾成群"的人际模式之中,与其他三位太太钩心斗角、明争暗斗。在小说的最后,颂莲因目睹偷情的姨太梅珊在黑夜被秘密处死变得神志不清,成了陈家花园里的一叶浮萍。通过对颂莲的个性、欲望和生存环境三者之间的摩擦冲突的展现,作者对中国封建礼教吞噬人性的恐怖景象进行了艺术化再现。

小说中的主要人物都是女性,她们在封建社会中受到男权主义的压迫,无法主宰自己的命运,时时都有被吞噬、被淹没的危险。但是,造成女性不幸命运的原因,除了封建礼教和男权主义的压迫,女性自身存在的问题也是不可忽略的。据此,作者提出了女性提高自身觉悟、重视自身问题的重要性。

### (三)莫言的新历史小说创作

莫言(1955—    ),原名管谟业,山东高密人。他1981年开始创作,有小说集《透明的红萝卜》,长篇小说《红高粱家族》《丰乳肥臀》《生死疲劳》《蛙》等。2012年,莫言因其"用虚幻现实主义将民间故事、历史和现代融为一体"获得2012年诺贝尔文学奖,成为首位获得该奖的中国籍作家。

莫言的新历史小说常常是将关于人性、种族的思考纳入百年历史变迁的宏大史诗中,从而站在历史的角度对人们的爱与恨、笑与泪等进行再现;注重将传统文化和民间资源融入创作之中,这不仅使得小说的故事性、传奇性等得到提高,而且使小说真正体现了叙事的历史——文化大视野。

《丰乳肥臀》是莫言新历史小说的代表作,其从历史的角度出发,对高密东北乡从荒原变为繁华市镇的民间历史进行了生动书写。小说中的时间跨度很大,开始于抗日战争时期,结束于改革开放之后。通过对伟大、无私的生命最初创造者——母亲及其苦难遭遇的描写,对母亲进行了歌颂,并阐明了生命沿袭的重要性。

在小说一开始,作者便向人们展示了一幅母亲和民族的受难图:在抗日战争爆发的第二年,日本鬼子马上就要打进高密东北乡,镇子上的人们开始了大逃亡,但此时母亲上官鲁氏却要生产第八胎,而且这一胎还是难产。在母亲生产的同时,家里的毛驴也要生骡子了,此时丈夫和公婆将关注的重点从母亲转向了母驴;家里的七个女儿在祖母的要求下到蛟龙河里摸虾;游击队正埋伏在蛟龙河堤边的柳丛里,准备迎击敌人;司马库在桥头上摆下了烧酒阵,准备对逼近村庄的鬼子进行拦截。母亲在经过生死挣扎后,一对龙凤胎出生了。但此时,日本鬼子已经将村子占领了,还将母亲的丈夫和公公都杀死了……就在同一时间,上官家同时发生了战争和生殖、新生的喜悦和死亡的灾难。在丈夫和公公死后,母亲成了一家之长,带领着她的孩子们在饥寒交迫之中,饱尝了战乱与社会动荡之苦。母亲上官鲁氏是一位十分可怜且可悲之人,她结婚三年始终未怀孕,因而深受婆家的刁难。无奈之下,母亲只能找别的男人"借种"。自此,母亲开始了受孕——生殖——再受孕——再生殖的悲惨生史。她生了九个儿女,不仅生产的过程十分艰难,而且养育他们的过程更为艰辛。众多的儿女在成长的过程中,都被卷入了20世纪中国的政治历史舞台,见证了中国历史的变迁,也见证了母亲的苦难历史。实际上,小说中的母亲仅仅是一种意象符号,是无私、爱、奉献和生命的载体。

这部小说在对母亲进行歌颂的同时,还塑造了高密东北乡地地道道的农民形象。总体上而言,高密东北乡的农民形象主要有三种:第一种是有着鲜明的个性、保存了较多原始特征的原生态农民形象,代表性的人物是樊三、上官寿喜等;第二种是在高密东北乡纵横的流氓土匪,组织武装队的司马库便是这一类农民形象的代表;第三种是以母亲上官鲁氏为代表的坚韧女性形象。母亲是一个传统的女人,她历尽艰辛养育了一群孩子,身体和心灵都有着很多伤痕。同时,母亲是一个承载着厚重情感和文化意义的人物,因此在对母亲的形象进行理解时,不能仅仅局限在典型的中国传统女性这一方面,还需要进一步探求其背后所隐喻的文化意义。

总的来说,莫言在进行新历史小说创作时,最根本的出发点便是其对家乡和土地怀有的深厚感情。对他来说,家乡和土地就像是母亲一样,因而他描写母亲,实际上是写自己对家乡和土地的认知,并展现在家乡的土地上所出现的人物及其情感、心理变化等。

## 三、新生代小说的创作

新生代小说是20世纪90年代边缘化文学语境的产物,其解构崇高、亵渎神圣、沉潜世俗,反感文学的政治化、群体化,躲避文学的崇高与责任,追求个人化的写作理想,即以个人化的姿态、以自身的生活与心态为模本进行写作,对现代社会中人们的种种心理心态进行细致真切的描绘,展示年轻一代的人生与追求、情感与心态。鲁羊、刘剑波、东西、朱文、韩东、邱华栋、何顿、毕飞宇、陈染、林白等都是新生代小说的重要创作者,下面着重分析一下邱华栋、毕飞宇和林白的小说创作。

### (一)邱华栋的小说创作

邱华栋(1969— ),祖籍河南西峡,出生于新疆。他的少年时代是在新疆度过的,后到武汉大学读书,毕业后被分配至北京工作。邱华栋从16岁开始发表文学作品,涉及诗歌、小说和散文等多种体裁。

邱华栋具有独特的写作特点,他的都市情怀、平视视角、欲望化展示、悲剧性结局等,都让他的小说别具一格。此外,邱华栋擅长塑造都市闯入者的形象,通过描写他们的坎坷人生和奋斗挣扎,表现出都市新人类从表面上来看征服了都市、实际上内心却漂泊无根的双重心态。这些都市新人类在从乡村走出、迈向都市时,是怀揣着一定的欲望的。但是,都市却以一种"令人瞠目结舌的、类似于肿瘤繁殖的速度在扩展与膨胀"的欲望,扭曲了这些新人类的心灵。他们为了追逐和满足自己的欲望,为了能够在都市立足,不惜使用一切手段。正如邱华栋在作品中所说:"城市越来越使人在欲望云海中变成平面人,成为人的庞大的敌人。可人们依然像吸食鸦片一样成瘾,在半梦半醒之间穿梭,最后迷失于巨大的城市盆地。"在对这些都市新人类进行描写时,邱华栋采用了平视的方式,即平面化写作方法,而且在具体的描写过程中注重与叙述者的生存状态保持一致。这样的写法,不仅消除了现实主义中常用的流行代言人的身份特征,也消除了叙述者与人物之间的距离,从而使其小说有了鲜明的私人化特征。

邱华栋至今已经发表了多部长篇小说和小说集,其中影响较大的小说作品是《哭泣的游戏》和《闯入者》。

《哭泣的游戏》是典型的欲望化文本,讲述了两个城市闯入者的命运的故事。"我"出生、成长于农村,原本是一个充满了青春的热血和雄心壮志的年轻人。后来,"我"从农村到了城市,成了一名都市闯入者。在经过一段时间的拼搏和奋斗后,学过海商法、英文也相当优秀的"我"成了一名外企白领。此时的"我"可以说已经与城市融为一体,成为了"城市的主人",曾经拼命追求的金钱、地位、物质等欲望也得到了满足。但是,此时的"我"却没有收获预期的幸福和快乐,反而越来越感到孤独,并逐渐厌倦了这种生活。这是因为,"我"在追逐欲望的过程中,不仅消耗了青春和激情,也失去了自己理想和梦想,失去的实在太多了。于是,"我"决心要做一个"行为艺术家",使自己能够从欲望的追逐中摆脱出来。就在此时,另一个城市闯入者黄红梅出现了。她是一个刚刚来到京城的农村姑娘,是那么的纯洁,又那么的自尊。在她的脸上,有着清澈的眼神和天真无邪的笑容,而这是"我"在成为城市主人的过程中已经消失的东西。因此,当"我"第一次见到黄红梅后,便决定帮助她实现成为城市人的梦想,同时实现"我"成为"行为艺术家"的梦想。其实,现在的黄红梅就像是当年的"我"一样,因而她要想在城市中立足,就必须变成现在的"我",不得不付出她非常宝贵的东西。也就是说,"我"必须亲自推着黄红梅,或者说是推着"我"走向灭亡。对于这一点,"我"是十分清醒的。不过,"我"还是帮助黄红梅成为一个"成功的城市人",让她和城市欲望紧密联系在一起,成了欲望的象征。最终,黄红梅在欲望都市中丧生,"我"感到十分失落。事实上,"我"的失落仅仅是表面的,"我"骨子里的残忍则是不可忽视的,因为黄红梅的死正是充当"城市法则"的帮凶"我"一手推动的。此外,黄红梅的死不仅仅指的是身体死亡,更重要的是与欲望相对立的清纯、自尊等的消失。因此,在这部小说中,无处不在的"欲望"才是真正的主人公。它不仅支配着"我"和黄红梅,还支配着城市中每一个人的行为艺术。

《闯入者》中的主人公仍然是一群都市闯入者、都市新人类,作者通过描写他们在生活中的挣扎与奋斗,讲述了都市闯入者是如何一步步被城市欲望所束缚,最终走向沦落的。小说中的都市闯入者来自不同的地方,有的来自东北、有的来自四川等,但他们来到北京的原因及其最终的结果则是大致相同的。在欲望的驱动下,杨玲从东北来到北京,渴望在城市站稳脚跟,为此她过着表里不一的生活:看似白领的她实则沦为了妓女;郝建从四川来到北京,以便蜗居在大学中自费读书,一边梦想着靠写作发财,但最终他成了精神病人,被送到精神病院。

总的来说,邱华栋站在城市闯入者的视角,对都市的诱惑以及都市的冷漠、无情进行了深入探究,同时展现了都市闯入者在成为"城市主人"的过程中所经历的坎坷人生和复杂心态。

### (二)毕飞宇的小说创作

毕飞宇(1964— ),出生于江苏兴化。主要作品有《青衣》《平原》《慌乱的指头》《推拿》《雨天的棉花糖》《枸杞子》《生活边缘》《玉米》等。

毕飞宇的小说"高举欲望的旗帜,书写现代都市青年人的人生形态,着力展示在欲望的张扬中,现代人内心的孤独和痛苦,真切地描述现代人的精神困境和虚无",[1]而且"有着对历史、人生感性经验的关注,还有着更高更远的对形而上问题的关怀、对生存本质的探究""所呈现的总体风格是感性与理性、抽象与具体、形而上与形而下、真实与梦幻的高度和谐与交融"。[2]《青衣》和《雨天的棉花糖》,是毕飞宇小说的代表作。

《青衣》讲述了演员筱燕秋从成名到失落、意图东山再起却又再度失败的人生轨迹。"十九岁的燕秋天生就是一个古典的怨妇,她的运眼、行腔、吐字、归音和甩动的水袖弥漫着一股先天的悲剧性。"一方面,筱燕秋混淆了戏曲与人生,"我就是嫦娥",角色的混淆使她饰演嫦娥时如鱼得水;另一方面,她对艺术的执着又表现为霸道、自私和偏执。她两次争演嫦娥,20年前与师傅李雪芬争论并发生师生冲突,为此付出了离开舞台20年的代价;20年后再次获得演出嫦娥的机会,但她无视自己青春已逝的事实,与徒弟春来争。为了能上演,她玩命地减肥,对"老板"投怀送抱,冒生命危险堕胎,但仍避免不了被命运击败的结局,风雪之夜,在观众给春来的喝彩声中崩溃、癫狂。可以说,在筱燕秋身上通身洋溢着"心想事不成""到了黄河不死心"的悲剧气氛。同时,筱燕秋的悲剧是性格的悲剧、人性的悲剧,也是命运的悲剧。

---

[1] 杨彬.新时期小说发展论[M].北京:人民出版社,2011:236.
[2] 王万森.新时期文学[M].2版.北京:高等教育出版社,2006:173.

《雨天的棉花糖》通过讲述主人公红豆的人生经历与不幸遭遇,对现代都市中青年人因不被现实环境所接受而产生的内心痛苦进行了生动而深刻的描绘。红豆是一个男孩子,但是他的性格比较偏女孩子,经常会红脸。高考时,他没有考上大学,于是选择了参军。其间,他跟随部队参加了对越自卫战,并在战场上牺牲。红豆的家人在收到他牺牲于战场的消息后,为他成为了"烈士"而感到骄傲和自豪。可事实上,红豆并没有战死,只是被敌方俘虏了。因此,当他被敌方释放、回到家后,让大家深感吃惊。与此同时,大家对他的态度变得十分冷漠。他的家人认为,红豆不仅不是"烈士",还被敌方俘虏,实在是让他们丢尽了颜面;村里的其他人认为红豆是叛徒或汉奸,因而对他十分冷淡。处在这种生活环境中的红豆,极为渴望他人的关心和认可。于是,他与高中同学曹美琴相恋了。但是,战争的阴影长期折磨着他,使他变成了性无能,这就注定了他与曹美琴的恋爱是无法长久的。当被曹美琴无情抛弃后,红豆作为男人的最后尊严也失去了,他也随之陷入了难以摆脱的罪孽感之中。最终,他的精神崩溃了,总想着将身负罪孽的红豆杀掉。终于有一天,他绝望地选择了自杀,但未成功。之后,他被家人送进了疯人院,一生都活在深深的自责与苦痛之中。这部小说所展现的主人公的人生遭遇与孤寂心态并不仅仅是个别现象,而是现代人普遍存在的。据此,作者对现代人的精神困境进行了客观真实的反映。

　　总的来说,新生代小说是比较芜杂的,也有着明显的局限性和问题,如缺失精神意义与美感、叙述琐碎与粗鄙化、缺乏理性力量、自我的重复与模式化倾向等。

### (三)林白的小说创作

　　林白(1958—　),本名林白薇,广西北流人。她曾从事图书、电影、新闻等工作,现为自由作家。其创作了小说《同心爱者不能分手》《一个人的战争》《说吧,房间》《玻璃虫》《万物花开》等,以及散文随笔集《林白散文》等。

　　林白的小说擅长对女性经验进行深刻、细致的表现,因而她被认为是"个人化写作"和"女性写作"的代表人物之一。同时,林白在进行小说创作时,展现了自己从巫风犹存的"后发地区"到达现代转型都市后所经历的文化差异与精神冲击。

　　《一个人的战争》是林白20世纪90年代以来小说创作的代表作,其中涉及了众多的女性叙事元素。另外,林白在这部小说中,大胆地书写了女性的成长史、女性的隐秘心理以及性感体验,因而被认为是一部"具有革命意义的女性本文"。不过,这部小说在刚发表时并未获得当时文坛的认可,甚至被批评为"准黄色小说""色情小说"等。直至1995年世界妇女大会召开

## 第六章　20世纪90年代以来的文学创作

之后,随着女性主义成为一门显学,《一个人的战争》才逐渐占据了文坛正宗地位,成为女性主义文学的代表作。

《一个人的战争》在发表后之所以会引起读者的愤俗,最关键的还在于采取的"自传体"直白式女性叙事方式。"一个女人对镜独坐",这是林白对自己小说创作特点的描述。在此影响下,她小说中的女性形象具有明显的自我幻觉特征。小说的主人公是林多米,故事就从她五六岁时产生了了解身体的欲望、尝试抚摸自己讲起,接着描写了她少女时期的学习经历、创作欲望的产生、四处流浪的奇遇、总是受挫的恋爱、被迫流产等情节,最后写的是她从老家来到北京,"死而复生"。小说实际上是以"当时的我"与"现时的我"构成的"双视角",对过去岁月的希望与虚惘进行审视,对年少时的轻狂与虚荣进行自我剖析,进而发展出更成熟的女性视野。林多米讲到,自己曾一心想成名,于是在创作时抄袭了别人,这是其永远也洗不掉的污点;自己曾一心壮游他乡,没想到遭遇骗局,还失去了贞操;自己曾毫不犹豫地为爱献身,但受伤后也感受到歇斯底里的绝望……在林多米的讲述中,我们可以感受到作者对自述身世的狂热,或者说是对女性"本我"讲述的狂热。

在小说中,林白还经常提醒读者这部小说有着很强的自传性,最明显的一个标志便是采用了第一人称叙述。不过,正是这个因素冒犯了"众怒":性是可以接受的,但作者将其与自己的灵魂、自我、身体、欲望等联系在一起,并将其作为寻求尊严的一种方式则是不能被接受的。林白以其强烈的女性自述方式,从自身体验出发,对女性自我的成立进行了详细表述。正是这样一种女性叙述姿态,使得作品与读者之间不再有"安全屏障",读者在阅读的过程中不得不面对现实,尤其是与男性习惯思维不相符合的女性现实:天真无瑕的少女竟然会自慰,孤身旅行的少女在受骗失身后竟仍独自旅行,女人曾刻骨铭心地爱过但最后却否认自己爱过……这一切构成了林白"个人化写作"的革命性意义:女作家对个人的生活进行书写、对个人的隐私进行披露,为的是对男性社会、道德话语进行攻击,以为女性争取与男性等同的地位。另外,小说中的性描写并不多,之所以会在当时引起强烈的反响,很大一部分原因还是这些描述确实非常不同。小说一开头即描写五岁的林多米在蚊帐中自慰,在"没有人抚摸的皮肤是饥饿的皮肤"的童年孤独里,多米无师自通地学会了用自慰来抚慰自己。成年后的多米在先后几次与男性的身体遭遇中,经历的几乎都是创伤性体验:一次未遂的"强奸"、一场"比死残酷"的"恋爱"……作者真诚直白的叙述表明,多米本来不是一个自觉的女权主义精神标本,相反,她一直采取迎合男性主体社会的态度,以期能够获得他者的认同。但是,男性主体社会拒绝认同她。无奈和失望之下,她只能返回自我内心深处。通过对多米人生经历的描写,作者揭示了女性自我确证道路的艰难与凄绝。正如小说中所言:"一个人的战争意味着一个巴掌自己拍自己,一面墙自己挡住自己,一朵花自己毁灭自己。一个人的战争意味着一个女人自己嫁给自己。"

《一个人的战争》在叙事形态上采取了碎片式结构,正如林白自述:"在我的写作中,记忆的碎片总是像雨后的云一样弥漫,它们聚集、分离、重复、层叠,像水一样流动,又像泡沫一样消失,使我的作品缺乏严密的结构和公认的秩序。"之所以会形成这种叙事形态,很大一部分原因是情节线索旁逸斜出,叙述者的讲述无法固定在同一个地方。不过,正是在这样的叙事形态下,我们才能更好地把握林白创作这部小说的意图,继而引发反思。

## 四、文化道德小说的创作

在20世纪90年代以来的小说创作中,文化道德小说的创作也取得了一定的成绩。文化道德小说高举道德理想主义的大旗,强调崇尚自然、歌唱理想、颂扬人道,在艺术形式上重视对中心人物进行解构,同时语言朴素而凝练,体现出明显的道德理想和人文精神。张炜、韩少功等被认为是文化道德小说的代表性作家,下面对他们的文化道德小说创作情况进行详细分析。

### (一)张炜的文化道德小说创作

张炜(1956—　),出生于山东龙口,现为山东省作家协会主席。他从1980年开始发表文学作品,有长篇小说《古船》《九月寓言》《柏慧》《家族》,中短篇小说《一潭清水》《秋天的思索》《秋天的愤怒》《一个故事刚刚开始》等。

张炜创作的文化道德小说,以《九月寓言》最具有代表性。在小说中,作者站在文化和哲学意义的角度,通过对乡民的生活进行文化和哲学观照,揭示了当代人的生存状况以及所面临的文化困境。小说中的故事发生在山东登州的一个海边小村子——廷鲅,其先民是从外地来到这里的,但在经过几代的繁衍与发展之后,逐渐形成了自己独特的生活和文化。

《九月寓言》相比一般的写实性小说来说,一个明显的不同是几乎没有什么突出的主要人物,写的是一个农民流浪者群体的劳动、生活和爱情。农民流浪者由于地位低下,在基本生存需求无法满足时便不得不无休止地进行迁徙和流浪,与生存展开惊心动魄的抗争。于是,作者以令人惊叹的笔触,生动地描绘了这群流浪农民为战胜饥饿所付出的沉重代价,以及隐藏在他们爱情故事背后的悲伤,进而赞扬了人类的内在生命力。与此同时,作者揭示了廷鲅村在发展中出现的问题,如环境污染、村民道德沦落等,而这些问题又对野地造成了侵害。因此,在小说的结尾,作者借助于主人公逃亡、冲天的大火等意象,表明了现代文明正在逐渐毁灭原始生态。

这部小说从艺术手法方面来看,也有一些值得称道的地方。小说在叙事时,不论时间还是空间都是十分模糊与抽象的,情节的安排也未遵循故事的发展逻辑。这是因为,作者并不关心故事发生的时间与地点,也不关心故事的情节,关心的仅仅是情节背后所隐藏的人文意蕴,如大地是人类生存的根本依托和永久归宿、现代技术对于大自然的掠夺和侵害以及工业文明对农业文明的挤压等。这就使得小说中人物不再具有自我意识或主体意识,而是作者用来完成自己文化与哲学思考的只是用来方便叙述的叙述符号,如矮壮憨人、大脚肥肩等类的人文,只不过是作家完成自己文化哲学思考的工具。

### (二)韩少功的文化道德小说创作

韩少功自 20 世纪 90 年代开始,在小说创作方面发生了一些明显改变,即不再对民族的劣根性进行沉重反思,而是走向有着鲜活语言的大众,在语言的世界中寻找自己的文化和理想。

韩少功创作的文化道德小说中,最为著名的是《马桥辞典》。在这部小说中,韩少功做了很多与小说创作经典性规则相违背的尝试,如小说中没有虚构的故事、没有对情节进行设置、没有对中心人物进行塑造,而是采用笔记体形式和词条罗列法,将历史人物和事件关联在一起,继而生动地展现了马桥这一乡村世界的风土人情、奇闻轶事。因此,小说可谓形散神聚。马桥的村民生活在一个稳定而停滞的文化空间中,因而他们的精神是十分贫乏的,还不自觉地蜷缩在语言的屏障之下,自以为是地重复着先人留传下的言语。按理来说,语言是用来保存记忆、抵御遗忘的,但马桥人的语言却无法准确地将其历史往事表述出来。

小说在写作时运用了笔记文体,因而不存在完整的情节和结构,主题也不够明确,中心人物也无法确定,即使是出现次数较多的几个人物在出场时也没有说明前因后果,与其相关的事件也没有完整性。比如,讲述有关马鸣、万玉、铁香、复查等人物的故事,前面既没有伏笔和铺垫,后面也没有呼应,只不过是伴随着事件的发生让人物一一出场,而人物的话又是为了进一步对故事进行交代。可以说,整个故事的叙述是做到了行云流水、水到渠成、自然和谐、浑然一体。但是在这里,似乎有某种神秘的因素隐含其中,而且这一神秘的因素及其蕴含的深意只能用马桥独有的语言进行诠释。比如,神仙府里的烂杆子马鸣简直是一个活庄周;"走鬼亲"中的黑丹是铁香的转世,能认识前世的人,也能记起前世的事;台湾(人名)讲述了茂公和本义结仇后两家的器物石臼和石磨恶战的奇异故事;等等。

这部小说在语言方面也是很有特色的。作者在这部小说中的语言运用是带有很强目的性的,即站在方言和个人语言实践的角度,力图寻找散落在民间、无法被"普通话"覆盖的"方言",并进一步探寻这些"方言"所具有的复杂含义,继而对隐藏在"普通话"后面的语言、思维和生活方式等进行揭示。《马桥词典》就是用马桥的语言,对马桥的自然环境、人文风貌、风土民情、轶闻趣事等进行了生动展示,并在此基础上进一步展示了马桥人的生活所具有的深厚历史底蕴。因此,这部小说的主体实际上是在马桥村民中流行的150个词条。这些词条有着浓郁的马桥泥土气息,不仅与马桥人的日常生活是息息相关的,而且显现着马桥人独特的事物判断方式。因此,要想感知这些词条的独特含义,必须要身处马桥的世界之中。

## 第三节 散文的市场化和杂文的复兴

### 一、散文的市场化

在进入 20 世纪 90 年代后,散文创作在价值取向方面发生了较大改变,即这一时期的散文由于受到市场经济的影响,凸显了自身的文化消费特点。也就是说,这一时期的散文创作者在创作时注重与读者的口味相融合,并将写散文作为自我实现的一种重要精神方式。张承志、史铁生、蒋子龙、周涛、雷达、舒芜、余秋雨、林非等都是这一时期著名的散文作家,这里着重分析一下余秋雨和史铁生的散文创作。

#### (一)余秋雨的散文创作

余秋雨(1946— ),浙江余姚人。他 1968 年毕业于上海戏剧学院戏剧文学系,之后留校任教,兼任上海写作协会会长。余秋雨从 20 世纪 80 年代中期开始进行散文创作,有《文化苦旅》《秋雨散文》《山居笔记》《文明的碎片》《行者无疆》《千年一叹》《霜冷长河》等多部散文集。

余秋雨散文的代表作是《文化苦旅》和《山居笔记》,这两本集子中所收录的散文,与以往的一切散文文本有着截然不同的美学形态。从主题意蕴上来看,这两本集子是对中国的文化问题的探讨,诚如作家在《文化苦旅·自序》中所说:"我发现自己特别想去的地方,总是古代文化和文人留下较深脚印的所在,说明我心底的山水并不完全是自然山水而是一种'人文山水'。"作家在浓重的分化思考氛围下,交融了自然、历史和人,展现了一幅漫长的中国文化演进的巨幅画卷,并通过对文化进行的反思揭示了中国文化所蕴藏的巨大内涵,寄予着自己对中国历史文化的守望和关怀。余秋雨在《山居笔记》之后发表的散文集子《霜冷长河》《千年一叹》《行者无疆》等,文本的视野更加开阔,涉及的题材也从中国的古典文化和现代文化的对比扩大到了中外文明的对比。但是,这些散文集子所包含的散文缺乏开拓性、原创性的思想,基本上是在重复之前的表达程式,在艺术上没有太多的推进。

余秋雨的散文从总体上来看,既是对传统文明的缅怀和思考,也是对现在文明的呼喊和拯救。因此,他的散文框架不再是短小的,而是有着较大的篇幅,且格局恢宏,给人一种大气派的感觉。另外,余秋雨在进行散文创作时,以议论见长,但也注重情理交融,并将书写的对象和所站的立场都切实落实在"民族"和"文化"上,因而展现出了"文化大散文"的风范。这在《道士塔》一文中有着鲜明的体现。《道士塔》是余秋雨在参观了敦煌石窟后所创作的一篇散文,表现的是自己因文化被毁而产生的痛苦、失落感受。敦煌石窟原本保存了很多中国文化宝藏,但却毁在一个道士的手中。熟知中国文化的作者在面对敦煌石窟的残垣断壁时,那些荒诞的场面仿佛都出现在他的面前,痛苦、失落之感油然而生。对于有着悠久历史和灿烂文化的传统国度来说,璀璨而悠久的文化是由国家子民共同创造的,但国家子民也常常会亲手葬送这些文化。当一种文化不再具备创造力和更新能力,其只能走向衰落的命运,成为供后人缅想的废墟。因此,文中"我"的主观体验和文化感受实际是一个民族在复苏之际的集体感受。在市场经济条件下,我国的综合国力有了很大提升,但市场经济的冲击也导致我国传统文化出现衰落的情况。若不引起重视,中国传统文化很可能走向被毁灭的命运。到时候,人们也只能是独自对文化进行缅怀了。

余秋雨在进行散文创作时,还常常将自己的思想或独特的思路融入其中,从而多侧面、多角度地来观测某一物象或是景观,从而凸显其丰富的涵义。因此,余秋雨的散文有着较强的议论色彩。比如,在《白发苏州》一文中,作者在对苏州进行透视和评说时就选用了五种视角,即中外对比视角、文化界定视角、阶级压迫视角、美学疏理视角和个人观感视角,从而将苏州这一有着深厚文化底蕴的城市更好地展现在人们面前。

当然,余秋雨的散文也存在着一些缺点,如散文的篇章结构存在着一定的雷同,情感的表达有时也过于浮泛和夸张等。因此,随着市场经济热潮一定意义上的褪去,余秋雨的散文也流失了很多读者。

## (二)史铁生的散文创作

史铁生(1951—2010),祖籍河北涿丽,出生于北京。他 1967 年毕业于清华大学附属中学,1969 年到陕西延安一带插队,后因双腿瘫痪于 1972 年回到北京进行治疗。他 1974 年到北京北新桥地区街道工厂工作,后因病情加重而回家休养。曾任中国作家协会全国委员会委员、北京作家协会副主席、中国残疾人协会评议委员会委员。2010 年 12 月 31 日,史铁生去世,终年 59 岁。

史铁生自生病后开始进行文学创作,出版有《一个人的记忆》《灵魂的事》《答自己问》《我与地坛》《病隙碎笔》《扶轮问路》等多部散文集。此外,他还出版了《我的遥远的清平湾》《礼拜日》《舞台效果》《命若琴弦》等中短篇小说集,以及《务虚笔记》《我的丁一之旅》等长篇小说。

史铁生的散文几乎都在讲述有关人生困境的问题,如对人生命的沉思、对死亡的默想、对人挣扎奋斗的意义的思考等,因而读他的散文往往能够感受到其对人类的终极关怀精神。此外,史铁生在进行散文创作时,大都是以自己的生命困境为出发点,并通过对自我生命的超越,把苦难的人生作为一种审美来观察,继而将个人的苦难与人类的苦难相融合,甚至还会触及人类生命中最悲壮的底蕴;常常融入一定的哲理玄思,即通过对人与生俱来的局限进行揭示,来引导人们直接面对命运的无常和生命的短暂,鼓励人们在面对困境时要努力跨过去,泰然地承受自己的命运。

《我与地坛》是史铁生最为著名的一篇散文作品,也是他用自己的生命体验写就的一篇散文。另外,这篇散文可以说是市场经济时代最个人化的生命探索,这缘于作家特殊的生命机遇:在他的生命刚刚成年,在改革开放让整个国家展现生命活力的时候,他却丧失了行走的能力,成为了社会彻底的边缘人。只有边缘人才会如此执着地检验生命、体味生命。"地坛"与"我"在精神上具有一致性——都是一个废弃的存在,因此在地坛,"我"能够更直观地感受到生命的奥秘。本节选取的片段,是作者对于生命存在的思考:我要不要死;我为什么活;我干嘛要写作。这些问题在平常人看来都是不存在的问题——只有在生命边缘线上徘徊的人才会作如此的思考。散文对这些问题并没有进行哲学的追问,而是从中发掘出"生"的勇气和动力,当死亡长时间近距离地靠近一个人,它便失去了恐惧的意义,它反而成为人对于生之渴望的动力。这种边缘生存的体验对于一个正常人来说,无疑是一种震撼。

这篇散文在艺术方面也有一些创新性,其是一篇介于散文和小说之间的文体,有人将之视为散文,有人将之视为小说,这正说明了它在艺术上的创新性。在这篇作品中,"我"的情感历程是主要的书写对象,这也是散文最典型的文体特征,然而"我"既是作品的叙述者,又常常是被作品叙述的对象,这使得作品呈现出小说文体虚构的特征;而且在作品中,作家叙述的很多场景既像是现实的描写,又像是作家的虚构,这些因素都极大地推进了散文艺术的发展。

总的来说,史铁生的散文亲切、纯净,有一种通透、脱俗和达观的品格,呈现一种壮烈的人生理想和坚定的生命信念。

## 二、杂文的复兴

在20世纪90年代以来的文学创作中,杂文的写作也取得了较高的成就。这一时期的杂文重在批判,在针砭社会痼疾、批判封建意识、提倡民主和法制等方面起到了一定的作用。另外,这一时期的杂文写作多用一种特别的幽默讽刺笔调,从而形成了杂文特有的"杂文味"。王向东、陈小川、鄢烈山、朱铁志、司徒伟智、朱健国、朱博华等都是这一时期著名的杂文创作者,这里着重分析一下朱铁志和司徒伟智的杂文创作。

### (一)朱铁志的杂文创作

朱铁志(1960—    ),吉林通化人。他曾在北京大学读书,毕业后任职于杂志社,现为《求是》杂志副总编、中国作家协会全国委员会委员等。朱铁志的杂文创作,开始于1983年,至今已出版了《固守家园》《思想的芦苇》《精神的归宿》等多部杂文集。

朱铁志在进行杂文创作时,主要运用了现实主义手法,因而文章能够给人真实之感。另外,朱铁志是一个有着真诚品格的人,敢于实话实说,也敢于对自己的真实情感进行书写、对丑恶的事物和现象进行揭露与批判。他曾说过,写杂文"不敢指望揭示真理,但愿能够多说真话,少说废话,不说违背人民意志和自己良心的假话、官话、混账话"。[①] 以《闲话"纳税人"》一文来说,他在文章中明确表明了自己的纳税人立场,并向国家提出了尊重纳税人的权利、保障纳税人过问国家一切的权利。在这篇杂文中,朱铁志还揭露并批判了一些人肆意挥霍纳税人税款的行为。

朱铁志在北京大学读书时学的是哲学专业,因而他有着深厚的哲学学养和根基。在此影响下,他的杂文也有着强烈的理性思辨色彩和理趣之美。因此,他的杂文往往是先揭露并抨击当代社会中存在的丑恶事象,然后将个

---

① 金汉. 中国当代文学发展史. 2版[M]. 上海:上海文艺出版社,2004:348.

人的思考引向哲理的高度。以《智慧的喜悦》一文来说,他写道:"唯有哲学,才是思想的主人,灵魂的归宿……哲学,使人成为心灵宁静、淡泊名利、内在富有的人。"从这些睿智的哲思中,我们既能够感受到作家内在的诗情,也能够领略到作品理胜于辞的行文风格。

### (二)司徒伟智的杂文创作

司徒伟智(1950— ),祖籍广东开平,出生于上海,笔名有闻纪之、马布衣、虞子文等。他当过工人,现任职于解放日报报业集团《支部生活》编辑部。司徒伟智在业余勤奋读书并练习写作杂文,出版了《三棱镜集》《知人论世》和《当代杂文选粹·司徒伟智卷》等杂文集。

司徒伟智的杂文都是经过深思熟虑后的智慧和思想的积淀。他写作态度严谨,"当执笔为文,不敢轻率,不敢凭兴之至随意挥写,不敢忘却鲁迅先生的八字箴言:'取材要严,开掘要深'"。因此,他的杂文创作继承了鲁迅"砭锢弊常取类型"的传统,对社会人情和社会世态进行独到的分析和批判,既明辨事理,又切中肯綮。如《龟兔赛跑的另一种结局》一文中对落后者以美丽幻想自我麻醉、自我解脱的愚昧心态进行了强烈的鞭挞;《世界容得下你我他》一文中对国人"浓烈得出奇"的妒忌心理进行了解析;《别了,"传统俱乐部"》一文中对死抱住旧传统而拒绝现代文明的生活方式进行了强烈的批判等。

## 第四节 新现实主义戏剧的兴起

随着市场经济的兴起,20世纪90年代的戏剧在大众文化特别是电子文化产品的侵袭下,关注的程度相对降低,为了迎合市场,戏剧的创作多以市民生活和爱情、婚姻家庭为题材,内容趋向于通俗化。在这样的背景之下,追求娱乐性和市场性的休闲喜剧得到流行,其讽刺性和精神震撼性较为缺乏。在戏剧创作趋向平庸的局面面前,也有一些剧作家坚持戏剧创作的理念,对戏剧进行了多方面的探索。一些剧作家将社会生活作为一种背景,把关注的焦点放在了人的境遇与心态上,从而让现实主义创作进入了"象征"的层面,进而形成了新现实主义戏剧,为暗淡的戏剧创造增添了一抹亮色。与此同时,小剧场中的某些戏剧因为关注了人的生存状况而在市场化的浪潮中得到了生存。

# 第六章　20世纪90年代以来的文学创作

## 一、郭启宏的戏剧创作

郭启宏(1940—　)，潮州市饶平县黄冈镇人。他曾在中山大学读书，毕业后一直从事戏剧创作工作，还在中国戏曲学院等兼任客座教授。

郭启宏较偏爱历史剧，他在20世纪90年代最著名的话剧是《李白》和《天之骄子》。

《李白》讲述了李白晚年的生活。李白一生都怀揣报国之志，渴望得到统治者的重视，施展自己的抱负。安史之乱爆发后，李白投奔了永王幕府，希望能跃马执戈、驰骋疆场。可令他没想到的是，永王只想借他之手写一篇讨逆檄文。后来，永王兵败，李白因为其写讨逆檄文而获罪，被流放到夜郎。直到遇到天下兵马大元帅郭子仪，才在他的担保下被赦免。最后在当涂，诗人悄然逝去。在这部剧作中，郭启宏从现代人的视角出发，对李白这个历史人物进行了多角度的分析，既展示了他的本真个性，又指出了他必然会走向悲剧的命运。在李白的身上，既有"安能摧眉折腰事权贵，使我不得开心颜"的傲骨，也有"生不用封万户侯，但愿一识韩荆州"的媚态和"君王赐颜色，声价凌烟虹"的附庸行为，还有"长揖万圣君，还归富春山"的隐逸心态。他既超凡，又落俗；既坦荡荡，又长戚戚；他不仅有着封建士大夫对功名的企盼，也有着壮士豪侠对权位的藐视。可以说，在这部剧中，郭启宏塑造了一个真实的李白。他在自己的《四季风铃》一书的《太白飘然乎》中说："李白的大幸在于他清醒地认识到'达则兼济天下，穷则独善其身'。他的大不幸在于'达'不能'兼济'，'穷'不甘'独善'。于是，他使自己在'入世'与'出世'的矛盾冲突中度过了六十二个春秋。"①

对于李白在"道"与"势"之间不断徘徊的状况与原因，郭启宏在剧中借李白夫人宗炎之口进行了解释与说明。她说道："你身在仕途的时候，无法忍受官场的倾轧，一旦纵情于江湖，又念念不忘尽忠报国。你是进，又不能，退，又不甘啊！"可以说，这句话充分表现出了李白的矛盾心理。

《天之骄子》是以三国时期的曹魏为背景展开的，基本内容是曹操在三个儿子之间选拔接班人，最终曹丕胜出。而曹丕在称帝后，为了巩固自己的政权，百般陷害其弟曹植，无奈之下曹植演出了七步赋诗的悲怆一幕。在这部剧作中，郭启宏对曹氏兄弟的性格与命运进行了深入的分析。郭启宏认为，曹植是一个诗人，但他又无心做诗人，一生都在文章与功名之间徘徊。他出生在帝王之家，自认为建功立业是自己最重要的事情。但是，皇帝只有

---

①　高音．北京新时期戏剧史[M]．北京：中国戏剧出版社，2006：279．

一个,这又注定了他一生是无法建功立业的,要想名垂后世只能是通过作诗赋词的方式。更耐人寻味的是,他正是在无法建功立业的痛苦中才写出了流传千古的辞赋,而且假如他一开始就专攻诗赋,很可能就没有千古名诗传世。而对于曹丕,郭启宏认为曹丕是个徘徊于亲情与权位的内心激烈交战的,正是因为有了这种内心的激烈交战,才使得他的行为出现了种种令人不解之处。郭启宏进一步指出,亲情与权位是势不两立的,如果权位占主导地位,人性就会被扭曲,亲情就会蜷缩;若是亲情与权位的冲突到了极端程度,则权位一旦被淡化,扭曲的人性也会有所恢复。因此,他认为曹植在争夺权位失败后,曹丕重新勃发兄弟亲情是可信的,故而在对曹丕这一人物形象进行塑造时,将其塑造成一个没有人性的阴谋家是不可取的。不过,曹丕和曹植之间的兄弟手足相争这一残酷的现实是不可忽略的。因此,郭启宏在这部剧中还对两兄弟之间的争斗进行了生动展示,并为此加入曹操的孤魂这样一个角色。曹操这一角色的出现,不仅有助于对浮躁、充满心机的当事者进行嘲弄,而且能够揭示人物行为背后潜意识中善恶之间的较量。郭启宏的这种设计是与他的创作理念分不开的,他曾说:"历史剧与现代剧一样,都是当代人的创作。由当代人演出,让当代人观赏的,理当具有'当代意识',复活死了的历史,是生活进展的需要,也是史剧创作的需要。一如文艺复兴时代欧洲人的心灵新成熟,终于唤醒了墓木已拱的希腊人和罗马人。复活的核心是历史人物的再现,而心灵的成熟以今天来说则意味着史剧作家能将以多种尺度来权衡历史人物。这里有政治的尺度——是与非,有道德的尺度——善与恶,而归根结蒂,综合在史剧中的是艺术和审美的尺度——美与丑。"①正是在这样的创造理论指导下,郭启宏的戏剧创作才具有了现代精神,也因此而获得了大众的认可。

## 二、过士行的戏剧创作

过士行(1952— ),祖籍江苏无锡,出生于北京。他小时候常常去人艺和儿艺看话剧,这在一定程度上激发了他的戏剧创作兴趣,也为他日后的戏剧创作提供了素材。他1979年成为《北京晚报》的记者,负责报道戏剧方面的消息。其间,他在林兆华的鼓动下尝试进行戏剧创作,发表了多部优秀的戏剧作品。在过士行的所有戏剧作品中,《鸟人》和《棋人》是其具有代表性的剧作。

《鸟人》是过士行为了讲述养鸟人的生活而创作的。该剧的主人公丁保

---

① 郭启宏. 史剧四题[J]. 新剧本,1992(2).

## 第六章 20世纪90年代以来的文学创作

罗是一个留过洋的精神分析专家。在他看来,一个人之所以会嗜好养鸟和玩鸟,最根本的原因是具有某种心理疾病。为了证实自己的观点,他成立了一个"鸟人康复治疗中心",试图帮助那些嗜好养鸟和玩鸟的人摆脱心理疾病的困扰。退休的京剧艺人三爷是一个极为执着的玩鸟之人,因而丁保罗决定将他作为第一个病例进行分析。对于丁保罗的分析,三爷不仅无法接受,更无法理解。于是,两人之间产生了矛盾冲突。事实上,这两个人都是被自己的追求所束缚的"笼中鸟",即他们的笼子都是自己造的,其生命也终将在笼子中消磨殆尽。该剧的导演林兆华在评价这部剧作时说过:"《鸟人》的剧本本身有一种深层幽默的东西在里头,像三爷、精神分析专家等,这些人的爱好和追求全部呈现为一种偏执的程度,实际上已经形成了自我禁锢的精神牢笼。而当这种偏执又彼此发生碰撞的时候,有意思的东西就出来了。"[1]

在这部剧中,过士行以精神分析来消解养鸟的行为,同时,又用京剧来消解精神分析。在剧中,丁保罗对三爷说:"你老了,再也不可能东山再起,你开始玩鸟,你不愿进剧场,你觉得别人唱的都不好,都是错,但你自己又没有能力证明自己的实力,你就玩鸟。实际上你在玩你自己。叫得棒的鸟就像当年唱得好的你一样。你驯鸟,是因为没有可以继承的人,一旦发现这样的人,你会拿出你驯的精神去驯他,使你的梦想得以延续。"当三爷有了徒弟之后,他开始不屑于丁保罗的那套所谓科学的精神分析,他说:"什么科学?不就是过堂吗?我也会。"于是,他对丁保罗进行了京剧中常会出现的"三堂会审",在会审的过程中,人物的关心发生了转变,对鸟人作心理分析的丁保罗不自觉地成为了被鸟人审问的对象,进而陷入难以自有其说的困境当中。当判案以后,三爷踩着锣鼓点,迈着方步扬长而去之后,只留下丁保罗拿着惊堂木发呆。至此,戏剧中所具有的荒诞以为达到了顶点,正是因为该剧所选的视角具有双向的趣味趋同特点,因此该剧也具有了一种双向的文化批判意味。

《棋人》是过士行为了讲述棋人的生活而创作的。该剧的主人公是何云清,他喜欢下棋,甚至将下棋当成自己生命中最重要的一部分,整整五十年没有离开棋盘。因此,他的女人司慧离开了他,一走就是三十年,毫无音讯。何云清在六十大寿那天宣布自己再也不下棋了,希望自己能够回到世俗生活之中。可就在此时,他得知了司慧的儿子司炎也痴迷于围棋,内心不禁掀起了波澜。司炎想与何云清在棋艺上一决高下,但何云清拒绝了他。后来,在司炎的纠缠下,何云清决定和他下一盘,用绝命棋摧毁他的意志,让他不

---

[1] 高音. 北京新时期戏剧史[M]. 北京:中国戏剧出版社,2006:285.

再沉迷于围棋之中,能够过上正常的世俗生活。可令何云清没想到的是,输棋后的司炎竟然选择了自杀,以完成自己的殉道。在这部剧作中,过士行同样描写了人的一种执着追求,这种执着造成了他们自身的困境。

剧中的何云清,到了年老的时候才发觉自己的这一生沉迷于下棋而失去了太多东西,其中就包括司慧,当他们再次回忆往事的时候,我们可以得知何云清对围棋痴迷到了何种程度:

司慧:(垂泪)走之前,我跟你说过,我要走了,我要走了。可是你连看我一眼都不看,还是在那儿下你的棋。

何云清:……跟你说,你也不信,你说的这句话在下棋人中间是不会引起什么惊醒的。你要换句话说,或许我会注意到的。我们下棋的人常常要说该你走了。该我走吗?我走啦。

正是为了不让司慧的儿子司炎再次走上自己的道路,所以他才决定通过一盘棋来打消司炎对围棋的执着,但是围棋在司炎的生命中已经生了根,在司炎看来,围棋是有生命的,因为有了这生命,围棋才被称之为艺术,也是因为它有生命,司炎才选择了自杀,因为死后他可以得到下棋的自由。

总的来说,过士行的戏剧主要表现的是人生困境这一主题,而他在对这一主题进行凸显时运用了悖论的手法。此外,过士行的戏剧也有着深刻的寓意,能够引发人们的思考。

# 参考文献

[1]赵娟,渠佳敏,梁雯.时代背景下的中国现当代文学创作研究[M].北京:中国原子能出版社,2019.

[2]张冉冉.文学思潮:探索中国现当代文学[M].长春:吉林出版集团股份有限公司,2018.

[3]陈希,向卫国.中国新诗读本[M].广州:中山大学出版社,2016.

[4]方铭.中国现代文学经典评析·现代散文[M].合肥:合肥工业大学出版社,2015.

[5]牛殿庆.坛与祭坛:朦胧诗的历史内涵与诗学价值[M].成都:四川大学出版社,2008.

[6]吴义勤.中国当代文学经典必读:1991中篇小说卷[M].南昌:百花洲文艺出版社,2016.

[7]张贤明.百年新诗代表作:1949—2017[M].北京:现代出版社,2017.

[8]潞潞.一生读书计划·文学书架Ⅰ[M].太原:山西教育出版社,2017.

[9]樊星.中国现当代文学史[M].武汉:武汉大学出版社,2012.

[10]马春花,乌日罕.老棒子酒馆[M].济南:明天出版社,2014.

[11]肖荣.肖荣文集[M].浙江:浙江文艺出版社,2017.

[12]马振宏.中国当代重要小说分年评介(第2卷)[M].北京:中国言实出版社,2019.

[13]王昭晖.张洁创作散论[M].北京:九州出版社,2012.

[14]国家教委高教司.中国当代文学史教学大纲[M].北京:高等教育出版社,1998.

[15]叶雪芬,舒其惠.中国现当代文学教程[M].长沙:湖南师范大学出版社,1993.

[16]卢敏.20世纪中国话剧精品赏析[M].北京:文化艺术出版社,2010.

[17]杨景龙．中国当代大学生诗歌精选欣赏:1979—1991[M]．郑州:河南人民出版社,1993．

[18]孙维屏．中国新诗名作赏读[M]．济南:山东人民出版社,2011．

[19]王嘉良,颜敏．中国现当代文学史[M]．上海:上海教育出版社,2009．

[20]杜春海．中国现当代文学[M]．成都:西南交通大学出版社,2016．

[21]高玉．中国现当代文学史教程[M]．上海:上海人民出版社,2018．

[22]石兴泽,隋清娥．中国现代文学[M]．北京:中国社会科学出版社,2012．

[23]陈国恩．中国现代文学[M]．北京:北京大学出版社,2010．

[24]李平．中国现代文学[M]．北京:中央广播电视大学出版社,2006．

[25]刘勇．中国现代文学[M]．北京:中国人民大学出版社,2006．

[26]关德福,曹阳,刘清虎．中国现当代文学[M]．北京:中国传媒大学出版社,2017．

[27]李林展．中国现代主义文学史论[M]．北京:中国书籍出版社,2003．

[28]刘士杰．现代主义诗歌在中国的命运[M]．北京:社会科学文献出版社,2009．

[29]雷达,赵学勇,程金城．中国现当代文学通史[M]．兰州:甘肃人民出版社,2006．

[30]朱栋霖,朱晓进,龙泉明．中国现代文学史(1917—2000)(上)[M]．北京:北京大学出版社,2007．

[31]钱理群,等．中国现代文学三十年(修订版)[M]．北京:北京大学出版社,1998．

[32]宋韵声．辽宁翻译文学史[M]．沈阳:辽宁大学出版社,2016．

[33]张钟,等．中国当代文学概观(第2版)[M]．北京:北京大学出版社,2002．

[34]李赣,熊家良,蒋淑娴．中国当代文学史[M]．北京:科学出版社,2003．

[35]金汉．中国当代文学发展史[M]．上海:上海文艺出版社,2002．

[36]李明军．中国现当代文学[M]．西安:陕西师范大学出版总社有限公司,2010．

[37]杨彬．新时期小说发展论[M]．北京:人民出版社,2011．

[38]陈思和．新时期文学简史[M]．桂林:广西师范大学出版社,2010．

[39]王光明．闽籍学者文丛(第2辑):写在诗歌以外[M]．福州:福建

人民出版社,2017.

[40]高音.北京新时期戏剧史[M].北京:中国戏剧出版社,2006.

[41]潘文年,郭剑敏.百部经典名著导读[M].杭州:浙江工商大学出版社,2018.

[42]陈从周.徐志摩年谱[M].上海:上海书店,1981.

[43]郁达夫.中国新文学大系·散文二集导言[M].上海:上海文艺出版社,1981.

[44]胡风.胡风评论集(下册)[M].北京:人民文学出版社,1985.

[45]李怡,干天全.中国现当代文学[M].重庆:重庆大学出版社,2010.

[46]郭沫若.蔡文姬[M].北京:文物出版社,1959.

[47]郭亚明.新时期小说的文学建构与嬗变[M].北京:中国社会科学出版社,2012.

[48]王万森.新时期文学(第2版)[M].北京:高等教育出版社,2006.

[49]丁玲.我们需要杂文[N].解放日报,1941-10-23.

[50]周扬.郭沫若和他的《女神》[N].解放日报,1941-11-16.

[51]刘大杰.黄庐隐[J].人间世,1939(5).

[52]林亦修.张爱玲小说结构艺术[J].中国现代文学研究丛刊,1996(1).

[53]杨沫.谈谈林道静的形象[J].文艺论丛,1978(2).

[54]丁玲.读魏巍的朝鲜通讯——《谁是最可爱的人》与《冬天和春天》[J].文艺报,1951(3).

[55]赵艳,池莉.敬畏个体生命的存在状态——池莉访谈录[J].小说评论,2003(1).

[56]郭启宏.我写《天之骄子》[J].人艺之友报,1995(71).

[57]郭启宏.史剧四题[J].新剧本,1992(2).

[58]过士行.我的戏剧观[J].文艺研究,2001(3).